उपन्यास

सिंह सेनापति

सिंह सेनापति

राहुल सांकृत्यायन

राधाकृष्ण प्रकाशन

पहला संस्करण 1951 में ग्रंथमाला-कार्यालय, पटना से प्रकाशित

ISBN : 978-81-19989-17-1

सिंह सेनापति

पहला राधाकृष्ण संस्करण : 2024

मूल्य : ₹895

प्रकाशक

राधाकृष्ण प्रकाशन प्राइवेट लिमिटेड

जी-17, जगतपुरी, दिल्ली-110 051

शाखाएँ : अशोक राजपथ, साइंस कॉलेज के सामने, पटना-800 006

पहली मंजिल, दरबारी बिल्डिंग, महात्मा गांधी मार्ग, प्रयागराज-211 001

1, अनमोल सोराबजी सन्तुक लेन, धोबी तलाव, मरीन लाइंस, मुम्बई-400 002

वेबसाइट : www.radhakrishnaprakashan.com

ई-मेल : info@radhakrishnaprakashan.com

मुद्रक

बी. के. ऑफसेट

नवीन शाहदरा, दिल्ली-110 032

SINGH SENAPATI

Novel by Rahul Sankrityayan

दो शब्द

'जीने के लिए' के बाद यह मेरा दूसरा उपन्यास है। वह बीसवीं सदी ईसवी का है और यह ईसा-पूर्व 500 का। मैं मानव-समाज की उषा से लेकर आज तक के विकास को बीस कहानियों (वोल्गा से गंगा) में लिखना चाहता था। उन कहानियों में एक इस समय (बुद्ध काल) की भी थी। जब लिखने का समय आया, तो मालूम हुआ कि सारी बातों को कहानी में नहीं लाया जा सकता; इसलिए 'सिंह सेनापति' उपन्यास के रूप में आपके सामने उपस्थित हो रहा है।

'सिंह सेनापति' के समकालीन समाज को चित्रित करने में मैंने ऐतिहासिक कर्तव्य और औचित्य का पूरा ध्यान रखा है। साहित्य पालि, संस्कृत, तिब्बती में अधिकता से और जैन साहित्य में भी कुछ उस काल के गणों (प्रजातंत्रों) की सामग्री मिलती है। मैंने उसे इस्तेमाल करने की कोशिश की है। खान-पान, हास-विलास में यहाँ कितनी ही बातें आज बहुत भिन्न मिलेंगी, किन्तु वह भिन्नता पुराने साहित्य में लिखी मौजूद है।

सेंट्रल जेल, हजारीबाग —**राहुल सांकृत्यायन**

27-05-42

विषय-प्रवेश

वैशाली के प्रजातंत्र के बारे में बहुत कम लिखित सामग्री प्राप्त है। उसे पढ़ते वक्त मुझे बार-बार चाह होती थी कि इस विषय में कुछ और भी बातें मालूम होतीं। मेरे दोस्तों में से कुछ का विश्वास था कि मृतकों की आत्माएँ शरीर से अलग होकर प्रेत-लोक में हमारे आसपास मँडराया करती हैं, और उनसे बातचीत करनेवाले महापुरुष भी मौजूद हैं। मेरा विश्वास जब आत्मा ही पर नहीं है, तो प्रेतात्मा तथा उसके लोक पर क्या होगा? तो भी मैंने हरसूराम ब्रह्म को इष्ट रखनेवाले बाबू रामदास गौड़ की परीक्षा का अच्छा मौका समझ उनसे वैशालीगण (प्रजातंत्र) के कुछ व्यक्तियों के नाम बतलाकर कहा, "यदि आप इनमें से किसी को बुलाकर वैशालीगण के इतिहास के बारे में जानकारी प्राप्त करा सकें, तो आपकी प्रेत-विद्या—ओझइती—की सबसे जबरदस्त प्रचारक मेरी कलम होगी। लेकिन ख्याल रखिएगा, प्रेतात्मा झूठ-साच बकेगी, तो उसकी कसौटी मेरे पास है।' गौड़ जी ने इस पर तरह-तरह की बातें बतानी शुरू कीं, जिसका अर्थ था, उनकी ओझइती के लिए 'आँख के अन्धे, गाँठ के पूरे' दूसरे ही लोग होते हैं। खैर, मैं तो सिर्फ मजाक कर रहा था, या कुछ दोस्तों को दिखला रहा था कि उनके प्रेतशास्त्री कितने पानी में हैं।

बहुत वर्षों बाद, जब गौड़ जी जीवन-लीला समाप्त कर चुके थे, एकाएक एक अनहोनी हुई। बचपन से मुझे जबरदस्ती ठोंक-पीटकर सुकुमार बनाने की कोशिश की गई थी—यद्यपि मेरे गरीब किसान माता-पिता की हैसियत ऐसी न थी। मुझे भी उस वक्त क्या ख्याल था कि सुकुमारता महान पाप है—सोने के शरीर को मिट्टी बनाना हो तो इस पाप को मोल लो। जब यह ज्ञान हुआ, तो अब करीब-करीब चिड़ियाँ खेत चुग चुकी थीं। तो भी अब अच्छी उमर में हाथ-पर-हाथ रखकर बैठे रहना मैं पसन्द नहीं करता। मैं रोज नियम से और श्रमों के अतिरिक्त जमीन खोदता हूँ। मैं इस व्यायाम को सबसे ज्यादा पसन्द करता हूँ; क्योंकि यह व्यायाम के अतिरिक्त धरती माता की सेवा भी है।

उस दिन छपरा जिले में अपने एक दोस्त के पास ठहरा था। सबेरे उनसे कुदाली मँगाई और एक परती जमीन—जिसे कि मेरे दोस्त खेत बनाने जा रहे

थे—में कुदाली चलानी शुरू की। जमीन कड़ी थी, इसलिए मालूम होता था, खुदाई नहीं हो रही है; बल्कि सूखे बबूल पर टाँगा मारकर चैली छुड़ाई जा रही है। मेरे दोस्त ने भी देखादेखी 'योग साधना' चाहा, जब खुद से नहीं हो सका, तो कितने ही बहानों से मुझे काम से हटा घर ले चलने की कोशिश करने लगे। लेकिन, मुझे तो नित्य-नियम पूरा करना था और साथ ही मेरे हाथ अब इतने कर्कश हो गए हैं कि उनमें छाले नहीं पड़ सकते। दोस्त निराश होकर एक ओर बैठ चुके थे। इसी वक्त मैंने एक गहरी कुदाल के बाद जमीन को कुछ नरम पा, दो कुदाल नीचे की ओर मारी और मेरी कुदाल ऊपरी तल से डेढ़ हाथ नीचे पहुँच गई। परती के ऊपरी भाग पर आबादी का कोई चिह्न नहीं था; किन्तु यहाँ मुझे मिट्टी के बर्तनों के टुकड़े दिखाई दिये। मुझे पुरातत्त्व में भी कुछ शौक या खब्त है। मैंने सोचा, तीन फीट नीचे की यह चीज छह सौ वर्ष नहीं तो चार सौ वर्ष पुरानी तो जरूर है, जिसका अर्थ है मील-भर लम्बी-चौड़ी इस परती भूमि में—जहाँ ऊपर आज आबादी का कोई नामो-निशान नहीं है, किसी वक्त बस्ती थी। मेरा कौतूहल बढ़ा और मैंने कुदाल को सामने की ओर चलाने की जगह नीचे की ओर चलाना शुरू किया। दो फीट और नीचे जाने के बाद आबादी का निशान गायब था। मैंने इस पाँच फीट की गहराई में पहुँचकर अपने पैरों को हजार नहीं तो आठ सौ वर्ष पहिले—मुसलमानों के आने के समय—की धरती पर पाया, यद्यपि वह जनशून्य धरती रही होगी। मेरा कुतूहल शान्त नहीं हुआ था, यद्यपि किसी बाढ़ की लाई नंगी मिट्टी को देखकर उसे शान्त हो जाना चाहिए था। उस दिन मैंने वहीं काम समाप्त कर दिया, किन्तु अपने दोस्त से कह दिया कि कल मुझे फिर यहीं व्यायाम के लिए आना है।

मैं रात को सोच रहा था—यद्यपि पुरानी मही या आज की गंडक अब यहाँ से कई कोस उत्तर हटकर बह रही है; किन्तु यह सारी भूमि उसकी 'चाली' हुई है, और नदी की धार किसी वक्त जरूर दक्खिन ओर से बह रही थी। इस प्रकार यह भूमि जरूर पहले एक दूसरी ही हैसियत रखती होगी। खैर, कुछ फीट और नीचे खोदकर देखना चाहिए, उस बाढ़ की मिट्टी के नीचे क्या फिर कोई आबादी का चिह्न मिलता है?

दूसरे दिन मैंने अपनी खुदाई को छह फीट व्यास से कुएँ की शक्ल में परिणत कर दिया। जमीन नीचे नरम थी। मैंने थोड़ी-सी जगह में डेढ़ फीट गहरा गड्ढा खोदकर देखा तो नीचे फिर वही बर्तन, ईंट, खपड़ैल के टुकड़ों के अतिरिक्त दो सुन्दर मिट्टी के खिलौने तथा काँच के प्याले के टुकड़े प्राप्त हुए। यह कहने की जरूरत नहीं कि बस्ती के चिह्नवाली विशेष महत्त्व की जितनी वस्तुएँ दो फीट से नीचे मिलती गईं, उन्हें हर छह इंच के हिसाब से अलग कर मैं सिर्फ स्तर को नोट करता गया। आठ फीट नीचे गुप्तकालीन (ईसवी चौथी सदी के) स्तर

की चीजें कुछ और आकर्षक प्रतीत हुईं और अब व्यायाम ही नहीं, पुरातत्त्व की जिज्ञासा ने भी मुझे उस जमीन से बाँध दिया। किन्तु इतनी गहराई में खोदना तथा मिट्टी निकालकर बाहर फेंकना एक आदमी के वश की बात न थी। मेरे दोस्त को मेरी चिन्ता मालूम हो गई—साथ ही मेरे वार्तालाप और लेखों के कारण उन्हें पुरातत्त्व के साथ कुछ-कुछ सहानुभूति भी है; इसलिए उन्होंने मेरे कहने से पहले ही कहा—और नीचे जाने के लिए कई हाथों की जरूरत होगी, मिट्टी निकालने के लिए ही नहीं, बल्कि चन्द ही हाथ बाद पानी निकल आ सकता है। आदमियों की कमी नहीं है और आपको मजदूरी का संकोच भी नहीं होना चाहिए। आप बतलावें कितने आदमी चाहिए?

मैंने कहा, अभी सिर्फ पाँच मजबूत और थोड़े समझदार आदमी छह आने रोज पर, लेकिन इस शर्त पर कि मजदूरी मैं दूँगा।

मेरे दोस्त मेरी कमजोरी और बेबसी को जानते थे, इसलिए उन्होंने शर्त को नामंजूर कर दिया। और दूसरे दिन अकेला जब वहाँ पहुँचा, तो देखा, वह पाँच मजबूत आदमियों टोकरी, कुदाल के साथ वहाँ मौजूद हैं। मैंने जब अपनी शर्त पर अपने को डटा जाहिर किया तो उन्होंने कहा, तुम्हारी शर्त की ऐसी-तैसी। यह देखो—फीता मेरे पास है। हर छह इंच वाले स्तर की चीजों की ढेरी पर नम्बर दे अलग रखवाता जाऊँगा और खुदाई को तब तक जारी रखूँगा, जब तक आबादी के चिह्न मिलने बन्द न हो जाएँ। यदि मेरे इस काम में गलती हुई, तो 'कानी-मानी दोष बुढ़िया भरोस' शैतान की कसम सारा पाप-पुण्य तुम्हें होगा।

अब जरा भी मान करना सख्त बेवकूफ बनना था।

मैंने दीवार के पास दो छोर पर छह इंच गहरे दो छोटे-से समतल गड्ढे खोद दिये और मजदूरों को समझाया कि पहले इस तल के ऊपर के कुएँ की सारी मिट्टी को साफ कर ऊपर फेंकना होगा; फिर इसी प्रकार छह-छह इंच नीचे की ओर बढ़ना होगा।

छह-छह इंच नीचे बढ़ने का मतलब था, सौ-सौ वर्ष पीछे के संसार की ओर बढ़ना—गंगा, गंडक की उपत्यका में जमीन के मोटे होने का यही परिमाण है। तो गोया हम अब चौथी शदी ईसवी से तीसरी, दूसरी की ओर बढ़ रहे थे।

अब मैं कुएँ में व्यायाम नहीं कर सकता था; क्योंकि मुझे भीतर से निकली हर एक टोकरी को देखकर मानव-हाथों से निर्मित चीजों को इकट्ठा करना, मिट्टी की जाति को पहचानना तथा इन सबको नोट करने के अतिरिक्त मजदूरों को सावधानी से कुदाल चलाने की हिदायत भी देनी थी। चीजें काफी और उनमें बहुत-सी महत्त्वपूर्ण हाथ लगी थीं, खासकर ईसवी पूर्व पहली सदी के शक-स्तर पर। इधर गाँववालों में शोहरत हो गई थी—जिनमें हमारे मजदूरों का ही हाथ ज्यादा था कि यहाँ किसी पुराने राजा का खजाना गड़ा हुआ है। पंडित जी के पास

बीजक है, उसी के लिए खुदवा रहे हैं। मैंने इस अफवाह को और भी खतरनाक समझा, क्योंकि रात को कुछ मनचले आकर कुदाल चलाने के लिए यदि दौड़ पड़ते और ऊटपटाँग तौर से मिट्टी खोद फेंकते, तो इस लेखलुप्त कम्पोज की हुई पुस्तक के टाइपों के तितर-बितर होने की भाँति मेरा काम चौपट हो जाता। मेरे दोस्त ने मेरे तरद्दुद को देख उसी दिन एक खेमा मँगवा दिया और उसी दिन से वहीं साथ रहने का प्रस्ताव पेश किया। मेरे लिए—अन्धे को दो आँखों के सिवाय और क्या चाहिए था?

अब व्यायाम के लिए खोदी जानेवाली वह परती पुरातत्त्व का खनन-क्षेत्र बन गई। व्यायाम के लिए मैं घंटे-भर रात रहते परती को दूसरी जगह खोद लेता। रात को लालटेन के सामने, दिन की चुनी हुई चीजों को रजिस्टर पर दर्ज करता और मेरे मित्र उन पर रजिस्टर के संकेत—अक्षर तथा अंक—लिखकर सिलसिले से चीड़ के बक्सों में रखते जाते। इस काम के खतम होने के बाद, मैं दो-एक विशेष चीजों के बारे में अपने मित्र को समझाता। मेरे मित्र को 'छह इंच नीचे और एक सदी के पहले' पर विश्वास न आया था; किन्तु अब इधर कितने ही स्तरों से मिट्टी, काँच और दो पत्थर के टुकड़ों के ऊपर अक्षर भी मिले थे। ओझा जी की 'पुरालिपि' को मैंने मँगा भेजा था। उसके आने पर जब मैंने कुछ अक्षरों के सादृश्य को दिखलाया, तो उन्हें विश्वास ही नहीं हो गया, बल्कि खुदाई के प्रति उनकी उत्सुकता मुझसे भी ज्यादा हो गई।

आगे की सदियों में घुसने पर हमें और भी कितनी ही महत्त्व की चीजें मिलीं; किन्तु वह अलग पोथी के विषय हैं तथा उस सामग्री को देखने पर बालसूर्य के सामने तारों की भाँति निष्प्रभ हैं, साथ ही मेरे वर्तमान कृत्य के लिए अप्रासंगिक भी हैं।

पन्द्रह फीट पर मिट्टी ज्यादा भीगी निकलने लगी। महत्त्वपूर्ण चीजों में कुछ साल (साखू) की लकड़ी पर कारुकार्य मिले। पानी फूट निकलने का मुझे डर होने लगा। मैं खुद नीचे उतरा और अगले छह इंची स्तर के निरीक्षण के लिए कुदाल चलाने लगा। कुछ कड़ी चीज पर कुदाल के लगते ही मैंने उसे कुदाल से कुरेदना शुरू किया। वहाँ ईंटों से बिछा फर्श-सा मालूम हुआ। मैंने कुएँ के दूसरे छोर की दीवार को खोदकर देखा तो वहाँ भी वही ईंट बिछी थी। मैंने एक ईंट को उठाने की कोशिश की, किन्तु वह खस-से टूट गई। जोड़कर देखा तो वह डेढ़ फुट लम्बी, डेढ़ फुट चौड़ी तथा एक इंच मोटी टाइल-सी थी। मैं समझ रहा था, यह मौर्य (ईसा-पूर्व तीसरी-चौथी सदी के) स्तर से नीचे की ईंटें हैं। और इस वक्त की जो भी ईंट अब तक मिल चुकी है, उनसे ये भिन्न हैं।

उस दिन काम मैंने वहीं बन्द कर दिया, और ईंट के टुकड़ों को लेकर ऊपर आ निहारने लगा। उन पर मिटे हुए कुछ खुदे अक्षर दिखलाई पड़े। मैं अपने पर झुँझला उठा—आत्म-सम्मोह से मुझे चिढ़ है। मैं समझने लगा। ये अक्षर इन ईंटों

पर नहीं हैं; बल्कि मेरा मन उन्हें अपने भीतर से निकालकर यहाँ अंकित कर रहा है। अब फिर जो देखा, तो अक्षर नहीं दीख रहे थे।

सबेरे ईंट के टुकड़े कुछ कड़े हो गए थे। मैंने तय किया, इन ईंटों को खूब सँभालकर निकालना चाहिए। इसके लिए मैंने लकड़ी के समतल तख्तों को रस्सी से बाँधकर तराजू के पल्लों-जैसा बनाया। आज मैंने अपने दोस्त को कहा कि कुएँ का काम सिर्फ मैं और आप करेंगे—मजदूरों को कुएँ के पास पड़ी मिट्टी को दूर हटाने के काम में लगा दीजिए। मजदूरों ने, जो नये हुक्म को सुना, तो उन्हें और निश्चय हो गया कि यह ईंटें उसी चहबच्चे की हैं, जहाँ कि सतयुग के किसी राजा की अपार धनराशि गड़ी हुई है।

मैंने पहले स्तर की 'ईंटें' तख्ते के ऊपर रख, धीरे-धीरे खिसकाकर ऊपर भेजना शुरू किया। मेरे दोस्त दो-तीन के देखने के बाद जोर से बोल उठे, "इन पर तो अक्षर खुदे मालूम पड़ते हैं।" नीचे रोशनी कम थी, मैं ऊपर चला आया। देखा सचमुच मिटे हुए ब्राह्मी अक्षर हैं, और सभी 'ईंटों' पर। अब मुझे यह समझने में देर नहीं लगी कि यह ईंटें नहीं, किसी पोथी के पन्ने हैं। मैंने दूसरे स्तर की ईंटों को उठाकर देखा, तो वहाँ अक्षर बहुत ही साफ खुदे हुए थे, ईंट अपेक्षाकृत ज्यादा मजबूत थी, और मैंने उसे साबित ही ऊपर पहुँचाया।

अशोक के ब्राह्मी शिलालेखों को मैं वैसे ही पढ़ सकता हूँ, जिस तरह आप इस छपी हुई पुस्तक को पढ़ रहे हैं। इसलिए मैंने एक कापी पर ईंट की दोनों ओर खुदी पंक्तियों को नागरी अक्षर में उतार डाला। सारी ईंट या पन्ने में कोई अक्षर अस्पष्ट नहीं था, यद्यपि कुछ के अक्षर अशोक के अक्षरों से भिन्नता रखने के कारण पढ़े जाने में पहिले सन्दिग्ध-से जँचे। भाषा भी अशोक के शिलालेखों की भाषा से कुछ भेद रखती थी; किन्तु भाषा की कितनी ही पिछली पीढ़ियों से परिचित मेरे लिए वह कुछ ही समय बाद दुरूह नहीं साबित हुई। और, इस प्रकार भाषा के सन्देह को लिपि द्वारा और लिपि के सन्देह को भाषा द्वारा मिटाता सारी ईंट को लिख डाला। ईंट की हर तरफ सोलह-सोलह पंक्तियाँ थीं और हर पंक्ति में छब्बीस-सत्ताईस अक्षर थे—अर्थात एक ईंट पर औसतन एक हजार अक्षर (अथवा पन्द्रह श्लोक)।

उस वक्त की मेरे मन की अवस्था को मत पूछिए—आनन्द हृदय की सीमा को तोड़ देना चाहता था। आनन्द की चरम सीमा आनन्द से बिलकुल विचित्र होती है, यह अनुभव मुझे उसी वक्त हुआ। मेरे दोस्त अक्षरों और मेरी चेष्टाओं को देखकर इन ईंटों के असाधारण महत्त्व को समझ गए थे। लिखना समाप्त होते ही मैं धूप में ईंट को छोड़, खेमे में चला आया और दोस्त की उत्सुकता को देख कहने लगा, "यह ईंटें नहीं, किसी पुस्तक के पन्ने हैं। लेखक ने कागज-स्याही की जगह गीली ईंटों पर 'लौह लेखनी' से अपनी पुस्तक को स्वयं लिखा या

लिखवाया। फिर सूख जाने पर उन्हें पकाकर छल्ली की शकल में यहाँ गाड़ दिया। इन छल्लियों में कितनी ईंटें हैं, यह हमें अभी आगे जानना है। इस पन्ने में जो लिखा हुआ है, उससे पता लगता है कि लेखक अपने आसपास की चीजों को सुन्दर किन्तु अकृत्रिम भाषा में वर्णित कर रहा है। हाँ, यहाँ दो नाम हैं, जो मेरे परिचित मालूम होते हैं—'इट्ठकाघर' और 'शीह'। इट्ठकाघर बुद्ध के वक्त वैशालीगण (वज्जी देश) में एक अच्छी-खासी बस्ती थी। इसका शब्दार्थ हैं—ईंटों का घर। यही शीह (=सिंह) का 'कम्मन्त' (=खेती) थी। सिंह वैशालीगण के सेनापति का भी नाम है; किन्तु अभी यह नहीं कह सकता कि यह सिंह वही है; और यह भी नहीं कहा जा सकता कि सिंह इस 'पुस्तक' का लेखक है। कुछ भी हो, इन बत्तीस पंक्तियों में जिस तरह का वर्णन मिल रहा है, यदि वही ढंग सारे ग्रन्थ का है, तो यह दुनिया के महान आविष्कारों में है, इसमें सन्देह नहीं।"

पाठक, पुस्तक के बारे में ज्यादा जानने की जगह पुस्तक को पढ़ने के लिए उतावले हो रहे होंगे, और ऐसे उतावलेपन का मैं खुद शिकार हूँ। यह आप इसी से जान सकते हैं कि मूल के प्रकाशन के बहुत पहले अनुवादित 'सिंह सेनापति' आपके सामने उपस्थित हो रहा है। हाँ, एक-दो बातों के सुनने के लिए और धैर्य रखें। सारी पुस्तक के लिख तथा अनुवाद कर जाने पर इसमें सन्देह नहीं रह गया कि ग्रन्थकार और कोई नहीं, स्वयं वैशाली प्रजातंत्र का महान सेनापति सिंह है। उसने अपनी जीवनी नहीं, बल्कि अपने समय के संसार का सजीव वर्णन इस पुस्तक के रूप में पेश किया है। हाँ, उसमें उसके जीवन की कुछ बातें आ जाती हैं। अफसोस है, सिंह के जीवन की कुछ 'ईंटें' अक्षर-शून्य हो चुकी हैं, लेकिन जो कुछ हमारे सामने है, वह कम सन्तोषजनक नहीं है। पुस्तक की ऊपरी छल्ली तो अपाठ्य हो ही गई है, साथ ही बीच-बीच में भी कोई-कोई अधपकी ईंट पढ़ी नहीं जा सकती। इसलिए ग्रन्थ में जहाँ-तहाँ आप रिक्त स्थान पाएँगे। आगे ईंटों को देखने से मालूम हुआ कि उन पर 'ईंट-अंक' भी दिये हुए हैं, यद्यपि यह अंकन अंक द्वारा नहीं, अक्षरों द्वारा हुआ है—हमारा क्या, सारी दुनिया का आजकल का अंक सिर्फ तेरह-चौदह सौ वर्ष पहले भारत में ही आविष्कृत हुआ था; इसलिए पुस्तक में उसका अभाव स्वाभाविक है। आखिरी बात यह कि ढाई हजार वर्ष बाद मैं आज 'सिंह सेनापति' को (यह नाम मेरा दिया हुआ है, पुस्तक का नाम कहीं नहीं मिला, साथ ही परिच्छेद के अंक तथा विषय भी मेरे दिये हुए हैं) तत्कालीन वैशाली की भाषा से हिन्दी में अनुवाद मात्र करके आपके सामने पेश कर रहा हूँ। मैंने अपनी ओर से यहाँ जो कुछ जोड़ा है, वह चतुष्कोण ब्राकट [ ] के भीतर। जहाँ की ईंटें लुप्त हैं; वहाँ (xxx) चिह्न दे दिये हैं; जहाँ अक्षर नहीं पढ़े जाते, वहाँ (....) चिह्न हैं। हाँ, प्राचीन भौगोलिक नामों की जगह कहीं-कहीं मैंने आधुनिक नाम पाठकों की सुविधा के लिए दे दिये हैं। ये मूल नाम पुस्तक के प्रकाशित हो

जाने पर मालूम हो जाएँगे। सिंह के समय के रीति-रिवाज में आज के हिन्दू धर्म से बिलकुल उल्टी बातें यहाँ दिखाई पड़ेंगी। मैं हिन्दू पाठकों से प्रार्थना करूँगा कि उसके लिए मुझे आप गाली भले ही दे लें; किन्तु यह ख्याल रखें कि मैं आज के कितने ही हिन्दू लेखकों की भाँति मैं यहाँ सत्य के साथ गद्दारी करने के लिए तैयार नहीं हूँ। मैं सिंह सेनापति के साथ बेईमानी नहीं कर सकता। आपको मेरी सच्चाई पर सन्देह हो, तो इन सोलह सौ 'ईंटों' को जाकर पटना म्यूजियम में देख लीजिए। कुछ और धैर्य धरें, 'ईंटों' के फोटो तथा उनके नागरी अक्षर परिवर्तन के साथ छपी पुस्तक ही आपके पास चली आएगी। मैं आज की संकीर्ण हिन्दू मनोवृत्ति की परवाह नहीं करता; मैं परवाह करता हूँ, सत्य की—कालो ह्ययं निरवधिर्विपुला च पृथ्वी।

—सम्पादक

तक्षशिला में आचार्य बहुलाश्व के सामने

xxxx [दूसरे साथियों के] बाद मुझे आचार्य के सामने जाना पड़ा। आचार्य बहुलाश्व ने पूछा—"तुम्हारा नाम—गोत्र, तात!"

"गोत्र काश्यप और नोम सिंह" कहते मैंने गैंडे की ढाल आचार्य के सामने रखी।

आचार्य ने जहाँ-तहाँ लोहे की कीलों से जटित उस ढाल को हाथ में लेकर "बड़ी सुन्दर है यह ढाल और साथ ही बहुत मजबूत भी।"

"मेरे पिता ने गैंडे को अपने हाथ से मारा था और उसी से बनी ढालों में यह एक है।"

"तो वत्स सिंह! तुम्हारे पिता को तक्षशिलावालों की प्रिय वस्तु मालूम है, तभी तो उन्होंने खास तौर से इसे सम्पादन करके भेजा।"

"लेकिन, आचार्य! मेरे पिता तेरह वर्ष पहिले मर चुके। उस वक्त मैं पाँच ही वर्ष का था।"

"आह वत्स! बिना पिता के पुत्र का कष्ट मुझे खूब मालूम है। मैं आठ वर्ष का था, जब तेरे पिता मरे थे। किन्तु मेरे तीन बड़े भाई और माँ थी। तुम्हारी माँ तो होंगी?"

"हाँ, मेरी पुत्र-प्राणा जननी जीवित हैं। उनकी मैं पहली सन्तान था। माँ ने दूसरा ब्याह किया, किन्तु सौभाग्य से उनके नये पति मेरे द्वितीय पिता साबित हुए। उन्हीं की कृपा से मैं अब तक कुछ सीख-पढ़ सका हूँ।"

"तो वत्स! मैं समझता हूँ, तुम शुल्क देकर नहीं पढ़ सकोगे; किन्तु उसकी परवाह न करो। तुम्हारे जैसे धर्म—निःशुल्क—अन्तेवासी (शिष्य) के लिए बहुलाश्व का घर खुला हुआ है।"

"आचार्य की इस असीम कृपा के लिए मैं मुँह से क्या कह सकता हूँ?"

"कुछ कहने की जरूरत नहीं। तुम अपने को मेरी विद्या का अच्छा पात्र साबित करना।"

"मैं कोशिश करूँगा, आचार्य! और वैशाली में जिस तरह अपने को मैं आचार्य महाली का योग्य शिष्य साबित करने में सफल हुआ था, वैसा ही यहाँ भी करूँगा।"

"तो तुम वैशालीगण के निवासी हो? पूर्व में वज्जी देश से आए हो! मेरे मित्र और सहपाठी आचार्य महाली लिच्छवि के शिष्य हो? मुझे बहुत खुशी है। वत्स सिंह! तुम तक्षशिला को वैशाली समझना। पूर्व में वैशाली ही है, जिस पर हमें गर्व है। और तो सारे रजुल्ले हैं। कुरु, पंचाल, वत्स, कोशल, मगध सारी रजुल्लियाँ हैं। वहाँ से आर्यत्व नष्ट हो चुका है। वहाँ कन्धे पर सीधा सर रखकर चलनेवाला पुरुष कहाँ है? ये रजुल्ले अपने को देव कहलवाते हैं और आर्य भी। आर्य भाई-भाई हो सकते हैं, उनमें कोई देव रजुल्ला नहीं हो सकता। सतलज के इस पार कहीं किसी रजुल्ले को देखा, वत्स!"

"नहीं आचार्य!"

"हाँ पुत्र! हमारे सप्तसिंधु में चाहे मल्ल में जाओ, मद्र में जाओ या इस पूर्व गन्धार में, सभी जगह गण का शासन पाओगे। यहाँ कोई रजुल्ला नहीं। यहाँ किसी के सामने पूँछ हिलाना नहीं है। वैशाली की भाँति ही तक्षशिला और सागल [स्यालकोट] में गण—संघ—का शासन है। पूर्व में वैशाली रजुल्लों के समुद्र में एक गणद्वीप है। हाँ, एक ही—शाक्य, कोलिय, मल्ल नाम के गण हैं। कोसल के रजुल्ले—क्या है उसका नाम?"

"प्रसेनजित आचार्य!"

"हाँ, हाँ, प्रसेनजित। वह यहाँ हमारे आचार्य भूरिश्रवा के पास पढ़ता था। बिलकुल मेधा-शून्य था। थैली थी उसके पास, नहीं तो वह तक्षशिला का विद्यार्थी नहीं हो सकता था। हाँ, पूर्व के आए विद्यार्थियों में बन्धुल मल्ल और महाली का मेरे आचार्य को अभिमान था, और मुझे भी अपने कनिष्ठ गुरुभाई के तौर पर।"

"बन्धुल मल्ल आचार्य! आजकल कोसल का सेनापति है।"

"धिक्कार है, रजुल्ले की चाकरी करने की जगह भूखे मर जाना अच्छा था, जहर खा लेना अच्छा था, क्यों वत्स सिंह?"

"हाँ आचार्य! हम गण-पुरुषों से सबसे कम आशा यही की जा सकती थी।"

"वत्स सिंह! हम अपने पूर्व के गण के भाइयों के साथ पढ़ाने-लिखाने सबमें विशेष बर्ताव करते हैं। सो क्यों? इसीलिए कि हम उन्हें पूर्व में अपना ध्वजाधारी समझते हैं, हम स्वतंत्र मानव हैं—आर्य हैं, और आर्यमात्र को स्वतंत्र देखना चाहते हैं। हमारे पूर्वजों के कुछ भाई-बिरादरी जब पूर्व में गए और उन्होंने आर्यों की परम्परा छोड़ कुरु-पंचाल के गणों—जनों की जगह रजुल्लियाँ कायम कर लीं,

उसी दिन से हमने उन्हें पतित समझ लिया। हम उन्हें आर्य नहीं समझते, वह भले ही अपने को आर्य कहते फिरें। आर्यों का देश यह है, आर्यों का धर्म यहाँ प्रचलित है, आर्यों का वर्ण-रूप यहाँ मिलता है। हाँ, तो वत्स! पूर्व के गण के पुरुषों को इसीलिए हम प्रेम की दृष्टि से देखते हैं। उनके वर्ण-रूप की सम्पत्ति हमारी-जैसी होती है। महाली लिच्छवि ऐसा ही था, बन्धुल मल्ल ऐसा ही था। प्रसेनजित मुँह के देखने ही से वर्णसंकर मालूम होता था।"

"हाँ आचार्य! राजे कामुक होते हैं, और कामवश हो आर्य, अर्ध-आर्य, अनार्य किसी का भेद नहीं रखते; इसीलिए उनके खून में अनार्य धारा मिली हुई है। वह वीर्य की प्रधानता मानते हैं।"

"अपना मुँह मानते हैं। कहीं से एक बार बाँध टूटा नहीं कि पूर्वजों की पीढ़ियों से सुरक्षित की हुई विशेषता, वर्ण-सम्पत्ति धूल में मिल गई। जिस अँगुली को साँप ने डँसा उसे हम काट डालते हैं, जिस डाली में घुन लगा, उसे हम वृक्ष पर रहने नहीं देते। यही वजह है, जो तुम यहाँ सभी स्त्री-पुरुषों को गौरवर्ण पाते हो, सभी के केशों को अग्नि की ज्वाला की भाँति पिंगल, पिशल या पांडुर, सभी की आँखों को नीली या सुवर्ण वर्ण पाते हो। अभी तुमसे पहले पूर्व के तीन तरुण मेरे सामने से गुजरे हैं, क्या उनमें यह आर्यों की वर्ण-सम्पत्ति है?"

"लेकिन आचार्य! इसमें और भी कारण हैं। पूर्व में आर्यों से अनार्यों या अर्ध-आर्यों की संख्या अधिक है, यद्यपि वह आर्यों के अधीन हैं, किन्तु उनकी इतनी बहुसंख्या आर्य-रुधिर को दूषित करने के लिए पर्याप्त है।"

"फिर तुम्हारा रुधिर क्यों नहीं दूषित हुआ? वत्स! तुम्हें मेरी रोहिणी के साथ खड़ा कर दिया जाए, तो कौन कहेगा यह रोहिणी का भाई नहीं है? उसी के तरह के पिंगल केश, उसी के तरह के अतसी-नील-नेत्र। महाली को भी मैंने वैसा ही देखा, बन्धुल मल्ल को भी वैसा ही देखा।"

"लेकिन इसके लिए हम पूर्व के गणवालों को कड़ा प्रतिबन्ध रखना होता है। हम पिता-माता किसी तरफ से भी बाहर से सम्बन्ध नहीं रखने देते। हम अपने या अपने-जैसे गणों से बाहर शादी-ब्याह नहीं करते। तो भी इसका अर्थ यह नहीं कि हमारे यहाँ अर्ध-आर्य नहीं हैं। अनार्य काली दासियाँ हमारे घरों में ज्यादा दिखाई पडती हैं।"

"यह खतरे की बात है वत्स! बड़े खतरे की बात है। आर्य-रुधिर अनार्य क्षेत्र में जाएगा और वहीं से आर्यों की तबाही शुरू होगी। हमारे यहाँ देखो, दास-प्रथा नहीं है। कुछ अनार्य कर्मकर–नौकर हैं। उनको हमारे गण-शासन में अधिकार नहीं है; किन्तु साथ ही हम उनके शरीर को खरीद-बेच की चीज नहीं समझते। वैसे सतलज से इस पार तुमने अनार्य देखे भी कम होंगे। अच्छा, रहने दो इसे। वैशाली-गण का कुशल तो है? सौम्य महाली स्वस्थ-प्रसन्न तो हैं?"

"हाँ आचार्य! वैशाली स्फीत समृद्ध है। उसकी क्यारियाँ गन्धशाली पैदा करती हैं, उसकी गायों का दूध-घी-मांस लिच्छवियों के शरीर को हृष्ट-पुष्ट करता है। मल्ल, शाक्य, कोलिय को कोसलराज के चरणों में झुके देख, मगध-राज बिम्बसार ने वैशाली को भी अवनत-शिर करना चाहा था। दक्षिण और उत्तर-अंग (अंगुत्तराप) की विजय के बाद उसने वैशाली के वैभव को छीनना चाहा था; किन्तु अभी लिच्छवियों के खड्ग तीक्ष्ण हैं, अभी उनके तर्कश शर-शून्य नहीं हैं, अभी लिच्छवियों की रुधिरधारा उष्ण है। लिच्छवियों की भुजाओं ने मगधराज को ऐसी जबरदस्त पराजय दी कि आज 13 वर्ष हो गए, तब से मगधराज ने वैशाली की ओर ताकने की भी हिम्मत नहीं की। इसी युद्ध में मेरे पिता मारे गए!"

"तो तात! तुम वीर-पुत्र हो। अच्छा, मेरे भाई महाली ने तुम्हें क्या-क्या शिक्षा दी है?"

"आचार्य! मैंने मुष्टि-युद्ध सीखा है, मल्ल-युद्ध, खड्ग-युद्ध जानता हूँ। धनुष में शब्द-वेध, चल-वेध जानता हूँ। अश्व, रथ, गज, पदाति के आक्रमण-प्रत्याक्रमण के कौशलों तथा व्यूह और दुर्ग की रचना का ज्ञान मेरा प्रारम्भिक है।"

"तो तात! तुम 18 साल की आयु के अनुरूप जितना ज्ञान होना चाहिए, उससे ज्यादा सीख चुके हो। किन्तु वत्स! विद्या का अन्त नहीं है और न अन्त होगा, वह दिन-पर-दिन बढ़ती ही जाएगी। हमारे पास पूर्व के ही नहीं, पश्चिम के भी विद्यार्थी आते हैं। यहाँ पश्चिम गन्धार, कम्बोज, पर्शु (पारस), बबेरू (बाबुल) और यवन तक के शिक्षार्थी हैं। हमारे ये दूर के छात्र सिर्फ छात्र ही नहीं हैं, बल्कि इनसे हम कई नये युद्ध-कौशल सीखते हैं। अभी पार्शव शास (शाह) को यवन वीरों ने जो करारी शिकस्त दी है, उसमें उन्होंने एक बिलकुल नये दाँव-पेंच इस्तेमाल किये हैं, किन्तु यह सामुद्रिक युद्ध था, इसलिए हमारे और तुम्हारे गण के लिए उसका महत्त्व सिर्फ विद्या-विलास मात्र है। किन्तु वत्स! इससे यह तो समझ सकते हो कि युद्ध-विद्या दिन-पर-दिन बढ़ रही है। हम तक्षशिलावासियों को इस बढ़ते हुए छोटे-से-छोटे ज्ञान की भी भारी परवाह रहती है। यदि हम बासी ज्ञान को ही सिखलाते रहे, तो तक्षशिला कितने दिनों तक अपने स्थान को कायम रख सकेगी? और इसके लिए तक्षशिला ने उपयुक्त स्थान भी पाया है। पूरब में जितना दूर वैशाली है, उतना ही पच्छिम जाने पर हम पार्शव शास की राजधानी—पर्शुपुर—पार कर जाएँगे। यवन उससे बहुत दूर हैं, किन्तु यवन हमारे मित्र हैं।—शत्रु का शत्रु मित्र होता है। यवनों ने शास को बुरी हार दी, जिस वक्त यह समाचार हमारे इस पूर्व गन्धार में पहुँचा, उस दिन सब जगह खुशियाँ मनाई गईं। हमें अफसोस है, हमारा पश्चिम गन्धार—महासिन्धु के उस पार का प्रदेश—अब भी पार्शवों के हाथ में है। यही नहीं, यदि यवनों से हार न खाई होती, तो वह हमारी तक्षशिला की ओर बढ़नेवाले थे।"

"आचार्य! जो भय तक्षशिला को पश्चिम से है, वह भय वैशाली को मगध से है। तक्षशिला को बिम्बिसार भय सिर्फ एक ओर—पश्चिम से है, जबकि वैशाली के पूरब और दक्खिन दोनों ओर दुष्ट बिम्बिसार का राज्य है। बिम्बिसार अभी चुप है; किन्तु हम लिच्छवि-कुमार जानते हैं, वह किसी वक्त फिर चढ़-दौड़ सकता है।"

"किन्तु, मगध का रजुल्ला पार्शव शास के सामने कोई हस्ती नहीं रखता। महासिन्धु—जानते हो, यहाँ से तीन-चार दिन के रास्ते पर है। वहाँ से यवनों के देश तक इस मूजी का शासन है। हम गन्धार लड़ने में तथा लड़ने की विद्या में कम नहीं हैं; किन्तु पर्शुवों ने आधे लोक को अपने अधीन कर रखा है। यह हमारी सबसे बड़ी दिक्कत है, जिसका जवाब हमें नहीं सूझ पड़ता। यदि सप्त-सिन्धु के सभी गण एक हो जाएँ, तो शायद मुकाबिला कर सकें; किन्तु एक होना गण-परम्परा को छोड़ना होगा, गण-धर्म को तिलांजलि देनी होगी।"

"यही दिक्कत हमारे सामने भी आई थी। आचार्य! शाक्य, कोलिय, मल्ल इसीलिये कोसलों के चरण में गिरे; क्योंकि वह अपनी परम्परा के विरुद्ध एक नहीं हो सकते थे और अलग-अलग रहते कोसल-राजसेना से मुकाबिला नहीं कर सकते थे।"

"...और उसी कोसल का सेनापति बना है, बन्धुल मल्ल! धिक्कार है!!"

"सभी धिक्कारते हैं; आचार्य! अब वह नाम का मल्ल है। कोई मल्ल उसे अपना नहीं समझता।"

"आखिर वत्स! बन्धुल क्यों अपनी देह को बेचने पर मजबूर हुआ, इसका कोई कारण मालूम हुआ?"

"कहते हैं मल्लों ने तक्षशिला की विद्या की परीक्षा के लिए एक बार में काट डालने के लिए सात खूँटे गाड़ दिये।"

"तो फिर?"

"बन्धुल मल्ल ने काट तो दिया; किन्तु उससे झन् की आवाज आई और देखा तो हर खूँटे के बीच में लोहे की कीलें समाई हुई हैं।"

"मल्लों का यह काम वीरोचित, आर्योचित न था।"

"बन्धु मल्ल को बहुत अमर्ष हुआ। उसने कहा, 'कुसीनारा में मेरा कोई नहीं, कुसीनारा से मुझे कोई काम नहीं', और उसने तक्षशिला के सहपाठी कोसलराज प्रसेनजित के हाथ अपने को बेच डाला। नीच पामर बन्धुल!"

"और जिस वक्त मल्लभूमि को अपनी स्वतंत्रता को फिर से प्राप्त करने के लिए उसकी सेवाओं की आवश्यकता थी!"

"हाँ! उसी वक्त।"

"मुझे बन्धुल से वत्स! ऐसी आशा न थी। तक्षशिला मेरा अपमान करे, मुझे प्रताड़ित करे; किन्तु क्या तक्षशिला के दुश्मनों से मेरा मिल जाना कभी क्षन्तव्य

हो सकता है? बन्धुल! तूने अच्छा नहीं किया, तूने आचार्य भूरिश्रवा के नाम को धब्बा लगाया। अच्छा, तो वत्स! तुम्हारे बारे में और अधिक जानने की जरूरत नहीं। आज से तुम मेरे शिष्य उपनीत हुए।"

यह कहकर आचार्य ने अपनी पुत्री से कहा, "रोहिणी! सिंह को ले जाओ। अपने भाई की तरह समझना। इसके रहने तथा खाने-पीने का बन्दोबस्त करना। विशेष अपनी माँ से पूछ लेना।"

हमारे वार्तालाप के वक्त रोहिणी आचार्य के बगल में बैठी थी। जिस वक्त आचार्य ने मेरे वर्ण-रूप की रोहिणी से बहिन-भाई जैसी समानता बतलाई, उसी वक्त मेरी आँखें रोहिणी के मुख पर पड़ गईं; और उसी वक्त मुझे अपनी बहिन सोमा याद आने लगी। सोमा भी 10 ही साल की है। वह भी इसी तरह की सुवर्णकेशी है। उसकी भी नासा ऐसी ही उन्नत, ललाट ऐसा ही प्रशस्त, वर्ण ऐसा ही दीप्तिमान, आँखें ऐसी ही विशाल हैं। हाँ, सोमा से यह बड़ी है। सार्थ (कारवान) के साथ पैदल चलते मैं आठ मास में तक्षशिला पहुँचा था। इस बीच में सोमा की प्रिय स्मृति कुछ क्षीण-सी पड़ने लगी थी। किन्तु, रोहिणी के देखते ही वह सहस्रगुनी जाग उठी। मेरे सामने रोहिणी बैठी थी; किन्तु मैं देख रहा था, वहाँ सोमा को। आचार्य और दूसरे देखकर क्या कहेंगे। यह सोचकर मैं अपने पर काबू पाने की कोशिश कर रहा था; और इसमें शक नहीं, यदि आचार्य की मनोरंजक तथा शिक्षाप्रद बातचीत ने मेरी सहायता न की होती तो मैं अपने आँसुओं को रोक न सकता। बीच-बीच में रोहिणी की ओर जब भी नजर जाती, तो दिल में सर्द हवा लगती मालूम होती—यह जाड़ों का मध्य था और तक्षशिला के आसपास की पहाड़ियों पर बर्फ की सफेद चादर पड़ी हुई थी।

आचार्य के आदेश के बाद रोहिणी मेरे पास आ खड़ी हुई। मैं उसके साथ मूक हो चल पड़ा। आचार्य बहुलाश्व तक्षशिला गणतंत्र के एक समृद्ध और सम्भ्रान्त व्यक्ति हैं। वह गण के प्रधान सेनापति रह चुके हैं। गण-संस्था (प्रजातंत्र सभा) में उनका बहुत प्रभाव है। उनका घर या महल सात खंडों में विभक्त है। बाहरी खंड में घोड़साल की पंक्तियाँ हैं। यहाँ के घोड़ों को देखकर मैं समझने लगा—क्यों सैन्धव (सिन्धुवाले) घोड़ों की इतनी कद्र है। आचार्य को घोड़ों के रखने का ही नहीं, उनकी नस्ल बेतहर बनाने का बड़ा शौक है। तक्षशिला के दूसरे नागरिकों की भाँति आचार्य बहुलाश्व के भी नगर से बाहर दूर-दूर पर कितने ही कर्मान्त (खेतियाँ) हैं, जिनमें एक को आचार्य ने घोड़ों के पालने के लिए नियुक्त कर रखा है। आचार्य को घुड़सवारी का बहुत शौक है। साठ वर्ष की अवस्था में भी वह नियम से सवेरे एक घंटा घुड़सवारी करते हैं; और इसके लिए हरवक्त सोलह घोड़े उनके अस्तबल में मौजूद रहते हैं। रोहिणी ने मुझे गौर से घोड़ों की ओर देखते देखकर कहा, "क्या भ्राता सिंह! तुम घुड़सवारी का शौक रखते हो?"

"जरूर, रोहिणी हमारे यहाँ सैन्धव घोड़े यहीं से जाते हैं। किन्तु इन घोड़ों को देखने से पता लगता है, वह सिर्फ यहाँ के 'छँटुआ' होते हैं।"

"हाँ, हमारे घर से भी प्रति वर्ष चालीस-पचास घोड़े व्यापारी खरीदते हैं और तात कभी भी अच्छे बच्चों को नहीं बेचते।"

"हाँ, यह तो इनको देखने से ही मालूम होता है। मैंने वैशाली में ऐसे घोड़े किसी के पास नहीं देखे। एक बात पूछूँ, रोहिणी! तुम घुड़सवारी सीखती हो कि नहीं?"

"सीखती? मैं इन सोलहों घोड़ों में से किसी को भी दौड़ा सकती हूँ। पिता के साथ मैं रोज सबेरे घोड़े दौड़ाती हूँ।"

"मेरी छोटी बहिन सोमा घोड़े पर नहीं चढ़ती, इसलिए पूछा

"क्या भाई सिंह! तुम्हारी बहिन भी है?"

"हाँ, मेरी माँ की लड़की। तुम्हारी ही जैसी। अभी वह दस साल की है, और तुम?"

"ओ हो, कितनी समानता! मैं भी दस ही साल की हूँ।"

"किन्तु, वह आकार में तुमसे छोटी है—कम-से-कम मेरा अन्दाज ऐसा ही है; हो सकता है, पिछले आठ महीनों में कुछ और बढ़ गई हो। लेकिन, सोमा कम बोलती है।"

"तो मैं बहुत बोलती हूँ"—कह रोहिणी कुछ अनमनी-सी हो गई।

मैंने उसकी पीठ पर सुवर्णतन्तु की भाँति बिछे केशों पर हाथ फेरते हुए कहा—"नहीं, रोहिणी बचिया! मैं सोमा को तुम्हारे सामने गूँगी कहने जा रहा था। मैं किसी लड़की का गूँगी होना पसन्द नहीं करता। अच्छा, तो मैं भी किसी दिन तुम्हारे साथ घोड़ा दौड़ाऊँगा।"

"तो सिंह भैया! तुम उस अत्यन्त लाल घोड़े पर चढ़ना। उसका नाम रोहित है। वह सबसे अच्छा और पिताजी का अत्यन्त प्रिय घोड़ा है। वह मुझे पहचानता है। देखो, मैं उसके पास जाती हूँ"—कह रोहिणी रोहित की ओर जाने लगी। देखते ही वह हिनहिनाया और पास जाते ही रोहिणी के सिर को सूँघने लगा। रोहिणी प्रसन्नता के साथ बोली, "रोहित मुझे प्यार करता है, पिताजी मेरे ललाट पर चुम्बन देते, उपाघ्राण करते हैं। रोहित जानता है; और वह भी मेरे केशों का उपाघ्राण करता है। क्या सिंह भैया! तुमने ऐसा, आदमी-जैसा समझदार घोड़ा देखा है?"

मैंने हँसकर कहा, "नहीं बच्ची! इतना आदमी-जैसा नहीं। और तुमने रोहित की सवारी कभी की है?"

"सवारी की तो है; किन्तु देखो, हाथ उठाकर भी मैं उसकी पीठ पर नहीं पहुँच पाती, इसलिए चढ़ने में तात की सहायता लेनी पड़ती है।" कह रोहिणी मुख-म्लान हो मेरे पास आई।

मैंने उसकी ठुड्डी को उठाकर कहा, "नहीं रोहिणी! तुम सदा इतनी छोटी ही नहीं रहोगी। तुम घोड़े की पीठ से भी ऊँची हो जाओगी। और, रोहित पर जब भी चढ़ने की जरूरत हो, मैं उठाकर उसकी पीठ पर रखने के लिए मौजूद हूँ।"

"लेकिन, सिंह भैया! तुम्हें रोहित पास नहीं आने देगा। रोहित अपरिचित को अपने पास नहीं आने देता—न उसे ही जिसने नाराज कर दिया। हँसो, मत भैया! रोहित बहुत समझदार है। लेकिन, मैं तुमको उपाय बतलाऊँगी। रोहित को हरे गेहूँ बहुत पसन्द हैं। उसे हरे गेहूँ मुँह में देकर खिलाना शुरू करो। जब तुम्हें देखकर हिनहिनाने लगे तो समझ लेना रोहित तुम्हारा दोस्त बन गया।"

"अच्छा तो चलें, अभी तुम्हें भूख लगी होगी। अम्मा से मिलाकर पहले तुम्हारी क्षुधा को शान्त कराऊँ।"

"हाँ, मेरी रोहिणी बचिया! मुझे भूख लगी है, और उससे भी ज्यादा अम्मा का दर्शन करना चाहता हूँ।"

"मेरी अम्मा बड़ी प्यारी है। तुमको भी बहुत प्यार करेगी, जब उसे मालूम होगा कि तुम्हारी भी मेरी-जैसी बहिन और अम्मा-जैसी माँ है। चलो चलें"—कह वह आगे चल पड़ी।

आचार्य बहुलाश्व (बहुत घोड़ोंवाले) नाम बिलकुल ठीक है।

आचार्य-पत्नी

पहले आचार्य-पत्नी के पास जाना था; इसलिए हम सरसरी तौर से ही गोशाला और एक छात्रशाला से पार हो, वहाँ पहुँच गए। मकान का नक्शा हमारे वैशाली के मकानों से बहुत मिलता-जुलता है। उसी तरह एक आँगन के गिर्द ओसारेदार कोठरियों, दालान तथा घरों की पंक्तियाँ हैं। कोई मकान दोतल्ले से कम नहीं है। अस्तबल और गोशाला के ऊपर तल में चारे रखने के घर, दुग्धशाला तथा कर्मकरों के निवास हैं—हाँ, यहाँ खरीदे-बेचे जानेवाले दास-दासियाँ नहीं हैं। आचार्य बहुलाश्व को आर्य-वर्ण-सम्पत्ति का बहुत ख्याल मालूम होता है। इनके नौकरों में कोई कृष्ण वर्ण या अर्ध-कृष्ण वर्ण नहीं। अधिकतर पश्चिम गन्धार, पख्त, कम्बोज के हैं। कुछ पार्शव (ईरानी) भी हैं। मकानों की छतें हमारे यहाँ जैसी खपड़ैल की नहीं, बल्कि पश्चिम कोसल की तरह समतल हैं। उन्हें मिट्टी और पत्थर की कंकड़ियों से पीटकर तैयार किया जाता है। दीवारें भी पत्थर के अनगढ़ टुकड़ों से चुनी होती हैं, जिन पर मिट्टी का मोटा लेप लगा रहता है। मैंने कारीगरों को दीवारें बनाते देखा है। मुझे गुमान भी नहीं हो सकता था कि अनगढ़ छोटे-बड़े पत्थर के टुकड़ों

से इतनी सिजिल और मजबूत दीवारें तैयार की जा सकती हैं। खिड़कियों, दरवाजों में देवदार की लकड़ी इस्तेमाल की गई है। लकड़ी पर नाना भाँति के बेल-बूटे तथा मूर्तियाँ बनाने में तक्षशिला के तक्षक वैशाली से पीछे नहीं हैं। आचार्य के अपने निवास का आँगन काफी बड़ा है, जिसमें फूलों के पौधे हैं। आजकल हिम के कारण इनकी पत्तियाँ झड़ गई हैं। टट्टियों पर द्राक्षा (अंगूर) लता—बिना पत्ते की—फैली हुई है। रोहिणी ने बतलाया, "यह मामूली द्राक्षालता नहीं है; बल्कि कपिशा की मशहूर द्राक्षा है। पिताजी को उनके एक शिष्य ने कपिशा से भेजी है। फसल तो बीत गई, उस वक्त देखते इसके पांडुर गुच्छों को, जो हरी पत्तियों में बहुत ही सुन्दर मालूम होते हैं।"

"और मिठास है?"

"कहने से तुम्हें विश्वास न होगा, भैया! मैं खिला के दिखलाऊँगी।"

"किन्तु सूखी द्राक्षा उतनी स्वादु थोड़ी ही होगी।"

"सूखी नहीं ताजी-जैसी!"

"पाँच महीने पहिले की टूटी द्राक्षा ताजी-जैसी कैसे रहेगी?"

"देखे होंगे। और कपिशा के द्राक्षा की सुरा तो तुमने न पी होगी भैया?"

"नहीं, सिर्फ उपमा सुनी है।"

"तो आज अम्मा से कहती हूँ, आज ही तुम कपिशा की द्राक्षा खाओगे—हाँ, किन्तु इसी लता की और कापिशायनी सुरा तो खास कपिशा से आई है। हमारा सार्थ (कारवाँ) यहाँ से व्यापार के लियए कपिशा हर साल जाता है और हर साल सैकड़ों कुप्पे कापिशायनी सुरा वहाँ से हमारे घर आती है।"

"तो तुम्हारे घर में कापिशायनी सुरा पी जाती है, रोहिणी!"

"नहीं, वह तो व्यापार की चीज है। क्यों पूरब के सार्थवाह भी तो तक्षशिला से कापिशायनी सुरा की हजारों चर्म-कुप्पियाँ ले जाते हैं, तुमने उसे चखा नहीं?"

"हमारे यहाँ जाकर वह बहुत महँगी पड़ती होगी। हम पूरब के गणतंत्री बहुत सीधा-सादा अशन-बसन रखते हैं।"

आचार्य-पत्नी की नजर मेरे ऊपर पड़ चुकी थी, इसलिये पत्रहीन द्राक्षालता के नीचे और ठहरना सम्भव न था। मैंने आचार्य-पत्नी को नमो किया और रोहिणी ने अपनी भाषा में मेरा परिचय दिया—

"अम्मा! यह सिंह भैया हैं। तात ने सिंह को रोहिणी का भैया कहा है। और यह हैं भैया ही। आओ भैया! मेरे पास खड़े तो हो जाओ। ओह, मैं तुम्हारी छाती तक ही पहुँचती हूँ। अच्छा देख अम्मा! तात ने सच कहा है न—सिंह मेरा बड़ा भैया है?"

"हाँ, भैया है बच्ची! किन्तु सिंह भैया को कुछ खिलाना-पिलाना भी है, या भैया कहकर ही पेट-भर देना चाहती हो? आओ वत्स सिंह! यहाँ बाहर के पानी से हाथ-मुँह धोओ, फिर खाना खाते हुए बातचीत करो।"

"लेकिन अम्मा! मैंने कापिशेयी द्राक्षा खिलाने के लिए कहा है।"

"तो दौड़ जा, देखती क्या है, वहाँ से एक पिटारी (मिट्टी की) द्राक्षा ले आ।"

"और अम्मा! शाम को कापिशेयी सुरा भी।" रोहिणी ने उतावलेपन से कहा।

"हाँ, हाँ कापिशेयी सुरा भी। सारी खातिर तो तू ही कर डालना चाहती है। तू सिंह को अकेला अपना भैया बनाकर रखना चाहती है, अम्मा का बेटा नहीं। जा पिटारी ला। शाम को बहिन-भाई की दावत कापिशेयी सुरा से होगी और तुम रोशना से सीखे पार्शवी नाच को भी दिखलाना।"

रोहिणी खाद्य-भंडार की ओर दौड़ गई। मैं आँगन में रखे करपात्र से हाथ धो, आचार्य-पत्नी के साथ सीढ़ी से ऊपर कोठे पर चढ़ा। जूते यहाँ दुहरे होते हैं, नीचे अनेक तनियों की चप्पल होती है, जिसमें चमड़े की जुराब पहनी जाती है। आचार्य-पत्नी के पैर में भी वही जूता था और मैंने सर्दी से बचने के लिए रास्ते में वैसा ही एक खरीद लिया था। हम चप्पल को द्वार पर रख दालान के भीतर गए। वहाँ फर्श पर सुन्दर बेल-बूटेवाला कम्बल (कालीन) बिछा हुआ था। दीवारों पर दो-तीन चित्र थे, जिनमें एक आचार्य-पत्नी के हाथों से अंकित रोहित-जैसे किसी घोड़े का था। दालान या भोजनशाला की सारी सजावट वैसे सीधी-सादी थी। दालान से थोड़ा हटकर रसोईघर था। धूम्रनेत्र (चिमनी) से धुआँ निकल रहा था जिससे मालूम होता था, मध्याह्न भोजन की तैयारी हो रही है।

फर्श पर हम बैठ गए। आचार्य-पत्नी ने एक सफेद ऊनी चादर हमारे सामने बिछा दी और रसोईघर से कुछ खाना लेने चली गई। इसी बीच रोहिणी मिट्टी की पिटारी लेकर चली आई। मुझे विश्वास नहीं था कि पाँच मास बाद भी अंगूर ताजे रह सकते हैं। पिटारी चिपटे गोल दो पाटों से बनी थी। दोनों के जोड़ को मिट्टी से सी दिया गया था। रोहिणी ने बतलाया, कपिशा में ताजे अंगूरों को इस तरह पिटारी में बन्द कर रखने का बहुत रिवाज है। जब किनारे की मिट्टी को तोड़कर कच्ची मिट्टी के ऊपरी पाट को हटा दिया गया, तो देखा वहाँ सुनहले दो-दो अंगुल लम्बे अंगूर रखे हुए हैं। आचार्य-पत्नी दो टुकड़े उबले मांस, सैन्धव लवणचूर्ण, छुरी और कुछ मिठाइयाँ लेकर चली आईं और रोहिणी को साथ ले मैंने खाना शुरू किया।

"अब बताओ सिंह! तुम्हारी जन्मभूमि कहाँ है?"—आचार्य-पत्नी ने एक माता के मधुर स्वर में पूछा।

मैंने उनके प्रश्न का पूरा उत्तर दे दिया। फिर उन्होंने कहा, "मैं महाली लिच्छवि को जानती हूँ। उस वक्त मैं रोहिणी से भी छोटी थी। महाली मेरे पिता भूरिश्रवा के शिष्य थे। वह मुझे बड़ी मनोहर कहानियाँ सुनाया करते थे—"

"सिंह भैया! तुम भी कहानी जानते होगे? तुम मुझे अच्छी-अच्छी, बड़ी-बड़ी कहानियाँ सुनाना!"—रोहिणी ने बीच में कहा।

"तो रोहणी! तू हमें बात करने का मौका नहीं देगी। हाँ, तो सिंह! महाली उस समय तक्षशिला के मुष्टिकों में सबसे बलिष्ठ थे। उनका साथ यदि थोड़ा-बहुत कोई दे सकता था, तो वह तुम्हारे आचार्य ही थे। और रास्ते में कैसे आए सिंह?"

"रास्ते में सार्थ के साथ आया, मातर! वैशाली के एक व्यापारी का सार्थ साकेत आ रहा था। उससे जब मैंने साकेत तक के लिए कोई काम माँगा, तो उसने नाव पर सामान उतारने-चढ़ाने तथा रात को हथियार लेकर पहरा देने के बदले मुफ्त वैशाली पहुँचाने तथा पचीस कार्षापण देना तय किया।"

"तो वत्स! तुम मजदूरी करते यहाँ पहुँचे? बहुत तकलीफ हुई होगी!"

"साकेत तक तो नहीं, मातर! वह तो नाव का सफर था। हम मही से गंगा में उतर ऊपर की ओर चलते सरयू में चले गए। हमारे सार्थवाहक के पास पचास नावें और हजार से ऊपर आदमी थे। सिर्फ एक जगह सरयू के आधे रास्ते पर डाकुओं ने हमला करना चाहा था, किन्तु हमारी संख्या ज्यादा और हमारे धनुर्धारी बहुत मजबूत थे। यह देख डाकू दो-चार ही बाण चला जंगल में घुस गए। हमारे घुड़सवारों ने पीछा करना चाहा, किन्तु उस जंगल में पता लगाना मुश्किल था। हाँ, साकेत से इधर कष्ट ज्यादा हुआ। श्रावस्ती के श्रेष्ठी सुदत्त का सार्थ तक्षशिला आ रहा था। इस सार्थ में एक हजार गाड़ियाँ, ढाई हजार बैल, डेढ़ हजार आदमी थे। रास्ते में बड़े-बड़े जंगल, बड़ी-बड़ी नदियाँ पार करनी पड़ीं। रास्ता बनाना, इतने पशुओं-मनुष्यों के घास-चारे का प्रबन्ध करना; फिर रात-दिन सशस्त्र बारी-बारी से सार्थ की रखवाली करना, भारी चिन्ता का काम था। मुझे एक गाड़ी पर प्रहरी का काम मिला था। खा-पीकर तक्षशिला तक के लिए 100 कार्षापण का वेतन बहुत कम था। किन्तु, मुझे आखिर में नौकरी मिली थी, इसलिए मेरे कम वेतन स्वीकार करने से किसी कर्मकर को कोई हानि न थी।"

"वैशाली से यहाँ आने में कितने मास लगे, वत्स?"

"आठ महीने मातर!"

"खाते भी रहो, तात! बच्छे का गोस्त, गरम-गरम ही अच्छा लगता है। लाओ चाकू, मैं काटकर टुकड़े कर देती हूँ। और यह मधुगोलक भी खाओ। अंगूर क्या खाते हो, यह तो दुर्लभ नहीं हैं।"

"किन्तु मातर, हमारे पूरब में तो मधुगोलक (लड्डू) बिलकुल मामूली खाद्य है। हाँ, अंगूर को हम दुर्लभ समझते हैं। सूखी द्राक्षा तो मिल भी जाती है; किन्तु ताजे अंगूर तो वहाँ के लिए सपने की चीज है।"

"अच्छा बेटा! शकट (छकड़े) के सार्थ की बात कहो। इतनी देर क्यों लगी?"

"शकट वैसे दो योजन से ज्यादा चल भी नहीं सकते। फिर कहीं घास-चारा नहीं मिलता है, यहाँ जल्दी चलना पड़ता है; कहीं घास-चारा सुलभ होता है, वहाँ सार्थ चार-पाँच दिन विश्राम कर बैलों तथा सवारी के घोड़ों को बलयुक्त करता

है। फिर रास्ते के अहिच्छत्र, हस्तिनापुर, इन्द्रप्रस्थ-जैसे पचासों नगरों और निगमों में व्यापार भी करना पड़ता है। हमारे शकटों में काशिक वस्त्र—कौषेय और कर्पास—दोनों की भरती ज्यादा थी। इनके अतिरिक्त चन्दन, सुगन्धि, दन्त, सुवर्ण मणिकार्य आदि वस्तुएँ भी थीं। गंगा, यमुना तथा दूसरी नदियों के तीर्थों (घाटों) पर श्रेष्ठीसुदत्त (अनाथपिंडक) के कितने ही पण्यागार हैं, जहाँ अपने क्रीत पदार्थों को छोड़ते तथा क्रेय पदार्थों को हम लेते जाते थे।"

"तो सुदत्त बहुत ही भारी सार्थवाह मालूम होता है?"

"सारे पूरब में मातर! उसके बराबर का श्रेष्ठी-सार्थवाह इस वक्त कोई नहीं है, और शायद जम्बूद्वीप में अन्यत्र मुश्किल से ही ऐसा हो। तक्षशिला में भी उसका पण्यागार है, मातर!"

"तक्षशिला में इतनी दूर!"

"हाँ, यहीं क्यों, पश्चिम और पूर्व के समुद्रों के भरुकच्छ (भड़ौंच) और ताम्रलिप्त-जैसे महातीर्थों पर उसके पण्यागार तथा महान जलपोत हैं। चारों समुद्रों की लक्ष्मी इस वक्त श्रावस्ती में सुदत्त पास वैसे ही बहती चली आ रही है, जैसे नदियाँ समुद्र के पास।"

"अच्छा, किन्तु अपने सार्थ की बात करो।"

"श्रेष्ठी-सुदत्त का सार्थ इतना दृढ़ और संगठित होता है कि उसकी ध्वजा को दूर से देखते ही दस्यु (डाकू) रास्ता छोड़कर हट जाते हैं। सिर्फ पंचाल के जंगल में एक ध्वजबद्ध (महान) चोर ने हमें छेड़ा था। उसके पास पाँच सौ योद्धा तथा कितने ही घोड़े थे। सिर्फ एक घंटे वह टिक सके। मुझे थोड़ा-सा वहीं आचार्य महाली की खड्ग युक्ति इस्तेमाल करने का मौका मिला। अकेले मैंने आठ डाकुओं के रक्त से अपने खड्ग को स्नान कराया।"

"और तुम्हें पुत्र! कहीं चोट तो नहीं आई?"

"जरा-सी चोट मातर! यहाँ बाँह में कलाई के ऊपर"—कह मैंने कम्बल कंचुक को हटाकर लम्बे दाग को दिखलाया।

रोहिणी ने—जो मुझे अंगूर साफ करके दे रही थी—तुरन्त अपनी अँगुलियों को वहाँ रखकर कहा—

"भैया सिंह! तो बहुत खून बहता होगा?"

"नहीं रोहिणी! तलवार के घाव में उतना खून बहने का डर नहीं रहता क्योंकि नस के कट जाने पर भी दोनों सिरों को बाँध देने पर वह तुरन्त रुक जाता है। हाँ, शल्य या तीर का घाव ज्यादा खतरनाक होता है; क्योंकि उनका घाव इस प्रकार का होता है, जिसमें खून का रोकना मुश्किल होता है।"

"किन्तु भैया! उस जंगल में कोई तुम्हारी दवा-दारू करनेवाला तो नहीं रहा होगा?"

इतने से घाव के लिए दवा-दारू की जरूरत? और सुदत्त के साथ में शल्य-चिकित्सक, विष-चिकित्सक बराबर रहता है। वहीं एक जगह मातर! बस, मार-काट की नौबत आई थी, नहीं तो बाकी यात्रा यहाँ तक सकुशल बीती। मेरा सार्थ कल ही तक्षशिला पहुँचा। आचार्य महाली ने बतला दिया था इसलिए मैं सीधे आचार्य के कुल में पहुँचा।

"यह तुम्हारा घर है, पुत्र!"

तक्षशिला

तक्षशिला हमारी वैशाली की तरह ही मैदान में बसी एक महानगरी है; किन्तु जहाँ हमारी वैशाली के पास कोई पहाड़ नहीं है, वहाँ तक्षशिला के सुदूर हरी-भरी पहाड़ियाँ हैं। तक्षशिला के पास एक छोटी-सी नदी है; किन्तु उसमें पानी बारहों महीने रहता है। उत्तर की पहाड़ी को बाँधकर एक महान जलाशय तैयार किया गया है, जो कि बहुत कुछ मगध की सुमागधा-जैसा है। इससे निकली नहरें नगर में अनेक शाखा होकर बहती हैं, जिसके किनारे लगे सरल वृक्ष बहुत ही सुन्दर मालूम होते हैं, और हेमन्त में जब हरियाली के लिए आँखें तरसती हैं, तो हिमवान के इस वृक्षराज की सहज हरियाली तक्षशिला के नर-नारियों की आँखों को आनन्द प्रदान करती है। नगर की सड़कों की एक ओर बहती सरल पंक्ति से मढ़ी तक्षशिला की यह नहरें अद्‌भुत हैं। नगर के अतिरिक्त नहरों से बगीचों और खेतों की सिंचाई का काम लिया जाता है। बल्कि नगर के बाहर दूर तक फैले फलोद्यान भी तक्षशिला की एक मनोहारिणी विभूति है। इन उद्यानों में द्राक्षा, अक्षोट, सेब, रक्तालु, उदुम्बर आदि नाना प्रकार के फल-वृक्ष लगे हुए हैं। गर्मियों में इन शीतल छायावाले वृक्षों के नीचे नहर के बहते अभिनील जल को देखते रहने में आँखें नहीं थकतीं। हमारे आचार्य के बहुत-से फलोद्यान हैं, जिनमें फलों के सुखाने तथा रखने के घर बने हुए हैं। वर्षा के आरम्भ से शरद् के अन्त तक उद्यानों की और बहार रहती है। कहीं द्राक्षा-विटप हैं—लता की जगह यहाँ काट-छाँटकर छोटे-से विटप की सूरत ही द्राक्षा को रखने का रिवाज है। पहले अल्पहरित मर्कत, फिर पुष्पराग के गुच्छों-जैसे इनके फल-गुच्छक बड़े मनोहर मालूम होते हैं। पद्मराग जैसे लाल-लाल उदुम्बर (इंजीर) फल की शोभा अपनी निराली है और अक्षोट (अखरोट) के विशाल वृक्ष हमारे रीठे की भाँति पत्ते और शीतल छायावाले होते हैं। अक्षोट का काष्ठ कारुकार्य के लिए बहुत पसन्द किया जाता है। फल के मौसम में तक्षशिला के बागों का द्वार हर पान्थ के लिए खुला

रहता है। चाहे वह जितने फल वृक्ष से तोड़कर खा ले—हाँ, बाँध के ले जाना ठीक नहीं समझा जाता।

बागों के बाद दूर-दूर तक तक्षशिला के नागरिकों के कर्मान्त (खेतियाँ) हैं। हमारे आचार्य के कई कर्मान्त हैं। जाड़े के दिनों में यहाँ श्मशान की-सी शून्यता दिखाई पड़ती है। खेत खाली पड़े रहते हैं, और सिर्फ कर्मान्तघरों में कुछ बैल- गाय तथा कर्मकर दिन बिताते दिखाई पड़ते हैं। किन्तु बसन्त आते ही चारों ओर जीवन छा जाता है। सद्य: गलित हिम से आर्द्र भूमि पर सैकड़ों हल चलने लगते हैं और हलवाहों के मधुर गान तथा बीच-बीच में 'ट्र-ट्र' के शब्द से सारी प्रान्तभूमि मुखरित हो उठती है। इस जुताई-चुनाई के समय आचार्य के साथ हम सारे विद्यार्थी कर्मान्तों में चले जाते, और हल जोतते, घास अलग करते, बुनने के काम में मदद देते थे। वैशाली में खेती के काम में मैं नाम कमाए हुए था, और उस नाम को मैंने यहाँ भी सुरक्षित रखा। मुझे अपनी ओर के हल पर के गीत बहुत याद थे। किन्तु तक्षशिला की भाषा की भाँति गीतों में भी कितना ही अन्तर है, इसलिए हँसी के डर से मैं उन गीतों को तो नहीं गा सकता था। किन्तु अपने साथी हलवाहों की लय को पकड़कर गुनगुनाता जरूर था और दूसरे साल तो मैंने इधर के कितने ही गीत भी याद कर डाले।

दोपहर को हल छोड़कर हम नये पत्तोंवाले वृक्ष के नीचे जरा-सा विश्राम कर बीच-बीच में पुष्करिणी के रूप में परिणत नहर में नहाने जाते। यह नहाने का समय नहीं था, बल्कि इस वक्त हमारे शरीरों के गुण-दोष पर आचार्य अपनी सम्मति देते थे। जिस वक्त सारे कपड़ों को छोड़ सभी नर-नारी तट की उच्च भूमि से हरित जल में कूद-कूदकर जलक्रीड़ा करते, उस वक्त आचार्य कहते, "रोहिणी! तेरे पार्श्व में मेद (चर्बी) जम रहा है। सुमेध! तेरी पेंडुलियाँ पेशी-शून्य मालूम होती हैं। अनुरुद्ध! नितम्ब पर इतने मांस का बोझ क्यों ढो रहे हो? सिंह, सबसे सुडौल तेरा शरीर है। यहाँ चर्बी का नाम नहीं मालूम होता, सारा शरीर पेशी, रग, पुट्ठों से बना मालूम होता है—कामचोर होने का दंड है मेद (चर्बी)-वृद्धि। सरस्वती तो भैंस बनती जा रही है। देखो इसका पेट, जान पड़ता हैं निरन्तर गर्भिणी है। सरस्वती! तुम थोड़ा घोड़-दौड़ किया करो। यहाँ कर्मान्त में तो घोड़े हैं।"

हम घंटों जल में तैरते, कूदते, एक-दूसरे पर पानी उछालते या पकड़ते उस ग्रीष्म की दोपहरी को बिता देते थे। फिर दधि, मधु, सत्तू का घोल पीते। ग्रीष्म में मध्याह्न भोजन कम ही खाया जाता; किन्तु शाम को मौज रहती, उस वक्त काम भी कुछ थोड़े घड़ी का ही रहता। फिर सूर्यास्त होने के साथ कर्मान्तघर के बाहर लिपी-पुती भूमि पर हम बैठ जाते। पहले निर्धूम आग पर भुने मधुर गो-मांस के टुकड़े और सुरा-कुतुप सामने आते। हम बीच-बीच में मांस के टुकड़ों को मुँह में डालते, काष्ठ-चषकों से सुरा को स्वयं पीते तथा पासवालों को पिलाते। फिर जब

नेत्र थोड़े-थोड़े रक्त हो जाते, तो गीत शुरू होते और अन्त में लास्य। आचार्य-पत्नी अब पचास वर्ष को पहुँच रही थीं, किन्तु उनका नृत्य-कौशल देखकर आश्चर्य होता था। हमारे-जैसे दो-दो जवान पसीने-पसीने हो जाते, किन्तु मजाल है उनका पद, भुज, गात्र-विक्षेप जरा भी ताल से दूर हटता, अथवा उनमें किसी तरह की शिथिलता आती।

आचार्य बहुलाश्व ने स्वयं बुवाई समाप्ति के महोत्सव के दिन अपने नृत्य की निपुणता को दिखलाया था। जान पड़ता था, शरीर की एक-एक पेशी पर उनका अधिकार है। नृत्य को आचार्य व्यायाम का राजा कहते हैं। 'यह जन्म से मृत्यु तक व्यायाम है।' अबोध बच्चा पालने पर पड़ा-पड़ा अपने सारे अवयवों को चलाता है और चर्बी को गला-गला कर पेशी के रूप में परिणत करता है। बोध होने पर यही नृत्य है, जो कि उसके शरीर के जीवट को कायम रख सकता है। कुदाल, कुल्हाड़ा चलाने से कुछ पेशियों को पुष्टि मिलती है। चलने-दौड़ने से पैर दृढ़ और सुडौल होते हैं। मल्ल और मुष्टि-युद्ध से कितने ही शरीर के अवयव सशक्त होते हैं किन्तु यह नृत्य है, जिसे ठीक तरह से करने से सारे शरीर की एक-एक पेशी पुष्ट होती है; चर्बी उसी तरह पिघल जाती है, जिस तरह घाम में हिम। और साथ ही बाकी सारे शरीर के श्रमों से दिल ऊब जाता है; उन्हें करने के लिए मन पर जबरदस्ती करनी पड़ती है, किन्तु नृत्य ऐसा व्यायाम है जिससे दिल नहीं ऊबता। इससे जहाँ शरीर के प्रत्येक अवयव को पुष्टि मिलती है, वहाँ मन की सारी थकावट दूर हो जाती है। दिन-भर के श्रम के बाद शाम को कुछ प्याले के साथ यह नृत्य दूसरे दिन के लिए शक्ति संचित कर देता है। नृत्य मनुष्य के लिए भारी नियामत है। सरस्वती जो भैंस होती जा रही है, इसका एक कारण उसकी नृत्य से विरक्ति है।"

बुवाई समाप्त हो जाने का उत्सव हमारी वैशाली में भी होता है; किन्तु यहाँ वह और उत्साह के साथ मनाया जाता है। उस दिन वत्सतर, गव्य, भेड़ और सूअर के कई तरह से तैयार किये मांस बनाए जाते हैं। घी के मीठे-फीके अपूप (पूड़े, पूड़ी), सुगन्धित चावल की निर्जल खीर, आठ घंटे से आग पर पकती हंड्डियाँ (गोड़ी) तथा मांस का स्वादिष्ट सूप एवं कितनी ही तरह के व्यंजन बनते हैं। उस दिन आचार्य के सभी कर्मान्तों के कर्मकर तथा सहायक नगर के पासवाले बड़े कर्मान्त-घर पर आ जाते हैं। उन दिन वे ग्रीष्म के नये कपड़े पहने होते हैं। सूर्यास्त से पहले ही पान और गान शुरू होते हैं। उस दिन आचार्य के मद्यकोश के पुराने-से-पुराने सुराभांड तथा कितने ही कापिशेयी कुतुप भी लाये जाते हैं। आचार्य तथा सारे कर्मकर-परिवार का उस वक्त सहभोज होता है। सारी रात नृत्य-गान में बीतती है।

कर्मान्तों और उद्योगों की सम्पत्ति के अतिरिक्त वाणिज्य तक्षशिला के नागरिकों की आजीविका का बड़ा साधन है। स्थल-मार्ग से प्राची (पूर्व भारत) की वस्तुओं

को पार्शवों, बवेरुओं और यवनों के देशों में पहुँचाने में सहायता पहुँचाना तक्षशिला के स्थल-सार्थों का मुख्य काम है। तक्षशिला यदि श्रावस्ती, राजगृह, कौशाम्बी तथा उज्जयिनी से भी अधिक समृद्ध है तो उसका प्रधान कारण यही व्यवसाय है। श्रावस्ती और कौशाम्बी में भी राजा, राजकुमारों, अमात्यों, श्रेष्ठियों, सार्थवाहों के भव्य प्रासाद हैं। जिनके भीतरी ऐश्वर्य की तुलना तक्षशिला के सीधे-सादे नागरिक भवनों से नहीं हो सकती, किन्तु तक्षशिला में एक बात मिलती है, जो उन राजधानियों में नहीं है। यहाँ भूखे-नंगे-भिखमंगे नहीं मिलेंगे। यहाँ के नागरिक इसे भारी कलंक की बात मानते हैं। वह हर एक समर्थ व्यक्ति को काम या जीविका का साधन ढूँढ़ देना अपना कर्तव्य समझते हैं। दास यहाँ नहीं हैं, कर्मकर (नौकर) नर-नारी जरूर हैं, किन्तु स्वामी उन्हें अपने समान मनुष्य समझते तथा उनके साथ वैसा ही बर्ताव करते हैं। उनको अधिक भोजन-वेतन देते तथा आमोद-प्रमोद में सहभागी बनाते हैं। इन कर्मकरों में जो तक्षशिला के नागरिक हैं और किसी विपत के कारण भृत्य बनने के लिए मजबूर होते हैं, उन्हें तो कर्मकर कहना ही नहीं चाहिए, वह तो परिवार के एक व्यक्ति के तौर पर खान-पान, वसन-निवास में समानता रखते हैं। तक्षशिला प्रजातंत्र के बाहर से आए कर्मकरों के बारे में आचार्य बहुलाश्व का कहना था, "हमारा गण रुधिर सम्बन्ध पर आधारित है। इसलिए अपने से बाहर के व्यक्ति को नागरिक बनाना हमारे वश से बाहर की बात है, किन्तु मनुष्य और आर्य होने के नाते हमें उनके साथ ऐसा बर्ताव करना चाहिए, जिससे वे अपने को अजनवी न समझें।"

उप-अध्यापक

तक्षशिला में चार वर्ष हो गए। अब तक क्या-क्या पढ़ा-लिखा, यह बतला चुका हूँ। अब मेरे लिए तक्षशिला पहिले-सी कोई अद्‌भुत, अपरिचित, अनोखी नगरी नहीं रह गई; यद्यपि वैशाली के बाद उसके प्रति जो प्रेम पहले-पहल अंकुरित हुआ था, अब वह और बढ़कर हृदय में स्थायी स्थान ग्रहण कर चुका था। मैं अब भेष, भाषा में तक्षशिलीय बन चुका था। जाड़ों में वैसा ही सुत्थन, चर्मकंचुक पहनता, वैसे ही अपने लम्बे केशों का जूट बाँध नर्म चमड़े के कनटोप से ढाक रखता। सबसे प्रसन्नता की बात यह थी कि मैं आचार्य के विद्यार्थियों में सबसे शीघ्रग्राही तथा उनका प्रेम-पात्र था। मैं अब आचार्य के निम्नवर्ग के शिष्यों का अध्यापक था। रह-रहकर वैशाली की अम्मा, सोमा की स्मृति आती न हो, यह बात न थी, तो भी तक्षशिला में भी आचार्य, अम्मा और रोहिणी के मधुर स्नेह में मैं इतना बँधा

हुआ था कि कहीं जाने पर उनके लिए ठंडी साँस लिये बिना रहना सम्भव न होता। वैशाली का समाचार इतने दिनों में सिर्फ एक बार मिला। अम्मा ने किसी सार्थ से अनुनय-विनय करके एक तालपत्रिका सुदत्त के आदमी को दे दी थी, और सुदत्त के सार्थ के साथ वह यहाँ पहुँची थी। मैंने प्राय: हर साल लौटते सार्थ के हाथ से पत्र भेजे; किन्तु उनमें से बहुत कम माँ के पास पहुँचे। यदि साकेत या श्रावस्ती में माँ होती, तो पत्र पहुँचने में शायद अधिक आसानी होती। हाँ, प्राची का समाचार हर साल सुदत्त के सार्थों द्वारा मिल जाता था।

खेतों की सुनहली कनक (गेहूँ) कटने को तैयार थी। मुझे आचार्य ने एक कर्मान्त की कटाई-मिसाई का काम सौंपा था। वह आचार्य का सबसे बड़ा कर्मान्त था और इसके खेत कर्मान्त-घर से दूर-दूर तक फैले हुए थे। कर्मकरों के अतिरिक्त कितने ही विद्यार्थी तथा रोहिणी भी यहीं आई थी। शाम को हम लोग कर्मान्त-घर पर चले आते। सबेरे अँधेरा रहते ही कुछ प्रातराश कर चर्मकुप्पे में छाछ भर पीठ पर डाल घोड़े पर सवार हो, मैं खेत में चला जाता। कटे खेतों में छूटे हुए हरे तृणों को चरने के लिए घोड़े को छोड़ देता; फिर हँसिया ले खेत काटने के लिए जुट पड़ता। खेत काटते वक्त स्त्री-पुरुष अलग-अलग टोली में गीत गाते तथा दुहराते थे। हम पुरुष स्त्रियों के कंठ का अनुकरण करते; किन्तु वह स्वाभाविक मधुरता कहाँ से आ सकती थी! हाँ, इसमें काम और उसका श्रम मालूम नहीं होता था। भोजन का प्रबन्ध रोहिणी के जिम्मे था। वह दोपहर को एक कुप्पे में घोड़ी के दूध का मेरय (कच्ची शराब) पीठ पर लादे, एक शकटिका (छोटी गाड़ी) पर खाद्य और जल को रखे हमारे पास पहुँचती। एक वृक्ष के नीचे हम जमा हो जाते और वहीं हँसी-मजाक करते अपना मध्याह्न भोजन समाप्त करते। रोहिणी सूपकारों (रसोइयों) को घर भेजकर हमारे काम में हाथ बँटाने के लिए रह जाती। हम दोपहर की धूप के कारण कुछ देर तक विश्राम करते। कभी हरे गेहूँ को भूनते, कभी हरे कलाय या कनक के फल-पत्तेवाले डंठलों से अपनी सहेलियों के सुनहरे, लाल या भूरे केशों को सजाते, कभी कोई मनोरंजक कथा कहते या सो जाते थे।

सूर्य के ढल जाने पर फिर हम हँसिया सँभाल लेते। रोहिणी हँसिया चलाने में भी दक्ष थी और गला तो उसका हिमवन्त के कलविक पक्षी-जैसा मधुर था। हमारा मन उसके सुरीले गाने को उस कड़ी धूप के लिए शीतल छाया समझता था। सूर्य की किरणों के पांडुर बन जाने पर हम कभी-कभी क्षेत्रनृत्य करते। तरुण-तरुणियों के सिरों पर फलदार हरी लता के बने भूषण होते। बीच में थोड़ी-सी बिना कटी कनक को रख बाएँ हाथ में सुनहरे बालों के गुच्छक तथा दाहिने हाथ में हँसिया ले हम पहले एक गीत गाते, इसके बाद दो टोलियों में बँटे तरुण-तरुणी उस खड़े गेहूँ के गिर्द नाचते। सूखने पर रोहिणी के लाए मेरय से कंठ को तर करते, जिससे आँखों में हल्की-सी लाली भी छिटक जाती। उधर सूर्य अस्ताचल

को जाते, इधर हम भी कर्मान्त-घर पहुँचते। जाड़ों का अन्त नहीं, यह ग्रीष्म का अन्त था; इसलिए घास-चारे की अधिकता के कारण पशु पुष्ट और पीवर होते थे। शाम को हमारे भोजन का प्रधान भाग मांस होता, जिसके लिए कभी कोई बहिला गाय मारी जाती, कभी पट्ठा सूअर या मोटी भेड़। कर्मान्त-घर में आते ही हम पहले नहर में जा स्नान कर शरीर के धूल-गर्द को साफ करते। फिर धुले अन्तर्वासक (धोती) और उत्तरीय (चद्दर) को पहिनते। गर्मियों में तक्षशिला वाले भी वैसा वस्त्र पहनते हैं; जैसे वैशालीवाले। स्त्रियाँ उत्तरीय, अन्तर्वासक के अतिरिक्त छोटे कंचुक पहनती हैं। हमारे यहाँ से वहाँ की स्त्रियाँ आभूषण कम पहनती हैं। माला—एक, दो या तीन लड़ी और कर्णाभूषण, बस यही उनका भूषण होता है। धातु के भूषणों की जगह वे लता, पत्र, फूल के भूषणों को बहुत पसन्द करती हैं। वस्तुतः गन्धारियाँ (तक्षशिलावाली) और माद्रियाँ (स्यालकोटवाली) इतनी स्वभाव-सुन्दरी होती हैं कि उनसे भूषण शोभित होता है, भूषण से वे शोभित नहीं होतीं। गर्मी में चमड़े की जुराब नहीं होती; किन्तु जूता पहनने का रिवाज वहाँ स्त्री-पुरुषों में प्राची से अधिक है।

पहले हम डाँठ को काटकर खेत में एक दिन के लिए छोड़ देते; फिर उन्हें बाँधकर कर्मान्त-घर के पास तैयार किये गए विस्तृत खल (खलिहान) में ला रखते। सारे खेतों के कट जाने पर हमारी कर्म तथा क्रीड़ा-भूमि यही खलिहान होता। यहीं हम बैलों से अनाज की दवाईं करते और यहीं शाम को कनकराशि उठ जाने पर पान और नृत्य करते। अहो सुनहली कनक-राशि देखने में कितनी सुन्दर मालूम होती है! अपने श्रम से मिट्टी को इस रूप में बदले देखकर मनुष्य को कितना आनन्द आता है। बुवाई के वक्त से भी फसल काटने का वक्त हमें अधिक आनन्दमय मालूम होता है। इसीलिए कोई आश्चर्य नहीं, यदि सभी कंठों में मधुर गुनगुनाहट और जरा-सी आहट पर शरीर का नृत्य-मुद्रा में परिवर्तन हो जाए।

खेतों को काटते समय बरसात के आ धमकने का डर रहता है। यद्यपि वर्षा यहाँ कम होती है, तो भी खेत-खलिहान में पड़े धान्य को वह नुकसान तो पहुँचा सकती है; इसलिए फसल के समेटने की जल्दी पड़ी रहती है। खलिहान जब भुस और अनाज से खाली हो जाता है, तो फिर एक बार सहभोज होता है, जिसमें सभी कर्मान्तों के नर-नारी शामिल होते हैं। अबकी साल मेरे कर्मान्त का खलिहान सबसे पहले उठा था, जिसके लिये आचार्य ने मुझे और मेरे सह-कर्मियों को साधुवाद दिया।

यह कह चुका हूँ कि चौथे वर्ष में पहुँचते-पहुँचते मैं आधा विद्यार्थी और आधा अध्यापक हो गया। आचार्य के शिष्यों की संख्या पाँच सौ कही जाती है, किन्तु यहाँ पाँच सौ वह विद्यार्थी हैं, जो कि उच्च कक्षा के हैं और जिनमें काफी संख्या तक्षशिला से दूर-दूर के विद्यार्थियों की है। आजकल प्राची के विद्यार्थी कम

हैं और जो हैं भी, उनमें मगध के शुल्क-अन्तेवासी ज्यादा हैं। आचार्य इसे शुभ लक्षण नहीं बतलाते। वह कहते थे—

"तात सिंह! इससे जान पड़ता है, प्राची में मगध ही है, जो कि युद्धविद्या के महत्त्व को समझता है। वैशाली, कुसीनारा, कपिलवस्तु, पावा, अनूपिया, देवदह, किसी भी गणतंत्र का तुम्हारे सिवाय कोई विद्यार्थी न होना बतलाता है कि वह युद्धविद्या को सिन्धु (नदी) न मान, प्रवाहहीन पुष्करिणी समझ रहे हैं। वत्स! मैं तक्षशिला की झूठी प्रशंसा करने के लिए नहीं कहता, यह साफ है। इस वक्त जो तक्षशिला के ज्ञान-स्रोत से अपने को वंचित रखेगा, वह युद्धविद्या में तो अवश्य अपने को पिछड़ा हुआ बनाएगा। महाली युद्धविद्या का पंडित है। पतित बन्धुल मल्ल की विद्वता में हम सन्देह नहीं करते; किन्तु उनकी विद्याएँ पचीस वर्ष पहले की हैं। वैशाली और श्रावस्ती में बैठकर वे नहीं जान सकते कि पार्शवों ने बल-संचालन का इधर कौन-सा नया तरीका निकाला है? व्यूह-भेदन के कौन-से नये ढंग निकाले हैं? धनुष-क्षेपण की शक्ति को बढ़ाने के लिए उसमें क्या सुधार किये हैं? ईंट-पत्थर के दुर्ग को तोड़ने के लिए कौन-से हथियार बनाए हैं? ये बातें तक्षशिला ही में मालूम हो सकती हैं। हम पार्शवों और यवनों से नजदीक का सम्बन्ध ही नहीं रखते; बल्कि हम उनके भीतरी रहस्य की खोज निकालने में सिद्धहस्त हैं। हमारी युद्धविद्या सिन्धु की धारा है, जिसका प्रवाह कभी शून्य नहीं होता, जिसमें सदा नये-नये ज्ञान-जल सम्मिलित होते रहते हैं। अफसोस है, प्राची में यदि इसका ख्याल किसी को है तो मगध को है। मगध इस ज्ञान को बड़ी तत्परता से अर्जित कर रहा है। मैं नहीं समझता, यहाँ आए मगध-विद्यार्थी जो शुल्क मुझे प्रदान कर रहे हैं, वह अपने घर से लेकर दे रहे हैं।"

"नहीं आचार्य! उन्हें सब कुछ राज-कोष से मिलता है। मगधराज बिम्बिसार होनहार तरुणों को चुन-चुनकर तक्षशिला भेज रहा है।"

"मैं भी वत्स! यह सन्देह कर रहा था। कभी इतनी संख्या में मागध कुमार यहाँ पढ़ने नहीं आते थे। मेरी भी उम्र चौंसठ वर्ष की हो गई है। मैं समझता हूँ, मगध प्राची की स्वतंत्रता का शत्रु तैयार हो रहा है। वह एक दिन वहाँ के गणों को ग्रास कर लेगा वहाँ की छोटी-बड़ी रजुल्लियों को उदरसात कर जाएगा। मगध का रजुल्ला प्राची का पार्शव शासानुशास होगा—आज नहीं, दस वर्ष बाद, पचास वर्ष बाद; यदि उसकी ज्ञान-पिपासा इसी तरह अतृप्त रही।"

"तो यह हमारे लिए संकट की बात होगी?"

"इसमें क्या शक?"

"किन्तु आचार्य! हम अकेले लिच्छवि मगध के लिये काफी हैं। पाँच लिच्छवि कुमार इस साल यहाँ पहुँचनेवाले हैं। हम लिच्छवि अपनी ज्ञान-पिपासा को शान्त नहीं होने देंगे; वैशाली और तक्षशिला का समागम कभी बन्द नहीं होगा।"

"साधु वत्स! साधु, हम भी यही चाहते हैं। प्राची में जिसके साथ हमारा अपनापन है, वह वैशाली है। और, हम यह भी मानते हैं कि लिच्छवि मगध को नतमस्तक करने के लिए पर्याप्त हैं। किन्तु, तुम्हीं ने बतलाया कि अंग को मगध ने अपने भीतर पचा लिया। इसका अर्थ है, अंग का जन-धन-बल उसके हाथ में चला गया। कोसल में बुढ़ापा आ गया मालूम होता है, नहीं तो काशी तथा कोसल-जैसे अपार जन-धन वाले राज्य को पाकर मल्ल, शाक्य आदि गणों की परवशता से लाभ उठा, वह वैशाली की स्वतंत्रता को संकट में डाल सकता था। मगध में बुढ़ापे का लक्षण नहीं मालूम होता। बिम्बिसार चतुर शासक जान पड़ता है, यदि उसका पुत्र भी पिता-जैसा निकला, तो वैशाली को बहुत सजग रहने की जरूरत होगी।"

"बिम्बिसार का पुत्र कुमार अजातशत्रु, मैं जानता हूँ आचार्य! बहुत चतुर तरुण है। उसकी माँ हमारे ही विदेह देश की है। उसको मैंने देखा है। वह आचार्य महाली के विद्यालय में आया था। उसकी बहुत इच्छा थी तक्षशिला आने की; किन्तु माता-पिता ने इसकी आज्ञा न दी। तक्षशिला से पढ़कर गए जीवक से उसका बड़ा सौहार्द्र है।"

"जीवक! यहाँ से पढ़कर गया?

"हाँ, किन्तु वह वैद्य है आचार्य! आजकल प्राची में उसकी बड़ी ख्याति है। मगध, कोसल ही नहीं, उज्जयिनी तक उसकी माँग है। हाँ, वह सिर्फ वैद्य है, योद्धा नहीं।"

"किन्तु, वैद्य और योद्धा दोनों मिलकर युद्ध जीतते हैं, पुत्र! सिद्धहस्त शल्य-चिकित्सक हजार घायलों की जान ही नहीं बचाता, बल्कि वह कूटयुद्ध में भारी सहायक हो सकता है, वह सेना-की-सेना को सुला सकता है।"

"और जीवक इस बात में बहुत होशियार है, आचार्य! अवंतिराज प्रद्योत की चिकित्सा करने अभी हाल ही में वहाँ गया था। किसी कारण राजा उससे नाराज हो गया और जीवक को भागकर जान बचाने की नौबत आई। प्रद्योत के एक दूत ने उसे रास्ते में जा पकड़ा। उस वक्त जीवक पानी पीने के लिए आँवले खा रहा था। उन्हीं में से दो उसने राजदूत को भी दिये। राजदूत ने समझा, अपने ही खाने के आँवलों में से दे रहा है, खाने में क्या हर्ज? किन्तु उन्हीं आँवलों को खा वह तीन दिन तक बेहोश रहा।"

"तो पुत्र! तुम खुद जानते हो, जीवक युद्ध में कितना सहायक हो सकता है। चाहे जो भी हो, मुझे विश्वास है, मगध की शक्ति यदि आज जितनी ही रही, तो लिच्छवियों का वह कुछ नहीं बिगाड़ सकता; किन्तु खतरा तब बढ़ेगा, जबकि वह और राज्यों को अपने हाथ में करने में सफल होगा, और इसके लिए पास में लड़खड़ाता कोसल है। और फिर तक्षशिला से पढ़कर जानेवाले यह मगध के भावी सेनापति।"

"लेकिन आचार्य! आप तो उन्हें सभी रहस्य नहीं सिखलाते?"

"यह ठीक है, किन्तु तब भी उन्हें बहुत कुछ सीखने को मिलता तो है। और रहस्य? उनमें से कितनों ही को तो चतुर आदमी तक्षशिला की हवा से प्राप्त कर सकता है। मगध भारी खतरा है। वह प्राची का पार्शव है। तुमने देखा होगा, पश्चिम गन्धार के पुरुषों को। हमारे पूर्व गन्धार (तक्षशिला) और पश्चिम गन्धार के बीच सिर्फ महासिन्धु का अन्तर है। वह हमसे कम बहादुर और बुद्धिमान नहीं हैं, किन्तु कुरु, दारयु की अपार सेना के सामने अन्त में उन्हें सफलता नहीं मिली। आज तक्षशिला पर भी दारयु के क्षत्रप का शासन होता, यदि उसे युद्धक्षेत्र में अकेला रहना पड़ा होता। हमारा सौभाग्य है कि उत्तरापथ (पंजाब) के हमारे सारे गण दारयु के विरुद्ध एक हो गए हैं। लेकिन इस एकता को मैं पर्याप्त नहीं समझता। हमारी एकता सहानुभूति की एकता है। मद्र तक्षशिला के लिए उसी तरह नहीं लड़ सकते, जिस तरह मद्र के लिए। मद्रों का सागल पर जैसा प्रेम है, वैसा तक्षशिला के लिए नहीं हो सकता, यह हमें मानना पड़ेगा। उधर पार्शव दारयु के लिए उनके अधीन जनपद रथ में जुते घोड़ों की भाँति रश्मि के संकेतमात्र पर आगे बढ़ने के लिए तैयार हैं।"

"यह भय मुझे भी कभी-कभी आचार्य! विचलित कर देता है।"

"किन्तु पुत्र! मुझे अभी इससे बचने का कोई उपाय नहीं सूझता। उपाय है, किन्तु उसे हम स्वीकार नहीं कर सकते—उत्तरापथ (पंजाब) के सभी गणों को मिलाकर एक संघ, एक शासन बनाना यदि सम्भव भी हो, तो भी उसमें हमें अपने गण-स्वातंत्र्य, गण-मर्यादा, रुधिर-बन्धुत्व को छोड़ना पड़ेगा। इसके लिए हमारे गण का कोई बच्चा तैयार नहीं हो सकता। सहानुभूति, समान संकट के कारण भी जो एकता हमारे गणों में इस वक्त है, वह जब तक मौजूद है तब तक हम पार्शवों को महासिन्धु के इस पार नहीं आने देंगे।'

रोहिणी

अब मैं 24 साल का था और रोहिणी 16 साल की। रोहिणी का कन्या सुलभ-स्नेह किस समय तरुण-तरुणी के प्रेम में परिवर्तित हो गया, इसका दिन-मुहूर्त्त बतलाना कठिन है। हाँ, एक घटना आज से साल-भर पहले की याद है। उस वक्त मैं बहुत बीमार पड़ गया था। जब ज्वर सप्ताह से आगे भी वैसे ही चला और वैद्य की ओषधि का कोई लाभ नहीं हुआ, तो आचार्य का हृदय कुछ शंकित हो उठा। उन्हें बराबर मेरे कमरे में आना पड़ता था। इसलिए आचार्य के शयनागार के पास

एक कमरा मेरे लिए खाली कर दिया गया और मुझे वहीं ला सुलाया गया। मैं बिलकुल निर्बल हो गया था। सिर्फ जल और ओषधि के सहारे जीवित था। अम्मा और आचार्य तो दिन में कई बार आते थे; किन्तु रोहिणी को मैं तो नहीं जानता, किसी वक्त उसने मेरी चारपाई छोड़ी होगी। वह बगल में एक मंचिका पर बैठी पंखा झलती, दवा पिलाती या कपड़े ठीक करती रहती। मैं जब जाकर सो रहने की बात कहता, तो 'अभी तो सोकर आई हूँ', कहकर टाल देती। मेरी स्मृति उस समय जिस अवस्था में थी—उसमें मैं उसे सच ही समझ लेता था। लेकिन, मैं यह देखता था कि रोहिणी के लाल अधर पीले पड़ गए हैं। एक दिन मैं चेतनाहीन हो गया। सोकर जगे की भाँति जब मैंने आँखें जरा-जरा खोलीं—देखा, रोहिणी के नेत्रों से आँसू गिर रहे हैं। मेरे लिए मुँह से आवाज भी निकालनी मुश्किल थी, तो भी मैंने कहा—"रोहिणी!" वह मुँह छिपाने लगी। मैंने कहा—"तुम रो रही हो बच्ची! मैंने देख लिया।" उसने मुँह पोंछकर मेरी ओर ताका। उसकी आँखें सूजी हुई थीं। उसके नीले तारकों पर स्निग्ध जल की परत पड़ी हुई थी। मैंने हाथ को हिलाना चाहा। उसने सिर को पास कर दिया। कितने ही दिनों से उसने केशों को धोया-सजाया न था, तो भी उलझे होने पर भी वह कौषेय-तन्तु की भाँति कोमल थे। मैंने उनमें अँगुलियों को चलाते हुए कहा,

"रोहिणी! मैं अच्छा हूँ, तुम्हें चिन्ता न करनी चाहिए।"

"हाँ, सिंह भैया! तुम अच्छे हो।"—उसने अपने कंठ-स्वर पर पूरा संयम करके कहा।

"फिर तुम रोती क्यों हों?"

वह जवाब न दे, मेरे ललाट पर हाथ फेरने लगी। वह शीतल और भले मालूम होते थे। उस दिन के बाद से सचमुच मेरा ज्वर कम होने लगा। धीरे-धीरे पथ्य दिया जाने लगा। अब रोहिणी सबसे अधिक प्रसन्न-मुख थी।

साल बीत गए। अब मेरा शरीर फिर पहले-जैसा बलिष्ठ था। अंगूरों के पकने का समय था। रोहिणी और मैंने एक बाग का काम अपने ऊपर लिया था। वर्षा नहीं थी, किन्तु अभी भी ऋतु गर्म थी। मैंने हरी पत्तियों से युक्त एक द्राक्षालता से रोहिणी के केशों को सजाया फिर उसमें द्राक्षा के हरे-पीले क्षुद्र गुच्छक लटका दिये। उसके कानों से एक-एक कापिशेयी द्राक्षा का दाना लटक रहा था। गले में उसी तरह अंगूरों की तिलड़ी माला पड़ी थी। मैंने कहा, "रोहिणी! तुम्हारे अरुण मुखमंडल, तुम्हारे सुवर्ण केशों, तुम्हारे अस्फुट उरोजों पर, देखो तो यह द्राक्षा के आभूषण कितने सुन्दर मालूम होते हैं।"

"नहीं, तुम तो ऐसे ही तारीफ करते हो"—कहने पर मैंने उसके दृढ़ हाथों को अपने कर्कश हाथों में ले लिया और शनैः-शनैः प्रवाहित स्निग्ध कुल्या की ओर ले चला। उसने चलने में आनाकानी नहीं की, सिर्फ उसके कपोलों में कुछ

लाली उतर आई। कुल्या के तट पर बैठ, पानी की ओर झुककर मैंने कहा, "देखों रोहिणी! तुम कितनी सुन्दरी हो!"

उसने एक बार झाँका, किन्तु मुँह को मेरी छाया की ओर फेरकर कहा, "और तुम? देखो हँसती आँखें कितनी सुन्दर हैं। तुम्हारे मुख के सामने मेरी सुन्दरता क्या है?"

"नहीं गलत है, रोहिणी! तुम मोहिनी हो।"

"जाने दो ऐसा परिहास।"

"परिहास! आओ, हम दोनों अपना मुँह एक साथ पानी में प्रतिबिम्बित करें। किन्तु देखना रोहिणी, न्याय करना।"

उसने अपने दाहिने कपोल को मेरे बाएँ कपोल से लगाने में आपत्ति न की और इस प्रकार सटकर हमने अपने प्रतिबिम्ब को जल में छोड़ा। रोहिणी की अधखिली आँखों से झलकती नीली पुतलियाँ बड़ी मनोहर थीं। उसके लाल अधरों पर हँसी की रेखा उसके मुख-मंडल की शोभा को और भी कई गुना बढ़ा रही थी। मैंने पूछा,

"बोलो रोहिणी! सच-सच, तुम वनदेवी या देवांगना हो, कि नहीं!"

मैं देख रहा था, रोहिणी अपने नहीं, मेरे मुखबिम्ब को निहार रही है। उसने झट जल की ओर से मुँह को मेरी ओर फेरकर मेरी आँख में अपनी आँखों को चुभाते हुए कहा—"नहीं; सिंह का यह मुख बड़ा सुन्दर है" और उष्ण श्वास से गर्म करते मेरे कपोल पर अपने होंठों को रख दिया। मैंने हटने का मौका बिना दिये दोनों हाथों से उसके सज्जित केशों को सँभाले वैसे ही रोक दिया। इस नीरव अवस्था में न जाने हम कितने काल तक रहे। तब हमें ख्याल आया, अभी हमें बीस टोकरी अंगूर तोड़ने हैं। मैंने हाथों को हटाकर कहा,

"रोहिणी! अभी हमें आज का काम समाप्त करना है।"

हम अपनी टोकरियाँ ले गुच्छों को काट-काटकर रखते, फिर शाम को उद्यान-घर को छत पर उत्तर-दक्खिन खड़ी दीवार के सैकड़ों झरोखानुमा छिद्रों पर सूखने के लिए उन्हें टाँगते थे। रोहिणी कुछ गुनगुना रही थी। मैंने गाने के लिए कहा—उसने इनकार नहीं किया।...मैंने कहा, "रोहिणी कितना अच्छा होता, यदि यह द्राक्षा की फसल समाप्त ही न होती।"

उसने कहा, "और सदा प्रभात रहता, न कभी मध्याह्न, संध्या या निशा होती।"

"और तुम सदा षोडशी पिंगला रहतीं।"

"और तुम्हारी पढ़ाई समाप्त ही न होती।"—कहते रोहिणी का मुख कुछ म्लान हो गया।

"पढ़ाई न समाप्त होती, क्यों रोहिणी?"

रोहिणी ने अपने कम्पित स्वर में कहा, "क्या जाने, तुम वैशाली चले जाओ।"

"और तुम्हारे बिना! ऐसा नहीं होगा, रोहिणी!"—कह, मानो छिन जाने के भय से मैंने कसकर उसे अपनी छाती से लगा लिया।

रात को सोते वक्त मेरे कानों में रोहिणी के शब्द 'क्या जाने तुम वैशाली चले जाओ' गूँज रहे थे। रोहिणी का भय बिलकुल निराधार न था। वैशाली के लिए आखिर मैं तक्षशिला आया। पूर्वजों की वैशाली के गौरव की रक्षा के लिए कौन-सी चीज थी, जिसे मैं उत्सर्ग नहीं कर सकता। मैंने अपने मन से पूछा, "यदि तुम्हें रोहिणी और वैशाली में से एक के वरण करने की नौबत आए, तो किसे स्वीकार करोगे?" उस वक्त जो उत्तर मेरे मन में आया, उससे कलेजे में हजार सुइयाँ चुभाने जैसी पीड़ा होने लगी। मुझे सचमुच वैशाली को वरण करना पड़ता। तो क्या मैं रोहिणी के सामने झूठा नहीं हूँ? 'नहीं, वैशाली का प्रेम प्रेम की सीमा के बाहर का प्रेम हैं'—कह मैंने दिल को समझाने पर भी कहा, "मैं रोहिणी को वैशाली ले चल कर दोनों प्रेमों का निर्वाह कर सकता हूँ।" लेकिन यह कोई उचित बात न थी। आखिर रोहिणी को भी तक्षशिला—अपने माता-पिता की तक्षशिला—उतनी ही प्रिय है, जितनी मुझे अपनी वैशाली। फिर आचार्य अपनी एकमात्र सन्तान रोहिणी के वियोग को कैसे बर्दाश्त करेंगे?

उस रात मेरा मन बहुत विकल रहा। जान पड़ता था, मैं आग की लपटों में डाल दिया गया हूँ। नहीं मालूम किस वक्त निद्रा ने आकर मुझे उस दहकती भट्ठी से निकाल अपनी शीतल गोद का सहारा दिया। सबेरे तड़के ही उठकर मैंने अपने केश-मुँह को अच्छी तरह धोया और रोहिणी के सामने जाने से पहले रात के सारे असर को धो डालने की कोशिश की। किन्तु उसकी असफलता का पता तब लगा, जब रोहिणी ने मेरे सिर पर हाथ फेरते हुए कहा, "रात के स्वप्न अच्छे नहीं थे क्या?"

मेरा कलेजा सिहरने लगा। चेहरे के बदलते रंग को छिपाने के लिए मैंने उसकी आँखों पर अपनी आँखों को रख दिया और पूरा प्रयत्न करने पर भी मुँह से निकल आया, "हाँ, किन्तु प्रिये रोहिणी! स्वप्न तो दिल दुखाने के लिए आते ही हैं।"

"अच्छा, क्या स्वप्न देखा?"

"सब याद नहीं।"

"जो और जितना याद हो, उतना ही बतलाओ प्रिय!"

"कोई विकराल राक्षस तुम्हें मुझसे छीन ले जाना चाहता था। मैं अपने खड्ग को कोष से निकालना चाहता था, किन्तु खड्ग निकल नहीं रहा था। इस पर खड्ग-कोष को फेंककर, मैं उस राक्षस पर टूट पड़ा, और उसकी दोनों भुजाओं को चीरकर जब तुम्हें धरती पर रख रहा था, उस वक्त उसने मुझ पर प्रहार किया। प्रहार तो मैंने खाली जाने दिया, किन्तु मैंने देखा बेहोशी से तुम्हारा गात्र शिथिल होने लगा है।"

"नहीं श्रेष्ठ! ऐसे समय मुझे बेहोशी नहीं आ सकती"—कह रोहिणी ने मेरी भुजाओं को लपेटते हुए अपने बाहु के बल को दिखलाया।

"नहीं रोहिणी! मैं स्वप्न की बात कर रहा हूँ। स्वप्न की बातें उल्टी हुआ करती हैं।"

"किन्तु तुम्हारे चेहरे से मालूम होता था कि तुम स्वप्न नहीं, जागृत अवस्था की बात कर रहे हो।"

"हाँ मेरा हृदय आतंक-पीड़ित है, प्यारी रोहिणी! मैं इसे स्वीकार करता हूँ। अनिष्ट की कल्पना भी भयदायक होती है।"

"तो प्रिय! राक्षस को तुमने क्या किया?"

"मैंने अपने को बचाते हुए उसकी ठुड्डी में एक मुष्टिका मारी, वह जमीन पर आ गिरा, और मैं उसकी छाती पर बैठ गया।"

"वैसे ही जैसे उस दिन तक्षशिला के सबसे बड़े मुष्टिक दत्त को तुमने दबाया था। ओह, सिंह! उस दृश्य को देखकर मुझे कितना आनन्द आया था! अभिमान से मेरा मस्तक हिमवान-जैसा ऊँचा हो गया था। मेरी सहेलियाँ मुझे साधुवाद देते नहीं थकती थीं; वह इसे मेरी वैयक्तिक विजय समझती थीं।'

"और तुम रोहिणी?"

"मैं भी, तभी तो फूली नहीं समाती थी।"

"मैंने उस राक्षस को परास्त करके छोड़ा; किन्तु उठकर देखता हूँ, तो तुम वहाँ नहीं हो। मेरे प्राण निकलने-से लगे। किन्तु उसी समय नींद खुल गई।"

"स्वप्न में तुम विश्वास करते हो प्रियतम?"

"नहीं, मैं विश्वास नहीं करता हूँ, रोहिणी!"

"तात भी विश्वास नहीं करते; किन्तु माँ करती हैं; स्वप्न का विपाक उलटा होता है, अच्छे का बुरा, बुरे का अच्छा।"

"यदि विश्वास करना होगा, तो अम्मा के विचार के अनुसार मैं विश्वास करूँगा, रोहिणी!"

"और..."

पार्शवों के साथ युद्ध की तैयारी

पार्शव शासक [शाह] यवन-विजय में जिस तरह असफल रहा, उसके कारण पूर्व में भी उसे सीमा-विस्तार करने का उत्साह नहीं हुआ। शास आर्तक्षत्र ने फिर पूरब में छेड़खानी करनी चाही। तक्षशिला को यह भारी सुभीता था कि पड़ोसी

राज्यों की गतिविधि का समाचार वहाँ आसानी से पहुँच जाता था। तक्षशिला के सार्थ और व्यापारियों की पहुँच राजधानी पर्शुपुरी [पर्सेपोली] के अन्तस्तम तक में थी। तक्षशिला के वैद्यों और युद्ध विद्याध्यापकों की माँग पार्शव-दरबार में बहुत ज्यादा थी। इस प्रकार यह असम्भव था कि पूर्व-गन्धार के विरुद्ध की जानेवाली तैयारी छिपी रहती। फसलें कट चुकी थीं, वर्षा शुरू हो गई थी, तक्षशिला आए मेरा आठवाँ साल था, जब युद्ध की तैयारी की अफवाहें वहाँ पहुँचने लगीं। गण-संस्था की बैठकें प्रतिदिन हुआ करतीं और मैं आचार्य के चेहरे को उस वक्त सदा चिन्तित देखता था। एक दिन मैंने आचार्य से इसके बारे में पूछा, तो उन्होंने कहा,

"वत्स! पूर्व-गन्धार पर संकट के बादल मँडराने लगे हैं। शास ने गन्धार के क्षत्रप को हमारे खिलाफ युद्ध की तैयारी का आदेश दिया है।"

"युद्ध की तैयारी! तक्षशिला पर आक्रमण!"

"हाँ, और हमने तय कर लिया; नागरिक मात्र का आज से सबसे पहला कर्तव्य है सैनिक-सेवा। हमें प्रसन्नता है कि उत्तरापथ [पंजाब] के सारे गण हमारी सहायता के लिए तैयार हैं। वृद्धापन के कारण सेनापति का काम तो मैं स्वीकार नहीं कर सकता था; किन्तु सेनानायकों की शिक्षा-दीक्षा का काम मेरे जिम्मे हुआ है।"

"और आचार्य! मुझे आशा है तक्षशिला के इस संग्राम को वैशाली अपना संग्राम बना सकती है!"

"जरूर मैं कह चुका हूँ, वैशाली प्राची की तक्षशिला है; वह दोनों बहनें हैं।"

"तो आपके शिष्य सिंह को भी इस संग्राम में भाग लेने का अवसर मिलना चाहिए।"

"मैं समझता हूँ, कोई रुकावट नहीं होगी। मैं युद्ध-उद्वाहिका [समिति] से स्वीकृति माँगूँगा।"

यह कहने की आवश्यकता नहीं कि उद्वाहिका ने मुझे एक सेनानी के तौर पर ही स्वीकार नहीं किया; बल्कि वैशाली के दूसरे पाँच तरुणों को भी नागरिक सेना में सम्मिलित होने का अधिकार दिया। नागरिकों के अतिरिक्त हजारों की संख्या में आगन्तुकों और कर्मकरों ने तक्षशिला के लिए लड़ने की इच्छा प्रकट की और उन्हें अनुमति मिल गई।

यों तो तक्षशिला के हरेक नागरिक के लिए युद्ध-विद्या का सीखना जरूरी है; किन्तु अब पार्शव-जैसी महान शक्ति से मुकाबिला करना था, इसलिए चारों ओर सैनिक-शिक्षा, व्यूह-रचना, झूठा आक्रमण आदि का ही अभिनय हो रहा था। तक्षशिला के नागरिकों में सबके पास अपने सैन्धव घोड़े थे; अपने-अपने हथियार थे। जिनके पास किसी वस्तु की कमी थी, उसका प्रबन्ध गण की ओर से होता था। सेनानायक अपनी वाहिनियों को पक्की कर रहे थे और उनकी विशेष शिक्षा का भार आचार्य बहुलाश्व-जैसे महान युद्ध-विद्या-विशारद के ऊपर था। आचार्य ने

मेरे लिए अपना कवच और सबसे अच्छा घोड़ा प्रदान किया। शस्त्रों में मेरे पास एक सींग का [शार्ङ्ग] धनुष, एक तूण, एक डेढ़ हाथ लम्बा सीधा खड्ग, एक शल्य [भाला], एक छुरा तथा इनके अतिरिक्त भारी गदा थी।

हमें रोज-ब-रोज शत्रु की गतिविधि की खबर मिल रही थी। इसमें पश्चिम गन्धार के हमारे भाई बड़े सहायक थे। उन्हें भी जबरदस्ती शास की सेना में भरती होना पड़ रहा था, किन्तु विश्वास था—और वैसा ही हुआ भी—कि वह अपना कर्तव्य-पालन करेंगे।

वर्षा के समाप्त होते ही आक्रमण होगा, इसका हमें पता लग गया था; किन्तु इधर वर्षा कम होती है, और कहीं शत्रु अचानक हमला न कर दे, इसलिए हमारे सैनिकों की कुछ टोलियाँ घाटों और घाटियों की रक्षा करने के लिए भेज दी गई थीं। आचार्य ने मेरे लिए पुष्कलावती से आनेवाले रास्ते के घाट [अटक] की रक्षा का भार सौंपा था। वहाँ रक्षक सैनिक मौजूद थे, मुझे आज्ञा मिलने पर वहाँ जाना था। इस वक्त तक्षशिला के पत्थर के प्राकार को दृढ़ कर दिया गया था और नगरद्वारों पर कड़ा पहरा था। यदि द्वार पर आप कुछ घड़ियों के लिए भी ठहरकर देखते, तो मालूम होता, कितने ही घोड़े दौड़ते हुए नगर में घुस रहे हैं, और कितने ही नगर से बाहर की ओर दौड़ रहे हैं। यह सभी आदेशवाहक अश्वारोही हैं।

आचार्य ने मुझसे एक दिन कहा,

"पुत्र सिंह! अबकी मुकाबला सख्त होगा। शिवि, सौवीर, पख्त, भलानस ही नहीं, वक्षु [आमू नदी] के उत्तर तथा पर्शुपुरी [पर्सोपोली] के पूरब के सारे जन-बल को शास तक्षशिला के विध्वंस के लिए तैयार कर रहा है। हम भी अकेले नहीं हैं; मल्ल, मद्र...सभी गण जबरदस्त तैयारी कर रहे हैं और महासिन्धु के अपने निर्दिष्ट घाटों पर उनके कितने ही सैनिक अभी ही पहुँच गए हैं। युद्ध में आक्रमणकारी अधिक लाभ में रहता है; किन्तु हमारे लिए वह यहाँ अनुकूल नहीं होगा; क्योंकि महासिन्धु हमारे हरावल के पीछे सम्बन्ध जोड़ने में भारी घातक होगी। खैरियत यही है कि शत्रु-सेना जहाँ चाहे वहाँ सिन्धु को पार नहीं कर सकती, इसलिए उसे हमारी आरक्षित-गोपित-घाटों से ही नदी को पार करना होगा, और इसमें वह अपने संख्याबल से पूरा लाभ नहीं उठा सकेगा।"

पहले-पहल जब मैं कवच पहन, शिरस्त्राण, खड्ग, गदा, शार्ङ्ग, तूर्ण धारण कर खड़ा हुआ, उस वक्त रोहिणी मेरे कमरे में थी। उसने इस सज्जा में देख मुझे गाढ़ालिंगन किया। मैंने कहा, "प्रिये! इस कठोर लोहे के स्पर्श से तुम्हें कष्ट होगा।"

"कष्ट मुझे होगा? नहीं मेरे सिंह! हम तक्षशिलीय तरुणियाँ भी अपने को तैयार कर रही हैं। जैसे तक्षशिला के बालक को पहले-पहल मधु खड्ग की नोक पर चाटने को मिलती है, उसी तरह बालिका को भी तक्षशिला के नर-नारी समान रूप से आयुध-सेवी बनाते हैं।"

मैंने शिरस्त्राण को हटा दिया और रोहिणी के कन्धों पर दोनों हाथों को रखकर कहा,

"मेरी प्यारी रोहिणी! इस बात में तक्षशिला की नारियाँ, वैशाली से बढ़ी हुई हैं।"

"क्या लिच्छवियानियाँ गान्धारियों की भाँति समर-भूमि में नहीं जा सकतीं?"

"जा सकती की बात नहीं है। कितनी ही वैशालिकाओं ने पूर्व में सेना-संचालन, दुर्ग-गोपन किया है। किन्तु यह जरूर है कि वहाँ की सभी लिच्छवियानियाँ इसके योग्य नहीं बनाई जातीं।"

"नहीं बनाई जातीं! क्यों प्रिये?"

"इसमें और भी कारण हो सकते हैं। किन्तु मुझे तो दास-दासियों तथा आनार्यों का वैशाली में बाहुल्य प्रधान कारण मालूम होता है। तक्षशिला के सीधे-सादे जीवन को देखकर पहले ही दिन से मैं बहुत प्रभावित हुआ। हमारे आचार्य जैसे कर्मान्य, पशु-वाणिज्य के स्वामी वैशाली में इस तरह अपने दास-दासियों के साथ सहभोज, सहनृत्य न करते। वहाँ से स्वाभाविक सादगी, स्वाभाविक कठोर जीवन मिट चुका है। हाँ, सैनिक जीवन की अनिवार्य आवश्यकता होने के कारण नागरिकों को कठोर जीवन बिताने के लिए मजबूर होना पड़ता है।"

"प्रिय सिंह! मैंने आनार्य लोगों को कभी-कभी यहाँ अपने घर में भी आए देखा है। एक बार इन्द्रप्रस्थ से लौटे हमारे सार्थ के साथ चार काले लोग आए थे। ताता ने उन्हें अपने साथ बैठाकर कापिशेयी सुरा तथा कोमल वत्सतर-मांस से सम्तृप्त किया था। यह तुम्हारे आने से एक साल पहले की बात है। मेरे पूछने पर ताता ने बतलाया था कि यह गन्धार, मद्र...सभी पहले इन्हीं लोगों के थे। हमारे पूर्वज जब पश्चिम से अपने घोड़ों पर चढ़कर आए, तो महासिन्धु के पश्चिम का विस्तृत भू-भाग भी इन्हीं के हाथों में था। हमारे पूर्वजों का इनसे युद्ध हुआ, जिसमें अश्वारोही विजयी हुए और इनकी भूमि हमारे हाथ आई। किन्तु प्रिय! मैंने दास-दासियाँ नहीं देखी हैं, वह कैसी होती हैं?"

"तुमने देखी हैं रोहिणी! उस दिन सुदत्त के सार्थ के मुखिया के साथ एक काला आदमी मेरे पास आया था?"

"हाँ, मैंने उसे देखा था। उसके केश और शरीर का रंग एक-सा काला था। उसकी आँखें लाल-लाल अंगारे-सी मालूम होती थीं। उसकी नाक बहुत चौड़ी तथा नथुने बड़े-बड़े थे। वह नाटा, किन्तु गठीला मालूम हो रहा था। क्या दास इसी तरह के होते हैं?"

"नहीं, दासों का कोई खास रंग-रूप नहीं होता। हाँ, ज्यादातर काले होते हैं। किन्तु दास उस आदमी को कहते हैं जिसे तुम अपने घोड़े या बैल की भाँति जब चाहो बेच-खरीद सकती हो।"

"खरीद-बेच सकते हैं?"

"हाँ प्यारी रोहिणी! इस तक्षशिला में भी आर्य जब आज से हजार-डेढ़ हजार वर्ष पहले आए, तो उन्होंने भी पराजितों की दास-प्रथा को अपनाकर कितने ही दास-दासी रखे थे। किन्तु पीछे अपनी उस काल की स्थिति में उसके प्रभाव से उन्हें भय होने लगा।"

"किस बात का भय होने लगा?"

"पहला भय था रुधिर-सम्मिश्रण का। यदि वह सम्मिश्रण हुआ होता, तो मेरी प्यारी रोहिणी! तुम्हारे यह सुवर्ण केश किसी दूसरे रंग के दिखाई पड़ते। दूसरा कारण था, सैनिक-जीवन की कष्ट-सहिष्णुता को छोड़ सुकुमार नागरिक बन जाने का डर, और इन सबसे बड़ा कारण था, पड़ोसियों के साथ निरन्तर संघर्ष में रहते वक्त घर के भीतर इन दासों के प्रभाव का सब तरह से बढ़ने का डर।"

"तो इसका प्रभाव लिच्छवियानियों के क्षत्रियत्व पर कैसा पड़ा?"

"कर्मान्त, पशुचारण के लिए उनके पास काफी दास थे। चूल्हे चौके, कूटने-पीसने के लिए उनके पास कितनी ही दासियाँ थीं, तुम्हीं समझो, यदि यह बातें तक्षशिला में होतीं, तो तुम रोहिणी की जगह क्या होती?"

"तुम्हीं बताओ, प्रिय!"

"तुम्हारे हाथ पद्म की भाँति लाल ही नहीं, वैसे ही कोमल भी होते।"

"कोमल भी! तो मैं खड्ग नहीं चला सकती, मैं कुदाल नहीं उठा सकती। धनुष की प्रत्यंचा खींचने में मेरे अँगूठे और तर्जनी में छाले पड़ जाते।"

"और, तुम्हारे गाल और भी लाल होते; किन्तु धूप के छू जाने-मात्र से उस पर स्याह झाईं पड़ जाती।"

"तो मुझे घर के भीतर बन्द रहना पड़ता।"

"थोड़ा-सा चलने में भी तुम्हारी साँस फूलने लगती।"

"तो मैं तड़ाग में तैरने से, जल-क्रीड़ा से वंचित हो जाती।"

"और फिर अपने हर काम के लिए तुम अपनी दासियों पर निर्भर रहतीं।"

"तो ये मेरे हाथ-पैर किस काम के! मैं तो इसे कभी पसन्द न करती।"

"किन्तु यदि तुम्हारी दादी-परदादियाँ ऐसा ही कर आई होतीं, तो तुम्हें यह पसन्द करना होता।"

"लेकिन मेरे सिंह! मेरे लिए तो ऐसा सोचना भी मुश्किल मालूम होता है। ताता की बात सुने हो न 'चर्बी कामचोर का दंड है।' दासियाँ रखनेवाली तो वस्तुतः भैंस हो जाती होंगी। क्या सभी लिच्छवियानियाँ ऐसी ही होती हैं?"

"नहीं, मेरी प्यारी! सोमा तुम्हारी ही जैसी होगी। सभी लिच्छवि इतने 'भाग्यवान' नहीं होते कि उनके सारे कामों को दास करें। यह धनी लिच्छवियों की बात है। हाँ, देखा-देखी सभी की लालसा ऐसी ही होती है। पुरुषों को तो वैसा जीवन स्वीकार करने में बाधा सैनिक-शिक्षा है; किन्तु स्त्रियों में यह व्याधि बहुत फैल गई है।"

"तो प्रिय! क्या मुझे वैशाली जाने पर ऐसा ही बनना होगा?"

मैंने उसके चिकने कपोल पर अपने ललाट को रखकर कहा, "नहीं, प्यारी रोहिणी! तुम वहाँ की स्त्रियों को गान्धारियों के जीवन का पाठ पढ़ाना। मेरी माँ तुम्हारी ही तरह काम करती है, वह तुम्हें बहुत पसन्द करेंगी।"

"और सोमा?"

"सोमा अभी ब्याही नहीं है। वह सुन्दरी है, और किसी धनी लिच्छविकुमार के प्रेम में पड़ी, तो क्या जाने उसे भी औरों-जैसा बनना हो।"

"नहीं, मैं अपनी ननद को वैसा नहीं होने दूँगी। वह सरस्वती-जैसी बन जाएगी।"

"अच्छा, इसे छोड़ो, रोहिणी! यह तो बतलाओ, यह कवच मेरे शरीर में ठीक आ रहा है?"

"जरा पीछे की ओर देखूँ"—कह वह मेरी पीठ की ओर देखने गई और फिर बड़े उत्साह से कहा, "जान पड़ता है यह कवच तुम्हारे ही लिए बनाया गया है। और प्रिय! मैंने कभी नहीं ख्याल नहीं किया था कि तुम्हारा वक्ष इतना चौड़ा है।"

"क्योंकि वह हर रोज चार-चार अंगुल तो बढ़ता नहीं, और तुम्हें देखना है उसे रोज-रोज।"

रोहिणी ने नाचती हुई पुतलियों के साथ कहा, "नहीं, रोज-रोज नहीं, क्षण-क्षण। और जानते हो सिंह! वह मेरे दादा का कवच है, जिनकी छाती के बराबर उस वक्त छाती रखनेवाला कोई पुरुष न था।"

"दादा का!" मैंने कुछ भावावेश के साथ कहा।

"हाँ, और यह सदा विजय लाता रहा। मेरे सिंह! तुम भी इसे पहने रणक्षेत्र से विजयी होकर लौटोगे।"

"रोहिणी! तुम्हारे खिले चेहरे को देखकर मुझे कितनी प्रसन्नता होती है।"

"मेरा चेहरा खिले क्यों नहीं? हम गान्धारियों के लिये वह सबसे आनन्द का समय होता है, जब हमारा प्रिय रणक्षेत्र के लाल कर्दम से सने शरीर के साथ लौटता है। जानते हो, मैं अपनी सहेलियों से बड़े अभिमान के साथ तुम्हारे हाथ के उस खड्ग-चिह्न के बारे में कहा करती हूँ। खड्ग-चिह्न से बढ़कर भूषण नहीं, उससे बढ़कर गौरव का कोई चिह्न नहीं।"

मैंने कर-त्राणों को निकाल कर रोहिणी के कोमल केशोंवाले सिर को हाथ में लेकर कहा, "प्यारी! मालूम हुआ, तक्षशिला के पास हमें सिखाने के लिए और बहुत-सी शिक्षाएँ हैं, मेरी सुवीरे! तुम्हारी-जैसी तरुणियाँ अपने तरुण प्रेमियों के भीतर कितना शक्ति-संचार करती होंगी?"

"हाँ, मृत्यु को हम गान्धारियाँ भय की वस्तु नहीं समझतीं। मृत्यु का भय क्या? आने से पहले उससे डरना निरी मूर्खता है। आ जाने पर वहाँ डरने के लिए

रहता ही कौन है? हमारे पास जीवन-रस को लेने ही के लिए अपना एक-एक क्षण चाहिए। जीवन नहीं रहेगा, इसकी चिन्ता के लिए हमारे पास समय नहीं।"

"किन्तु मृत्यु प्रिय वस्तु का वियोग करती है?"

"तो क्या, मृत्यु से भयभीत को हम अपना प्रिय मान सकती हैं? नहीं प्रियतम! जब हम उसी को प्रिय बनाती हैं, जो वीर हो, जो निर्भय हो; तो उसका अर्थ ही है कि हम इस मूल्य को चुकाने के लिए तैयार हैं।"

रोहिणी के चेहरे पर गम्भीरता छाई हुई थी, जब वह इन शब्दों को मुँह से निकाल रही थी। और मैं उसके एक-एक अक्षर को मुग्ध हो सुन नहीं, श्रवणों से पान कर रहा था। मैं भी सोच रहा था, वैशाली में ऐसी स्त्रियाँ, ऐसी माताएँ, ऐसी बहनें चाहिए। वहाँ ऐसी स्त्रियाँ नहीं हैं, यह बात नहीं; किन्तु सभी ऐसी नहीं हैं। मैंने फिर कहा,

"रोहिणी! तुम मेरे लिए कितनी प्रिय हो! सचमुच प्रेम में केवल जीवन का स्थान है, यहाँ मृत्यु के लिए जगह नहीं।"

"प्रेम सदा जीवित रहता है, सिंह! जब तक दो में से एक जिन्दा रहता है, तब तक ही नहीं, उसके बाद उस प्रकाशमान लोक में भी—जहाँ हमारे पुराने पितर रहते हैं।"

अम्मा की आवाज सुन रोहिणी उधर दौड़ पड़ी। आचार्य के कमरे में उनकी आहट सुन मैं उनके कमरे में चला गया। आचार्य ने मेरे कवच को देखकर कहा,

"सिंह! तुम्हें यह कवच बहुत सजता है।"

मैंने सिर झुकाकर आचार्य के वाक्य का अनुमोदन किया। कुछ देर तक हम युद्ध की तैयारी के बारे में बातचीत करते रहे। मुझे उस वक्त रोहिणी का 'पितर-लोक' याद आया। फिर मैंने आचार्य से कहा, "आचार्य! क्या आप विश्वास रखते हैं कि वीर मरकर पितरों के प्रकाशमान लोक में जाते हैं?"

"मेरे विश्वास का सवाल न पूछो पुत्र! किन्तु मैं इसे एक मधुर कल्पना समझता हूँ। वह उस कल्पना से कहीं अच्छी है जिसे कि प्राची के रजुल्लों ने अपनी प्रजा को अन्धकार में रखने के लिए गढ़ा, और जिसे उस कपटी ऋषि प्रवाहण जैबलि ने प्राची में फैलाने की भारी कोशिश की। पितर-लोक की कल्पना में प्रियों के नित्य समागम की भावना काम कर रही थी किन्तु रजुल्लों ने इसी लोक में फिर-फिर आकर पैदा होने की कल्पना को फैलाया। उसमें उनका नीच स्वार्थ काम कर रहा था। वह उसके द्वारा इस संसार के भीतर अपने अधिकारों—भोंगों का औचित्य साबित करना चाहते थे। यह दास-दासियों की दुनिया उनकी बनाई नहीं; बल्कि मनुष्य के अपने ही पहले कर्मों की बनाई है—यह था उनका अभिप्राय।"

"मैं भी आचार्य! सोचता हूँ, इन कल्पनाओं की उन्हें ही जरूरत है, जिनके लिए मानव के जीवन का मूल्य सिर्फ कल्पना है, या जो जीवन को उसके धर्म [नियम] के अनुसार नहीं बिताते।"

"हाँ पुत्र! दासता के संसार में पले कामचोरों का खाली दिमाग जीवन-रस का आनन्द लेने लायक नहीं रह जाता। श्रम, व्यायाम, नृत्य हमारे भीतर भूख पैदा करते हैं, जिससे हम आहार का रसास्वादन कर सकते हैं और उसे पचाकर शरीर को फिर श्रम, व्यायाम और नृत्य करने के लिए सक्षम बनाते हैं। यदि हम रसास्वाद की तैयारी के लिए आवश्यक श्रम से जी चुराएँ, तो निश्चय ही हम अधिक समय तक रसास्वाद लेने लायक नहीं रह जाएँगे। दासों के श्रम पर पला मनुष्य अपने को जीवन-रस के उपभोग का अधिकारी नहीं रहने देता। फिर कभी वह जीवन-रस को कोसता है। कभी दासता के विधान को न्याय्य साबित करने के लिए फिर-फिर जन्म की बात करता है। जीवन के रहस्य बहुत-से अविदित हो सकते हैं; किन्तु जीवन को छोड़कर जीवन की व्याख्या वंचनामात्र है।"

"और यह जीवन की सत्यता ही है आचार्य! जो हम तक्षशिला के लिए प्राणोत्सर्ग करने के लिए तैयार हैं।"

"ठीक कहा पुत्र! जीवन की सत्यता से इनकार करने पर हम मानव नहीं, कायर कीट-भर रह जाते हैं। ऐसा पुरुष अपने गण, अपने बन्धु तथा अपने-आपका भी मित्र नहीं हो सकता। यदि वह किसी का मित्र हो सकता है, तो आर्तक्षत्र-जैसे लुटेरे खूनियों का, जो पराये घर, पराई सम्पत्ति को अपना बनाना चाहते हैं।"

"तक्षशिला का चिर यौवन..."

युद्धक्षेत्र में

'टिहू' की आवाज तीन बार आई। हम सभी चौकन्ने हो अपने-अपने धनुष पर तीर लगा, सिन्धु की धार पर छाए निविड़ अन्धकार को फाड़कर देखने की कोशिश करने लगे। चारों ओर घोर सन्नाटा था जिसमें हम एक-दूसरे की साँस के शब्द को सुन सकते थे, लेकिन हमारा कान सिन्धु की धारा की ओर था। थोड़ी देर में जल में थप थप की आवाज सुनाई देने लगी। इस जगह पथरीली भूमि पर सिन्धु की धार बहुत पतली है, हमें डर था, अँधेरी रात में इसी जगह पार्शव नदी पार करने की कोशिश करेंगे। 'टिहू' की आवाज उस पार के जंगल में छिपे काप्य ने हमें सजग करने के लिए निकाली थी। बात-की-बात में थपथपी और नजदीक सुनाई देने लगी। उस अँधेरे में हम सिर्फ चलती आवाज का अन्दाज करके ही

बाण छोड़ सकते थे, और जान पड़ा हमारे तीरों ने कुछ असर किया, क्योंकि एक बार पतवार के शब्द पीछे की ओर लौटते सुनाई पड़े। हमने समझा, कम-से-कम आज रात को अब शत्रु फिर इधर आने का प्रयत्न न करेगा। उसी वक्त फिर एक बार 'टिहू' का शब्द सुनाई दिया; अर्थात खतरा दूर नहीं हुआ है, शत्रु और तैयारी के साथ आना चाहता है।

नावों की वहाँ कमी नहीं, यह हमें मालूम था। महासिन्धु के ऊपर की नावें ही उसने नहीं जमा की थी; बल्कि कुभा [काबुल नदी] पर सैकड़ों नावें बनाई जा रही थीं, इसका हमें पता था। मुझे पूरा निश्चय था कि शत्रु सर्वस्व की बाजी लगाकर इस पार आने की कोशिश करेगा। हमने सिद्धहस्त धानुष्कों को इस पार जमा कर रखा था; लेकिन नावों के इस पार पहुँच जाने का भी डर था जिनकी प्रतीक्षा में खड्गधारी जवान तैयार थे। साथ ही हमने तटभूमि के पास पत्ते और लकड़ियों की ढेरियाँ तैयार कर रखी थीं। जिस समय पचासों नावें तीर की भाँति इस तट की ओर दौडने लगीं, उस वक्त हमारे धानुष्कों ने बाण-वर्षा शुरू की। किन्तु वह नावों की बाढ़ को रोक न सके, और उनमें अधिकांश इस तट पर पहुँच गईं। हमारे कुछ बहादुरों ने एक ओर पत्तों में आग लगा दी और शत्रुओं के उतरते-उतरते उसकी ज्वाला इतनी ऊँची हो उठी कि उसके प्रकाश में नावों से उतरती सूरतें हमें साफ दिखलाई देती थीं। अब पुलिन के ऊपर बैठ धानुष्कों का निशाना उन पर अच्छी तरह लग सकता था; किन्तु वह इतना न था कि पार्शव सैनिकों को पीछे लौटाने को बाध्य करता। आखिर उनमें काफी कवचधारी थे। लेकिन जैसे ही वह तट के ऊपर की ओर बढ़ने लगे, वैसे ही मैंने भिड़ने के लिए अपने भटों को आदेश दिया। आग के लाल प्रकाश में चमचमाती तलवारें, तुमुल जयघोष और नीचे की ओर लुढ़कती लाशें। बस, यही उस जल्दी-जल्दी बीतते समय में दिखाई पड़ रहा था। हमारे भटों को एक और सुभीता था। वह ऊपर की ओर थे, जबकि पार्शव-सैनिकों को नीचे से प्रायः खड़ी धार पर ऊपर की ओर बढ़ना होता था। पैरों के नीचे से खिसक जानेवाले पत्थर उनकी कठिनाइयों को और भी बढ़ा रहे थे। मैं एक ओर से दूसरी ओर दौड़ता अपने भटों को उत्साहित कर रहा था और वह स्वयं देख रहे थे कि शत्रु की पंक्ति तेजी के साथ विरल होती जा रही है। इसी वक्त मेरी नजर एक बलिष्ठ कवचधारी पुरुष पर पड़ी। वह नीचे नाव की ओर खिसकने लगा था। मुझे मालूम नहीं, किस वक्त मैंने नीचे उतरने का निश्चय किया। मैं इतना जानता हूँ कि दूसरे क्षण मेरी गदा की जबरदस्त चोट से भहराकर वह धराशायी था; लेकिन इसी बीच मैंने अपने चारों ओर पार्शव-भटों को प्रहार करते देखा। मैंने बड़े परिश्रम से अपने बाएँ हाथ को दाहिने-जैसा बनाया है। आचार्य बहुलाश्व की शिक्षा थी कि यह एक आदमी को दो के बराबर बनाता है। मेरे बाएँ हाथ में भाला अब भी मौजूद था, यद्यपि कवच का ख्याल कर मैंने

गदा से पार्शव-सेनापति को गिराया था—हाँ, वह इस सारी अनी का सेनानी था; यह हमें पीछे मालूम हुआ।

मैं लपक-लपक कर बेतहाशा अपनी छधारी गदा और दूरवालों पर भाला चला रहा था। यद्यपि जिधर को मैं झपटता, उधर से भट काई की भाँति फट जाते; किन्तु पीछे की ओर से उनके प्रहार-पर-प्रहार मेरे कवच पर हो रहे थे। मुझे न प्रहारों के गिनने की फुर्सत थी और न यह देखने की कि वे कितने हैं। एक के बाद एक लुढ़कते भटों को देखकर मेरा उत्साह दूना हो रहा था और अपने भटों की आवाज को अपनी ओर करीब आती सुन रहा था, उसी वक्त एक भाला मेरी दाहिनी जाँघ में घुस गया। अभी सँभल ही रहा था कि देखा एक देव-जैसा पार्शव-भट मेरे सिर पर अपनी प्रचंड गदा को छोड़ रहा है। मैंने आखिरी प्रहार उस आदमी पर किया और उसके बाद मेरी आँखों के सामने अँधेरा छा गया।

मध्याह्न का समय था, जबकि मैंने पहले-पहल अपनी आँखें खोलीं। देख रहा हूँ, एक विशाल वृक्ष है, जिसकी हरी पत्तियाँ हवा से धीरे-धीरे हिल रही हैं। ऊपर की पत्तियों के सिवाय मुझे कुछ दिखलाई नहीं दे रहा था। मैं कहाँ हूँ, इसकी जिज्ञासा का समाधान न होते देख मैंने हिलना चाहा; किन्तु उस वक्त जान पड़ा मेरे रोम-रोम में तीव्र वेदना हो रही है। दाँतों को जोर से दबाकर मैं शिथिल पड़ रहा, तब देखा मेरे मुँह की ओर एक परिचित चेहरा झुक रहा है। मेरी स्मृति अभी भी दुरुस्त न थी। मैं समझता था, मैं पितर-लोक में पहुँच गया हूँ, जहाँ सभी पुरातन वीर चिर-किशोरावस्था में रहते हैं। किन्तु, इसी समय शब्द कान में आया—

"प्रिय कैसी तबियत है?"

रोहिणी का स्वर पहचानना उस समय की स्मृति के लिए भी मुश्किल न था। वस्तुतः मुझे भ्रम हुआ था, रोहिणी के शिरस्त्राण-नासिका-त्राण-आच्छादित मुख के कारण। मैं अपनी व्यथा को भूल गया और बड़े हर्ष से बोल उठा,

"रोहिणी! तुम कहाँ?"

"जहाँ तुम, प्यारे सिंह!"

"क्या पितर-लोक में हमारा मिलन हो रहा है?"

"नहीं, इसी लोक में, प्यारे! ज्यादा मत बोलो, आज तीसरे दिन तुम्हें होश हुआ है। मैं स्वयं सब बतला रही हूँ। तुम महासिन्धु के उसी घाट के ऊपरी भाग पर हो, जहाँ तुमने पार्शव-सेना के प्रधान भाग को परास्त किया और जहाँ उसके सेनापति को तुमने बन्दी बनाया।"

"बन्दी!"

"हाँ बन्दी। तुम्हारी गदा ने उसे बेहोश कर गिरा दिया और पीछे हमने उसे बन्दी बनाया।"

"रोहिणी! तुम कब यहाँ आईं?"

"मैं सब बतलाती हूँ।" रोहिणी ने मेरे ललाट पर अपने हाथ को रखा, "तुम्हारे शरीर में बहुत कम खून रह गया है; तुम्हारा अरुण मुख सफेद हो गया है, मेरे प्यारे सिंह! बोलने की कोशिश न करो, न बहुत चिन्तन करो, वैद्य ने मना किया है। मैं तुम्हारी जिज्ञासाओं की तृप्ति करती हूँ। स्मरण है, मैंने चिरगाढ़ालिंगन किया था; फिर तुम्हारे ओठों और आँखों को चूमा था। तुमने कहा था—प्रिय! भूखी लालसाओं को चिरतृप्ति प्रदान करो। मैंने चिरतृप्ति प्रदान की। फिर अपने हाथों से मैंने तुम्हें कवच पहनाया, तुम्हारे सिर पर शिरस्त्राण बाँधा। तुम्हारे शरीर को वर्म आच्छादित कर एक बार फिर लौह-आलिंगन किया। फिर तुम्हारी बाईं ओर खड्गकोश लटकाया और दाहिनी ओर भारी गदा को। तुम ताता और अम्मा का आशीर्वाद ले अपने घोड़े पर चढ़ रणक्षेत्र को रवाना हुए। उसी दिन मैंने सरस्वती के कर्मान्त पर जाने की ताता से आज्ञा माँगी! लेकिन, वह आज्ञा उस सरस्वती के पास जाने के लिए नहीं, इस सामने की सरस्वती—महासिन्धु—पर आने के लिए थी। तुम फिर बोलना चाहते हो, प्रियतम! मैं जानती हूँ, तुम मुझे साधुवाद देना चाहते हो, किन्तु अभी नहीं। अभी अपनी जिज्ञासा-मात्र को तृप्त होने दो।"

जरा-से भावावेश से शिथिलता आती देख, मैं समझने लगा था अपने शरीर की अवस्था को; इसलिए मैं चुपचाप लौहाच्छादित रोहिणी के यत्र-तत्र दिखते अरुण मुख को निहारता रहा। उसने अपनी बात को फिर आरम्भ किया।

"मैंने इस कवच का इन्तिजाम कर लिया था; मैंने हथियारों को जमा कर रखा था। क्षुद्र रोहित—रोहित के बछड़े—पर सवार हो, उसी दिन रात को मैं महासिन्धु के तट पर पहुँची। पहाड़ की खोह में तुम्हारे घोड़ों में मैंने अपने घोड़ों को छोड़ दिया। उसी वक्त संग्राम की ध्वनि मेरे कानों में आई, उस कलकल में तुम्हारे गम्भीर निर्घोष को पहचानने में मुझे देर न हुई। मैं दौड़ी, किन्तु देखा तुम्हारी आवाज बन्द हो गई है। तट के ऊपरी भाग में खड़े हो, अग्नि-प्रकाश से प्रकाशित वीरों के प्रहार को मैं देख रही थी और नीचे पानी पर मुझे नावें दिखलाई पड़ीं। उसी वक्त मैंने दो विशाल भट-नायकों को एक-दूसरे पर प्रहार करते देखा। किसी निश्चय पर पहुँचने से पहले तुमको पार्शवों से घिर जाते देखा। अपना शल्य सँभाल, लड़ते हुए भटों की पंक्ति को चीरकर मैं नीचे की ओर दौड़ी; किन्तु वहाँ उस वक्त पहुँची, जब तुम बेहोश पार्शव-सेनापति के पास गिर गए थे। मैंने तुम्हारे ऊपर प्रहार करते भटों पर फुर्ती से शल्य चलाना शुरू किया, और इसी बीच बहुत-से हमारे भट पहुँच गए।"

"पार्शव पूरी तरह परास्त हुए, यहीं नहीं और जगह भी। सिर्फ एक जगह वह सिन्धु पार कर कुछ भीतर घुसने में सफल हुए, किन्तु मद्र-वीरों ने वहाँ उन्हें हताहत कर पीछे हटने के लिए मजबूर किया। अभी तक जो समाचार मिला है, उससे पता लगता है, पार्शव शासक का अभियान बहुत विस्तृत रूप में था और वह पूरी तौर पर

असफल रहा। उनके कम सैनिक जान बचाकर लौट सके हैं। उनका प्रधान सेनापति मज्ददात तुम्हारी गदा से आहत हो हमारा बन्दी हुआ है। हमारी सेनाएँ महासिन्धु पार हो, इस वक्त पुष्कलावती (चार सद्दा) की ओर शत्रु की बची सेना का पीछा कर रही हैं। कुभा (काबुल) और सुवास्तु (स्वात) तीरवर्ती हमारे बन्धु इसमें हमारा साथ दे रहे हैं। प्रधान सेनापति प्रियमेध आज सबेरे आकर तुम्हें देख गए। कह रहे थे—'तक्षशिला सदा के लिए वैशाली की ऋणी रहेगी।' 'तक्षशिला को भी लेख भेजा जा चुका है। तुम्हारी रक्षा में कपिल को एक गहरी चोट आई है।"

'तक्षशिला वैशाली की ऋणी रहेगी' इस वाक्य की प्रतिध्वनि मेरे कानों में देर तक गूँजती रही। मैं 60 योजन पर रहकर भी अपनी वैशाली के लिए कुछ कर सका, इस अभिमान का प्रभाव मेरे रोम-रोम पर पड़ रहा था। मैं समझता था, मेरे घावों की सबसे बडी ओषधि यह है; फिर मैं अपने ऊपर झुके मुख की ओर एकटक देखता रहा। मैंने डरते हुए कहा—"मैं ज्यादा नहीं बोलूँगा, प्यारी रोहिणी! यदि जरूरत न हो, तो अपने शिरस्त्राण को उतार दो।"

रोहिणी ने शिरस्त्राण उतार कर रख दिया। मेरी अवस्था को देखकर उसे सन्तोष हुआ है, यह उसके चेहरे से ही मालूम होता था। मैं सोचता था, रोहिणी के कोमल से लगनेवाले शरीर में कितना साहस है। यह है वह नारी जिसके रहने पर कोई जनपद दास नहीं बनाया जा सकता।

रोहिणी ने एक चषक (प्याला) कापिशेयी सुरा मेरे ओठों से लगाई। वह उन हाथों से अधिक मधुर लगती थी। उसकी आँखों की ओर देखते हुए मेरे मन में तरह-तरह के विचार उठने लगे और धीरे-धीरे पलकें भारी हो चलीं। फिर मैं सो गया।

मेरे शरीर में खासकर कटि के नीचे बहुत-सी गहरी चोटें थीं, जिन्हें औषध लगाकर खूब बाँध रखा गया था और जरा-सा भी हिलने-डुलने में भारी पीड़ा होती थी। उस अवस्था में तुरन्त मुझे तक्षशिला ले जाना खतरे की बात थी, इसलिए पास ही में सीमापाल के निवास पर मुझे ले जाया गया। वहाँ कितने दिनों रहना पड़ा, कितनी पीड़ा हुई, इसका मुझे स्मरण नहीं। मुझे स्मरण है सिर्फ रोहिणी का सदा पास में हँसता मुख और उसके हाथ से मेरे ओठों में पड़ती उदुम्बरवर्णा (गूलर-जैसी लाल) मधुर सुरा। मनुष्य का स्वभाव भी कैसा है! वह आग के भीतर भी शीतल ठाँव ढूँढ़ लेता है, वह कटुता के भीतर भी आस्वाद पैदा कर लेता है। मैं मृत्यु के मुख से अभी-अभी निकला था; मेरा शरीर व्रणों से भरा हुआ था; दिन बीतने के साथ मैं अच्छा होनेवाला था। किन्तु मेरी इच्छा थी, मैं ऐसे ही मंच पर पड़ा रहूँ—रोहिणी इसी तरह मेरे पास बैठी रहे।

सप्ताह के भीतर ही आचार्य भी मुझे देखने आ गए और तीन सप्ताह बाद मैं शिविका पर तक्षशिला के लिए रवाना हुआ। रोहिणी और काप्य साथ-साथ घोड़े पर थे।

द्वार पर ही माताजी ने स्वागत किया। जिस वक्त वह मेरे ललाट पर चुम्बन दे रही थीं—उस वक्त मैंने देखा, उनके नेत्र सजल थे। उन्होंने इतना ही कहा, "वीर पुत्र! तेरा स्वागत है।"

उत्तर-कुरु में युद्ध

पूरी तौर से घावों के अच्छा होने में मुझे तीन मास लगे। कपिल तक्षशिला का दूसरा तरुण, जिसने रोहिणी के साथ अपने प्राण को जोखिम में डाल, मेरी जान बचाई थी, अब मेरा गहरा दोस्त था। मुझे यह सुनकर प्रसन्नता हुई कि मेरे दूसरे पाँचों वैशालीय बन्धु अक्षत शरीर ही नहीं लौटे हैं, बल्कि उन्होंने अपने सेनानायकों की प्रशंसा का अपने को पात्र भी बनाया है। इन मासों में, जबकि मैं चारपाई पर पड़ा रहता था, मेरे पास निरन्तर उपस्थित रहनेवाली मूर्तियों में रोहिणी के बाद नम्बर कपिल का था। कपिल के साथ बात करने में बहुत आनन्द आता था। वह एक बहुश्रुत ही नहीं, बल्कि बहुदृष्ट तरुण था। उसने कपिशा (कोह-दामन, अफगानिस्तान), उत्तर-कुरु (वक्षु नदी का ऊपरी प्रदेश), पश्चिमी मद्र (पश्चिमी ईरान), बबेरू (बाबुल) आदि देशों की यात्रा की थी और सार्थ के साथ कितने ही संकटपूर्ण रास्ते पार किये थे। एक दिन मैंने कपिल से पूछा,

"बन्धु कपिल! तुम्हें इन देशों में कौन अधिक समृद्ध और क्षेमपूर्ण मालूम हुआ?"

"तक्षशिला के बाद ही समझना चाहिए, मित्र! तक्षशिला-जैसा क्षेमपूर्ण शासन तो कहीं मुझे दिखाई नहीं पड़ा। हमारे गण में चोर और कायर का पता नहीं है और उन देशों में, अधिकांश में दोनों ही मिलते हैं। हाँ, उत्तर-कुरु के नर-नारी अब भी वीर, अब भी उदार हैं। पार्शवों ने उनको परतंत्र बनाने की बहुत कोशिश की, किन्तु कुरु की पहाड़ियों में उनके-जैसा जन का जीते-जी परतंत्र होना असम्भव है।"

"और सम्पत्ति, समृद्धि?"

"यदि सम्पत्ति-समृद्धि का अर्थ है शरीर की सारी आवश्यकताओं का सुलभ होना, तो मित्र! उत्तर-कुरु अति सम्पन्न, अतिसमृद्ध देश है। वहाँ के लोग अधिकतर मृगया और पशुपालन पर गुजारा करते हैं। कृषि बहुत कम करते हैं। उत्तर-कुरु के पर्वतों में अकृष्टपच्य (स्वयं उत्पन्न होनेवाली) गेहूँ और द्राक्षालता होती है। हाँ, वह द्राक्षा कापिशेयी द्राक्षा के बराबर बड़ी और मीठी नहीं होती, तो भी होती बहुत है। लोग चमड़े की पोशाक पहनते हैं—गाय, भेड़ और घोड़े का मांस खाते हैं।"

"घोड़े का मांस साधारण भोजन के तौर पर?"

"हाँ, घोड़े का, गाय से भी अधिक। वह घोड़े पालते भी ज्यादा हैं। हमारे यहाँ भी घोड़े का मांस जो छोड़ दिया गया है, वह उसकी महार्घता के कारण। वसन्तारम्भ के दिन तुमने उसे चखा तो जरूर होगा।"

"हाँ, चखा क्यों नहीं है; किन्तु यहीं मित्र कपिल! प्राची में घोड़े का मांस सिर्फ खास यज्ञ में खाया जाता है; और वह यज्ञ इतना खर्चीला है कि उसे कोई-कोई राजा ही कर पाता है और हम गणवाले तो उसे करते भी नहीं।"

"उत्तर-कुरु में एक और खास बात है मित्र! वहाँ 'मैं और मेरा' का भाव नहीं।"

"लालच नहीं?"

"लालच ही नहीं, बल्कि लालच का कारण नहीं। राजाओं के शासन में राजाज्ञा पर सारे जनपद को चलना पड़ता है। पार्शव शासानुशास (शाहंशाह) का आदेश यवन समुद्र से महासिन्धु तट तक अनुल्लंघनीय है। हम गणतंत्रवाले किसी एक व्यक्ति को अपना स्वामी मानने के लिए तैयार नहीं, किन्तु हमारे यहाँ भी किसी के पास अधिक कर्मान्त खेती, कामथ) है, किसी के पास कम; किसी के पास अधिक पशु हैं, किसी के पास कम। हम वाणिज्य से भी अपनी सम्पत्ति को बढ़ा सकते हैं, किन्तु उत्तर-कुरु में यह असमानता सोची भी नहीं जा सकती।"

"सोची भी नहीं जा सकती, तो क्या वहाँ कोई गृहस्थ दूसरे से अधिक धन नहीं रख सकता?"

"किसी का अलग-अलग धन ही नहीं, उत्तर-कुरु के लोगों का सब कुछ सम्मिलित है। उनका प्रधान धन पालतू या मृगया का पशु है, जिसमें सभी का सम्मिलित श्रम और भोगने का समान अधिकार होता है।"

"इसका अर्थ क्या यह है कि आलसी और मेहनती दोनों को भोग में समान अधिकार है। यदि ऐसा है, तो आलसी समाज में बुरा मर्ज फैलाते होंगे।"

"नहीं, मित्र! उनकी मनोवृत्ति ऐसी बन गई है कि कोई सामर्थ्य रखते हुए काम से जी नहीं चुराता। हमारे यहाँ खाने के बाद हाथ धोने का रिवाज है, मैं समझता हूँ, वैशाली में भी यह बात होगी!"

"हाँ, इससे कुछ अधिक ही, क्योंकि वहाँ चमड़े का कंचुक पहिनने लायक जाड़ा कभी पड़ता ही नहीं।"

"हाँ, तो मित्र सिंह! आप देखते होंगे, आलसी-से-आलसी आदमी भी खाना खाकर हाथ को धोने में जी नहीं चुराता। लेकिन, यह बात सभी देशों में नहीं है। कंबोज (काफिरस्तान) में हाथ धोने की जरूरत नहीं समझी जाती, वहाँ खाकर हाथ को कंचुक में पोंछ लिया जाता है।"

"तो आप समझते हैं, यदि बचपन से वैसी आदत डाल दी जाए, तो कोई काम से जी चुरानेवाला नहीं रहेगा।"

"हाँ, यदि क्षमता के अनुसार उससे काम की आशा रखी जाए तथा कामचोर को सभी नीची नजर से देखें।"

"खैर, जब आप उत्तर-कुरुवालों को स्वयं देख आए हैं, तो उसमें सन्देह करने की गुंजाइश कहाँ है। किन्तु, तब भी मुझे तो वह अद्‌भुत-सा लोक मालूम होता है।"

"अद्‌भुत! पहले आँखों पर विश्वास नहीं होता था। उत्तर-कुरु की सीमा के भीतर पहुँचना बहुत मुश्किल है—"

"मुश्किल क्यों?"

"वह दूसरे जनों को अपने देश के भीतर आने नहीं देते। वह समझते हैं हमारी भूमि और हवा को ये लोग गन्दा कर देंगे। उत्तर-कुरु के भीतर घुसने की पगडंडियाँ बहुत सँकरे और खतरनाक दर्रे से गुजरती हैं, जिन पर वह निरन्तर पहरा देते रहते हैं, और किसी भी छिपकर जानेवाले के लिए मृत्यु के सिवाय दूसरा दंड नहीं।"

"फिर तुम कैसे पहुँचे सके?"

"संयोग समझिए, जब से पश्चिम गन्धारगण को पार्शवों ने पराजित कर परतंत्र बनाया, तब से मेरे और हर एक गन्धार के दिल में पार्शवों के प्रति जबरदस्त घृणा की आग धधकती रहती है। मैं व्यापारिक सार्थ के साथ वक्षुतट पर गया हुआ था, उसी वक्त मैंने सुना वाह्लीक (बलख) का क्षत्रप उत्तर-कुरु पर आक्रमण करना चाहता है। मैंने उत्तर-कुरु के बारे में जो कुछ सुना था, उस पर विश्वास करने की तबियत तो नहीं करती थी किन्तु सुनी थी प्रशंसा ही—उत्तर-कुरु में देवताओं का वास है; पृथ्वी पर वहीं स्थान है, जहाँ देवता अब भी सदेह निवास करते हैं, वह उड़ सकते हैं, उनके देश में पाँच योजन तक, ऐसा जादू है, जहाँ पहुँचते ही आदमी वृक्ष बन जाता है। तुम समझ सकते हो मित्र! मुझमें वह बचपन नहीं रहा, जो इन बातों पर विश्वास करता। किन्तु मुझे उस विश्वास या अविश्वास से काम न था। मैं तो यह देख रहा था कि नीच पार्शव एक और स्वतंत्र जन को पराधीन बनाने जा रहे हैं। मैंने तय किया उत्तर-कुरुओं की सहायता कर पार्शवों से गन्धार का बदला लूँ। मैंने दो तर्कश तीक्ष्ण शरों से भरे और सैकड़ों फल अलग बाँध लिये—मुझे पता था, वक्षु (आमू दरिया) तट सिर्फ मुंज का जंगल है। मैंने खड्ग, शल्य आदि सभी शस्त्र सँभाले, एक सूखी वत्सतरी बगल में लटकाई; और कम्बोज के एक श्रेष्ठ पहाड़ी अश्व पर चढ़ वक्षु-तट और फिर ऊपर की ओर चल पड़ा।"

"अकेले?"

"हाँ अकेले, और मैंने अपने सिवाय खड्ग के अपने हथियारों को छिपा रखा था।"

"अज्ञात भूमि की ओर इस तरह का प्रयाण बड़े साहस की बात है।"

"और, निर्बुद्धिता की भी, मैं यह मानता हूँ, किन्तु जीवन में कितनी ही बार आदमी इस प्रकार की निर्बुद्धिता की बातें कर बैठता है। आखिर तुमने भी मित्र सिंह! उस दिन शत्रु-पंक्ति के भीतर घुसकर अकेले मज्ददात पर आक्रमण कर बहुत बुद्धिमत्ता का काम नहीं किया था।"

"हाँ, इसे मैं कितनी ही हद तक मानता हूँ। मैं समझता हूँ, सेनानायक को अपना दिमाग हमेशा ठंडा रखना चाहिए; और उस वक्त मैंने कमजोरी दिखलाई थी।"

"तो वही समझो। साथ ही मैं किसी सेना का संचालक न था, ज्यादा-से-ज्यादा सार्थ के छह मुखियों में से एक था—हम सभी एक साथ वाणिज्य के लिए निकले थे। भूमि अज्ञात जरूर थी, किन्तु मुझे यह मालूम था कि वक्षु की ऊपरी मुंजों में पहाड़ के पास घुमन्तू चरवाहे रहते हैं जिन्हें उत्तर-कुरु के देवताओं का दर्शन हुआ करता है। मैंने कादली मृग के नरम चमकीले चर्म को कितनी ही बार वाह्लीक के व्यापारियों के पास देखा था, और पता लगाने पर यह भी मालूम हुआ कि यह उन्हीं मुंजवान पर्वतों की ओर से आती है, जहाँ वह घुमन्तू जाति रहती है। मुझे संयोग से उस जाति का एक आदमी मिल गया। उसने भी वही देवताओं की कथाएँ शुरू कीं, किन्तु वत्सतरी के कोमल मांस के साथ जब उदुम्बरवर्णा कापिशेयी सुरा को पीने के लिए मैंने उसे निमंत्रण दिया, तो थोड़ी ही देर में हम चिरमित्र बन गए, और उसने बतलाया—यह चर्म उत्तर-कुरु से आते हैं, हम उन्हें लोहा देते हैं, और वह हमें यह चर्म देते हैं। लोहे के अतिरिक्त वह हमारी किसी वस्तु को नहीं लेते।"

"तो तुम्हें विश्वास हो गया था, कि उत्तर-कुरु में देव नहीं मानव रहते हैं?"

"हाँ, निश्चित, नहीं तो मित्र सिंह! देवों को मानव-सहायता की आवश्यकता क्या! मैं उन्हीं मौजवत घुमन्तुओं की ओर चल पड़ा। क्षत्रप की सेना दूसरे रास्ते बढ़ी; किन्तु मैं बराबर उसकी ओर नजर रखता था। बात संक्षेप करते हुए कहूँगा, पार्शव सैनिक पहाड़ पर पहुँच गए। मैं एक मौजवत गोष्ठ में उस दिन ठहरा था, उसी दिन कुछ पार्शव सैनिकों ने गोष्ठ की स्त्रियों पर बलात्कार करना चाहा। शासानुशास की इसके विरुद्ध सख्त आज्ञा है, किन्तु युद्ध के पागलपन में पराये टुकड़े पर प्राण देनेवाले सैनिकों को कोई आज्ञा रोक नहीं सकती। मैंने उस दिन तक्षशिला की तलवार का जौहर दिखलाया और सैनिकों को हत-आहत कर नारियों को बचाया। मौजवत मुझसे बहुत प्रसन्न हुए, मुझ पर उनका विश्वास हो गया। हम लोगों ने जल्दी पशुओं को नदी के दूसरे पार किया, और रात-ही-रात अनेक योजन दूर घने जंगल में घुस गए। अब मैंने उनसे बतलाया कि मैं पार्शवों से कितनी घृणा करता हूँ, और उनके विरुद्ध मैं उत्तर-कुरुओं की मदद करना चाहता हूँ। इस पर उन्होंने पहिले तो फिर देवताओं की कथा दुहरानी चाही, किन्तु जब उन्हें मालूम हुआ कि मुझे कुछ सच्ची बातों का भी पता है, तो उन्होंने हितैषी

के तौर पर कहा कि उत्तर-कुरु के लोग देखने के साथ तुम्हें मार डालेंगे। मैंने मृत्यु का उपहास करते हुए कहा, 'मरना बुरा नहीं, किन्तु बिना पाँच पार्शवों को मारे मरना मैं कभी स्वीकार न करूँगा!' उन्होंने मुझे वक्षु के बाएँ तट से उस गुप्त स्थान तक पहुँचा देना मंजूर किया, जहाँ वह लोहे से कादली मृगचर्म का विनिमय करते हैं।"

"तो वयस्य! तुम देवताओं की भूमि के छोर पर पहुँचने में सफल हुए।"

"साथ ही उनका देवपन भी मेरे दिल से दूर हटता गया। कुछ ही दूर तक घोड़ा जा सकता था, फिर हमें अपना सामान भेड़ों पर रख पैदल ही चलना पड़ा—निश्चय ही जहाँ भेड़ें नहीं जा सकतीं, वहाँ मनुष्य भी नहीं जा सकता। मौजवत लोग भी हमारी ही तरह गोरे और बलिष्ठ होते हैं, यद्यपि नहाने-धोने का बहुत कम ख्याल रखते हैं। हम एक सप्ताह तक वक्षु से ऊपर की ओर कई शाखा-सिन्धुओं को पार करते चले गए, वहाँ वक्षु की धार बहुत पतली, किन्तु तीक्ष्ण हो गई थी, और दोनों किनारे से दो चट्टानें—दाहिनी ओर ज्यादा ऊँची—आकर मिलती हुई मालूम होती थी। पथ-प्रदर्शक ने बतलाया, बस यहीं तक हमारा देखा हुआ है, कुरु लोग इन्हीं चट्टानों पर लकड़ी रखकर इस पार आते हैं, और लोहा बदलकर ले जाते हैं। इस चट्टान से उस पार जाना हमारे लिए मौत है, यदि हम उनके हाथ में पड़ जाएँ।"

"मैंने देख लिया था कि पार्शव वक्षु के दाहिने तट पर अभी बहुत पीछे हैं। अभी मुझे आगे का कर्तव्य भी निश्चित करना था। विदा होते वक्त मौजवत पथ-प्रदर्शक ने सावधान कर दिया था कि मैं आग न जलाऊँ, नहीं तो धुआँ देखते ही देव अपनी कोपाग्नि में मुझे जला डालेंगे। सूखा मांस मेरे पास काफी था, और जंगल में द्राक्षागुच्छक पके हुए लटक रहे थे; इसीलिए भूखे मरने का डर न था।"

"दूसरे दिन तड़के मैं कुछ दूर हटकर एक चट्टान की आड़ में बैठा पार की ओर देख रहा था, उस वक्त कुछ हिलती हुई चीजें दिखलाई पड़ीं, जिन्हें गौर से देखने से मालूम हुआ, वह मनुष्य—स्त्री-पुरुष—हैं। उनके शरीर पर हरे रंग के चमड़े की पोशाक थी, जो उस पार्वत्य हरियाली में बिलकुल छिप जाती थी। उनके सिर पर कनटोप तथा शरीर पर चमड़े की चादर इस तरह बँधी हुई थी कि दाहिना हाथ बिलकुल खुला हुआ (जनेऊ-जैसा) था। उनके बाएँ कन्धे पर वैसा ही हरा तरकश तथा हाथ में धनुष था। उनके पैरों में जूता भी था। मैं समझ गया यही उत्तर-कुरु के देव-देवी हैं, जिनकी ओर से पार्शवों के साथ लड़ने के लिए मैं यहाँ पहुँचा हूँ। मैं उनके चौकन्ने कानों को देख रहा था, और देख रहा था कैसे वह बीच-बीच में नथुनों को फुला-सिकोड़कर गन्ध सूँघना चाहते हैं। मैं सच कहूँ, मित्र सिंह! मुझे बहुत भय मालूम हो रहा था—क्या मेरी मानुष गन्ध का उन्हें पता तो नहीं लग रहा है। मैं और भी सिमटकर चट्टान के पास पड़ रहा। मैंने चींटियों की पाँती की भाँति उन्हें नीचे की ओर जाते देखा।"

"अब मुझे यह समझने में देर न लगी कि उनका पहिला मोर्चा और नीचे है। रात को अँधेरा हो गया, तब मैंने अपने हथियारों तथा मांस के टुकड़ों को ले नीचे की ओर चलना, नहीं सरकना शुरू किया। न मालूम कितने घंटों के बाद एक योजन नीचे उस स्थान पर पहुँचा जहाँ वक्षु की गर्जन करती धारा के किनारे से सैकड़ों हाथ सीधी एक चट्टान खड़ी थी। इसी के पीछे देव लोग आग जला मांस भून रहे थे, जिसकी सोंधी सुगन्ध मेरे पास तक आ बार-बार जीभ में पानी उतार रही थी। मौजवतों के ग्राम (झुंड) को छोड़ने के बाद आग का दर्शन बस आज ही हुआ था।"

"मैं सूखे मांस के कितने ही ग्रास खाकर पास के चश्मे से पानी पी, एक आड़ की जगह ढूँढ़ सबेरे की प्रतीक्षा में लेट रहा। अँधेरे ही में उठकर मैंने फिर दिन-भर के निश्चित होने के लिए झोली से निकाल मांस को पेट में डाल लिया और उसी चट्टान की ओर देखने लगा, जिसके पीछे रात देवों की आग जल रही थी। पौ फटते वक्त मैंने देखा, कुछ हरितवसन मूर्तियाँ उस खड़ी चट्टान की कटि से छिपकली की भाँति सरकती पार हो गईं। वह अपने साथियों से कुछ कह रहे थे, किन्तु उनके शब्द मेरे पास तक स्पष्ट नहीं पहुँचते थे—देवों की वाणी हमारी तक्षशिला की भाषा से कुछ भिन्नता रखती है, किन्तु उसे हम समझ सकते हैं। खूब उजाला हो जाने पर देव-देवियों के चेहरों को भी मैं साफ देख सकता था, उनकी चेष्टा से जान पड़ता था कि वे भयभीत हैं।"

"दोपहर के करीब पार्शव भटों की पंक्ति हमें दिखलाई पड़ी, दूर से ही। रास्ता इतना सँकरा था कि उस पर एक से अधिक आदमी एक साथ चल नहीं सकता था। उन्हें चट्टान के पास पहुँचते देख मेरा दिल दहलने लगा। जरा देर ठमककर मैंने देखा, उनमें से एक ने जूता खोल दिया और कमर से खड्ग लटकाए उसी चट्टान पर सरकना शुरू किया। देव उनके पैरों की आहट सुन, अपने खड्ग तथा धनुष को तैयार रखे हुए थे। मैंने देखा, चट्टान के जिस खुरखुरे भाग पर यह चींटियाँ रेंग रही हैं, वह इस तरह तिरछा था कि देव आनेवाले को तभी देख सकते थे, जबकि वह ओट में रखनेवाले शिलाकोण को पार करते। खतरे को देव उतना ही नहीं अनुभव करते थे, जितना कि मैं कर रहा था। चट्टान की कमर का अन्त का थोड़ा-सा भाग ऐसा था, जिसे बहुत धीमी गति से पार करना पड़ता था, नहीं तो बाकी जगह को दौड़कर पार किया जा सकता था। रोकनेवाले देव-देवियों की संख्या दो सौ से ज्यादा न होगी और इधर दो हजार से अधिक पार्शव मेरे सामने थे। मैंने सोचा, यदि इस जगह से बिना रोक-टोक पार्शव पार हो गए, तो वह अपने संख्याबल से देवों को परास्त करने में सफल होंगे।"

"घने गुल्म में बैठे मैंने अपने धनुष को सँभाला और इन्तिजार करने लगा उस सरकने की जगह पर किसी के सरकने का। जिस वक्त कोई पार्शव उस पर

से वहाँ पहुँचता, वह मेरे अचूक तीर का निशाना बन नीचे वक्षु की धारा में गिरता। मैं तीर को तब चलाता था, जबकि आदमी कोने के पास पहुँच जाता, और उस जगह चट्टान का निचला भाग इस तरह का था कि घूमकर नीचे गिरते आदमी को सिर्फ मैं और देव लोग ही देख सकते थे। कई घंटे तक एक के बाद एक पार्शव-भट लुढ़कते रहे, किन्तु उन्हें किसी तरह का सन्देह नहीं हुआ। उधर देव भी उन लुढ़कते भटों का रहस्य न समझ अपनी चेष्टा से सिर्फ आश्चर्य-भर प्रकट कर रहे थे; किन्तु अन्त में सबसे पहिले जिसने रहस्य को जाना, वह देव ही थे; और मुझे यह देखकर प्रसन्नता हुई कि मेरे छिपने के गुल्म की ओर आँखें ताक रही थीं, उनमें क्रोध नहीं स्नेह का भाव प्रतीत हो रहा था। मुझे यह जानकर सन्तोष हुआ कि कम-से-कम देव मुझे अपना सहायक तो समझ गए।

"दोपहर तक पार्शवों को भी नीचे से सूचना मिली कि पचासों पार्शव वीरों की लाशें वक्षु से नीचे की ओर बहती जा रही हैं; किन्तु अभी भी वह निश्चित न कर सके कि उनके सैनिक देवों के नहीं, बल्कि मेरे तीर के निशाने बन रहे हैं। उन्होंने समझा, देव ही उन्हें मार रहे हैं। अब सेनानी ने सरकने की जगह भी दौड़ने का आदेश दिया, जिसका परिणाम एक ओर जहाँ यह हुआ कि आधे आदमी फिसलकर वक्षु में गिर रहे थे, वहाँ आधे इतनी तेजी से खतरे की जगह पार हो रहे थे कि मैं उन सबको मार नहीं सकता था; किन्तु उनके मुकाबिले के लिए देव-देवियाँ वहाँ मौजूद थे। अब मैं चुने हुए भटों को अपना निशाना बना रहा था, और बाकी के साथ देव जूझ रहे थे, शाम होते-होते मुझे यह साफ मालूम होने लगा कि उतनों के मरने के बाद भी पार्शवों की संख्या अधिक है, और उस मोर्चे पर लड़ा नहीं जा सकता।

"अँधेरा होने के साथ मैंने भी अपने स्थान को छोड़कर ऊपर का रास्ता लिया, और देव भी। पार्शवों ने यद्यपि मोर्चे पर अधिकार कर लिया था, किन्तु अँधेरे में उनके और आदमी नहीं आ सकते थे, इसलिए वह देवों का पीछा नहीं कर सकते थे।

"मैं फिर उसी दो चट्टानोंवाले सँकरे वक्षु-धार पर पहुँचा। मुझे देखकर कुछ भय-सा मालूम हुआ कि चट्टान की आड़ से आकर कोई आदमी मेरे सामने खड़ा हो गया। मैंने समझा, मेरे ऊपर देव-दंड गिरनेवाला है। किन्तु जरा देर ही में उस व्यक्ति ने अपने हाथ को मेरे कन्धे पर रखते हुए कहा, 'मानव! भय मत करो; देव तुम्हें मित्र के तौर पर स्वीकार करते हैं।'

"मैं इसे अपना अहो-भाग्य समझता हूँ। नीच पार्शवों को देवलोक के विरुद्ध अभियान करते देख मैंने देवों की सहायता की लालसा से यह यात्रा की; किन्तु मुझे अभी तक सन्देह बना था कि मैं देवों के काम आए बिना उनके हाथ से मारा जाऊँगा।"

"हाँ, हम देव किसी को अपनी भूमि में आने नहीं देते। मानव आकर हमारी देवभूमि में अपनी बुराइयाँ फैलाएँगे; इसीलिए हम किसी जीवित मानव को देवभूमि पर पैर नहीं रखने देते। किन्तु तुमने अपने आचरण से अपने को देवों का मित्र साबित किया है; इसलिए हम तुम्हारा देवभूमि में स्वागत करते हैं।

"पूछने पर उस व्यक्ति ने अपने को देवों का सेनापति या इन्द्र बतलाया और नाम मघवान। मघवान को मैंने बतलाया कि पार्शव-भटों की संख्या बहुत अधिक है, अभी उनका बहुत थोड़ा-सा भाग यहाँ पहुँच पाया है। इन्द्र ने बड़े विश्वास के साथ कहा—'यह पहिला मोर्चा बहुत हल्का था, अगले मोर्चे एक के बाद एक प्रबल हैं।' हाँ, हम पार्शवों को सिर्फ हराना नहीं चाहते, बल्कि उनके एक भी भट को जीता लौटकर जाने नहीं देना चाहते। हम पार्शवों को क्या किसी मानव-जन के बारे में विशेष ज्ञान नहीं रखते। देवभूमि से बाहर जाना किसी के लिए क्षम्य नहीं है, इसलिए हम चाहते हैं, तुम इसमें हमारा पथ-प्रदर्शन करो।"

"इन्द्र की भाषा में मुझे एक अजब तरह की मिठास मालूम होती थी। वह तक्षशिला की भाषा से बहुत समानता रखती थी, तो भी इसमें हमारी भाषा से कम शब्द थे। शब्दों के उच्चारण में भी अन्तर था, और उसमें संगीत के स्वर का मिश्रण-जैसा मालूम होता था। मुझे देवों की भाषा समझने में दिक्कत नहीं हुई। हो सकता है इसका कारण यह हो कि मैं बहुत-सी आर्यभाषाओं को जानता हूँ। मैंने इन्द्र से कहा कि यदि तत्काल कोई काम न हो, तो हम अभी शत्रु से मुकाबिला करने के बारे में विचार करें। इन्द्र ने इस काम को सबसे महत्त्व का बतलाया। मैं देख रहा था, भाषा और भेष में बिलकुल सीधा-सादा होते भी इन्द्र में समझने की काफी शक्ति थी। उसने कहा—'हमारे बचाव के लिए मोर्चाबन्दियों में कुछ तो दूर तक सिर्फ एक आदमी के चल सकने लायक खतरनाक सँकरी पगडंडियाँ हैं। कहीं-कहीं दूर तक ऐसे रास्तों पर ऊपर से हमने पत्थर लुढ़काने के स्थान बना रखे हैं।' हथियारों के बारे में पूछने पर खड्ग, धनुष, शल्य, गदा का पता लगा। यद्यपि इन हथियारों को देव-शिल्पिज्ञों ने नीचे से लाए लोहे से बनाया था, तथापि थे वह काफी अच्छे। उसी रात को हमने तय कर डाला कि किसको, कहाँ, कितने भटों के साथ, किस तरह से शत्रु से मुकाबिला करना चाहिए।

"मैं समझता हूँ, सिंह! पार्शव सेना का किस तरह संहार हुआ, इसे जानने की जगह तुम देवभूमि के बारे में जानना ज्यादा पसन्द करोगे?"

"मुझे तो वह भी रुचिकर होगा; किन्तु शायद मित्र कपिल! तुम अपनी वीरता का स्वयं वर्णन नहीं करना चाहते; अच्छा तो तुम्हारी जैसी इच्छा।"

"असल बात यह है मित्र! इन युद्ध-साधनों के साथ पार्शव-सेना का किस तरह सर्वनाश किया जा सकता है, तुम आसानी से इसे समझ सकते हो। वहाँ यदि कोई विशेष जानने की बात थी, तो यही कि उस युद्ध में देवियों का भाग

बिलकुल समान था—'हाँ, यह बतलाना भूल गया कि उत्तर-कुरु के लोग अपने को देव-जाति का बतलाते हैं, किन्तु 'देव' शब्द के पीछे रहस्यपूर्ण शक्ति का ख्याल उनके दिल में बिलकुल नहीं है। और वर्षों उनके बीच में रहने के बाद मैंने देखा कि यद्यपि स्वतंत्रता उन्हें प्राणों से प्यारी है, और इसके लिए कितनी ही बार वह लोहित-पाणि से दिखलाई पड़ते हैं; तथापि उनके भीतर घुसकर यदि देखा जाए तो वह स्वभाव से बहुत मृदुल, व्यवहार से पूर्णतया सच्चे हैं। शोक, चिन्ता, भय उनके मन पर बालू पर की रेखा की भाँति देर तक ठहर नहीं सकते।' "

"देव-देवी होने का उन्हें क्या उस तरह का कोई अभिमान है, जैसे कि हम इन शब्दों के साथ लगाते हैं?"

"नहीं सिंह! इसे वह केवल जातिवाचक शब्द समझते हैं।"

"अच्छा, युद्ध के बाद की उनकी मनोवृत्ति तथा देवभूमि की और बातों के बारे में बतलाइए।"

"युद्ध में देवों ने अपने एक-एक शत्रु को मारा, मैंने अपनी सामर्थ्य-भर सहायता की और अपने को जोखिम में डालकर कितने ही देव-देवियाँ भी खेत आईं। किन्तु जिस दोपहर को यह नरसंहार खतम हुआ, उसी समय उन्होंने वक्षु के हिमशीत जल में अपने शरीर और चर्म-परिधान को धो डाला। उनकी वर्ण-श्री को क्या पूछते हो, उसकी उपमा तो थोड़ी-बहुत हमारी रोहिणी हो सकती है—उनके केश अधिक पिंगल, उनके नेत्र अधिक नील, आकार हममें से अधिक बड़े स्त्री-पुरुषों के बराबर होता है। देव क्षौर कराना नहीं जानते। मुझे तो जान पड़ता है, लोहे का उपयोग भी उन्होंने बहुत पीछे शत्रुओं के प्रहार से बचने के लिए किया है। हड्डी के हथियार को वह अब भी इस्तेमाल करते हैं।"

"और परिधान?"

"परिधान के बारे में कह चुका हूँ, वह सिर्फ चमड़े को परिधान के तौर पर इस्तेमाल करते हैं उसे भी कंचुक नहीं चादर के तौर पर, जैसा कि मैं पहिले बतला आया हूँ। गर्मी लगने पर देव या देवी किसी तरह का परिधान अपने शरीर पर नहीं रखते, उस वक्त देवों की केश-दाढ़ियाँ तथा देवियों के सीमान्त अग्निस्कन्ध से निकलती ज्वाला-रश्मियों से मालूम होते हैं। और सौन्दर्य? वह तो देव-कन्याओं में ही है, उसकी उपमा मानवियों में मिलना मुश्किल है। वहाँ सभी रोहिणियाँ हैं, यह कहकर हम उस सौन्दर्य-राशि के कुछ पास तक पहुँच सकते हैं।"

"विजय के दिन शाम होने से पहले ही, झुंड-के-झुंड देवकुमार और देवकन्याएँ मधु-क्षीर और मृग-मांस लेकर पर्वत-पृष्ठ के एक विस्तृत हरित मैदान पर एकत्रित होने लगे। एक ओर लकड़ी की आग पर मांस भूना जाने लगा—देव अग्नि को बड़ी हिफाजत से रखते हैं, और बुझ जाने पर दो लकड़ियों को घिसकर उसे पैदा करते हैं। एक जगह नर्म चमड़े को बिछाकर उस पर हरित साम (भाँग)

पत्थरों पर पीसा जा रहा था—द्राक्षा के जंगल के होने पर भी देव सुरा बनाना नहीं जानते और मिलने पर शायद वह उसे पसन्द भी न करते। इस बीच में भी देव-तरुण-तरुणियों का गान शुरू हो गया था, किन्तु लघु भोजन और सोमपान के बाद जो देवों का नृत्य उस रात को मैंने देखा, वह सदा स्मरण रहने की चीज है। हम गन्धार भी नृत्य-संगीत के बड़े प्रेमी समझे जाते हैं। किन्तु देवों के बाद ही मैं कहूँगा। इन्द्र की कृपा से वह सारी नृत्य-मंडली मेरे बारे में जान गई थी, इसलिए देव-कन्याएँ मंडल बाँधकर मुझे बीच में लिये नाच रही थीं। बीच-बीच में जब मैं थककर विश्राम लेता, तो मधु-क्षीर-मिश्रित सोम का चषक ले देवांगनाएँ आदरपूर्वक मुझे पिलाने के लिए तैयार रहतीं।

"मैंने तो साफ देखा, इस एक रात के नृत्य ने उनके दिल से युद्ध के सारे प्रभाव को धो डाला। दूसरे दिन तो मालूम नहीं होता था कि वह एक बड़े युद्ध से होकर गुजरे हैं—जिसमें हजारों देव-देवियों ने अपने प्राण खोए हैं। लेकिन इतना जल्दी इसे भूल जाने का दूसरा भी जबरदस्त कारण है।"

"क्या हृदय की निष्ठुरता?"

"नहीं, सिंह! देवों के पास निष्ठुर होने के अवसर बहुत कम हैं। देव जीवन को और केवल जीवन को अपनी वस्तु समझते हैं। सोम पीकर अमर होने की बात गलत है, यद्यपि सोम देवों का प्रिय पान है, इसमें सन्देह नहीं। वस्तुत: उनके इस अमर आनन्दमय जीवन का रहस्य है, उनका व्यक्ति के तौर पर निर्मम और निष्परिग्रह होना, जिसका इशारा मैंने शुरू में किया था। देवों में अलग-अलग परिवार नहीं होते।"

"तो क्या सभी परिवार इकट्ठा ही रहते हैं?"

"नहीं, उनमें परिवार ही नहीं है, या यों कहिए, सारा देवलोक एक परिवार है।"

"और ब्याह-शादी?"

"इसके बारे में उनकी प्रथा को सुनकर मानव नाक-भौं सिकोड़ेंगे, किन्तु जिसने देवभूमि के नजारे को अपनी आँखों से देखा है, उसे उसमें कोई दोष नहीं मालूम होगा। वहाँ, प्रत्येक देवी उन्मुक्त देवी है, वह किसी की भार्या नहीं। पद्मसर में विहरनेवाली भ्रमरी है; और चाहे जिस भी पद्मकोष में रात को बन्द होने के लिए स्वतंत्र है। उसी तरह देव भी स्वच्छन्द हैं, किन्तु यह स्वच्छन्दता देव-समाज की सीमा का अतिक्रमण नहीं कर सकती। किसी देव का अपना पुत्र नहीं—या अपना कहने के लिए पुत्र नहीं, क्योंकि भिन्न-भिन्न समय में भिन्न-भिन्न अंकशायिनी देवांगना के गर्भ से प्रसूत देवशिशु को किसका पुत्र कहा जाए। किन्तु इससे देवशिशु पिता के स्नेह से वंचित नहीं होता; बल्कि उसे कई गुना अधिक पाता था। मैं भी ढाई वर्ष तक देवभूमि में रहा। एक से अधिक देव-कन्याओं के प्रेम का भाजन बनने का मुझे अवसर मिला और मैं समझता हूँ, इन वर्षों में पैदा

होनेवाले शिशुओं में मेरा भी कोई औरस रहा होगा, किन्तु उसके जानने के लिए कोई साधन नहीं। मैं देखता था, किसी देवशिशु को देख देव बिना उसे अंक में ले के चुम्बन किये आगे नहीं बढ़ता—उस समय वह ठीक वैसे ही पुलकित शरीर हो, पुत्र-स्नेह अनुभव करता है, जैसे मानव अपने शिशु के साथ। मुझे पहिले यह बात कुछ अनोखी-सी मालूम होती थी, किन्तु पीछे बिलकुल स्वाभाविक-सी जँचने लगी।"

"क्या यह यूथ-विवाह पशु-सा नहीं जँचता?"

"यहाँ से सोचने पर पशुवत भले ही जँच सकता है, किन्तु वहाँ सौम्य! आँखों देखने पर एक दिव्य-सा मालूम होता है। हर एक तरुण दूसरे तरुण का एक पितृज भाई, वैसे ही सभी तरुणियाँ परस्पर स्वसा (बहिन), हर एक शिशु हर एक वयस्क का स्वकीय पुत्र या दुहिता, हर एक वृद्ध-वृद्धा, दादा-दादी, हर समवयस्क देव-देवी, अकाम होने पर भाई-बहिन, कामना होने पर प्रेमी-प्रेमिका। लेकिन, प्रेम वहाँ एकतरफा नहीं हो सकता। झूठ और बलात्कार देवलोक में अक्षन्तव्य अपराध हैं।

"प्रेम में बलात्कार ही नहीं, प्रलोभन के लिए भी कोई स्थान नहीं है। वस्तुत: वहाँ प्रलोभन का कोई साधन ही नहीं है, क्योंकि मृगया, पशुपालन, मधु संचयन से जो कुछ मिलता है, वह सबकी सम्मिलित सम्पत्ति है। उस देव-जीवन की मधुरता को शब्दों में वर्णित नहीं किया जा सकता, किन्तु सारी देवभूमि, उसके देव-समाज के स्वरूप को अपने मन पर चित्रित कर यदि हम देखने की कोशिश करें, तो उसकी दिव्यता का तुम कुछ अनुमान कर सकते हो।"

"फिर सौम्य कपिल! देवभूमि को तुमने छोड़ा क्यों?"

"यह कहो कि उस दिव्य-भूमि की विभूति को मानवों के सामने रखने के लिए व्याकुल हो गया, या यह कहो कि उस देवलोक के अस्तित्व को मानव-लोक से माँगे उसी लोहे के ऊपर निर्भर समझा, जिससे मुझे वह निर्बल नींव की भीत-सा जँचा। यद्यपि वह नींव तुरन्त या मेरे जीवन में भसक जानेवाली नहीं मालूम होती थी, या मानव के पौरुष की जगह केवल पहाड़-नदियों की सहायता के भरोसे पर टिका वह जीवन मुझे पीछे उतना आकर्षक नहीं लगा। यह भी कह सकते हैं कि बन्धु-बान्धवों का वैयक्तिक स्नेह वहाँ मुझे बेचैन करने लगा, अथवा कह सकते हैं, सभी बातों ने मिलकर मेरे मन को वहाँ से उचाट कर दिया। किन्तु मैं चोरी से नहीं आया।"

"तो सौम्य! उन्होंने तुम्हें रखने पर जोर नहीं दिया?"

'प्रेम का जोर जरूर दिया, बलात्कार करना उनकी प्रकृति के विरुद्ध है, खासकर मित्रों के ऊपर। देव-कन्याओं को जब मालूम हुआ कि उनका मानव-वीर अपने देश को जाना चाहता है तो मत पूछो सौम्य! उनके प्रेम-जाल के भारी विस्तार के बारे में। वह मुझे पुष्पित वन में ले जातीं, वहाँ अपने केशों को वन-कुसुमों से सजाकर मेरे गिर्द बैठ कोई मेरे कानों में फूल रखती, कोई केशों में स्रज बाँधती,

कोई मेरे कन्धे पर अपने कपोलों को रख पूछती—'प्रिय! कैसी हैं वह मानवियाँ, जिनके लिए तुम हमें छोड़ जाना चाहते हो?' मुझे उनके प्रश्नों का जवाब नहीं सूझता था। मैं कैसे कह सकता था कि मुझे एक अपनी अलग देवांगना चाहिए, एक अलग पुत्र चाहिए, एक अलग घर चाहिए, एक अलग रेवड़ चाहिए। मैं तो उनके सम्मिलित देव-परिवार को ईर्ष्या की चीज समझता था, और अब भी समझता हूँ; यद्यपि हमारी भूमि में उसे लाने के लिए प्रयत्न करना सर्वथा निष्फल होगा। उनकी सौम्य-सुन्दर मूर्तियों, उनके मधुर व्यवहार ने कितने ही मासों तक मुझे अपने संकल्प को स्थगित रखने के लिए मजबूर किया और पुरुषों की विशेषकर मेरे मित्र इन्द्र की बिलकुल इच्छा न थी कि मैं देवभूमि को छोड़ूँ।

"अन्त में जब वहाँ से चलना ही तय कर लिया, तो देवभूमि की रक्षा के लिए मैं इन्द्र तथा प्रमुख देव-पितरों और देव-माताओं से कितने ही सप्ताहों तक वार्तालाप करता रहा।—देवभूमि (उत्तर-कुरु) में लिखने की कोई बात ही नहीं जानता, इसलिए यद्यपि उनके लिए कुछ लिख छोड़ना बेकार था, तो भी मैंने भविष्य की देव-सन्तानों के लिए भोजपत्र पर जो कुछ लिखकर एक गुफा में छोड़ा है, वह वही था, जिसे मैंने अपने देव-बन्धुओं से कहा था। पहली बात मैंने यह कही कि उन पर जो भारी आक्रमण दारायोश ने किया, उसके प्रतिकार में उस लोहे का जबरदस्त हाथ है, जिसे देव खुद अपनी चीज मानने से इनकार करते हैं। यदि लोहा न होता, तो हड्डी, पत्थर या लकड़ी के हथियारों के सहारे से वह पार्शवों को भगा न सकते थे। उनके ऊपर यह अन्तिम आक्रमण नहीं है, कादली मृग की उद्गम भूमि पर फिर-फिर लोग लालच-भरी नजर दौड़ाएँगे; और उसके लिये उन्हें मानव-लोक में पैदा होनेवाले हर एक हथियारों को अपनाना होगा। हाँ, यह डर यथार्थ है कि बाहरी जगत से अधिक सम्पर्क होने से देवभूमि का देव-धर्म (सामाजिक व्यवस्था) अपरिशुद्ध हो जाएगा। मुझे इसका कोई उपाय नहीं सूझा, इसलिए एक तरह से कह सकता हूँ कि भोजपत्र पर जिस उपाय को मैंने लिखा है, वह व्याधि की पूरी दवा नहीं है।"

"तो भी सौम्य! तुमने अपनी शक्ति-भर उनके हित-चिन्तन की चेष्टा तो की?"

"हाँ, दिल से। आज स्वप्नलोक-सा मालूम होता है, किन्तु तीन ही वर्ष पहिले इन आँखों ने उस दृश्य को देखा था। उस वक्त वह स्थूल-सा मालूम होता था, किन्तु आज कोई दिव्य दृश्य-सा मालूम हो रहा है। वहाँ आनन्द था, किन्तु कामुकता नहीं थी; यह न समझें कि स्त्री-पुरुष एक-दूसरे को सिर्फ नेत्र से देख लेने पर सन्तोष करते थे। नहीं, वहाँ परिष्वंग भी होता था, पुरुष-स्त्री-समागम भी होता था, किन्तु मालूम होता था उन सबमें उस नीच भावना का कहीं पता नहीं है, जिसे हम—'मैं और मेरे' वाले मानवों में देखते हैं। उस ईर्ष्या-शून्य समाज में बिना सीमा-रेखाओं के मर्यादाएँ बँधी हुई थीं, जो हर क्रिया, हर एक मनोभाव को नीचे

के तल तक गिरने नहीं देती थीं। मैं इन बातों को उस वक्त भी अनुभव करता था, किन्तु तो भी देवभूमि के परित्याग के संकल्प को न जाने क्यों दूर नहीं कर सका।"

"क्या उसमें पार्शवों से प्रतिशोध लेने की भावना तो काम नहीं कर रही थीं?"

"...शायद तुम ठीक कह रहे हो, सिंह! पार्शव नाम मेरे कानों में शूल-सा, मेरे कलेजे में बिच्छू के डंक-सा गड़ता है—पार्शवों ने हमारे स्वतंत्र गन्धार के आधे भाग को परतंत्र बनाया, इसे भूलना मेरे वश से बाहर की बात है और पार्शव नाम देवभूमि में भी कभी-कभी बलात मेरी जबान पर आ जाता था। मैं जिस वक्त देशभूमि को छोड़ रहा था, उस वक्त बाल-वृद्ध सभी देव-देवांगनाओं के नेत्र सजल थे; जान पड़ता था कोई उनका अपना छूट रहा है। मैं मर गया होता, तो वह उतना अफसोस न करते, यह मुझे विश्वास है, क्योंकि उनके प्रेम का भाजन जीवन होता है। मुझे आज भी यह सन्तोष है कि देव-पितर अपनी सन्तानों को कपिल के साथ तक्षशिला का नाम सुनाएँगे। कपिल का नाम तो जल्दी भूल जाएगा, किन्तु तक्षशिला जरूर उनके स्मृति-पटल पर चिरस्थायी बनकर रहेगी।"

"सौम्य कपिल! उत्तर-कुरु—देवभूमि वस्तुतः बड़ी मनोहर होगी?"

"और देवकन्याएँ भी सौम्य कपिल!"—रोहिणी ने पीछे से कहा। वह भी चुपचाप कथा सुन रही थी।

तक्षशिला का नागरिक और विवाह

तक्षशिला मेरा कुछ विशेष स्वागत करने जा रही है, इसकी भनक मुझे कुछ पहिले मिल चुकी थी, किन्तु उसके लिए लोग मेरे स्वस्थ होने का इन्तिजार कर रहे थे। इस अस्वस्थता की अवस्था में भी मैं बर्ताव में कुछ विशेषताएँ देख रहा था। जहाँ तक आचार्य, आचार्य-पत्नी का सम्बन्ध था, वह तो मुझे अपने पुत्र-सा अपने परिवार का व्यक्ति समझते थे। हाँ, तक्षशिला के गणपति [राष्ट्रपति] से लेकर कितने ही साधारण नागरिक तक मेरे प्रति स्नेह और सहानुभूति प्रदर्शन करने आते थे।

पार्शवों ने हमारी विजय को स्वीकार किया था, वह अपने सेनापति [मज्ददाद] तथा दूसरे सैनिकों को छुड़ाने एवं तक्षशिला के साथ सुलह करना चाहते थे। पहले हमने चाहा कि पश्चिम गन्धार को स्वतंत्र कराने का यही अवसर है, और हमारी सेनाएँ उसकी राजधानी पुष्कलावती में पहुँचकर हमारे काम को आसान कर चुकी थीं, किन्तु जब वहाँ के नागरिकों की सम्मति तथा दूसरी बातों पर विचार किया गया, तो मालूम हुआ कि जब तक पार्शवों के सैन्यबल को बिलकुल निर्बल न कर दिया जाए, सिर्फ तक्षशिला के बल पर पुष्कलावती को स्वतंत्र नहीं किया

जा सकता। अन्त में यही ठहरा, पार्शवों ने तक्षशिला को हानि पहुँचाने के लिए कुछ दंड भी दिया, और इस प्रकार उनके साथ सन्धि हो गई। मज्ददाद और दूसरे पार्शव लौटा दिये गए, इसके बतलाने की आवश्यकता नहीं।

मैं बिलकुल स्वस्थ चलने-फिरने लगा था, जबकि एक दिन शाम को आचार्य ने कहा,

"पुत्र सिंह! कल तुम्हें संस्थागार [प्रजातंत्र-भवन] में चलना है, वहाँ तक्षशिला तुम्हारा स्वागत करेगी।"

"आचार्य! अभी तक तक्षशिला ने मेरे साथ जो व्यवहार किया, क्या वह स्वागत नहीं है?"

"उसे वह पर्याप्त नहीं समझती। और तुम्हें अपने सैनिक-वेश में चलना होगा। मैंने कवच आदि की मरम्मत करवा दी है।"

मैंने सिर नीचा कर आचार्य के वचन को स्वीकार किया।

उस रात को रोहिणी के साथ कल के बारे में बातचीत होती रही। मैं देख रहा था, वह किसी बात को मुझसे छिपाना चाहती है, किन्तु मैंने उसे जानने के लिए ज्यादा आग्रह नहीं किया। आखिर मैं समझता था, रोहिणी के हृदय की बात जल्दी या देर में मेरी होकर रहेंगी। रोहिणी ने मेरे कवच, खड्ग आदि को ले आकर दिखलाया। उन्हें नया-सा बना दिया था। उस रात जल्दी ही रोहिणी, यह कहकर चली गई कि तुम्हें कल बहुत सबेरे उठकर सब तैयारी करनी होगी, जल्दी सो जाओ।

दूसरे दिन सबेरे मैंने एक बार देखा कि रोहिणी स्नानागार से नहाकर अपने लम्बे केशों को सूखे कपड़े से पोंछती निकल रही है। यद्यपि वह प्रतिदिन की बात जैसी न थी, तो भी मुझे पूछने का अवसर नहीं हुआ। मैं प्रातराश से निवृत्त हो चारपाई पर बैठा कवच पहिनने की बात सोच रहा था; फिर देखता हूँ, रोहिणी मेरे कमरे में दाखिल हुई। वह सुन्दर कौशेय तथा काशिक वस्त्रों के उत्तरीय, अन्तर्वासक और कंचुकी से सज्जित थी। उसके सुनहले केश पीठ पर बिखरे पड़े थे, किन्तु उन्हें ताजे फूलों से बड़ी सुन्दरता के साथ सजाया गया था। चेहरे पर हल्का-सा वर्ण-चूर्ण लगा हुआ था। आभूषण में सिर्फ गले में तिलड़ी, मुक्ता-माला और कानों में सुवर्णकुंडल थे। मैं चारपाई से तुरन्त खड़ा हो, पास आई रोहिणी के मुख की ओर एकटक निहारता रहा। रोहिणी ने लाल अधरों और नीले नयनों पर हास की रेखा लाकर कहा, "क्यों, क्या कोई नई बात है?"

"रोहिणी! तुम मेरे लिए सदा नई हो, तुम कभी पुराण नहीं हो सकती। किन्तु, आज कुछ विशेष बात मालूम होती है।"

"विशेष बात तो जरूर है, आज तक्षशिला जो तुम्हें अपना सबसे बड़ा सम्मान प्रदान करेगी, फिर मेरे लिए आज का दिन महोत्सव क्यों न होगा?"

"लेकिन रोहिणी! मैंने तुम्हें मुक्ताहार और सुवर्ण-कुंडल पहिने कभी नहीं देखा?"

"माँ ने आज इन्हें पहिनने के लिए दिया।"

"किन्तु क्या मैं तुम्हारे पास आ सकता हूँ?"

"क्या तुम इसके लिये हर बार मुझसे आज्ञा लिया करते थे?"

"किन्तु आज आज्ञा मानने का जी करता है। आज डर लगता है, मेरे श्वासवायु से तुम्हारे कोमल केश कहीं अस्त-व्यस्त न हो जाएँ। मेरे कर्कश कलुषित हाथों से तुम्हारे उत्तरीय पर दाग न लग जाए, मेरे शरीर-स्पर्श से तुम्हारी सज्जा विकृत न हो जाए—"

"रहने दो अपनी कविता को," रोहिणी ने अपने कपोलों को अधिक लोहित करते हुए कहा—"मैं बनाव-सजाव नहीं करना चाहती थी, माँ ने मेरी इच्छा न रहने पर भी अपने हाथों से सज्जित-भूषित किया है। जान पड़ता है, तुम्हें पसन्द नहीं आया।"

"पसन्द! पसन्द बहुत है, किन्तु सिर्फ नेत्रों से देखकर मुझे तृप्ति नहीं हो सकती।"

"तो क्या मर्जी है?"

"मर्जी तुम खुद ही समझती हो—एक चुम्बन, एक गाढालिंगन।"

रोहिणी ने मेरे सिर पर हाथ रख, मेरे ओठों पर अपने ओठों को धीरे से रख दिया। फिर शनैः-शनैः हटकर कहा, "चुम्बन जितने चाहो उतने, किन्तु आलिंगन अभी नहीं, माँ के हाथ की सजावट बिगड़ जाएगी। मुझे महोत्सव में चलना है।"

मैंने चुम्बनों को दुहराने पर सन्तोष किया।

मैं कवच, शस्त्रास्त्र धारण कर तैयार हो गया; उसी वक्त आचार्य और आचार्य-पत्नी आ गए। वे भी आज उत्सव के किन्तु विनीत वेश में थे। आचार्य ने मेरा हाथ पकड़ा, माताजी ने रोहिणी का और हम कमरे से बाहर हो गए।

आचार्य-कुल के सभी विद्यार्थी, सभी कर्मकर आज उत्सव-वेश में थे। और जब हम दोनों घर से संस्थागार की ओर चले, तो सभी पुरुष हमारे पीछे-पीछे हो लिये। संस्थागार अभी कुछ दूर ही था, तभी गणपति रोहिताश्व ने सेनापति तथा कुछ अन्य सदस्यों के साथ मेरा स्वागत किया; फिर भेरी, वेणु तथा दूसरे वाद्यों के स्वर के साथ अस्त्र-शस्त्र सज्जित गन्धार-भटों के घेरे में हम संस्थागार में पहुँचे। वहाँ गणसंस्था के हजारों सदस्यों ने तक्षशिला और सिंह के जयघोष के साथ अभ्युत्थानपूर्वक मेरा स्वागत किया। फिर संस्थागार में बिछे महार्घ कम्बल [कालीन] पर बैठ गए। गणपति ने एक सिरे पर रखे अपेक्षाकृत कुछ ऊँचे अपने [सभापति के] आसन को ग्रहण करते हुए अपनी दाहिनी ओर मुझे बैठने का आदेश किया। मेरी दाहिनी ओर आचार्य भी बैठ गए। कवच के साथ वीरासन ही में बैठा जा सकता है, यह कहने की आवश्यकता नहीं।

गणपति रोहिताश्व के खड़े होते ही शाला में सन्नाटा छा गया। गणपति ने कहा,

"भन्ते [पूज्य] गण! सुनें। आपको आयुष्मान सिंह का पराक्रम अविदित नहीं है। तक्षशिला के शत्रु पार्शवों को परास्त करना इन्हीं का काम है। इन्हीं के कौशल से शत्रुवाहिनीपति जीवित बन्दी बनाया गया। आज सिंह का यशोगान उनकी वीरगाथा सारे पूर्व-पश्चिम गन्धार में गाई जाती है। ऐसे हितकारी अपने वीर सेनानी के प्रति कृतज्ञता प्रकट करना हमारा कर्तव्य है। आज यह गण-समागम उसी के लिए हुआ है, यह आपको मालूम है। आपके गण की नायक-परिषद ने नागरिकों के मनोभाव को जानकर कृतज्ञता प्रकट करने का एक उपाय सोचा है, जिसे हमारे सेनापति प्रियमेध भन्ते गण के सामने उपस्थित करेंगे। गण के दूसरे सदस्य भी यदि इसके बारे में कोई और बात पेश करना चाहें तो कर सकते हैं।"

गणपति के बैठ जाने पर सेनापति प्रियमेध खड़े होकर बोले,

"भन्ते गण! सुनें। आयुष्मान सिंह ने हमारे गण की जो सेवा की है, उस ऋण से उऋण होने के लिए गन्धार गण आयुष्मान सिंह को गन्धार नागरिक स्वीकार करता है। आज से आयुष्मान सिंह को वह सारे अधिकार प्राप्त होंगे, जो कि तक्षशिला के गन्धार-पुत्रों को ही प्राप्त होते हैं। साथ ही यह गण आयुष्मान सिंह को अपनी गण-संस्था का आजन्म सदस्य निर्वाचित करता है।"

ज्ञप्ति [प्रस्ताव-सूचना] देने के बाद सेनापति बैठ गए, फिर गणपति ने कहा,

"भन्ते गण! सुनें। हमारे सेनापति ने आयुष्मान सिंह को तक्षशिला का नागरिक तथा गणसंस्था-सदस्य बनाए जाने के बारे में जो ज्ञप्ति दी, उसे भन्ते गण ने सुना। सेनापति की ज्ञप्ति को जो आयुष्मान करते हैं, वह चुप रहें, जो नहीं स्वीकार करते वह बोलें।"

पहली बार पूछने पर कोई नहीं बोला। फिर गणपति ने कहा, "दूसरी बार भी भन्ते गण! सुनें। हमारे सेनापति ने आयुष्मान सिंह को तक्षशिला का नागरिक तथा गणसंस्था-सदस्य बनाए जाने के बारे में जो ज्ञप्ति दी, उसे भन्ते गण ने सुना। सेनापति की ज्ञप्ति को जो आयुष्मान स्वीकार करते हैं वह चुप रहें, जो नहीं स्वीकार करते वह बोलें।" गण की ओर एक बार नजर दौड़ाकर गणपति ने फिर कहा,

"तीसरी बार भी भन्ते गण! सुनें। हमारे सेनापति ने आयुष्मान सिंह को तक्षशिला का नागरिक तथा संस्था-सदस्य बनाए जाने के बारे में जो ज्ञप्ति दी, उसे भन्ते गण ने सुना। सेनापति की ज्ञप्ति को जो आयुष्मान स्वीकार करते हैं वह चुप रहें, जो अस्वीकार करते हों वह बोलें।"

गण में से किसी को बोलते न देख गणपति ने कहा,

"भन्ते गण चुप हैं, जिसका अर्थ है उन्हें आयुष्मान सिंह का तक्षशिला का नागरिक तथा गणसंस्था का सदस्य बनाया जाना स्वीकृत है, ऐसा मैं धारण करता हूँ।"

ज्ञप्ति स्वीकार की घोषणा पर गण ने तुमुल हर्षध्वनि की। फिर गणपति ने कहा,

"आयुष्मान सिंह! तुमने यह सम्मान अपनी वीरता, अपने खून से अर्जित किया है। अब तुम हममें से एक हो। तुम्हें वह सारे अधिकार प्राप्त हैं, जो हमारे गण के प्रत्येक नागरिक तथा इस गणसंस्था के प्रत्येक सदस्य को प्राप्त है। तुम यदि इस भन्ते गण के सामने कुछ कहना चाहते हो, तो कह सकते हो।"

मुझे यदि इस सम्मान की खबर पहले से मालूम हुई होती, तो मैं अपने को कुछ तैयार करके रखे होता। इस वक्त हर्षातिरेक के भावों के तूफान मेरे हृदय में उठ रहे हैं। मुझे भय मालूम होता था कि मैं संयम के साथ कुछ न बोल सकूँगा, तो भी मुझे बोलना जरूरी था। मैंने खड़े हो गण की ओर अंजलि जोड़ कहा,

"भन्ते गण! मेरी सुनें। सात वर्ष से कुछ अधिक हुआ, जब मैं तक्षशिला आया। मेरे लिए उसी वक्त से तक्षशिला की गोद खुली हुई थी। मैंने यहाँ सिर्फ वात्सल्यपूर्ण स्नेह और प्रेम पाया। कोई कड़वा क्षण मुझे यहाँ स्मरण नहीं। मैं तक्षशिला को पा वैशाली-वियोग को भूल गया। समय बीतने के साथ अपने आचार्य के कथन—'वैशाली पूर्व की तक्षशिला है'—की सत्यता पर मेरा पूर्ण विश्वास हो गया और मुझे तक्षशिला वैशाली से अभिन्न मालूम होने लगी। मैं दिल से अपने को तक्षशिला का पुत्र समझने लगा। तक्षशिला के लिए प्राणोत्सर्ग करना मेरे लिए उतनी ही हर्ष की बात थी, जैसी कि वैशाली के लिए। भन्ते गण! आपमें से कितने ही आयुष्मानों को मालूम होगा कि प्राची में कुरु, वत्स, कोसल, मगध आदि के कितने ही राजे हैं, जहाँ अनार्य रीति से शासन होता है। वहाँ देव-परिषद तुल्य यह गणसंस्था देखने में नहीं आती, वहाँ तो राजा मनमाना शासन चलाता है, वैसे ही जैसे पार्शव-शासानुशास [शाहंशाह] किन्तु उनके बीच वैशाली का लिच्छविगण ही ऐसा देश है, जहाँ आर्य स्वतंत्र मानव की भाँति बिना राजा के अपना सम्मिलित शासन—गण-शासन—को चलाते हैं। मैंने कोसल में अपने को अजनबी समझा, कुरु में भी विदेशी समझा, किन्तु तक्षशिला में आकर बहुत जल्द समझ में आने लगा कि मैं अपनी वैशाली में आ गया हूँ। इसलिए भन्ते गण समझ सकते हैं कि मैंने जो कुछ किया, वह वैशाली की प्रेरणा से किया। इसका सारा श्रेय, सारा यश वैशाली को मिलना चाहिए। और आपने जो महान सम्मान तथा अत्यन्त दुर्लभ अधिकार मुझे प्रदान किया है, उसे मैं वैशाली के गौरव के तौर पर स्वीकार करते हुए आपका चिरकृतज्ञ रहना चाहता हूँ, और यह भी लालसा रखता हूँ कि तक्षशिला की सेवा का कोई अवसर मेरे हाथ से जाने न पाएँ।"

मेरे बैठ जाने पर हर्षध्वनि हुई, और एक प्रमुख गण-सदस्य शोभित ने उठकर कहा,

"भन्ते गण! अपने वीर पुरुष को हमने वह उच्च सम्मान दिया, जिसके देने का हमें अधिकार है। किन्तु इस अवसर पर हमें प्राची की तक्षशिला वैशाली के प्रति भी अपना सम्मान प्रदर्शित करना चाहिए। इसके लिए मैं भन्ते गण के सामने

प्रार्थना करूँगा कि वह वहाँ से एक नागरिक-मंडल वैशाली भेजें और उसके प्रति श्रद्धा प्रदर्शित करते हुए दोनों गणों को चिर-बन्धुता के सूत्र में बाँधे।"

गणपति ने गण के सामने इसे भी उपस्थित किया, और सबने इसे स्वीकृत किया।

इस वक्त जबकि गण-सदस्य हर्षोत्फुल्ल हो, आपस में कुछ धीरे-धीरे बोल रहे थे, आचार्य बहुलाश्व का मुँह थोड़ी देर के लिए गणपति के कानों पर रहा। फिर गणपति ने खड़ा हो "भन्ते गण! सुनें!" कहने के साथ शाला में नीरवता छा गई। गणपति ने कहा,

"मैं आपको एक हर्ष का समाचार सुनाता हूँ। हमारे आचार्य बहुलाश्व की तरुणी कन्या रोहिणी–जिसने स्वयं पार्शव-युद्ध में बहादुरी दिखलाई—ने आयुष्मान सिंह को अपने प्रेम का पात्र चुना है। आचार्य बहुलाश्व इस प्रेम का अनुमोदन करते हैं और मुझे यह सुनकर बहुत हर्ष हुआ है।"

इस पर चारों ओर से आवाज़ आने लगी, "रोहिणी और सिंह का पाणिग्रहण यहाँ हमारे सामने हो!"

उस वक्त रोहिणी दूसरी नारियों के बीच वक्ष-कोष्ठक [गैलरी] में बैठी थी, हर्ष और लज्जा से उसका मुँह रक्तवर्ण हो गया, किन्तु गणपति के आदेश को कैसे इनकार कर सकती थी। थोड़ी ही देर में देखा गणपति के आसन के पीछे वाले द्वार से अपनी माँ के पीछे-पीछे अवनत-मुखी रोहिणी आ रही है। शाला के भीतर बैठी हुई दो हजार दृष्टियों के भार से, जान पड़ता था, वह दबी जा रही है। उसके फूलों से सजाए लम्बे स्वर्ण-केश अब भी उसकी पीठ की ओर बड़ी सुन्दर तौर से फेंके हुए थे; धीरे-धीरे चलने पर भी उसके कुंडल मन्द-मन्द हिल रहे थे; बीच-बीच में श्वास लेना भूल जाने से उसका स्तन-भाग अधिक उन्नतावनत हो रहा था। मैं वर्षों से रोहिणी के बढ़ते हुए सौन्दर्य को यद्यपि देखता आ रहा था, किन्तु उस दिन सचमुच मुझे वह मानवी नहीं उत्तर-कुरु की अप्सरा-सी जान पड़ रही थी और उसके सामने मैं अकिंचन-सा इस महालाभ को देख अपने को धन्य-धन्य समझ रहा था।

रोहिणी गणपति के आसन के पास आकर खड़ी हो गई। गणपति और आचार्य के खड़े होने पर मैं भी खड़ा हो गया। फिर आचार्य ने रोहिणी के हाथों को मेरे हाथों में दे दिया। शाला में हर्षध्वनि हुई। तक्षशिला और वैशाली का जय-जयकार किया गया। गणपति ने अगला दिन नक्षत्र-दिन [उत्सव-दिन] घोषित किया। फिर आगे-आगे गणपति, उसके पीछे मैं और रोहिणी, फिर आचार्य तथा दूसरे सदस्य शाला के बाहर हुए। बाहर, जान पड़ता था, सारी तक्षशिला उठकर चली आई है। बाजे के साथ हम नगर में होते अपने निवास पर आए, जहाँ हमें छोड़ सभी लोग लौट गए।

उसी शाम को तक्षशिला के तरुण-तरुणियों की भीड हमारे आँगन में एकत्र हो गई, और उन्होंने हम दोनों को बीच में कर विवाह-महोत्सव मनाना शुरू किया—जिसमें मधुर मांस और श्रेष्ठ सुरा के खान-पान के साथ नृत्य और गान प्रधान बातें थीं। यहाँ एकत्र हुई तरुणियाँ एक-से-एक सुन्दर थीं। जान पड़ता था कि सौन्दर्य को राशि करके इकट्ठा कर दिया गया है; और उनके भीतर मेरी रोहिणी षोडश कलापूर्ण चन्द्रमा-सी जान पड़ती थी। नृत्य में वर-वधू का नाचना भी अनिवार्य ठहरा, और हम दोनों को इसके लिए लज्जित होने की जरूरत न थी, क्योंकि हम उसमें किसी से पीछे रहनेवाले न थे। रात थोड़ी-सी रह गई थी, जब सखी-सहेलियों की पलकें भारी होने लगीं, और उधर सुरा का भी असर हुआ, इस प्रकार हमें छुट्टी मिली।

रोहिणी की पलकें भी भारी थीं, और मेरी भी आँखें झँपी जा रही थीं, जबकि हम अपने शयन-कक्ष में पहुँचे।

तक्षशिला से प्रस्थान

रिपुंजय डेढ़ साल का हो गया और दौड़ता फिरता था। माँ-बाप से ज्यादा वह नाना-नानी को प्यार करता था, और माँ की देखादेखी नानी को अम्मा कहकर पुकारता था। वैशाली को जानेवाला तक्षशिला का नागरिक-मंडल मेरे लिए रुका हुआ था। मेरे मित्र कपिल—जो कि इस नागरिक-मंडल के नायक बनाए गए थे—आज-कल करते सवा दो वर्ष से प्रतीक्षा कर रहे थे; किन्तु अब और अधिक देर करने का मतलब था, कपिल की जगह किसी दूसरे को प्रमुख बनाना। कपिल उन आदमियों में थे जिन्हें अधिक समय तक एक जगह बाँधा नहीं जा सकता। आचार्य और खासकर माताजी से चलने की बात करना बड़े साहस की बात थी। पहिले इसे सोचते-ही-सोचते रोहिणी में गर्भ-चिन्ता स्फुट हो गई और ऐसी अवस्था में साठ योजन की संकटपूर्ण यात्रा करना उचित नहीं था। रिपुंजय के अत्यन्त छोटे होते वक्त भी वह कठिनाई थी—किन्तु जब वह साल-भर का हो गया, तो मैंने आचार्य से चर्चा चलाई। आचार्य बड़े ही दूरदर्शी और दूसरे के भावों की परख रखनेवाले व्यक्ति थे। उन्होंने पहिले ही दिन कहा,

"पुत्र! मैं तुमसे सहमत हूँ। तुमने तक्षशिला में जो दस वर्ष बिताए हैं, वह उसी तैयारी के लिए, जिसकी कि इस वक्त वैशाली को जरूरत है। स्नेह हमें मजबूर करता है, तुम्हें न जाने देने के लिए, किन्तु ऐसा स्नेह उसी तरह त्याज्य है, जैसा कि रण-विमुख करनेवाला वीर-पत्नी का स्नेह। तुम अपनी माँ को भी सान्त्वना देकर इसके लिए तैयार कर लो।"

माँ को राजी करना आसान काम न था। एकलौती बेटी के चले जाने पर उन्हें वह सात खंड का घर कैसा भयावना मालूम होगा, इसे मैं और मुझसे भी ज्यादा रोहिणी समझती थी। रातों हम दोनों अगले दिन अम्मा से बात करने की सलाह करते; किन्तु जब सामने जाते तो हिम्मत छूट जाती। अन्त में हमने कपिल को अपना दूत बनाया।

कपिल ने एक दिन बात शुरू करते हुए कहा,

"आचार्यायणी! गण-संस्था ने सौम्य सिंह के प्रति अपना सम्मान खूब दिखलाया, किन्तु वैशाली के प्रति कृतज्ञता प्रकट करने के लिए वह उतावली हो रही है। भेंट के लिए अच्छे-अच्छे घोड़े-घोड़ियाँ, सुन्दर पांडु-कम्बल, पुराण कापिशेयी सुरा के भांड तथा दूसरी उपायन की वस्तुएँ जमा की जा रही हैं। आचार्यायणी ने इसे तो सुना ही होगा?"

"नहीं पुत्र! रिपुंजय आजकल न मुझे कोई काम करने देता है, न कहीं की बात सुनने देता है। तो पुत्र! वैशाली तो तुम्हें ही जाना है न?"

"हाँ, मैं ही नागरिक-मंडल का मुखिया चुना गया हूँ।"

"तो कब जाने का निश्चय किया?"

"छह महीने बाद, वर्षा के बीत जाने पर, फिर रास्ता अच्छा हो जाएगा, नदियों के घाट भी ठीक हो जाएँगे और मार्ग में सार्थ भी चलने लग पड़ेंगे।"

"हाँ, वह समय ठीक होगा। क्या सब तैयारी हो चुकी है?"

"करीब-करीब, किन्तु अभी एक बात तो तय ही नहीं हुई, जिसके लिए हम दो साल से रुके हुए हैं।"

"वह क्या बात है, पुत्र?"

"सिंह का चलना, हमें सिंह के साथ जाना है माँजी!"

आचार्यायणी के नेत्रों से टप-टप आँसू गिर पड़े। उनकी गोद में रिपुंजय पड़ा हुआ था, उन्होंने उसके मुँह को चूमकर भर्राए हुए स्वर में कहा,

"पुत्र! मैं इस दिन से बराबर भय रखती रही हूँ। रोहिणी के ब्याह के साल जब नागरिक-मंडल नहीं जा सका, उसी वक्त मुझे कारण मालूम हो गया था। अभी तक रोक रखना अनुचित भी नहीं समझा जा सकता, किन्तु मैं इस बात पर बराबर विचार करती रही हूँ! रोहिणी और सिंह का जाना मेरे लिए कितना असह्य होगा, यह तुम भी आसानी से समझ सकते हो। आचार्य से कितनी ही बार इसके बारे में मेरी बात हुई है और मुझे उनकी युक्तियों के सामने निरुत्तर होना पड़ा है। लेकिन हृदय नहीं मानता"—कह आचार्यायणी आगे न बोल सकीं।

"आचार्यायणी! आपका कहना बिलकुल उचित है। एकलौती पुत्री का वियोग माँ के लिए सहना बहुत मुश्किल है।"

"बहुत मुश्किल है पुत्र! किन्तु मैंने सहने का निश्चय कर लिया है। मैं समझती हूँ, इस साल सिंह और रोहिणी को मैं जाने की अनुमति दूँगी और हृदय को फटने से बचाने के लिए उनसे इस जय की भिक्षा माँगूँगी।"

जब कपिल ने इस वार्तालाप के बारे में सूचना दी, तो मेरा दिल बहुत सन्तुष्ट हुआ। रोहिणी ने तो कहा, "वह माँ का ही पुत्र है, उसके लिए भिक्षा माँगने की बात माँ क्यों कर रही हैं।"

दूसरे दिन हम दोनों सीधे अम्मा के पास गए। अम्मा समझ गईं कि हमारे आने का कल की कपिल की बात से सम्बन्ध है। क्षण-भर के लिए उनके चेहरे पर उदासी-सी छा गई, किन्तु उन्होंने बड़े प्रयत्न से अपने भावों को दबा मुख पर हँसी की रेखा ला कहा,

"मेरे इन्द्र-इन्द्राणी कहाँ चले?"

मैंने साहस के साथ कहा—"माँ! कपिल ने कल की बात हमें बतलाई है। हम दोनों माँ के हैं, फिर हमसे भिक्षा माँगने की बात कैसे हो सकती है। माँ चाहें तो जय को ले लें, चाहे हम दोनों को न जाने का आदेश दें। हम आपकी आज्ञा को शिरोधार्य मानेंगे, किन्तु मगधराज की जिस तरह की कोप-दृष्टि वैशाली के ऊपर है, उसे देखते आचार्य की भी राय है, और मेरा कर्तव्य भी मुझे वैशाली को प्रस्थान करने के लिए मजबूर करता है।"

अम्मा मेरे वाक्य के समाप्त होने की चुपचाप प्रतीक्षा करती रहीं और फिर हाथों को बढ़ाकर रोहिणी को अपनी गोद में ले लिया; मालूम होता था, रोहिणी अब भी उनके लिए वही दूधमुँही बच्ची है। रोहिणी के मुँह को चूम तथा उस पर अश्रुकण गिराते हुए कहा,

"पुत्र! घबराओ नहीं; मेरे पास माता का हृदय भी है और कर्तव्याकर्तव्य पहिचानने की बुद्धि भी। जब माता का हृदय जोर मारता है उस वक्त का मेरी चेष्टा में बुद्धि की कमी मालूम होती है और मुझे आशा है छह महीने तुम दोनों मुझे बुद्धिशून्यता का जीवन बिताने की अनुमति दोगे। मैं साठ के करीब पहुँच चुकी हूँ, अब फिर मुझे 'रो-हि-णी'—कहते-कहते उनका कंठ रुद्ध हो गया, उनकी आँखों से अश्रुधार बह निकली। फिर कुछ क्षण के बाद कहा, "पुत्र! मेरे पास आकर बैठो।"

मैं पास बैठ गया। रोहिणी अब भी उनकी गोद में थी। उन्होंने मेरें ललाट पर अश्रुमिश्रित चुम्बन दिया, फिर हिमश्वेत केशों को अपने मुँह से हटा मेरे सिर पर हाथ रख कहा,

"पुत्र! मैं जय को तुम दोनों के स्थान पर रखूँगी। जय को दुख नहीं होगा, क्योंकि वह रोहिणी को उतना नहीं मानता जितना कि मुझे। दूध पीना छोड़ उसे रोहिणी से क्या वास्ता है? और इधर तो बकरी का दूध मेरे हाथ से पी रोहिणी को भी भूलता जा रहा है।"

अम्मा ने हमारे काम को बहुत आसान बना दिया।

एक ओर तक्षशिला तथा उसके स्नेहपूर्ण हृदयों के वियोग का ख्याल था। जहाँ कभी-कभी मेरे दिल में उदासी छा जाती थी, वहाँ दूसरी ओर वैशाली की बाल्य से चली आती स्मृति भारी आकर्षण पैदा कर रही थी। रोहिणी को तक्षशिला के अगले छह मास बहुत दुर्लभ मालूम होते थे और वह अपनी सखी-सहेलियों, बन्धु-बान्धवों में ही नहीं, बल्कि तरु-गुल्मों, वन-उद्यानों के एकान्त-संग में बिताना चाहती थी। मुझे उसकी इन बातों से कभी-कभी एकान्तता का अनुभव होता था, किन्तु मैं समझता था कि रोहिणी के लिए इसकी आवश्यकता है। अन्तिम दो महीने में हम दोनों कितनी ही बार दो-दो, चार-चार दिन के लिए कर्मान्तों में रह जाते थे और हमने देखा कि जय नानी की गोद के सामने हमें भूलता जा रहा है।

धीरे-धीरे वर्षा भी समाप्त हुई। तक्षशिला के पास के पहाड़ियों पर उगे हरित तृण और वनस्पति अपनी काली हरियाली को छोड़ पक्व वर्ण होने लगे। खेतों में शालि [धान] फूटने लगी, लोग घरों की सफाई और मरम्मत करने लगे।

कपिल के नेतृत्व में दस आदमियों का नागरिक-मंडल वैशाली जा रहा था। उपायन के लिए दस उत्तम घोड़े, कम्बल आदि जमा हो गए थे। उनके साथ तक्षशिला गण की ओर से सुवर्ण फलक पर एक अभिलेख था, जिसके कुछ वाक्य थे—

"वैशाली और तक्षशिला का सम्बन्ध बहुत पुराना है। पूर्वजों से सुनते चले आए हैं किं, किसी वक्त गन्धार की ही ओर से कितने ही आर्य प्राची की ओर गए और उन्होंने वहाँ वैशाली का गण स्थापित किया। कुछ भी हो, यह तो आज भी सत्य है कि दोनों नगरियों और नागरिकों की बहुत-सी विशेषताएँ समान हैं।...

"वैशाली तक्षशिला की भाँति ही वीर-प्रसविनी है। उसके वीरपुत्र सिंह ने जिस कौशल के साथ पार्शवों की सेना का ध्वंस किया, वह हमारे लिए चिरस्मरणीय बात रहेगी। हमने उस वीर पुरुष का सम्मान किया है और हमें पूर्ण आशा है कि ऐसे वीर सेनानी को पाना वैशाली के लिए सौभाग्य की बात होगी और जो उसकी वीरगाथा को सुने होंगे, वह वैशाली की ओर लालच-भरी दृष्टि से देखने का साहस नहीं करेंगे।...

"हम चाहते हैं, तक्षशिला और वैशाली सदा के लिए भगिनीत्व के सूत्र में बँध जाएँ और गन्धार और लिच्छवि अपने को भाई-भाई समझें..."

ग्यारह नागरिकों तथा हम दोनों के अतिरिक्त शुभ आदि वैशाली से आए पाँचों तरुण भी अपनी शिक्षा समाप्त कर चलने के लिए तैयार थे, इस प्रकार हमारी संख्या अठारह थी। तय हुआ था कि तक्षशिला से हस्तिनापुर तक स्थल-सार्थ के साथ चला जाए, उसके बाद नाव से। उपायन की वस्तुएँ तथा पाथेय खरीदने के लिए उपयोगी विक्रेय चीजें हमने छह शकटों में भरी जिनके लिए छः आदमियों

को छोड़ बाकी बारह आदमी बारह घोड़ों पर चढ़कर चलते थे।—मेरे और रोहिणी के लिए आचार्य ने अपने घोड़साल के दो श्रेष्ठ घोड़े दिये थे।

शाम को हमें विदाई के लिए मित्रों और सखियों का जो सम्मेलन हुआ था, उसमें आमोद-प्रमोद का आयोजन था, किन्तु वह बिलकुल फीका लग रहा था। सुरा विष-सी मालूम होती थी। स्वादु आहार नीरस प्रतीत होता था। नृत्य-संगीत की बात ही नहीं की जा सकती थी। सारा समय हमने विषादपूर्ण वार्तालाप में बिताया। रोहिणी की सखियाँ अश्रुधार से उसका मुख प्रक्षालन करतीं, उसका आलिंगन कर विदाई ले रही थीं। मेरे मित्र पुनर्दर्शन की शुभ कामना के साथ मुझे छोड़ रहे थे।

सबेरे रात रहते ही हमें तक्षशिला के पूर्व-द्वार से निकलना था। माँ तो सारी रात क्या-क्या पकाने में लगी हुई थीं। हम दोनों ने उठकर मुँह धोया, कपड़े बदले, फिर माँ के हाथ के बने मधुर मांस-गोलक और अपूप खाए। जय निभृत सो रहा था, यह याद आने में वर्षों की देर होगी, जबकि वह समझने लगेगा कि एक भिनसार को उसके माँ-बाप उसे सोता छोड़ भाग गए। मैंने और रोहिणी ने धीरे से उसके मुँह पर चुम्बन दिया। एक बार मुझे जान पड़ा, वह मुस्करा रहा है और उसके लाल ओठों के बीच में उसकी सफेद दँतुलियाँ दिखलाई पड़ रही हैं, किन्तु भ्रम था। हमारा जय बेखबर सो रहा था। जलते दीपक के प्रकाश में मैंने देखा, रोहिणी के नेत्रों से आँसू गिर रहे थे। मेरे आँसू नहीं गिर रहे थे, किन्तु भीतर से मुझे भी बड़ी विकलता हो रही थी।

सार्थ के शकटों के साथ हमारे शकट नगर-द्वार से निकल चुके थे, हमारे और साथी भी चले गए थे। आग्रहपूर्वक माँ और आचार्य को नगर-द्वार पर आने से रोका। देहली पर उनके आलिंगन और ललाट-चुम्बन को ले अभिवादन कर हम अपने- अपने घोड़ों पर सवार हुए।

शकटों को एक मील पर जाकर पकड़ा। सूर्योदय के समय अनुपम शोभा की धनी तक्षशिला किसी देवनगरी-सी सामने दिखलाई पड़ती थी। हम अब दूसरे दस सवारों के साथ शकटों के पीछे-पीछे चल रहे थे। आखिर में हम उस स्थान पर पहुँचे जहाँ तक्षशिला आँखों से ओझल होनेवाली थी। वहाँ हम दोनों को घोड़े से उतरते देख कपिल और दूसरे साथी भी उतर गए। मैंने तक्षशिला की ओर अंजलि कर कहा,

"शायद यह अन्तिम अंजलि है, शुभ तक्षशिले! किन्तु तेरी गोद में बीते ये दस वर्ष कभी नहीं भूलेंगे।"

रोहिणी ने भी अंजलि अर्पित की, किन्तु शब्द के स्थान पर उसके नेत्रों ने अश्रुधारा प्रवाहित से और सार्थ भी हमारी अवस्था से प्रभावित हुए थे। हमारे वैशालिक-बन्धु शकटों पर आगे जा रहे थे, उन पर इस जगह क्या बीती, इसके बारे में नहीं कह सकता।

रोहिणी अब भी तक्षशिला की ओर अश्रुपूर्ण नेत्रों से देख रही थी। उसे नहीं पता लगा जबकि मैंने उसके घोड़े को लाकर पास खड़ा किया। जब मैंने कहा, "रोहिणी! चलो," तो मालूम हुआ जैसे वह सोते से एकाएक जागी है।

सवार हो हमने घोड़ों को इशारा किया, और थोड़ी देर में शकटों को जा पकड़ा।

वैशाली के मार्ग में

मद्र [स्यालकोटवाला प्रदेश] और मल्ल [मालवा] गणों से मैं दस वर्ष पहले भी पार हुआ था, किन्तु उस वक्त वे दूर से अपरिचित प्रदेश मालूम होते थे। किन्तु अब वह परिचित मित्र-से थे। इन गणों के भीतर मार्ग सुरक्षित थे, कहीं चोर-डाकू का डर न था। लोगों ने वर्षा बन्द होते ही रास्तों की मरम्मत कर डाली थी, चन्द्रभागा आदि नदियों के ऊपर पुल बाँध दिये गए थे या नावों का इन्तिजाम था। सार्थ को गण के भीतर प्रवेश करते वक्त थोड़ा-सा शुल्क देना पड़ता था। नगर के बाहर सार्थ के ठहरने की सुखद जगहें थीं, जहाँ मनुष्यों और पशुओं के घास-चारे का इन्तिजाम रहता था। यदि नगर में अपनी कोई चीज बेचनी होती, तो उस पर भी थोड़ा-सा शुल्क देना पड़ता था।

मद्र और मल्ल के वीर तक्षशिला की रक्षा के लिए पहुँचे थे; इसलिए वह मेरे बारे में अच्छी तरह जानते थे। मद्र की राजधानी सागल [ग्यालकोट] में जब हम पहुँचे, तो वहाँ संस्थागार में गण की ओर से अच्छे स्वागत का इन्तिजाम किया गया था। गान्धारी, रोहिणी, माद्री तरुणियों को पा थोड़ी देर के लिए तक्षशिला को भूल गई। प्राची में मद्र देश 'सुन्दरियों की खान' कहकर प्रसिद्ध है, जब मैंने यह रोहिणी से कहा, तो उसने कपोलों को लाल करते हुए कहा,

"प्राचीवाले मद्र-गन्धार के भेद को नहीं जानते होंगे।"

"हाँ, मैं स्वीकार करता हूँ, क्योंकि माद्रियों और गान्धारियों में से किसी को छोटा-बड़ा नहीं कहा जा सकता।"

जब हम शतद्रु [सतलज] और सरस्वती [घग्घर] पार हो प्राची के भीतर दाखिल हुए, तो पहली निश्चिन्तता छोड़नी पड़ी। अब मार्ग निरापद न था। जंगल, खोह, नदी सबमें चोरों का डर रहता था। अब बस्तियाँ भी दूर-दूर थीं; इसलिए कितने ही दिनों जंगलों में बिताना पड़ता था। बस्तियों में यही नहीं कि डाकुओं की चिन्ता कम हो जाती थी; बल्कि वहाँ शाक, दूध, नवनीत तथा दूसरे आहारों का सुभीता था। यह राजा का राज्य है, इसलिए मनुष्यों के व्यवहार में कृत्रिमता

ज्यादा है—छोटे-बड़े का ख्याल अधिक है। लोग गणों की अपेक्षा ज्यादा गरीब हैं; और बहुत-से दास भी देखे जाते हैं।

जंगलों में मृगया का सुभीता अच्छा था। रोज कोई-न-कोई शिकार मिल जाता था। कभी हम गवय [नील गाय] मार लाते, कभी हरिण, कभी सूअर, कभी मोर। इस प्रकार स्वादिष्ट सूप का हमें यहाँ बहुत सुभीता रहता था। हमारे सार्थ में चार सौ आदमी थे। सभी को रोज तो हम सूप नहीं दे सकते थे; किन्तु गवय [नील गाय] के मिल जाने पर सारे सार्थ में बड़ी चहल-पहल रहती। हमारे सार्थ में कितने ही अतिरिक्त बैल होते थे। जब कोई बैल चलने लायक न रहता, तो खाली को जोड़ देते और बेकार बैल सार्थ का सूप बन जाता। अगले ग्राम में बैलों की संख्या पूरी कर ली जाती। ग्राम में पेट-भर मांस और सुरा पीने की छूट रहती। हमारे पूरे सार्थ के लिए तीन बड़े बैलों को लेने पर सूप पूरा पड़ता। चोर-डाकुओं का जहाँ भय हो, वहाँ सार्थवाह सुरापान की छूट नहीं दे सकता।

इन्द्रप्रस्थ पहुँचने से पाँच दिन पहले हमें पता लगा कि डाकुओं का एक गिरोह हमारे सार्थ का पीछा कर रहा है। उस समय सार्थ ने सेना-अभियान का रूप धारण किया था, जिसमें रोहिणी किसी पुरुष से कम साबित नहीं हुई, बल्कि कपिल ने जब उसे रात्रि के सैनिक-कार्य से मुक्त करना चाहा, तो वह झगड़ पड़ी—रोहिणी के स्वभाव में झगड़ालूपन छू नहीं गया है; किन्तु उस दिन मैंने वस्तुतः उसे क्रुद्ध होते देखा।

इन्द्रप्रस्थ में यमुना पार हो हम गंगा के किनारे हस्तिनापुर पहुँचे। रास्ते में हमें कल्पाषदम्य राजधानी मिली थी। कुरु के वृद्ध राजा को हमने एक दिन रथ पर नगर से बाहर जाते देखा। उसके इर्द-गिर्द सैकड़ों प्रहरी थे। मेरे तक्षशिला के साथियों में से अधिकांश ने किसी राजा को अब तक नहीं देखा था; इसलिए उन्हें जान पड़ा कि राजा किसी युद्ध में जा रहा है। जब मैंने उन्हें बतलाया कि युद्ध के लिए नहीं, बल्कि उद्यान-क्रीड़ा के लिए जा रहा है, तो उन्हें आश्चर्य हुआ—इतने सशस्त्र प्रहरियों की इसके लिए जरूरत? मैंने उन्हें समझाया कि राजतंत्र में एक व्यक्ति—राजा—बहुत भारी जिम्मेदारी और अधिकार अपने हाथ में ले लेता है। कितनी ही बार स्वेच्छाचार से कितनों को दुश्मन बना देता है, कितनी ही बार उत्तराधिकारी अधिकार हाथ में लेने के लिए रास्ते से उसे साफ करना चाहते हैं। इस प्रकार राजा को हर वक्त जान का खतरा बना रहता है; जिसकी वजह से वह वृक्ष से ताजा फल तोड़कर तब तक नहीं खा सकता, जब तक कि कोई दूसरा चख न ले, वह कूप का स्वच्छ जल लेकर प्यासा बैठा रहेगा, इस प्रतीक्षा में कि कोई दो घूँट पीकर सिद्ध करे कि इसमें विष नहीं है—रसोई में बने भोजन की तो बात ही क्या है। वह नींद-भर सो नहीं सकता, उसकी अधिकांश रातें दुःस्वप्न में बीतती हैं। इस पर मेरे एक साथी भद्रिक ने कहा,

"इतने जोखिम को देखते हुए राजा इतनी जवाबदेही क्यों अपने ऊपर लेता है?"

"क्योंकि भोग में उसे अधिक स्वच्छन्दता होती है, वह देश का सबसे धनी आदमी होता है। बिना व्यापार के उसके पास दुनिया-भर की श्री चली आती है। उसके पास सबसे अधिक कर्मान्त [खेती] होता है। वह सबसे अधिक दास-दासियों का स्वामी होता है। नित नई-नई तरुण सुन्दरियों से वह अपने अन्तःपुर को भरता रहता है।"

"किन्तु, लोग इसे सहन करने को तैयार क्यों होते हैं?"

"जब वह सहने के लिए अपने को बेबस समझने लगते हैं, तभी तो उनके ऊपर राजा का शासन शुरू होता है।"

"हम तो कभी बर्दाश्त नहीं करते।"

"किन्तु, पश्चिमी गन्धार के लोग शासानुशास [शाहंशाह] का जूआ ढो रहे हैं। राजा केवल एक जन [जाति] के ऊपर तक ही अपने शासन को सीमित रख कभी सुरक्षित नहीं रह सकता। जिस प्रकार गण के लिए दूसरे जन पर शासन करना सम्भव नहीं है, उसी प्रकार राजा के लिए केवल एक जन पर शासन करना सम्भव नहीं है। राजा को शासन करने के लिए अनेक जन चाहिए, जिसमें वह एक के विरुद्ध दूसरे की सहायता ले सके। उसे दासों का समाज चाहिए, जिसमें एक जन के भीतर भी अपने सहायक ढूँढ़ सके। स्वयं एक जन को भी राजा तोड़-फोड़ करके रखते हैं। उत्तरापथ के गणों में ब्राह्मण, क्षत्रिय, वैश्य आदि भेद नहीं देखे जाते। उनके यहाँ देवताओं की पूजा-प्रार्थना के लिए कोई अलग समुदाय निश्चित नहीं है, किन्तु यहाँ इन राजाओं के यहाँ ब्राह्मण, क्षत्रिय आदि भेद बनाए गए हैं। यह भी राजा के स्वेच्छाचारी शासन के सुभीते के लिए किया गया है।"

हस्तिनापुर में हमें कुछ दिनों ठहरना पड़ा। यद्यपि नदी-सार्थ का मिलना वहाँ कठिन नहीं है। बराबर वहाँ से काम्पिल्य, कान्यकुब्ज, अलविका, प्रयाग-प्रतिष्ठान, वाराणसी के लिए नावें छूटती रहती हैं, तथापि हमें अपने घोड़ों के लिए खास तरह की नावों की जरूरत थी, जिन्हें और किसी सार्थ के पास न पा हमें स्वयं बनवाना पड़ा।

हमें राजगृह के श्रेष्ठी जोतिय का नदी-सार्थ यहाँ मिला। कितने ही सार्थ हमें साथ ले चलने के लिए उत्सुक थे। कुछ तो हमें भेंट भी देने के लिए तैयार थे, आखिर सत्रह-सत्रह दृढ़ धनुर्धर भटों—जिनमें से अधिकांश अश्वारोही थे—का साथ पाना सार्थ के लिए कम लाभ की चीज न थी। जोतिय का सर्वार्थक भीम बड़ा चतुर और देशदर्शी आदमी था। उसने पूर्व-पश्चिम समुद्रों की ही नहीं, कितने ही दूर-दूर के द्वीपों की यात्रा की थी। गन्धार को भी उसने देखा था। उनकी चालीस विशाल नावों में गन्धार और तुषार प्रदेश की तरह-तरह की चीजें थीं, जिनमें उत्तर-कुरु का कादलि मृग-चर्म भी था। यह पण्य वस्तुएँ सिर्फ मगध और सुह्य तक ही के

लिए न थीं, बल्कि उनमें से कितनी ही सुवर्णभूमि [बर्मा] तथा पूर्व समुद्र [बंगाल की खाड़ी] के दूसरे द्वीपों को जानेवाली थीं।

भीम से मगध के बारे में कितनी ही बातें मालूम हुईं। राजा बिम्बसार फिर सैनिक तैयारी कर रहा है। उत्तरापथ [पंजाब] से हजारों घोड़े उसने खरीदे हैं। अब किस पर उसका आक्रमण होगा, इसके बारे में भी कोई निश्चित बात नहीं बतला सका। जोतिय-श्रेष्ठी वाणिज्य दूत सारे जम्बूद्वीप [भारत] और सागर पार तक में बसे हुए हैं। इसलिए हर एक राज्य के भीतर शान्ति और युद्ध के बारे में उन्हें काफी जानकारी होती है, आखिर वाणिज्य भी तो देश की शान्ति-समृद्धि पर निर्भर है। हाँ, इतना पता लगा कि कोसल और वत्स के राजा तथा लिच्छविगण भी सेना के आयोजन में लगे हैं। लिच्छवि का नाम आने पर मेरा दिल धकधक करने लगा—क्या बिम्बसार लिच्छवियों के प्रहार को इतनी जल्दी भूल गया?

नदी-सार्थ में बैलों के न होने से घास-चारे की न फिक्र करनी पड़ती है और न शकट की चींटी की जैसी चाल से चलना पड़ता है। गंगा की धार में नीचे की ओर जाने में नाव की गति वैसे भी तेज होती है; फिर आजकल तो पछवाँ हवा थी और पाल के सहारे नावें और तेज भाग रही थीं। हमारे घोड़ों के लिए सूखे-हरे चारों की कमी न थी। कभी-कभी सार्थ जंगल के किनारे लकड़ी आदि जमा करने के लिए खड़ा हो जाता, उस वक्त हम अपने घोड़ों को कुछ दौड़ा लेते तथा कुछ शिकार का भी इन्तिजाम करते। हमें कुछ कार्षापण खर्च करना पड़ता, और मछली रोज हमें अपने सार्थ के नाविकों से मिल जाती। चाँदनी में दिन-रात नावें चलती रहतीं; अँधेरी रात में हम लंगर डाल बीच धार में ठहर जाते—शराब का इन्तिजाम करने के लिए इस समय मल्लाह मशाल बार मछली मारते। काम्पिल्य, कान्यकुब्ज जैसे महातीर्थों में जोतिय वाणिज्य-घर थे। वहाँ सार्थ की चीजें उतारनी-चढ़ानी पड़ती थीं, जिसके लिए हमें एक-दो दिन ठहरना पड़ता। इस समय को हम बारी-बारी से नगर देखने, कुछ पण्यों को बेच खाने-पीने की चीजों को खरीदने के काम में लगाते। जाड़े का मध्य था; किन्तु रोहिणी का कहना था, यहाँ तक्षशिला से कम सर्दी पड़ती है। रोहिणी को प्राची के नगरों की समृद्ध पण्य-वीथियों (बाजारों), भव्य प्रासादों, सुन्दर क्रीड़ा-उपवनों को देखकर प्रसन्नता होती, किन्तु जब वह चांडालों, दासों तथा कर्मकरों की जीर्ण-शीर्ण झोंपड़ियों तथा उनके दीनहीन निवासियों को देखती, तो क्षुब्ध हो जाती। अब उसे मालूम हो रहा था कि दासता कितनी क्रूर होती है, गरीबी कितनी असह्य होती है। कान्यकुब्ज के राजोद्यान में हम गए। बीच में पुष्पित पद्म, सरोज, पुंडरीक से सुशोभित अच्छोद पुष्पकरिणी थी जिसमें हंस-मिथुन किलोलें कर रहे थे। चारों ओर स्थलपद्म, जाती, यूथिका आदि नाना वर्ण-गन्धवाले पुष्पों की रम्य क्यारियाँ थीं। बीच-बीच में हरित कन्दुक क्रीड़ा भूमि थी, जिनमें तरुण प्रमदाएँ कन्दुक-क्रीड़ा कर रहीं या बैठी रहस्यालाप में लीन

थीं। रोहिणी के शरीर पर सिवाय कुंडल के कोई आभूषण न था। उसके वस्त्र भी साधारण नागरिकाओं जैसे थे। किन्तु गान्धारियों की रूपश्री भी साथ ही उसके पास थी, जिसके कारण हठात दूसरों का ध्यान उसकी ओर आकर्षित होता था। कान्यकुब्ज के राजोद्यान में पांचाल राजकन्या अपने परिजन के साथ उस वक्त आई हुई थी। अपनी सखी से रोहिणी की बात सुनकर वह हमारे पास चली आई। हम उस वक्त श्वेत-शिला पर बैठे पुष्करिणी की सुषमा देख रहे थे। राजकन्या को आते देख हम उठकर खड़े हो गए। राजकन्या की एक सखी ने आकर हमें परिचय दिया। मैंने रोहिणी को जाकर मिलने के लिए कहा।

वह दोनों ही एक-दूसरे से मिलने के शिष्टाचार से अनभिज्ञ थीं। रोहिणी किसी कन्या को अपने समान समझ मित्र-भाव से मिलना जानती थी। राजकन्या समवयस्काओं में सभी को अपने परिजन के तौर पर मिलना जानती थी, किन्तु रोहिणी के रूप को देखकर उसे भ्रम हो गया था कि वह भी कोई राजकन्या है; इसलिए रोहिणी के 'स्वागत' कहने पर उसने भी 'स्वागत राजकुमारि कहा। मैं कुछ हटकर देख रहा था और पीछे रोहिणी ने जो अपने वार्तालाप के बारे में कहा, उससे मालूम हुआ—

राजकन्या–"सखि! तुम इस देश की नहीं मालूम होती; इसलिए क्षमा करना कुछ जिज्ञासा करने के लिए।"

रोहिणी—"नहीं राजकुमारि! इसका ख्याल न करें। मुझे आपसे मिलकर बड़ी प्रसन्नता हुई।"

राजकन्या–"यह तुम्हारे कौन है?"

रोहिणी—"मेरे पति।"

राजकन्या—"तुम्हारा जन्म-देश कौन है?"

रोहिणी—"गन्धार देश में तक्षशिला नगरी।"

राजकन्या—"मेरी दादी भी गन्धार देश की थीं। क्या आप हमें अपना नाम बतलाएँगी?"

रोहिणी—"रोहिणी। और आपका?"

राजकन्या—"विद्या। क्या सखि! तुम्हें कुछ उज्र होगा, यदि हम लताकुंज में थोड़ी देर विश्राम करें? मैं आपके पति को भी वहाँ बुलाना चाहती हूँ। हम अपने गन्धार के अतिथियों का स्वागत करना चाहती हैं।"

"मुझे अपने पति से इसे पूछकर आने की आज्ञा दीजिए।"—कह रोहिणी मेरे पास आई। हमारे पास अभी समय था, इसलिए मध्याह्न को लताकुंज में बिताने में कोई हर्ज न था।

हम दोनों वहाँ गए। राजकन्या सारे शरीर में आभूषणों से लदी थी। उसके कानों में मणि-जटित बड़े-बड़े कुंडल थे, जिनके बोझ से कान कन्धे तक लटक

आए थे। उसके गले में महार्घ हार थे, जिनसे उसका सारा वक्षस्थल ढका हुआ था। उसकी कटि में कई लरों की मेखला थी, जिसकी चारों ओर मुक्ता स्त्रजें लटक रही थीं। उसके हाथों में बहुत-से कंकण और चूड़ियाँ थीं, जिनसे वह केहुनी तक आच्छादित थी। उसके सिर में जूड़ा और शिरोभूषण से काले केशों को सजाया गया था। पैरों में भी किंकिणीदार पादभूषण (पाजेब) थे। हमारी वैशाली में भी आभूषण का रिवाज ज्यादा है; किन्तु इतने आभूषणों को मैंने वहाँ भी नहीं देखा था। इतने आभूषण के साथ राजकन्या का वहाँ से चलना भी मुश्किल था। मुझे वे भूषण नहीं, भार मालूम हो रहे थे। पास में आया देख राजकन्या ने कहा,

"स्वागत अतिथि! मुझे आशा है, मध्याह्न का हमारा आतिथ्य आप सपत्नीक स्वीकार करेंगे।"

"हाँ, आज्ञा शिरोधार्य है। हमारे पास समय है।"

राजकन्या—"क्या आप यहाँ कान्यकुब्ज (कन्नौज) में कुछ दिन ठहर नहीं रहे हैं?"

"नहीं, राजकुमारी! इस नदी-सार्थ के साथ मगध की ओर जा रहे हैं। बस, आज-भर रहना है।"

"तो आप मगध के राजकुमार हैं और सखी रोहिणी गन्धार-राजकुमारी?"

रोहिणी—"नहीं, राजकुमारी! हम राजकुमार और राजकुमारी नहीं हैं। हम क्षत्रिय हैं। मेरे पति वैशाली के क्षत्रिय-कुमार हैं। तक्षशिला से विद्याध्ययन कर मेरे साथ लौट रहे हैं।"

बात करते हुए हम लताकुंज में पहुँचे। वहाँ दासियाँ आसन बिछा हमारे आहार के परोसने का प्रबन्ध कर रही थीं। हम आसन पर बैठ गए। राजकुमारी ने कहा,

"हम भी क्षत्रिय हैं, राजकुमारी होने से क्या हुआ? अच्छा, सखी रोहिणी! यह तो मैं समझती हूँ कि तुम्हारे शरीर के भूषित करने के लिए भूषण की आवश्यकता नहीं; किन्तु हाथों में एक कंकण भी धारण नहीं किया?"

"भूषण हमारे काम में बाधक हो सकता है, राजकुमारी!" अपनी हथेलियों और तर्जनी तथा अंगुष्ठ के कर्कश गट्ठों को दिखलाते हुए रोहिणी ने कहा, "हमें धनुष तानना है, खड्ग चलाना पड़ता है, खेत और बाग में भी काम करना होता है; ऐसी अवस्था में हमारे काम में भूषण बाधक हो सकते हैं।"

राजकुमारी के हाथों को देख कुछ आश्चर्य हुआ क्योंकि उसकी धारणा थी कि स्त्रियों का सौन्दर्य शिरीष के कुसुम-सा कोमल होता है जो जरा भी वात-आतप लगने से कुम्हला जाता है। उसने अपने कोमल हाथों में रोहिणी की कर्कश हथेलीवाले हाथों को लेकर कहा, "तुम्हारे यहाँ राजकुमारियाँ भी इतना कठोर श्रम करती हैं?"

"मैं राजकुमारी नहीं, तक्षशिला की क्षत्रिय-कुमारी हूँ।"

"नहीं, तुम्हारे बात के ढंग से, तुम्हारी निर्भीकता से साफ पता लगता है कि तुम राजकुमारी हो।"

"लेकिन, इसका कारण और है—राजकुमारी! गन्धार में कोई राजा नहीं, कोई दास-दासी नहीं—वहाँ सभी क्षत्रिय हैं। सभी समान हैं।"

"किन्तु मेरी दादी गन्धारी राजकुमारी थीं?"

"इधर आकर राजकुमारी कही जाने लगी होंगी। हमारे यहाँ गण का राज्य है, राजकुमारी! हाँ, हम अपने ऊपर रानी-राजकुमारी नहीं देखतीं, इसलिए हम दूसरी समवयस्का स्त्रियों के साथ समानता का ही बर्ताव करना जानती हैं।"

राजकुमारी को यह बातें सुनकर आश्चर्य और अविश्वास-सा हो रहा था किन्तु साथ ही रोहिणी की नीली पुतलियों की ओर देखने पर उसमें सचाई की झलक थी। इस वक्त भोजन परोसा जा चुका था और राजकुमारी ने हमें उसकी ओर आवाहन किया। पंचाल प्राचीन राजवंश है; यद्यपि आजकल सूरसेन (ब्रज) और वत्स (इलाहाबाद कमिश्नरी) के राजाओं के बीच उसकी प्रभुता मन्द पड़ गई है, तो भी कुरु-पंचाल के राजवंश आज भी दूसरे राजाओं को राजसी चाल-व्यवहार सिखलाते हैं। पंचाल का राजभोजन प्रसिद्ध है; किन्तु मुझे और रोहिणी को वह ज्यादा पसन्द नहीं आया; यद्यपि हमने खाते वक्त खूब प्रशंसा की।

भोजनोपरान्त राजकुमारी ने स्वयं तथा उनकी सखियों ने वीणा ले कुछ गीत सुनाए। रोहिणी ने भी इसमें सहयोग दिया, किन्तु जब हमने नृत्य का प्रस्ताव होते देखा तो समय की कमी की बात कहकर छुट्टी ली। रोहिणी को कुछ घड़ियों तक राजकुमारी को नजदीक से देखकर एक बड़ी जिज्ञासा की पूर्ति हुई, यद्यपि इससे राज-स्त्रियों के प्रति उसका सम्मान बढ़ा नहीं। उद्यान से बाहर निकलते ही मैंने उसे कहते सुना, "यह भी सरस्वती की भाँति भैंस बनेगी।"

"सो क्यों?"—मैंने पूछा।

"देखा नहीं, सोलह-सत्रह की उम्र में ही उसके चिबुक (ठुड्डी) के नीचे इतना मांस है। और, उसके आभूषण को देखकर तो मुझे उस पर तरस आता था। इतना भार? वैसे, मैं समझती हूँ, राजकुमारी कुरूप न होती, यदि उसे कुछ श्रम करना पड़ता, कुछ खुले वातायन में रहना पड़ता। लेकिन आँखों में वह काजल कितना भद्दा लगता था?"

"तो तुमने रोहिणी! आज राजकुमारी को देख लिया न?"

"हाँ, देख लिया, और साध बुत गई। हमारी गन्धार-कन्याओं की तो फूँक में यह उड़ जाए।"

"फूँक में उड़ जाना ही तो राजकन्या की प्रशंसा है।"

"किन्तु, इससे नारीत्व कलंकित होता है।"

"किन्तु, राजाओं को नारीत्व नहीं चाहिए, उन्हें खेलने के लिए खिलौने चाहिए और एक से अधिक।"

"एक से अधिक?"

"हाँ सैकड़ों, जिसमें उनके हाथ में नित्य नये-नये खिलौने आते रहें।"

"तो नारीत्व का इनके यहाँ मूल्य नहीं है?"

"मूल्य क्यों नहीं। देखा नहीं, राजकन्या का गात्र कितने आभूषणों से लदा हुआ था।"

"भार लादना मूल्य! यह तो दंड है।"

"किन्तु, राज-महिलाएँ इसे दंड नहीं समझतीं।"

"क्या, वह निर्बुद्धि होती हैं?"

"यह तो प्रिय! तुम राजकुमारी विद्या को देखकर ही बतला सकती हो।"

"मुझे तो राजकुमारी उतनी बुद्धिहीन नहीं जँची, यद्यपि उसकी कितनी ही बातें अस्वाभाविक-सी होती थीं।"

"प्यारी रोहिणी! राजतंत्र नर-नारियों का बन्दीगृह है। वहाँ राजा के सामने किसी मनुष्य का कोई मूल्य नहीं। वहाँ नारीत्व क्रीड़ा और कामुकता के लिए खिलौना है। वहाँ स्वतंत्र मानव के लिये कोई स्थान नहीं।"

"तभी प्रिय! तुम राजतंत्र के साथ इतनी घृणा रखते हो।"

"हाँ, मैं उसे मनुष्यता का कलंक समझता हूँ। और इसमें एक और भी कारण यह है, रोहिणी! कि हमारी वैशाली के भयंकर शत्रु राजतंत्री हैं।"

"किन्तु प्रिय! क्या राजतंत्र इन जनपदों में सदा से चला आया है?"

"नहीं! मैंने वृद्धों से जो सुना है, उससे जान पड़ता है कि कुरु, पंचाल, काशी, कोसल, चेदि, वत्स आदि सारे ही जनपद पहले जनों या गणों के निवास थे, पीछे दास-स्वामी, आर्य-आनार्य—वर्णसंकर के भीतर कलह से लाभ उठाकर स्वार्थी जननायकों ने अपनी प्रधानता स्थापित की।"

"बड़ा महँगा सौदा पड़ा।"

"हाँ, इसमें क्या शक।"

"तो, प्रिय! आपका ख्याल है, यदि तक्षशिला में भी आर्य-आनार्य वर्णसंकर तथा दास-स्वामी के भारी भेदभाव होते, तो वहाँ गणतंत्र नहीं रह सकता था?"

"वैशाली की कठिनाइयाँ हमारे सामने हैं, रोहिणी! हमने अपने गण को कायम रखा है, और उसे कायम रखने के वास्ते लिच्छवि-बच्चा सब कुछ अर्पण करने के लिए तैयार है। किन्तु हम जानते हैं, आर्य-आर्येतर, दास-स्वामी के भेदभाव हमारे लिए भारी खतरे की चीज है। यह बात मुझे उस वक्त नहीं सूझी थी, जब मैं वैशाली में था। तक्षशिला-गण वैशाली से छोटा होने पर भी इतना बलशाली क्यों है, इसका कारण ढूँढ़ते वक्त मैं इस परिणाम पर पहुँचा।"

हम बात करते हुए जब गंगातट पर पहुँचे, तो पहर-भर दिन बाकी था। सार्थवाले कान्यकुब्ज की पण्य-वस्तुओं को नावों पर चढ़ा चुके थे और शाम के पान-नृत्य-उत्सव की तैयारी कर रहे थे। कहीं सूअर को आग पर भूना जा रहा था, कहीं मशाला तैयार किया जा रहा था, कहीं सुराभांड रखे जा रहे थे। हमारे अठारह आदमियों का सार्थ भी बड़े सार्थ में अपने मांस और सुरा को दे, खाद्य-पेय की तैयारी में लगा हुआ था। शुभ लिच्छवि मृदंग के आचार्य समझे जाते थे, वह अपने मृदंग को ठीक कर रहे थे। भीम सर्वार्थक अपनी वीणा के विकार को बड़े गौर से देख रहे थे। कपिल परेशान मालूम हो रहे थे। मुझे देखते ही कन्धे पर हाथ रखकर कहा,

"मित्र! मैंने तो समझा गान्धारी के कारण तुम्हारे ऊपर कोई आफत आई।"

"आफत?"

"हाँ, भीम सर्वार्थक कह रहा था, राजा बड़ा जुल्म करते हैं। परधन, परदारा का अपहरण उनका धर्म-सा है। फिर रोहिणी-जैसा नारीरत्न?"

"रत्न!" त्यौरी बदलकर रोहिणी ने कहा, "मैं निर्जीव रत्न नहीं हूँ। कोई कामुक राजा यदि मेरी ओर नजर डालता तो मैं दिखला देती कि नारीत्व किसे कहते हैं।"

"हाँ बहिन, रोहिणी! इसमें सन्देह नहीं है; किन्तु भीम की इस बात को सुनकर जहाँ एक ओर राजाओं के प्रति मुझे घृणा हो रही थी; दूसरी ओर तुम्हें देर करते देख कुछ चिन्ता भी होने लगी थी।"

रोहिणी—"हाँ, देर कुछ हो गई। हम लोग स्नेह के आग्रह में पड़ गए थे।"

कपिल—"स्नेह का आग्रह? यहाँ पंचाल की राजधानी कान्यकुब्ज में? क्या कोई वैशाली या तक्षशिला का बन्धु मिल गया?"

"बन्धु नहीं, कपिल भैया!" रोहिणी ने कपिल के कन्धे पर हाथ रख उसके मुँह की ओर देखते हुए कहा, "मैंने राजकुमारी देखी।"

"राजकुमारी देखी, कोई विचित्र जन्तु-सा तो नहीं देखा?"

"विचित्र जन्तु से भी बढ़कर विचित्र! किन्तु मुझे उस पर दया आती थी।"

"दया!"

"हाँ दया, उसमें हमारी तक्षशिला की कुमारियों जैसी सजीवता तो न थी। वह गहनों से लदी निर्जीव पुतली-सी मालूम होती थी। वह वृक्षहीन लता-सी निराश्रित दीख पड़ती थी, इसीलिए मुझे उस पर दया आती थी।"

"तो मुझे क्यों नहीं ले चलीं? मैं उसका आश्रय बनता और तुम्हें दया दिखाने की भी तकलीफ न करनी पड़ती।"—कपिल ने हँसते हुए कहा।

रोहिणी ने गम्भीर मुद्रा में कहा, "नहीं कपिल भैया! हँसी न करो, मुझे नारीत्व की निरीह अवस्था, उसकी बुद्धिहीनता पर अफसोस आ रहा था।"

कपिल ने रोहिणी के केशों को उँगलियों से सुलझाते हुए कहा,

"रोहिणी बच्ची! मैंने नारी के अपमान को देखा है। पार्शव (ईरान), बबेरू (बाबुल) और दूसरे पश्चिमी लोकों में नारी कामुकों की कन्दुक समझी जाती हैं; यह तो गण ही हैं; जहाँ नारी का सम्मान नारी के तौर होता है।"

उस दिन सचमुच रोहिणी को राजकन्या की अवस्था देखकर खेद हुआ था। खान-पान में वह सम्मिलित हुई; किन्तु नृत्य-संगीत के वक्त उसके सिर में पीड़ा होने लगी और मैं उसे लेकर नाव पर चला गया। कुछ देर तक उसके सिर को गंगा के ठंडे जल से भिगोने पर उसकी पीड़ा कम हुई। फिर दूध की भाँति चारों ओर छिटकी हुई चाँदनी में गंगा की श्वेतधारा पर खड़ी नौका में लेटी रोहिणी के बगल में बैठा हुआ मैं उसका दिल बहलाने की कोशिश कर रहा था, किन्तु बीच-बीच में रोहिणी को राजकुमारी की शकल याद आ जाती और वह कह उठती,

"बेचारा अबोध बालिका! मेरे कर्कश हाथों को देखकर वह द्रवित हो गई थी!! वह समझती है, रूप ही नारी की आजीविका है। धिक्!"

"धिक्कार है प्रिये! किन्तु इसमें नारी का दोष उतना नहीं है, उन्हें यदि महासिन्धु के तट पर पार्शववाहिनों से लड़ने की आवश्यकता होती, तो वह भी गन्धार कुमारियों-जैसी सुवीरा और स्ववशा होतीं।"

"किन्तु नारी को बुद्धि तो है, वह रूप के भले-बुरे को समझ तो सकती है?"

"बुद्धि तो इन राजाओं की सहस्र-सहस्र प्रजाओं को भी है; किन्तु क्या वह राजा के हाथ की कठपुतली-से नहीं बने हुए हैं?"

इस तरह की बातों से चित्त चंचल होते देख मैंने दूसरी ओर उसके मन को लगाना चाहा और सिर पर हाथ फेरते हुए कहने लगा उसके,

"प्रिय, अब हम तक्षशिला की अपेक्षा वैशाली के नजदीक हैं।"

"नजदीक हैं? तुम तो आठ मास में तक्षशिला पहुँचे थे?"

"क्योंकि मुझे स्थल के रास्ते चलना पड़ा था। तक्षशिला छोड़े दो मास से अधिक हुए हैं। मैं समझता हूँ, एक मास के भीतर ही वैशाली पहुँच जाएँगे।"

"इतनी जल्दी?"

"हाँ, क्योंकि हमारी नाव बहुत तेज और रात-दिन चल रही है।"

"महीने-भर के भीतर वैशाली और फिर मैं अम्मा को देखूँगी?"

"हाँ, और सोमा को भी। मैंने माँ को तुम्हारे बारे में ब्याह के वक्त लिखा तो था; किन्तु कौन ठिकाना है कि वह पत्र माँ को मिला ही होगा।"

"तो मैं एकाएक जाकर जब दरवाजे पर खड़ी हो जाऊँगी, तो अम्मा क्या कहेंगी?"

"ऐसी सोने की श्नुषा (पुत्र-वधू) पा फूली न समाएँगी। किन्तु ऐसा नहीं होगा प्रिये! गंगा और मही (गंडक) के संगम पर पहुँचते ही हमें वैशाली सवार भेजना

होगा, हमारे साथ तक्षशिला का नागरिक-मंडल जो चल रहा है, उसके स्वागत के लिए लिच्छवियों को समय तो देना होगा।"

"तो क्या हम लोग वहाँ गंगा के तट पर इन्तिजार करेंगे? कम-से-कम मुझे शुभ के साथ आगे जाने देना।"

"गंगा से दो रास्ते हैं, वैशाली के—एक तो उल्काचेल (गंगा के बाएँ तट पर एक स्थान) से स्थल के रास्ते, दूसरा मही से नाव द्वारा वैशाली के समीपतम स्थान तक; फिर स्थल से वैशाली। किन्तु, दूसरे मार्ग में कुछ समय अधिक लगेगा।"

"हम अट्ठारह आदमी हैं और हमारे पास बारह घोड़े हैं।"

"इसकी चिन्ता नहीं है प्रिये! छह और घोड़े हम उल्काचेल में माँग सकते हैं और दस भेंट के घोड़े तो हमें खाली ही ले चलने होंगे, इस प्रकार हमें सोलह घोड़ों की जरूरत होगी, किन्तु वह आसानी से मिल सकते हैं।"

"तो प्रिय! रास्ते में इतनी देर किसलिए?"

"नागरिक मंडल के स्वागत के लिए। और तुम्हें जल्दी क्या पड़ी है रोहिणी?"

"मैं जल्दी अम्मा और सोमा को देखना चाहती हूँ।"

"लेकिन मैं रास्ते में वज्जी देश के सौन्दर्य को दिखलाता ले चलूँगा। पाँच या छह दिन में जो हम धीरे-धीरे वैशाली पहुँचेंगे, उस बीच में तुम वज्जी के मनोरम आमों और केले के बागों को देखोगी; मैं तुम्हें गोपालों के गोष्ठी में ले चलूँगा। हरिण और मोर के शिकार कराऊँगा। इन पाँच-छह दिनों में वज्जी को तुम इतना अधिक देख लोगी कि वैशाली परिचित-सी मालूम होगी।"

"मैं अपरिचित के तौर पर जाना चाहती हूँ, उसमें ज्यादा आकर्षण, अनोखापन रहता है।"

रोहिणी के सिर की पीड़ा न जाने कहाँ चली गई थी। वह जल्दी जाने का खूब आग्रह कर रही थी। मैंने उसके ओठों को चूमकर कहा, "अच्छा तो प्रिये! तुम मुझे छोड़कर आगे चली जाना चाहती हो?"

"तुम्हें तो नागरिक-मंडल के साथ हर हालत में आना पड़ेगा।"

"और तुम्हें भी क्यों न तक्षशिला के नागरिक-मंडल में शामिल कर दिया जाए?"

"अब शामिल करने से नहीं बनेगा।"

"लेकिन, रोहिणी! मेरी लालसा थी कि हम दोनों एक साथ माँ के सामने चलते। खैर, तुम्हारी जो वही इच्छा होगी, तो शुभ के साथ जाना। मैं अपना घोड़ा शुभ को दे दूँगा। तुम दोनों दूसरे दिन वैशाली पहुँच जाओगे।"

"हाँ प्रियतम" बैठकर गले-से-गला मिलाकर कहा, "और मैं आगे चलकर दोनों के लिए एक घर तैयार करूँगी।"

"घर तो माँ के यहाँ मिल ही जाएगा; किन्तु हमें तो प्रिये! अपना घर तैयार करना होगा—पिता का घर।"

“पिता का घर?”

“हाँ, मेरे आते वक्त वह खड़ा था, माँ उसकी देखभाल किया करती थीं। वैशाली से बाहर हमारा एक छोटा-सा कर्मान्त भी है।”

“और बाग भी?”

“हाँ, आमों को हमारे कर्मान्त भूमि में ही। मेरे पिता उतने धनी न थे, उनके पास अपने खाने-पीने भर की भूमि थी।”

“पिता का धनी न होना तुम्हें क्या बुरा लगता है, प्रिय?”

“नहीं, पिता मुझे बहुत प्यार करते थे। और बहुत धनी न होना अच्छा भी था, क्योंकि उसने मुझमें साहस और कष्ट-सहिष्णुता पैदा की।”

“तो हमें अपना घर, अपना कर्मान्त आबाद करना होगा?”

“और वैशाली की सेवा के लिए कमर बाँधनी होगी।”

“तो प्रिय! क्या तुम समझते हो कि बिम्बसार अवश्य वैशाली पर आक्रमण करेगा?”

“मगध वैशाली को परास्त किये बिना अब एक पग भी आगे नहीं बढ़ सकता। मैं समझता हूँ, उसकी नैतिक तैयारी सिर्फ वैशाली के लिए है।”

“तो प्रिय! हम ठीक समय पर पहुँचे।”

“मैं भी ऐसा ही समझता हूँ।”

“तो मुझे भी खड्ग बाँधने की जरूरत पड़ेगी?”

“जरूरत पड़ सकती है, यद्यपि लिच्छवियानियाँ वैसा बहुत कम करती हैं, तो भी प्रिये! तुम्हें चुपचाप नहीं करना होगा। इधर के राजे बहुत नीच होते हैं, खासकर स्त्रियों के बारे में।”

“तो इसके लिए मुझे पिटारी में बन्द होकर रहना पड़ेगा”—कुछ परिवर्तित स्वर में रोहिणी ने कहा।

मैंने उसके सिर को अपनी गोद में लेकर कहा, “नहीं प्रिये! यह अर्थ तुमने कैसे लगाया? मैं तो यही कहता हूँ कि मुझे इसकी सूचना पहिले से होनी चाहिए।”

“इसके लिए मैं तैयार हूँ। मैं यही चाहती हूँ कि मेरे हाथ खड्ग की कालिमा से वंचित न हों।”

घड़ियों हमारी बातें चलती रहीं, फिर रोहिणी सो गई। मैंने उसके ऊपर कम्बल डाल दिया। तट पर अब भी नृत्य चल रहा था। लोग मस्त थे। भिनसार ही नावें खुलनी थीं, इसलिए मुझे डर लग रहा था कि कहीं सबेरे तक यह नाचते ही न रहें, किन्तु आधी रात से पहिले ही कितने ही नाविक नशे में बेहोश पड़ गए और उन्हें लाकर उनकी नावों में डाला जाने लगा। मुझे भी न जाने कब नींद आई। रात को स्वप्न देखा। एक बड़ा संग्राम हो रहा है। नजदीक से देखा तो एक ओर से लिच्छवि लड़ रहे हैं। मैं अब घोड़ासवार के रूप में परिणत हो गया था,

मेरे वही हथियार थे, जो कि उस दिन महासिन्धु-तट के युद्ध में। मैं दुश्मन की सैन्य-पंक्ति को चीरकर आगे बढ़ा, देखा एक हाथी आ रहा है। हाथी दूर था और ताड़ के बराबर बड़ा था। इतने बड़े हाथी के ऊपर मेरा भाला कैसे पहुँच सकता है—मैं इस चिन्ता में पड़ गया। इसी बीच में देखा, मेरा घोड़ा धरती पर नहीं हवा में चल रहा है। मेरे रश्मि-संकेत से घोड़ा वृक्षों के ऊपर से दौड़ने लगा। मैं सीधे हाथी के ऊपर पहुँच गया। देखा उस पर मगधराज श्रेणिक बिम्बसार है। वह मुझे देख काँपने तथा दया की भिक्षा माँगने लगा। मैं उत्तेजित हो कह रहा था, "तुम्हें एक बार परास्त कर छोड़ दिया था, अब नहीं छोड़ा जाएगा।" यह कह मैं अपना शल्य चलाना ही चाहता था कि नींद खुल गई। देखा नाव खोलने की तैयारी हो रही है, चन्द्रमा अस्ताचल के पास पहुँच गए हैं।

हमारी नाव फिर उसी तरह अबाध रीति से चलने लगी। मार्ग में दो-तीन जगह ठहरते हम वाराणसी पहुँचे। वरुणा और गंगा के संगम पर बसी वाराणसी के गंगा के तटवाला भाग बहुत रमणीय मालूम होता था। यहाँ सार्थकों को चार दिन ठहरना था, क्योंकि वाराणसी महार्घ काशिक वस्त्रों, काशिक चन्दन, गन्ध तथा दूसरी वस्तुओं के लिए विश्वविश्रुत है। आगे का मार्ग निरापद था, इसलिए रोहिणी को वाराणसी की साधारण झाँकी करा हम अठारह जने अपनी दो नावों को ले आगे चल पड़े।

गंगातट पर जगह-जगह दूर-दूर तक हरी फसल खड़ी थी, कहीं-कहीं गोपालों की कुटिकाएँ तथा मछुओं की झोंपड़ियाँ थीं। रोहिणी के लिए इन सबसे आकर्षक स्वयं गंगा की गम्भीर स्वच्छ धारा थी, जिसमें उलटते सोसों को वह बड़े कौतूहल से देखती थी। रेत पर पड़े धूप लेते मगरों को उसने कितनी ही बार काला काष्ठ समझा, किन्तु नाव के पास आने पर जब वह सरककर पानी में घुसने लगे, तो उसे कौतूहल मालूम होने लगा और जब मैंने उसे बतलाया कि ये कितनी बार आदमियों को पकड़-पकड़कर निगल जाते हैं, तो उसका शरीर सिहर उठा। गंगा-मही संगम पर दो-एक दिन याम (पहर) भर दिन चढ़े हम उल्काचेल (हाजीपुर) पहुँच गए।

लिच्छवियों की भूमि में

उल्काचेल पहुँच हम छहों लिच्छवि और रोहिणी बहुत खुश हुए, आखिर हम तीन महीने की संकटपूर्ण यात्रा समाप्त कर घर—वज्जी में—पहुँचे थे। तट पर उतरते ही शौल्किक (कस्टम, चुंगी का अफसर) आ पहुँचा। मैंने तो तक्षशिला के नागरिक-मंडल तथा उपायन (भेंट) की बात उसे बतलाई। लिच्छवि बहुत प्रसन्न हुआ और

मुझे लिवाए तुरन्त सेनानायक के पास पहुँचा—गंगा पार मगध होने से उल्काचेल में लिच्छवियों की सीमान्त सेना रहती है। मुझे यह देखकर बड़ा आनन्द हुआ कि सेनानायक मेरे पिता के परम मित्र रोहण हैं। मुझे देखते ही उनकी आँखें भर आईं और आलिंगन तथा भ्रू-चुम्बन करते हुए कहा,

"पुत्र! बहुत ठीक समय पर आए। वैशाली को तुम्हारी इस वक्त बहुत अधिक आवश्यकता थी।"

मैंने अपने बारे में थोड़ा-सा तथा तक्षशिला के नागरिक-मंडल, उपायन की बात कह सुनाई। फिर सेनानायक रोहण बोले,

"पुत्र! वैशाली को अभी सवार भेजता हूँ, दो घड़ी-भर में हमारा पत्र पहुँच जाएगा। मैं एक पत्र अभी लिख रहा हूँ, तुम भी लिखना चाहते हो, तो यह तालपत्र, लेखनी और मसिपात्र है और क्या जरूरत होगी?"

"शकटों पर उपायन की वस्तुएँ तथा दस घोड़े पहिले चले जाने चाहिए, क्योंकि उन्हें चार योजन मार्ग जाने में कुछ अधिक समय लगेगा।"

"इसके अतिरिक्त, पुत्र! हमें स्वागत की तैयारी का समय भी मिलना चाहिए; तक्षशिला मैं नहीं गया हूँ, किन्तु तक्षशिला हम लिच्छवियों के लिए सदा से सुपरिचित रही है। पीढ़ियों से लिच्छवि तक्षशिला को दूसरी माता के तौर पर मानते आए हैं। यह पहला अवसर है जब गन्धारगण के नागरिक-मंडल के स्वागत करने का हमें अवसर मिल रहा है। पहले चिट्ठी लिखो, फिर दूसरी आवश्यकताओं को बतलाओ।"

मैंने एक पत्र अपने गणपति सुनन्द को लिखा और दूसरा अपनी माँ को; गणपति को कुछ विस्तार के साथ और माँ को रोहिणी के साथ जल्दी वैशाली पहुँचने के सम्बन्ध में। उल्काचेल से योजन-योजन पर सवार दिन-रात तैनात रहते हैं और प्रत्येक सवार दौड़ कर अगले को पत्र थमाता जाता है, फिर चार योजन का रास्ता काटने में कितनी देर लगेगी? सेनानायक ने पत्र को कुछ विस्तार के साथ लिखा, उस पर अपनी मुहर लगाई, फिर तालपत्र को लपेट रस्सी से बाँधा, जोड़ पर कोमल मिट्टी की गोली चिपका उस पर बड़ी मुद्रा अंकित कर सवार के हाथ में दे वैशाली जाने का आदेश दिया। उससे निश्चिन्त हो उन्होंने मुझसे कहा,

"पहले तो तुम्हारे मध्याह्न भोजन का इन्तिजाम करता हूँ। कितने आदमी हैं?"

"दस नागरिक-मंडल के आदमी, जिसमें सेनानायक कपिल और दूसरे सेनानी हैं, शुभ आदि पाँच लिच्छवि-पुत्र युद्ध-विद्या पढ़ वैशाली लौट रहे हैं, मैं और मेरी स्त्री रोहिणी..."

"तुम्हारी स्त्री, मेरी पुत्र-वधू! तक्षशिला" कह मुझे एक बार और गाढ़ालिंगन करते हुए "तुमने पुत्र! तक्षशिला और वैशाली के सम्बन्ध को और दृढ़ किया। हमें यह प्रयत्न करना होगा कि हमारे बीच का साठ योजन का अन्तर हमारे घनिष्ठ सम्बन्ध पर कोई असर न डाल सके। अच्छा, तो तुम्हारी चाची से कहता हूँ, घर

में वधू के विशेष स्वागत का प्रबन्ध करें। अठारह आदमियों के लिए आज ओदन (भात) और शूकर-मार्दव (बच्चे सूअर का मांस) कैसा रहेगा?"

"बहुत ठीक रहेगा, चचा!"

"दस घोड़ों के दस साईस चाहिए, और कितनी गाड़ियाँ?"

"पाँच काफी होंगी।"

"तो पाँच गाड़ियाँ और पाँच गाड़ीवान। घोड़ों के साथ मैं अपने सारथी को भेज रहा हूँ। आजानीय (श्रेष्ठ जाति के) सैन्धव घोड़े यहाँ तक कहाँ पहुँचते हैं, पुत्र!"

"और चचा! ये तक्षशिला के असाधारण (आजानीय) घोड़े हैं।"

"गाड़ियों के साथ मैं सेनानी तिष्य को पाँच भटों के साथ भेज रहा हूँ। चढ़ने के लिए घोड़े या रथ जो चाहोगे, बहुतेरे मिल जाएँगे। मैं अभी सेनानी तिष्य को कहने जा रहा हूँ कि घोड़ों और सामान को नाव से उतरवा शीघ्र वैशाली के लिए रवाना हों, तुम अपनी चाची से मिल लो, फिर तुरन्त हम दोनों घाट पर अतिथियों के स्वागत के लिए चलें।"

सेनानायक यह कह सूपकार को भोजन का आदेश देते बाहर चले गए। मैं 'चाची!' आवाज दे आँगन की ओर बढ़ा। दासियों ने पहिले ही चाची से सिंह के आने की सूचना दे रखी थी। वह आवाज सुनते ही दौड़ी आईं और मुझे गले लगा ललाट पर चुम्बन देते हुए रुद्ध कंठ से कहने लगीं,

"पुत्र! कितने वर्षों से तुम्हारा समाचार भी नहीं मिला था, अभी गण-समज्या (महोत्सव) में वैशाली गई थी। बहिन मल्लिका विषण्ण हो कह रही थी कि सिंह की कोई खबर नहीं मिल रही है। पुत्र, बारह वर्ष हो गए न, तुम्हें घर छोड़े?"

"नहीं चाची! दस साल।"

"अच्छा, दस साल भी तो बेटा! युग हो जाता है। सोमा भी बहुत रोती है। पुत्र! तुम्हें सूचित नहीं किया जा सका, अब वह मेरी बहिन मल्लिका की पुत्री मेरी वधू है, शूरसेन और सोमा ने जब हमसे विवाह की अनुमति माँगी तो हमारे-तुम्हारे चाचा के भी हर्ष की सीमा न रही। सोमा और शूरसेन को वैशाली में देखोगे। और पुत्र! तुम्हारा मुँह सूखा हुआ है। अरे काली! मेरे बेटे का मुँह सूखा नहीं देख रही है। जा मधुगोलक (लड्डू) और गर्म दूध..."

इसी बीच में चाचा पहुँच गए, और बात काटकर बोले,

"बेटे को ही मधुगोलक खिलाना है कि बहू के सूखे ओठों की भी फिक्र करनी है।"

"बहू! क्यों बेटा! बहू ब्याह लाए हो?"

"हाँ, बेटा बहू-ब्याह लाया है, और हम दोनों जा रहे हैं, घाट पर बहू और सोलह दूसरे अतिथियों का स्वागत करने। मैंने सुनीथ को मध्याह्न भोजन के बारे

में कह दिया, किन्तु वह तुम्हारी चीज है सुकुला! घर में बहू के स्वागत की तैयारी करो। चलो पुत्र! चलें, घाट पर प्रतीक्षा करते होंगे। शौल्किक ने उन्हें ठीक से बैठाया तो होगा, किन्तु जल्दी उन्हें यहाँ लाना है।"

हम दोनों सेनानायक के प्रासाद से निकलकर घाट पर गए। देख रहा हूँ, शैल्किक सोलह जनों को अपने फूस के सुन्दर कुटीर में मधुगोलक और दुग्ध पिला रहे हैं। दूसरी ओर सेनानी तिष्य नाव से सामान उठवाकर गाड़ियों पर रखवा रहे हैं। घोड़े तट पर हरे गेहूँ को बड़े चाव से खा रहे हैं। सेनानायक ने कहा,

"तो बेटा! तुम्हीं घाटे में रहे। न चाची का ही जलपान पा सके, न शौल्किक मनोरथ ही की दावत में शामिल हो सके।"

शौल्लिक मनोरथ, जो सेनानायक की बात सुन रहे थे, बोल उठे,

"नहीं आर्य! बहू को भामा भीतर ले गई है, जानते हैं न स्त्रियों का स्त्रियों के प्रति विशेष पक्षपात होता है; और आयुष्मान सिंह को भी वहीं जाना हैं।"

"तो बेचारी सुकुला के मधुगोलक और दूध रखे ही रह जाएँगे। अच्छा पुत्र! तुम भीतर जाओ", फिर तक्षशिला नागरिकों की ओर बढ़कर,

"बन्धुओ! लिच्छवियों की भूमि पर उसका सेनानायक रोहण आपका स्वागत कर रहा है। आप इस वज्जी भूमि को गन्धार-भूमि समझें। यहाँ आपको कष्ट तो नहीं हुआ?"

दुग्ध-पान समाप्त हो चुका था। मैंने पहले सेनानायक कपिल का परिचय दिया, जिस पर चचा रोहण ने उनका आलिंगन किया। इसी तरह बाकी नवो नागरिकों को आलिंगन कर उन्होंने शुभ आदि पाँचों लिच्छवि-पुत्रों का आलिंगन तथा ललाट-चुम्बन कर सबसे क्षेम-कुशल पूछने लगे। मुझे शौल्किक मनोरथ घर में ले गए। अस्थायी पूर्ण कुटीर होने पर भी वह बहुत स्वच्छ सुखद थी। हमारे पैरों की आहट पाते ही भामा दौड़ आई।

"देवर सिंह! स्वागत! आओ बहू तुम्हारी प्रतीक्षा कर रही है।"

जाकर देखा तो मधुगोलक और दुग्ध रखा हुआ है। हम चारों आसन पर बैठ गए—शौल्किक मुझसे एक ही वर्ष बड़े थे, इसलिए भामा देवर पर खास अधिकार रखती थीं। उन्होंने मेरे गाल पर अपने गाल को रखते हुए कहा,

"देवर सिंह! मैं तुम्हारी प्रतीक्षा करती रही, तुम नहीं आए, फिर देखा, बूढ़ी होती जा रही हूँ, और डर लगा कि फिर कोई लिच्छवि पूछेगा भी नहीं; क्या करती हार-पछता कर मनोरथ का हाथ पकड़ा।"

"लेकिन तब भी घर में ही रहीं भाभी!"

"हाँ देवर! पत्नी और भाभी में कोई अन्तर थोड़ा ही होता है।"

रोहिणी कुछ चकित हो देख रही थी। भामा ने उसके चिबुक को अँगुली से छूकर कहा,

"बहू! तुम्हें ईर्ष्या हो रही है, मैं सिंह को तुमसे छीनने नहीं जा रही हूँ, और छीनना भी चाहूँ तो तुम्हारे सामने मुझ बढ़िया को कौन पूछता है।"

हमें देर करते देख सेनानायक ने आकर कहा, "मैं अतिथियों को घर पर ले जा रहा हूँ, तुम निश्चिन्त से आना; हाँ मध्याह्न भोजन तक पहुँच जाना। तुम्हारी चाची मधुगोलक-दूध लेकर तुम दोनों की प्रतीक्षा में उतावली तो हो रही होंगी, किन्तु मैं समझा लूँगा, और मनोरथ तुम दोनों भी आना।"

रोहिणी जवाब देने में रुक गई थी। मैं उसे हाथ से पकड़े आँगन में लाया और चाचा ने समझ लिया वह कौन है, उन्होंने उसके कन्धों पर हाथ रख उसके ललाट को चूमा, फिर पुलकित स्वर में कहा,

"पुत्री! तुम्हारा स्वागत। तुम्हारी माँ—सोमा की सास—सुकुला तुम्हारी प्रतीक्षा में है, सिंह बेटा! जल्दी आना!" कह चचा चले गए।

भाभी की सरौता-जैसी चलनेवाली जबान—जो बीच में रुक गई थी—फिर चलने लगी—

"तो बहू! बुरा न मानना। हमारा प्रेम इतना ही तक पहुँचा था कि नाचते वक्त सिंह ने मेरे गालों को चूमा था। प्रिय मनोरथ! इस रहस्य को जानकर मुझे आशा है, तुम मुझसे घृणा नहीं करोगे।"

"रहस्य और घृणा! लिच्छवि तरुण-तरुणियों में किसने किसका कपोल चुम्बन नहीं किया है?" मनोरथ ने कहा।

"तुम बड़े उदार हो मनोरथ!"

"अब भामा! तुम देवर को छोड़ पति से भिड़ना चाहती हो। देखो बहू क्या कहेगी।"

"क्या कहेगी? यही समझेगी कि भामा बेचारी बहुत दुखिया है, उसका पहला प्रेमी तक्षशिला भाग गया और बुढ़ापे में मिला। पति भी उसकी रत्ती-भर परवाह नहीं करता।"

'भाभी!' मैंने कहा—"तुम बूढ़ी कब से हो गई, मुझसे सिर्फ पाँच वर्ष छोटी, अर्थात रोहिणी से तीन वर्ष बड़ी।"

"वर्ष से क्या होता है, देवर?"

"तो तुम्हारे भँवरे-से काले केश तो अब वैसे ही हैं, तुम्हारे गालों में—जरा चूमने दो" कहकर मैंने चूम लिया। "हाँ, तो तुम्हारे गाल वैसे ही गुलाबी और वैसे ही मीठे हैं। न तुम्हारा सिर काँपता है, न तुम लाठी लेकर चलती हो, न तुम्हारे दाँत टूटे हैं। मैं तुम्हें भाभी भामा! ऐसे देख रहा हूँ कि मालूम होता है कल ही छोड़कर गया था।"

"अच्छा, छोड़कर गए, यह तो तुमने भी कबूल किया देवर! और मनोरथ तो रोज छोड़ने-छोड़ने की धमकी दे रहा है।"

"क्यों मुझे जमीन में गाड़ रही हो भामा? तुम जानती हो मनोरथ को बाँध कर पटक देने के लिये तुम्हारा एक केश काफी है। और बहू क्या समझेगी?"

"बहू क्या समझेगी" कह भामा ने रोहिणी को छाती से लगा लिया। वह मेरी छोटी बहिन है, कहेगी बड़ी बहिन को बोलने का रोग है, "क्यों बहू! तुम्हें डर तो नहीं लगता कि भामा कहीं तुम्हारे सिंह को अपने आँचल में—या मेरे स्वामी के कहे अनुसार केश में—बाँध न ले।"

"नहीं बहिन!" मुस्कराते हुए रोहिणी ने कहा—"तुम पर मुझे पूरा विश्वास है।"

"ना-ना बहू! पीछे तुम धोखा खाओगी, मेरे हाथ में सिंह को न सौंपना।"

"अपने को भी बहिन!"

"तुम बड़ी चतुर हो बहू! और तुम्हारे सुनहले केश मेरे नीले केशों से ज्यादा मूल्यवान हैं।"

"सोना ज्यादा मूल्यवान हो सकता है बहिन! किन्तु लोहे में शक्ति अधिक होती है।"

"तो तुम्हें डर लग रहा है बहू! और मैं समझती हूँ, मेरी बात से मनोरथ को भी डर लग रहा है। डरो मत प्रियतम! 'मनोरथ के श्मश्रुल ओंठों को चूमते हुए' मैं तुम्हें अपने केशों से मुक्त कर दूँगी। और देखो बहू! मनोरथ की ओर जो मैं उदासीन रहती हूँ, उसका एक कारण यह इसकी बड़ी मूँछें हैं, जो मेरे ओठों में गड़ती हैं, देखो न सिंह के श्मश्रुहीन ओठ कितने कोमल हैं।"

"अच्छा भाई! मैं मूँछों को कल ही बनवा दे रहा हूँ।"

"देखा बहू! आज नहीं कल, युग बीत गए, इनका कल आता ही नहीं। और मैं इससे नाराज हूँ, कि इन्हें किसी सीमान्त पर सेनानी होना चाहिए, किन्तु यह यहाँ बटखरा तौल रहे हैं, तुम्हीं बताओ रोहिणी बहू! इनके हाथों में खड्ग शोभा देता या तराजू?"

"किन्तु भाभी!" मैंने कहा, "इसमें भाई मनोरथ का अपराध क्या है? गण की इच्छा—चाहे हमसे खड्ग चलवाए या तराजू तुलवाए। लिच्छवि खड्ग और तराजू में अन्तर नहीं समझते।"

"मैं तुमसे नहीं पूछती हूँ देवर! देखा रोहिणी! पुरुष पुरुष का कितना पक्षपात करते हैं, हम दोनों को भी एक हो जाना चाहिए, नहीं तो 'घर फुटा गँवार लुटा।"

"हाँ, बहिन! मैं भी कुछ ऐसा ही देख रही हूँ, मैं तुम्हारे साथ रहूँगी।"

भामा ने रोहिणी का मुख चूमकर कहा, "तब हम जरूर विजयिनी होंगी। और मुझे एक बात में और तुम्हारी सहायता चाहिए। ये लिच्छवि बड़े घमंडी हैं, यह हम लिच्छवियानियों को लिच्छवि ही नहीं समझते। हम कुछ लिच्छवि-कुमारियों ने कहा कि मगध के विरुद्ध हमें भी सेना में भरती होने देना चाहिए, किन्तु तरह-तरह का बहाना बनाते हैं।"

"तो भाई मनोरथ! क्या मगध से युद्ध का डर है?" मैंने पूछा।

"बहुत ज्यादा। सारे लिच्छवि सशस्त्र हो आजकल युद्ध-अभियान कर रहे हैं। युद्ध किसी दिन भी घोषित हो सकता है। हमने वागमती और गंगा के तट के पास मगध के कितने ही गुप्तचरों को पकड़कर बन्दी बनाया है, इसके बदले में बिम्बसार ने हमारे कितने ही व्यापारी नागरिकों को पकड़ रखा है।"

"तो मैं बहुत अच्छे समय में आया।"

"जरूर, और जल्दी ही कोई बूढ़ा लिच्छवि शौल्किक बनकर आनेवाला है, और मुझे तराजू छोड़ खड्ग उठाना पड़ेगा।"

भामा ने अपने पति के ओठों को चूमकर प्रसन्नबदन हो कहा,

"तो प्रियतम! मुझसे यह बात छिपा रखी क्यों?"

"क्योंकि तुम स्त्री हो।"

"हाँ, हमारे पेट में बात पचेगी नहीं, देखा रोहिणी! इन पुरुषों के दिल की कालिमा को!"

"मैं हारा और तुम जीती भामा! तुम क्या-क्या हँसी कर जाती हो, और मुझे एक बार भी मौका नहीं देतीं।"

"पहले हँसी करना सीखो मेरे मनोरू!"

"किसके पास?"

"दूर जाने की जरूरत नहीं। इसके लिए घर में तुम्हारी भामा मौजूद है। अच्छा, यह बतलाओ! मुझे इतनी बड़ी खबर क्यों नहीं बतलाई?"—भामा की भृकुटि कुटिल हो गई थी।

मनोरथ ने हाथ जोड़कर कहा, "क्षमा करो देवि! अपने इस दास को, किन्तु मेरे पद-परिवर्तन की सूचना अभी-अभी आई है।"

भामा ने पार्श्वालिंगन करते हुए कहा, "नहीं मेरे मनोरथ! मैं तुम पर कभी कुपित हो सकती हूँ?; और मुझे आशा है, तुम वैशाली में चलने पर अपनी प्रतिज्ञानुसार, हम लिच्छवियानियों के खड्ग-स्नान पर जोर दोगे। क्या करूँ रोहिणी? मैं न हुई गणसंस्था की सदस्या, नहीं तो उनसे अपनी बात मनवाकर रहती। सेना में अधिकार मिल जाने के बाद रोहिणी! हम गंणसंस्था (पार्लियामेंट) में अधिकार माँगेंगी? तुम्हारी क्या राय है?"

"मैं तुम्हारे साथ हूँ बहिन! किन्तु पहले खड्ग धारण के बारे में फैसला करना है।"

मैं और मनोरथ एक साथ बोल उठे, "इसमें तुम्हारा हम साथ देंगे।"

भामा ने अपने पति के कन्धे पर हाथ रखकर कहा, "और देखते नहीं हो प्यारे! युद्ध के बाद कितनी लिच्छवि-तरुणियाँ अपने वीरगति प्राप्त पति के अपार प्रेम को जीवन-भर के लिए संचित रखे हुए भी दूसरे पति के लिए सन्तान पैदा

करने पर मजबूर होती हैं। जिस तरह पति-पत्नी को साथ जीने का अधिकार है, उसी तरह उन्हें साथ मरने का भी अधिकार होना चाहिए।" फिर समय का ख्याल कर भामा ने कहा, "अच्छा चलें, रोहिणी! चाची सुकुला सारा गुस्सा मुझ पर उतारेंगी, कहेंगी, उसी चुड़ैल ने बात में फँसा रखा होगा। और देर होते देख कोई आश्चर्य नहीं यदि वह यहीं पहुँच न जाएँ।"

हम चारों पर्णकुटीर से निकले। मनोरथ ने अपने कर्मचारियों को काम के बारे में हिदायत दी और फिर हम चचा के घर की ओर मुड़े। रास्ते ही में काली दासी ने हमें देखा और वह मुड़ गई। भामी भामा ने कहा, "देखा न वह काली दासी हमारे लिए आ रही थी। जरा जल्दी-जल्दी चलो।"

द्वार पर आनन्दाश्रु बहाते हुए चाची ने रोहिणी का आलिंगन किया, फिर मुँह देख-देखकर उसके ओठों को चूमा। रोहिणी के मुख की लालिमा को देखने से पता लग रहा था कि उसे मातृ-स्नेह का रस मिल रहा है! चाची ने कहा,

"अपने घर में स्वागत पुत्री! मेरी सोने की बिटिया! रास्ते में तुम्हें बहुत तकलीफ हुई होगी। अच्छा तुम दोनों जाओ अपने चाचा के पास। आ चर्परी बेटी भामा!" कह रोहिणी को बगल में दबाए चाची घर के भीतर चली गईं।

चाचा दस घोड़ों और शकटों को रवाना कर दिया था, हमारे दो घोड़े अश्वशाला में विश्राम कर रहे थे। हम दोनों जब चाचा के पास गए तो वहाँ देखा, चाचा तरुणों के बीच बैठे कोई बात कर रहे हैं और सभी बीच-बीच में ठहाका मारकर हँस रहे हैं। हमें देखते ही चाचा ने मसनद के साथ कम्बल (कालीन) पर बैठे-बैठे कहा,

"आओ बेटा! मैं सुना रहा था, पिछली बार किस तरह हमने मागधों की जान बचाई थी, किस तरह दाँत निकालकर उनके सेनानी हमसे प्राण-भिक्षा माँग रहे थे और किस तरह तुम्हारे पिता सेनानायक अर्जुन ने कमला द्वार पर सारी मागध सेना को घेरकर बन्दी कर लिया था। मैं अर्जुन का उपनायक था। हम विजयी हुए, किन्तु हमारे सेनानायक को धोखे से रात में एक नीच मागध बन्दी ने मार डाला। उस बन्दी पर अर्जुन ने विशेष स्नेह दिखलाया था, किन्तु कृतघ्न का हृदय नीच था।"

इधर हमारी बात चल रही थी, उधर चाची की ओर से बहू का जबरदस्त स्वागत हो रहा था। उस स्वागत के बारे में रोहिणी ने रात को मुझे बतलाया, जबकि मैंने उससे पूछा, "क्यों रोहिणी! तुम पहिले ही वैशाली जाना चाहती हो?"

"नहीं, अब नहीं चाहती।"

"क्यों विचार बदल दिया?"

"चाची सुकुला भी तो अम्मा की ममेरी बहिन हैं।"

"अच्छा तो एक नहीं दो अम्माँ को मुट्ठी में लेना चाहती हो।"

"सचमुच प्रिय! सुकुला चाची का स्वभाव बहुत मीठा है, जब वह आँसू बहाते हुए मेरे मुँह को बार-बार चूम रही थीं, तो मुझे माँ याद आ रही थीं, तीन महीने की माँ की भूख आज तृप्ति अनुभव कर रही थी।"

"तो लिच्छवियों की भूमि में बारह घड़ी भी बिताने नहीं पाई और मोह-माया बढ़ने लगी?"

"क्यों नहीं, बहिन भामा दिन-रात हँसाने की विद्या जानती है और चाची सुकुला तो मेरी दूसरी माँ हैं। मैंने इरादा किया था आगे और घोड़े पर जाने के लिए, किन्तु अब चाची की बेटी उनके साथ रथ पर जाएगी।"

"रथ पर?"

"हाँ, चाची ने कहा है कि वह मुझे अपने साथ ले चलेंगी।"

"कब?"

"जब उनकी मर्जी; किन्तु वह तक्षशिला नागरिक-मंडल के स्वागत के वक्त वैशाली में रहना चाहती हैं।"

"तो अब चाची के साथ जाओगी, और बेचारा सिंह ताकता ही रह जाएगा।"

"तुमको ईष्या हो रही है?"

"चाची के लिए? नहीं। ईर्ष्या तो भाई मनोरथ को होना चाहिए थी।"

"नहीं प्रिय! बहिन भामा का साथ छोड़ने का मन नहीं करता। चाची उसे प्यार करती हैं, साथ ही डरती हैं।"

"डरती क्यों हैं?"

"कहती हैं—भाई भामा की जबान का कोई जवाब नहीं। और काम करने में तो वह अनथक है। आते ही शूकर मार्दव पकाने को सँभाला, तो दोपहर का भोजन समाप्त हो जाने पर भी शाम के भोजन-पान, नृत्य-गान की तैयारी में जो लगीं तो न स्वयं ही एक क्षण के लिए चुप बैठीं न दूसरों को बैठने दिया। और उल्काचेल की लिच्छवियानियाँ तो उनकी उँगली पर नाचती हैं। सिर्फ काली दासी से कह दिया कि जाकर घर-घर में कह आओ, चाची के घर में भामा तुम्हें याद कर रही है, और घंटे-भर में सारे उल्काचेल का तरुणि-मंडल वहाँ हाजिर था।"

मैंने देखा, रोहिणी के रोम-रोम से मानो आनन्द का स्रोत फूटकर निकल रहा है। तीन महीने से कुम्हलाई लता को जैसे सावन के घन ने परिषिक्त कर दिया, और वह फिर हरी-भरी हो गई। मैंने उसे हृदय से लगाते हुए कहा,

"प्रिय! मुझे यह देखकर बड़ी खुशी है कि लिच्छवि-भूमि तुम्हें आत्मीय बनाने में कुछ सफल हुई।"

"कुछ सफल? प्रिय! मुझे इतनी आशा न थी, खासकर कान्यकुब्ज की राजकन्या को देखकर मैं समझने लगी थी कि शायद घुल-मिल जाने में एक वर्ष लगेगा, और काफी मानसिक संघर्ष करना पड़ेगा।"

"किन्तु अब?"

"एक ही दिन में मैं पूरी लिच्छवियानी बन गई। जान पड़ता है, मैं बनी-बनाई लिच्छवियानी थी। ताता सच कह रहे थे कि वैशाली पूर्व की तक्षशिला है। यह सिर्फ चाची और भामा को देखकर ही नहीं कहती हूँ, आज शाम को जितनी लिच्छवियानियाँ यहाँ आई थीं, सभी कान्यकुब्ज की स्त्रियों से बिलकुल भिन्न ही धातु की बनी थीं—उनसे पता लग गया कि वैशाली में कान्यकुब्ज की गन्ध न मिलेगी।"

"निश्चय, किन्तु दासियों के बारे में तुम्हें क्या ख्याल हुआ?"

"काली दासी जैसियों के बारे में?"

"हाँ, काकदास जैसों के बारे में भी?"

"इन्हीं को तुम खरीद-बेचवाला मानुष कहते थे?"

"हाँ!"

"इन पर दया आती है। इन्हें मानव से नीचा समझा जाता है। इन्हें आदमी बनाने का रास्ता शायद नहीं है, नहीं तो ऐसे मधुर स्वभाववाले लिच्छवि उनके लिए कुछ करते।"

"ठीक कहा! इनके लिए कुछ करना बहुत मुश्किल मालूम होता है। इनकी संख्या थोड़ी होती तो कुछ किया भी जाता, किन्तु यह बहुत ज्यादा है, और लिच्छवियों से भी अलिच्छवियों के दास अधिक हैं।"

"अलिच्छवि?"

"हाँ, वज्जी में लिच्छवि से कुछ ही कम अलिच्छवियों की संख्या है। इनमें कर्मकर ही नहीं, ब्राह्मण, गृहपति (वैश्य) जैसी कितनी ही धनाढ्य जातियाँ भी हैं, जिन्हें राजशासन में अधिकार नहीं, युद्ध में मरने का डर नहीं; किन्तु उनके पास बहुत-सा क्षेत्र है, उनका लाखों का वाणिज्य-व्यापार है; वह स्वतंत्र और समृद्ध जीवन बिताते हैं। दास-दासियों को मुक्त करने पर सबसे ज्यादा विरोध उनकी ओर से होगा। और साथ ही हमारी दो तरफ—दक्खिन और पूरब में—मगध का राज्य है। बहुत-से दास तो वहीं से आकर स्वेच्छापूर्वक बिके हैं।"

"मैं सोचती हूँ, प्रिय! इतने अधिक अलिच्छवि कैसे यहाँ चले आए?"

"यह लिच्छवियों की न्यायप्रियता और दया का फल है। हमारे पूर्वज जब पहिले-पहल इस वज्जी भूमि में आए तो यहाँ चारों ओर महाराज्य था; उसमें उन्होंने अपनी गायें-भैंसें पालीं, सिंह-व्याघ्र तथा गैंडा-हाथियों से भरे जंगल को साफ कर अपना एक गाँव बसाया, जिसके चारों ओर काष्ठ प्राकार तैयार किया। जनवृद्धि हुई और प्राकार के भीतर और घरों के लिए जगह न होने से, प्राकार को तोड़कर विशाल किया गया। इस तरह कई बार विशाल किये जाने के कारण इस नगरी का नाम वैशाली पड़ा। जंगल में वैशाली के लिच्छवियों के कर्मान्त बढ़ने लगे,

उनके पास अधिक पशु हो गए। पूर्वजों के रुधिर के साथ वीरता उनके नस-नस में भरी थी, और आसपास के राजाओं की भाँति यह विलासपूर्ण जीवन के आदी न थे। उनकी भूमि में सत्य और न्याय का राज्य था, वह शरणागत का परित्राण करना अपना कर्तव्य समझते थे। और ऐसे पीड़ित ब्राह्मण, गृहपति तथा दूसरे उनके पास शरण लेने आए। उन्हें उन्होंने शत्रुओं से अभय किया। उन्हें कर्मान्त के लिए भूमि दी, उनके पशुओं को चराने के लिए जंगल को खोल दिया, उनके वाणिज्य की अपने भुजबल से रक्षा की। इस प्रकार समृद्ध अलिच्छवि कुलों की भारी संख्या हमारे यहाँ एकत्र हो गई। शासन में वह हमारे अधीन हैं, किन्तु वह मगध, कोसल की अपेक्षा अधिक स्वाधीन हैं और उन्हें अपने वज्जी देश से प्रेम भी है। इनके अतिरिक्त कितने ही कर्मकर परिवार भी आकर बस गए हैं, जो कि वेतन लेकर स्वेच्छापूर्वक काम करते हैं। दासों का सम्बन्ध सिर्फ लिच्छवियों से ही नहीं, बल्कि अधिकतर उन अलिच्छवियों के साथ है, जिनका बहुत-सा धन उनमें लगा हुआ है। इस प्रकार दास-प्रथा का उठाना हमारे बस की बात नहीं है; किन्तु हम दासों के साथ बुरा बर्ताव करनेवालों को दंड देते हैं, अपने यहाँ के दास को वज्जी के बाहर बेचने की मनाही रखते हैं—वज्जी का कोई दास बाहर बिकना नहीं चाहेगा। इससे समझ सकती हो कि लिच्छवि उनके साथ कितना अच्छा बर्ताव करते हैं।"

"हाँ प्रिय! मैंने देखा, यहाँ की गुत्थियाँ गन्धार से ज्यादा उलझी हुई हैं। गन्धार में एक ही रंग के लोग हैं, एक भाषा बोलते हैं।"

"इसीलिए वहाँ समानता रखना बहुत आसान है, किन्तु यहाँ काले दास अलग हैं; काले, अधगोरे कर्मकर अलग हैं, फिर ब्राह्मण, गृहपति आदि मिश्रित जातियाँ हैं। सबको लिच्छवि बताना हमारे लिए सम्भव नहीं है, चाहने पर भी। हाँ, लिच्छवियों के नवों कुलों में कोई भेदभाव नहीं रखा जाता।"

"नव कुल?"

"हाँ ज्ञातृ (जथरिया); दीर्घव (दिघवहत) आदि लिच्छवियों के नव कुल हैं, जो प्रथम पूर्वज की नव सन्तानों के वंशज हैं।"

"लेकिन प्रिय! इतनी भिन्न-भिन्न जातियों के भीतर रहते हुए भी लिच्छवियों में इतने आर्यवर्णी कैसे होते हैं?"

"इसके लिए हमारे नियम बहुत कड़े हैं। हम किसी अलिच्छवि माता या पिता की सन्तान को लिच्छवि नहीं मानते। वैशाली की अभिषेक पुष्करिणी में उसे ही लिच्छवि-अभिषेक मिलता है, जो माता-पिता दोनों ओर से लिच्छवि होता है, साथ ही जिसका गौर दीप्तवर्ण होता है।"

"हाँ, मैं देखती हूँ, यहाँ आई लिच्छवि तरुणियों के केश पिंगल कम थे, बहुतों के तो बहिन भामा की भाँति नीले थे, किन्तु वर्ण सबका मेरे तुम्हारे जैसा।"

"हाँ, किन्तु इसके लिए लिच्छवियों को बहुत ही कड़े नियम बनाने पड़े हैं, अपनी सन्तानों के प्रति कभी-कभी उन्हें निष्ठुरता दिखलानी पड़ती है, किन्तु लिच्छवि-रुधिर की शुद्धता स्थिर रखने के लिए इसे सभी स्वीकार करते हैं।"

"मुझे यह निष्ठुरता अप्रिय लगती है। सचमुच प्रिय! जब मैं काली को अजे (हे) काली! कहकर पुकारते सुनती थी तो वह बड़ा कर्णकटु मालूम होता था।"

"और काली उसका नाम भी नहीं है प्रिय! उसके काले रंग के कारण उसे काली तथा दास को काक (कौआ) कहा जाता है। मैं कभी-कभी ख्याल करता हूँ, यदि पूर्वज लिच्छवियों ने अलिच्छवि शरणार्थियों को स्थान न दिया होता?"

"किन्तु, यह भी तो भारी निष्ठुरता होती।"

"ठीक कह रही हो! जान पड़ता है इस उलझन को हम नहीं, समय (इतिहास) ही सुलझाए शायद। अच्छा रहने दो इन रूखी बातों को प्यारी रोहिणी! आज का नाच कैसा रहा?"

"बहिन भामा तो प्रिय! सर्वगुण-आगरी मालूम होती है। तुम्हारे साथ कौन नृत्य नाचती थी?"

"त्रिपदी!"

"हाँ, त्रिपदी, मुझे उसके पैरों, उसके हाथों और कटिभाग की गति पर ईर्ष्या होती थी, मैं देख रही थी तुम पसीने-पसीने हो रहे थे, और वह डायन छोड़ नहीं रही थी।"

"डायन!"

"प्यार का शब्द है, प्रिय! अभी बहिन भामा के सामने नहीं कहा, किन्तु वह जिस तरह मुझे मुँह चिढ़ा रही है, उससे यह उसे एक दिन सुनना होगा।"

"और वह डायन बनना स्वीकार करेगी? भामा असाधारण नारी है रोहिणी! वह असाधारण पदवी स्वीकार करने के लिए सदा तैयार रहेगी। और उसकी सुन्दरता?"

"वह तक्षशिला की किसी भी सुन्दरी से मुकाबिला कर सकती है।"

"यह तो पक्षपात है रोहिणी! किन्तु वह अभी तीन साल पहिले तक वैशाली की जनपद-कल्याणी (सर्वसुन्दरी) रही।"

"हैं, जनपद कल्याणी प्रियतम! और उसके केश कितने नीले-चमकीले हैं।"

"उसमें तेल लगाना भी सहायक हो सकता है।"

"मेरे सिर में भी तेल लगाने के लिए कह रही थी, किन्तु मुझे वह चिपचिप लगता।"

"और सारा सिरहाना गन्दा होता रोहिणी! नहाने से पहिले लगाकर रीठे से धो डालने में कोई हर्ज नहीं।"

"किन्तु मेरे केश काले तो नहीं हो जाएँगे?"

"काले होने में कोई डर है क्या?"

"भामा-जैसे नीले हो जाएँ तो मुझे उज्र न होगा।"

"मेरी सुवर्ण प्रतिमा!" कह उसके हँसते होठों पर मैंने एक चुम्बन देकर कहा, "अभी हमें यहाँ रहना होगा।"

"पाँच दिन? मैं और भी परिचय प्राप्त करना चाहती हूँ।"

"और अपने गांधार कंठ और गांधार नृत्य के लिये 'साधु-साधु' (वाहवाही) लेना चाहती हो? आज वैशाली से उत्तर आया है, स्वागत किया है और सेनानायक को नागरिक-मंडल के आराम की ओर विशाल ख्याल रखने के लिये कहा है। हमें किस दिन वैशाली के लिए रवाना होना चाहिए, इसके बारे में कल पत्र आएगा। तुम तो चाची के रथ में जाओगी न रोहिणी!"

"हाँ, मैं चाची के रथ में जाऊँगी और यदि इस बीच में नया शौल्किक बूढ़ा आ गया तो बहिन भामा भी मेरे साथ होगी।"

"तो यहीं से एक सेना तैयार करके चलना चाहती हो।"

"इसके लिए ईर्ष्या न करो। मैं और बहिन भामा सलामत रहीं, तो फिर तुम लिच्छवियानियों की सेना भी देख लोगे। हम सिर्फ अंडा सेने के लिए नहीं हैं।"

"अंडा सेना बुरा नहीं है प्यारी! तुमने गौरैया के जोड़े को प्रसव की तैयारी करते देखा है? गौरैया मिथुन की कई दिन तक चलती प्रणय-लीला, मधुर कूजन, फिर माता-पिता बनने की तैयारी पति-पत्नी दोनों मिलकर चोंच में जगह-जगह से तिनके बटोरकर लाते हैं, एक नया नीड़ बनाते हैं। फिर पत्नी अंडा देती है, उसको सेती है, पति आ रक्षा करता है, फिर अंडे से छोटे-छोटे बच्चे निकलते हैं, चेंउ-चेंउ बोलते हैं। पति और पत्नी दोनों उड़ जाते हैं और बारी-बारी से बच्चों के लिए आहार—नरम कीट—लाते हैं। पितरों को देखकर बच्चे चेंउ-चेंउ कर उठते हैं, वह उनके खुले मुँह में आहार डाल फिर दौड़ जाते हैं। दम्पती को कैसा होना चाहिए, इसकी सुन्दर शिक्षा यह गृह-चटकाएँ हमें देती हैं।"

"साथ ही किसी शत्रु के आने पर कैसे उनका मुकाबिला करने के लिए वह दोनों प्राण का होड़ लगाते हैं?"

"हाँ, और मैं उससे भी सहमत हूँ। यदि प्यारी रोहिणी! तुम स्वेच्छा से एक चुम्बन दे दो, तो गणसंस्था में लिच्छवियानी-सेना तैयार करने का मैं जबरदस्त समर्थन करूँगा।"

रोहिणी ने मेरे ओठों को चूमते हुए कहा, "आखिर, रिश्वत लेकर ही न?"

"रिश्वत लेकर नहीं, प्यारी! तुम्हारे चुम्बन से मुझे उस वाग्युद्ध में भारी बल प्राप्त होगा।"

काफी रात जाने के बाद हम अपने शयन-कक्ष में पहुँचे थे। इस वार्तालाप ने रात का और भी बहुत-सा भाग ले लिया। किन्तु नींद इतनी गहरी आई, कि जब

मैं जगा तो धूप चढ़ आई थी। रोहिणी अब भी निद्रालीन थी। मैं चुपके-से पलँग पर से उठकर चला आया।

दूसरे दिन मालूम हुआ, परसो हमें प्रस्थान करना होगा।

उल्काचेल के तीन दिन कब बीते, हमें मालूम भी नहीं हुआ। आज किसी के यहाँ भोज में शामिल होते, कल किसी के यहाँ; और रात को चाचा के यहाँ नृत्य-गान की चहल-पहल रहती। रोहिणी का संकोच दूर हो गया था, यद्यपि उसका अर्थ यह नहीं था, कि वह भामा की भाँति वाक्पटु बन गई। यहीं भामा रोहिणी की सबसे प्रिय सखी बनी और दोनों का यह सख्य आजीवन बढ़ता रहा। गान्धारी बहू के आने की बात आसपास के कर्मान्तों में भी पहुँच गई और तीसरे दिन मैंने देखा, झुंड-की-झुंड तरुणियाँ बाहर के कर्मान्तों से आ रही हैं। थोड़े समय के लिए उलकाचेल सुन्दरियों तथा उनके नृत्य-संगीत का प्रदर्शनी-स्थान बन गया। इन बाहर से आई तरुणियों में उल्काचेल (हाजीपुर) से एक कोस पूर्व दीर्घी (दिग्घी) ग्राम की रहनेवाली एक तरुणी विशेष आकर्षण रखती थी। उसके काले-घुँघराले-लम्बे केश, उसकी अति कृष्ण तथा बड़ी-बड़ी आँखें, उसका अ-स्थूल लचीला शरीर, उसका अ-खर्व कद, उसके विकासोन्मुख तारुण्य और उरोज, उसका मधुर कंठ, उसका चतुर मनोरम पादनिक्षेप एक खास विशेषता रखते थे। इस दीर्घी की तरुणी के साथ उसका पति भी आया था, मनोरथ की भाँति जान पड़ता था, दीर्घी तरुणी भी अपने पति चन्द्र को एक केश में बाँधने की सामर्थ्य रखती थी। दीर्घी तरुणी जितनी ही फुर्तीली थी, उसका पति चन्द्र उतना ही सुस्त। हाँ, उसकी आँखें बहुत फुर्तीली थीं। बेचारी तरुण पत्नी अपने नृत्य-संगीत का कौशल दिखलाने आई थीं, किन्तु चन्द्र इस प्रतियोगिता में अपनी भार्या की सफलता को सन्देह की दृष्टि से देखता था। वह स्वयं नाचकर सारी दर्शक मंडली के उपहास का लक्ष्य बनती, किन्तु जब दीर्घी तरुणी को कपिल ने अपनी सहनर्तकी चुना और दोनों अखाड़े में उतरे तो चन्द्र की सूरत देखने लायक थी। वह बीच-बीच में आँख बचाकर उस जोड़े की ओर देख लेता था। यह रहस्य भामा को मालूम हो गया। उसने दूसरे नृत्य-चक्र में जा चन्द्र को धर पकड़ा। बेचारा अपने अनाड़ीपन को अच्छी तरह जानता था, इसलिए नहीं जाने के लिए भामा का हाथ-पैर जोड़ने लगा। जब मनोरथ, शुभ आदि ने भामा को इस प्रकार चन्द्र के हाथ को तानते देखा तो उन्होंने भी कहना शुरू किया, "नहीं, चन्द्र भैया! तुम्हें नाचना होगा, तुम्हारी 'मुनिमोहिनी' को नाचने का अवसर जब कपिल ने दिया है, तो तुम्हें भी भामा का आग्रह मानना चाहिए। भामा हाथ छोड़ने के लिए तैयार न थी।"

"सारी वज्जी में मेरे साथ यदि कोई तरुण नाच सकता है तो यही मेरे प्यारे चन्द्र हैं"—कह उसने चन्द्र के गालों पर एक चुम्बन दे दिया। 'मुनिमोहिनी' चन्द्र की दुर्गति देखकर बहुत प्रसन्न मालूम होती थी। जान पड़ता था, चन्द्र का छाया

की भाँति अनुगमन उसे पसन्द न था। अपने इर्द-गिर्द भीड़ को बढ़ते देख रोनी सूरत बना चन्द्र अन्त में यह कहते खड़े हुए,

"भामा! तुम ठीक नहीं कह रही हो। मेरी नृत्य-अनभिज्ञता का उपहास करना चाहती हो।"

कपिल बोला, "मित्र चन्द्र! यदि भामा-जैसी त्रिभुवन-मोहिनी मेरा हाथ पकड़ती तो मैं अपने को इन्द्र के सिंहासन पर बैठा समझता।"

शुभ—"और मित्र कपिल! तब मुझे आशा है, तुम 'मुनिमोहिनी' के साथ नाचने का सौभाग्य इस गरीब शुभ को प्रदान करते।"

मनोरथ ने अब चन्द्र के साथ सहानुभूति दिखलाते हुए कहा, "भाई चन्द्र! मैं और तुम समान ही भाग्य के मारे हैं, देखो मुनिमोहिनी कपिल का दाहिना हाथ पकड़े उसके पार्श्व का एक अंग बनकर खड़ी है, और इधर मेरी भामा मुझे रोता-कलपता छोड़ तुम्हारा हाथ पकड़े हुए है। क्या कहा जाए, किस्मत इसी को कहते हैं।"

शुभ ने कहा, "लेकिन भाई मनोरथ! तुम तो टुकुर-टुकुर ताकने के लिए मजबूर होते, तब उन्हें मालूम होता।"

भामा ने मुँह को मनोरथ की ओर फेरकर कहा, "खूब न समान दुखियारे बने हैं। अभी रोहिणी के साथ नाच न रहे थे।"

मनोरथ—"क्यों तुम्हें यह बुरा लगा भामा?"

भामा—"बुरा लगता तब यदि मुझे तुम चन्द्र के साथ नाचने में बाधा देते।"

मनोरथ—"बाधा मैं क्यों देता? तुम दोनों नाचो न; किन्तु भामा! किसी की इच्छा के विरुद्ध नाचने के लिए मजबूर करना भी बलात्कार है। एक ओर मेरे मित्र का दिल पका हुआ है, यह देखकर कि उनकी 'मुनि' कपिल के साथ इतना अनुरक्त हो नाच रही है, और दूसरे जोड़ों की आड़ में पड़ते भी कपिल को न जाने कितने चुम्बन दे रही होगी।"

'मुनिमोहिनी' ने 'आड़ में क्यों' कह उसी वक्त कपिल के गालों पर एक के बाद एक तीन चुम्बन दिये। बेचारे चन्द्र ने मुँह नीचे कर लिया।

शुभ ने मनोरथ के पास जाकर कहा, "बड़े चले हो मित्र चन्द्र के साथ सहानुभूति दिखलाने, यदि भामा ने कपिल का हाथ पकड़ा होता, और इस तरह निधड़क चुम्बन देना शुरू किया होता, तब न आटा-चावल का भाव मालूम हुआ होता? कहीं कपिल और 'मुनिमोहिनी' की सट्टी-गट्टी लग गई; तो कहाँ दीर्घा और कहाँ तक्षशिला, बेचारे चन्द्र को पता भी न लगता और तुम्हारा लिच्छवियों का कानून ऐसा कि स्त्री को उसकी इच्छा के विरुद्ध किसी बात के लिए मजबूर नहीं किया जाता।"

भामा ने शुभ की ओर भृकुटि बंककर ताकते हुए कहा, "शुभ! तुम मुझसे ज्यादा होशियार न बनो। तुम चाहते हो मैं कपिल को चुम्बन देने जाऊँ, और इधर

तुम मेरे प्यारे चन्द्र को नौ-दो ग्यारह कर दो" कह भामा ने चन्द्र के दूसरे गाल पर एक चुम्बन दे बात जारी रक्खी, "प्यारे चन्द्र! तुम यदि कहीं उस वक्त मिल गए होते तो मैं काहें मनोरथ के पल्ले पड़ती।"

रोहिणी ने पास आकर कहा, "तब तो तुम बहिन! नाचते-ही-नाचते चन्द्र को मार छोड़ती।"

भामा—"तब फिर मनोरथ की बन जाती। लेकिन, यहाँ मारने-जिलाने की बात नहीं है बच्ची! उस दीर्घी की छोकरी ने मेरे चन्द्र को किसी काम लायक नहीं रख छोड़ा है। वह समझती है, यदि चन्द्र नाचना सीख गया, तो अखाड़े में मैं नित्य नया जोड़ीदार नहीं चुन सकूँगी। मैं आज अपने चन्द्र को नृत्य सिखलाऊँगी। चलो! मित्र! लोगों की भीड़ यहीं लगती जा रही है। नगारे पर लकड़ी पड़नेवाली है।"

मैंने कहा, "नहीं भाभी भामा! आज चन्द्र भाई को छोड़ दो, मैं समझता हूँ, वह नाचने से घबराते नहीं।"

भामा ने बैठकर चन्द्र के पैरों पर हाथ फेरते हुए कहा, "ये पैर नाचने ही से सुन्दर बने हैं।"

मैंने कहा, "हाँ, चन्द्र भाई का सारा शरीर नाच के लिए बना है, उनके सिर में दर्द होगा, या कोई और असुख।"

चन्द्र ने लम्बी साँस लेते हुए कहा, "यहीं बात ठीक है मित्र! आज सिर दुख रहा है, और कुछ-कुछ कलेजे में भी..."

शुभ—"कलेजे ही में कहो।"

मनोरथ—"अरे, मुझे तो कलेजे में दर्द नहीं होता।"

शुभ—"क्या जरूरी है कि सब को एक ही तरह का दर्द हो।"

मनोरथ—"तो झगड़े के निबटार का मैं एक उपाय बतलाता हूँ।"

सबने कहा—"कहो।"

मनोरथ—"ऐसे बात खाली जाने के लिए नहीं करता, चन्द्र भाई पहले स्वीकार करें, तब कहूँगा।"

मैं—"बिना जाने ही स्वीकार करें, यह अच्छे व्यापारी आए।"

मनोरथ—"नहीं मानने लायक बात कहूँगा।"

मैं—"एक बात किसी के लिए मानने लायक हो सकती है, किसी को नहीं।"

मनोरथ—"तब तो मैं सिंह! तुम्हारा यह मतलब हुआ न कि भामा इस सिर-दर्द में भी चन्द्र को नचाए।"

मैं—"अच्छा मित्र चन्द्र! कह दो कि यदि बात बहुत अनुचित न होगी तो मान लूँगा।"

चन्द्र ने 'हाँ' कहा।

मनोरथ—"चन्द्र भाई का चुम्बन नृत्यशाला की सारी सुन्दरियाँ करें।"

शुभ—"मानो चन्द्र का फिर से ब्याह होने जा रहा है, जो कि सभी कुमारियाँ जुटकर चुम्बन करने आएँगी। और यह दंड हुआ या पुरस्कार?"

मैं—"चन्द्र! झटपट 'हाँ' कहो, नहीं तो यहाँ काम बिगाड़ू लोग ज्यादा जमा हुए हैं।"

चन्द्र ने "हूँ' किया।

मनोरथ—"किन्तु यह शर्त का आधा भाग है; दूसरा भाग है 'मुनिमोहिनी' का चुम्बन यहाँ उपस्थित सारे तरुण करें।"

चन्द्र का चेहरा कुछ लाल हो गया था और उसके कहने के पहिले ही मैंने कहा, "यह भी कोई दंड है, जिसे वज्जी की तरुणियाँ तो दिन-रात चुम्बन वितरण करती ही रहती हैं। प्रिय चन्द्र, जल्दी से 'हाँ' कहो।"

चन्द्र ने जल्दी से 'हाँ' कहा और उसने देखा 'मुनि' की आँखों में कुटिल हँसी है।

चन्द्र का चुम्बन पहिले भामा ने लिया, फिर रोहिणी, फिर दूसरी तरुणियों ने, जब 'मुनि' उधर बढ़ने लगी तो भामा ने रोका, "तुम तो रोज चूमती रहती हो, आज तुम्हारी बारी नहीं," किन्तु कपिल ने 'मुनि' को चन्द्र के पास पहुँचा ही दिया; मुनि ने चन्द्र के ओठों को चूमा।

फिर 'मुनि' का गर्मागर्म चुम्बन शुरू हुआ। नृत्य से अधिक इस चुम्बन-महोत्सव ने लोगों का मनोरंजन किया।

आज नृत्य-गान और देर तक चलता रहा, और जब हम दोनों चारपाई पर पहुँचे, तो हमारा शरीर चूर-चूर था।

वैशाली में स्वागत

उल्काचेल से हम उस दिन सबेरे चले, और रात को कोटिग्राम में ठहर गए, जिसमें कि दूसरे दिन सबेरे ही वैशाली पहुँच जाएँ। चाची और भामा के साथ रोहिणी रथ पर रवाना हुई और उसी दिन वैशाली पहुँच गई।

चाची रोहिणी को अपने घर पर ले गई। सोमा वहीं मौजूद थी। रथ के चक्के की आवाज सुनते ही वह द्वार पर आ खड़ी हुई। चाची ने आज्ञा के स्वर में कहा,

"सोमू! देखती क्या है? अपनी भाभी को रथ से लिवा नहीं लाती।"

अभी सोमा रथ तक पहुँचने नहीं पाई थी, कि भामा ने मुँह गिराकर कहा, "आओ बच्ची सोमा! हम दोनों मदद करें, बेचारी का पैर..."—सोमा का चेहरा

फक हो गया, उसने समझा पैर में कुछ हो गया है। उसने आकर रोहिणी के पैर को पकड़ा। भामा ने हँसी रोककर कहा,

"बहुत सँभलकर पकड़ना सोमू ननद! दुखने न पाए।"

सोमा और सँभलकर पकड़ते हुए बोली, "भामो, तुम उधर से ठीक पकड़ो तो दोनों सँभाल कर उतार लेंगी।"

भामा ने और मुँह बनाकर कहा, "बड़ा मुश्किल है बच्ची सोमू! जरा भी पैर हिला कि तुम्हारी सोने की भाभी हाथ से जाती रहेगी। क्या उपाय करें। अच्छा, आने दो, मैं पीठ पर लेती हूँ।"

सोमा ने झट पीठ सामने करते हुए कहा, "मैं ले चलती हूँ, तुम थोड़ा पीठ पर चढ़ने में सहारा दे दो।"

अभी भामा सहारा दे रही थी, कि चाची बाहर से साईस को लेकर चली आईं। भामा ने खिलखिलाकर हँस दिया। सोमा ने पीछे देखा, तो शरमा गई। चाची को भनक लग चुकी थी, उन्होंने डाँटना शुरू किया,

"भामा! तुझे बड़ी शरारत सूझती रहती है।"

"नहीं चाची!" भामा ने नम्र होकर कहा, "वैशाली में भाभी-दुलहन के पहिले-पहल आने पर ननद उसे पीठ पर ले देहली पार कराती है।"

"तुम्हारा सिर! मैं क्या वैशाली की दुलहिन नहीं रही हूँ?"

"तुम्हारे समय में रिवाज न रहा होगा चाची! आजकल तो सब ऐसा ही करते हैं। पूछ लो सोमू ननद से।"

सोमा बेचारी भामा को जानते हुए भी उसके फेर में पड़ गई थी और अब शरम के मारे सिकुड़ी जाती थी। इसी वक्त रोहिणी ने रथ से उछलकर सोमा को अपनी दोनों बाँहों में दाब लिया और उसके मुँह को चूमते हुए बोली,

"मेरी प्यारी सोमू! तुम भामा दीदी को जानती नहीं क्या?"

सोमा के नेत्रों में आनन्दाश्रु छलक आए थे, उसका संकोच न जाने कहाँ चला गया और वह अपनी नई भाभी को कड़ी अँकवार भरते हुए बोली,

"भामा को जानते हुए भी लोग उसके फेर में पड़ जाते हैं।" भामा इसी वक्त आकर सोमा के गले से लिपट गई। सोमा ने कहा, "जाने दो भाभी! पहले प्रहार करके फिर प्यार करती हो।"

"कसैले आँवले के बाद मेरी सोमा! पानी बहुत मीठा लगता है।"

अब टोले-मुहल्ले तक खबर फैल गई थी और घर-घर से लिच्छवियानियाँ बहू का स्वागत करने आ रही थीं। वृद्धाएँ बलायें लेते, खील बिखेरते, मंगल गाते बहू को घर के भीतरी दालान में ले गईं। वहाँ फर्श पर बिछौना बिछा हुआ था। बहू को मुख्य स्थान पर बिठाया गया। इसी बीच मल्लिका भी आ पहुँची और स्त्रियों ने उनके लिए रास्ता दिया। चाची ने रोहिणी के कान में कहा, "यही सिंह की माँ

मल्लिका हैं।" रोहिणी खड़ी हो गई। मल्लिका ने रोहिणी को अँकवार-भर सजल नयन चूमते हुए कहा, "मेरी प्यारी बेटी! वैशाली में तुम्हारा स्वागत।"

सबके बैठ जाने पर बहू के लिए मधुपर्क—वत्सतरी का भुना मांस और अंगूरी सुरा लाई गई। उसने जरा-सा चखकर रसम पूरी की।

लिच्छवियानियों ने अपने कोमल कंठ से मंगल गीत गाये, जिसमें भामा नेतृत्व कर रही थी। अँधेरा हो जाने पर स्त्रियाँ अपने-अपने घर लौटने लगीं। सब गान्धारी बहू की सुन्दरता का वर्णन कर रही थीं। कोई बहू के नील विशाल नेत्रों की प्रशंसा करती थी, कोई उसके पतले लाल अधरों की; कोई उसके सुनहले लम्बे केशों की तारीफ कर रही थी; कोई उसके गौर प्रशस्त ललाट और स्निग्ध चन्द्रमुख की। सभी का एक मत था कि वह वैशाली में सर्वसुन्दरी तरुणी है।

दूसरे दिन दो घड़ी चढ़े नागरिक-मंडल के साथ हम वैशाली के दक्षिण द्वार पर पहुँचे। दूर से ही लिच्छवियों ने रथ से आकर हमारा स्वागत किया और एक शोभा-यात्रा बनाकर ले चल रहे थे। इस शोभा-यात्रा में आगे-आगे सैनिक-वाद्य बजता था। फिर तक्षशिला के दसों घोड़े कोतल चल रहे थे, उनके बाद उपायन की वस्तुएँ शिविकाओं में, फिर तक्षशिला से लौटे अश्वारूढ़ हम छह लिच्छवि कुमार और अन्त में लिच्छवियों के सैकड़ों रथ, जिनमें सबसे आगे लिच्छवि-सेनापति थे।

दक्षिण द्वार से नगर की प्रधान वीथियों से होते हुए हम संस्थागार [पार्लियामेंट भवन] के सामने पहुँचे। यहाँ लिच्छवि गणपति सुनन्द ने अमात्य परिषद के साथ मंडल की अगवानी की। सेनापति भी जाकर गणपति के साथ मिल गए। गणपति ने एक दृष्टि से घोड़ों और उपायन-शिविकाओं को देखा, और अतिथियों को लेकर संस्थागार में चले गए। हम छहों लिच्छवि-पुत्रों को सदस्यों से अलग एक विशेष आसन दिया गया। संस्थागार में गणसंस्था के ९९९ सदस्यों में से नौ-सौ से ऊपर उपस्थित थे। गणपति के हाथ के उठते ही शाला नीरव हो गई। फिर सेनानी कपिल ने खड़े होकर कहा,

"भन्ते लिच्छवि-गण सुनें! वैशाली और तक्षशिला चिरकाल से आपस में सुपरिचित तथा एक-दूसरे का सम्मान करती आई हैं; किन्तु यह शायद पहिला अवसर है, जब तक्षशिला ने अपने पूर्व की भगिनी के प्रति अपना हार्दिक सम्मान तथा बन्धुत्व प्रदर्शन करने के लिए नागरिक-मंडल भेजा है। गन्धारगण वैशाली और लिच्छवियों के प्रति क्या भाव रखता है, इसके बारे में कुछ कहने से अधिक हम दस गन्धार-पुत्रों का लिच्छवि-पुत्रों के बीच होना ही सबसे बड़ा वक्तव्य है, और यदि वक्तव्य चाहिए ही तो इस सुवर्ण-पत्र से आप सुनेंगे!" यह कह कपिल ने सुवर्ण-पत्र को गणपति के हाथ में समर्पित कर दिया और अपनी बात को जारी रखते हुए कहा, "अपनी बात समाप्त करते हुए मैं अपनी ओर से दो शब्द इस बारे में कहना चाहता हूँ कि किस प्रकार एक लिच्छवि-पुत्र ने तक्षशिला को वैशाली

के इतने समीप लाने में सफलता पाई। शताब्दियों से प्राची के अन्य विद्यार्थियों की भाँति सैकड़ों लिच्छवि-पुत्र विद्या पढ़ने तक्षशिला जाते रहे। तक्षशिला उन पर स्नेह रखती रही। वह भी तक्षशिला का गौरव करते रहे, किन्तु लिच्छवि-पुत्र सिंह का काम इससे अधिक और असाधारण हुआ। मैं समझता हूँ, तक्षशिला के गाढ़ के समय में कोई भी वहाँ उपस्थित लिच्छवि-पुत्र वैसे ही गन्धार के लिए अपने खून को बहाता, जैसे कि सिंह और उसके पाँच साथियों ने; इसलिए यदि पहिले से ऐसे कोई उदाहरण नहीं सुनाई पड़ते, तो इसका कारण अवसर न मिलना ही हो सकता है। तो भी दो वर्ष पहिले जिन लिच्छवि-पुत्रों ने तक्षशिला के लिए बड़ी निर्भयतापूर्वक तलवार उठाई, उसका महत्त्व कम नहीं होता। मैं स्वयं इस युद्ध में अपनी गन्धार-भूमि के लिए लड़ा हूँ, और मैं शुभ आदि पाँचों लिच्छवि-पुत्रों के पराक्रम को जानता हूँ, उसके लिए कोई भी गण अभिमान कर सकता है। इस छोटी अवस्था में उनकी यह बहादुरी बतलाती है कि हम भविष्य में उनसे भारी आशा रख सकते हैं। और सेनानायक सिंह के रण-कौशल के बारे में गन्धार-गण क्या सम्मति रखता है, यह सुवर्ण-पत्र में पढ़ेंगे। मैं इनका उपनायक था, इसलिए उस वक्त मुझे सिंह को नजदीक से देखने का मौका मिला था। मेरी और तक्षशिला के भूत-वर्तमान सेनापतियों, सेनानायकों तथा युद्धविद्या-विशारदों की सम्मति है कि सिंह-जैसा सेना-संचालक पा कोई भी देश अभिमान कर सकता है; सेनानायक को जिस युद्धक्षेत्र का भार दिया गया था, वही सबसे जबरदस्त मर्मस्थान था। हमें मालूम था पार्शव-वाहिनी का सबसे भयंकर आक्रमण यहीं होगा। हमारे भूतपूर्व सेनापति, तक्षशिला के दिशा-प्रमुख युद्ध-विद्याचार्य बहुलाश्व को सिंह की योग्यता का पता था और उनकी सम्मति से हमारे सेनापति ने सिंह को महासिन्धु के इस महत्त्वपूर्ण घाट का सेनानायक बनाया। सेनानायक ने वहाँ किस तरह व्यूह-रचना की, किस तरह वाहिनी-संचालन किया, किस तरह शत्रु की चाल को पहिले से पकड़ा आदि बातें मैं यहाँ कहना नहीं चाहता। भन्ते लिच्छविगण! आप सिंह की योग्यता को इसी तरह से समझ सकते हैं कि पार्शव-जैसे अद्वितीय शासानुशास [शाहंशाह] की विशाल सेना के सबसे महत्त्वपूर्ण भाग को सिंह ने एक झपट्टे में खतम कर दिया और पार्शव-सेनापति को बन्दी बनाया। सिंह स्वयं इस युद्ध में बुरी तरह से आहत हुए और इसमें सन्देह नहीं कि आचार्य बहुलाश्व की पुत्री तथा पीछे सिंह की पत्नी रोहिणी ने जिस तरह अपने खड्ग का जौहर दिखाया, यदि वह न हुआ होता तो सिंह की कृपा से विजयश्री तो हमें मिल चुकी थी, किन्तु रोहिणी की कृपा बिना हमें सिंह न मिल सकता।"

कपिल भाषण समाप्त कर जब बैठ गए तब सदस्यों की ओर से आवाज आने लगी—'रोहिणी और सिंह को हम देखना चाहते हैं।' रोहिणी कोने से पकड़कर लाई गई। सिंह गणपति की आज्ञा से उसके पास चले आए, और दोनों गण के सामने खड़े हुए।

गण ने सहस्र कंठों से घोषणा शुरू की :

"जय जय गन्धारगण!"

"जय जय लिच्छविगण!"

"जय जय तक्षशिला!"

"जय जय वैशाली!"

और फिर :

"चिरंजीव लिच्छवि-पुत्र सिंह!"

"चिरंजीव गन्धार-पुत्री रोहिणी!"

गणपति ने सुवर्ण-पत्र पढ़ने से पहिले कहा,

"भन्ते गण! पहिले मैं आपकी ओर से तक्षशिला के अपने बन्धुओं का स्वागत करता हूँ। आयुष्मान कपिल! आप और आपके साथी मार्ग की कितनी विघ्न-बाधाओं, कितने कष्टों को सहकर वैशाली पहुँचे हैं, इसे हम अच्छी तरह समझते हैं; किन्तु उसको कम करना हमारे वश की बात न थी। फिर भी अपनी वज्जीभूमि, अपनी वैशाली में यदि हम उस कष्ट के कुछ अंश को भुलवा सकने में सहायक होंगे, तो इसे हम सौभाग्य की बात समझेंगे। आप लिच्छवि-भूमि को गन्धार और वैशाली को तक्षशिला समझें; यह आपका अपना घर है, और आप हमारे स्वागत-सत्कार को अपने स्वजनों का स्वागत-सत्कार समझ कर स्वीकार करें।"

इसके बाद गणपति ने तक्षशिला के सुवर्ण-पत्र को पढ़कर सुनाया, जिसके बीच-बीच में 'साधु-साधु' की हर्षध्वनि होती रही। फिर कोशपति ने घोड़ों तथा दूसरी उपायन की वस्तुओं की सूची पेश करते हुए बतलाया कि घोड़ों को गण की अश्वशाला और उपायनों को कोशशाला में देखा जा सकता है। फिर गणपति ने सभा-समाप्ति की सूचना दी, और जयघोष के साथ सब अपने-अपने घरों की ओर चले।

कपिल आदि के ठहरने का प्रबन्ध संस्थागार से उत्तर पाथिक गृहपति के प्रासाद में किया गया था।

जैसे ही मैं रोहिणी के साथ संस्थागार के बाहर हुआ कि चाची के साथ माँ वहाँ उपस्थित थी। मैं दौड़कर उसके पास गया और वह मुझे अंक में भर चूमने और आँसू से मेरे मुँह को भिगोने लगी। कुछ ठंडा पड़ने पर उसके मुँह से सिर्फ इतना ही निकला, "आ बेटा! मैंने तो समझा, अब फिर न देख सकूँगी।"

हम लोगों को चाची के घर जाना था। जान पड़ता है, तत्काल हमारा वहीं रहना ठीक कर लिया गया था। मैंने अपने पिता के घर को देखने की इच्छा प्रकट की तो माँ वहाँ ले गईं। मकान में मरम्मत का काम लगा हुआ था, उसे कायम रखने की कोशिश की गई थी। माँ से यह भी मालूम हुआ कि हमारा कर्मान्त चल रहा है। यहाँ से हम पास में अवस्थित अपने सौतेले पिता के घर पर गए। उन्होंने

दूरागत के तौर पर मेरा स्वागत और आलिंगन किया। वहाँ घर में सोमा के चले जाने के बाद माँ और वह दो ही प्राणी रह गए थे। मैंने उनसे कुछ पूछना चाहा, माँ ने कहा कि उन्हें अब ऊँचे सुनाई देता है। वैसे माँ के शरीर में भी परिवर्तन मालूम होता था, उसके आधे केश सफेद हो गए थे, किन्तु सौतेले पिता तो बिलकुल झूल गए थे। उन्होंने ठंडी साँस लेते हुए कहा,

"बेटा! सोमा का ब्याह करके उधर से तो निश्चिन्त हो गया, अब सिर्फ तुम्हारे आने की प्रतीक्षा में जी रहा था। अच्छा हुआ तुम भी आ गए।"

"और ताता! यह बहू भी आ गई।"—मैंने रोहिणी को पास करके जोर से कहा।

डबडबाई आँखों से देखते हुए उन्होंने रोहिणी को चूमा, और 'जरा ठहरो कह अपनी शयन-कोठरी की ओर दौड़ गए। हम प्रतीक्षा कर रहे थे कि बूढ़ा देखें क्या कर रहा है। जरा देर में उन्होंने एक नीले ऊनी वस्त्र में लिपटी एक मूँगा-मोती मिश्रित माला निकाली, और उसे अपने हाथों से रोहिणी के गले में डालकर कहा,

"बेटी! मैंने इसे मल्लिका को भी बिना बतलाए बहुत जतन करके सिंह की बहू के लिए रखा था। अब जीवन की साध पूरी हो गई।"

"नहीं ताता! तुम्हें और जीना है।" मैंने कहा।

"नहीं बेटा! किसी तरह खींच-खाँचकर नैया को यहाँ तक लाया था, अब तुमको देख लिया न, अब आनन्द के साथ मरूँगा। सत्तर वर्ष के पूरे हो गए, कान भी जाता रहा, ऐसा जीवन लिच्छवि को शोभा नहीं देता।"

ताता को पूरा विश्वास था कि अब उनकी आयु शेष हो गई; यद्यपि मैं समझता था कि बुढ़ापे में बचपन लौट रहा है। चौथे दिन हमने देखा, ताता लेटे ही लेटे अनन्त निद्रा में सो गए हैं।

वहाँ से लौटकर जब माँ के साथ हम दोनों चाची के घर पहुँचे, तो भीतर की दालान से भाभी भामा की सुरीली आवाज और बहुत-से कंठों का ठहाका सुनाई दे रहा था। भीतर तरुणियों की भारी महफिल देखकर माँ—'भामा फिर किसी उपद्रव पर खड़ी हुई है, कह चाची के कमरे में चली गई और नजर पड़ते ही पाँच लिच्छवि सुन्दरियों के साथ भामा कूदती-फाँदती मेरे पास पहुँच आई। रोहिणी के कंठ में नई माला देख—"रोहिणी बच्ची! तुम इस माला में बड़ी सुन्दर मालूम होती हो" कह उसके मुँह को चूम लिया, फिर मेरी तरफ मुँह कर कहा, "देवर! तुम्हारे स्वागत के लिए वैशाली की सारी तरुण-रूपराशि एकत्रित हुई है।"

मैंने हँसते हुए कहा, "स्वागत के लिए या और कुछ के लिए भाभी?"

भामा ने बिना कुछ उत्तर दिये रोहिणी का हाथ पकड़ा, और मुझे आने का इशारा दे दालान के एक सिरे पर बिछे आसन पर हमें जा बैठाया। फिर कुछ तरुणियों ने वीणा, मृदंग, और दूसरे वाद्य अपने हाथों में लिये, जिसके सुर पर कोकिलकंठियों ने वर-वधू के घर आने का मधुर मंगल-गान गाया। फिर भामा ने

एक-एक सुन्दरी को बुलाकर रोहिणी से उसका परिचय कराया, अंकमिलन में भारी परिश्रम का खयाल कर सिर्फ मुख-चुम्बन-भर रहने दिया। भामा ने लिच्छवियों के किसी विशेष कुल को न छोड़ा था, जिसकी सुन्दर तरुणी, बेटी या बहू वहाँ न बुलाई गई हो।

परिचय के बाद थोड़ी देर बैठक में नीरवता छा गई, भामा ने गला साफ करके कहा,

"बहिनो और भाभियो! कुमारियो और बहुओ! हम सभी को आज अपने सिंहकुमार तथा उनकी गन्धार-सुन्दरी बहू का स्वागत करते बहुत आनन्द हो रहा है। सिंहकुमार हम तरुणियों के लाड़ले थे, इनमें से कितनों ने इनके चुम्बन का आनन्द लिया है, इनके साथ नृत्य किया, इनके साथ पान-गोष्ठी रचाई, वह कितने मनोहर दिन थे, आज वह सपने हो गए, किन्तु उन टीस-भरे मधुर दिनों की स्मृति दिलाने की जरूरत नहीं; क्योंकि आज हम मधुर-मंगल मनाने यहाँ एकत्रित हुई हैं। आपने बहू रोहिणी को देखा, सोने की बहू पिटारी में रखने लायक है। है कोई वैशाली सुन्दरी जो इस तक्षशिला सुन्दरी की प्रतिद्वन्द्विता कर सके? वैसे होता तो हमारी आजकल की जनपद-कल्याणी क्षेमा जल्दी परास्त होने के लिए तैयार न होती—'क्षेमा बच्ची! एक बार फिर इधर आना तो'—अठारह वर्ष की तप्तकांचवर्णा, विशालनेत्रा, घननील-मूर्धजा एक अनुपम सुन्दरी लज्जावनत-मुखी भामा के पास अपराधिनी-सी खड़ी हुई। रोहिणी ने खूब निहारकर उसकी ओर देखा—तक्षशिला में भी इस तरह की सुन्दरी सुलभ नहीं है। भामा ने फिर बात जारी रखते हुए कहा, "तो बहिनो! देखा, क्षेमा-जैसी कामिनी पर वैशाली यदि अभिमान करे, तो अनुचित नहीं; किन्तु मैं समझती हूँ, रोहिणी को हमारी इस रूपराशि में यदि सर्वोच्च स्थान दिया जाए, तो अनुचित न होगा और मेरे ऐसा कहने पर कोई यह लांछन नहीं लगाएगा कि भामा क्षेमा से परास्त होने का बदला ले रही है। साथ ही यहाँ हम जनपद-कल्याणी का चुनाव नहीं कर रही हैं कि हमारी क्षेमा को इसके लिए कोई चिन्ता होगी। यहाँ एक बात मैं और कहना चाहती हूँ, इधर लिच्छवि-कुमारियाँ अधिक सौन्दर्यकला-प्रवीण होने लगी हैं, खासकर जब से कलमुखी—मुझे अफसोस है, वह कलमुखी नहीं है—अम्बपाली ने अपनी दूकान छानी है, तब से वैशाली की हर तरुणी को घर लुट जाने की फिक्र पड़ गई है, सभी बनाव-शृंगार में अम्बपाली गणिका को मात करना चाहती हैं। मैं इसे बुरा नहीं कहती, आखिर सभी तरुणियों के पति मनोरथ-जैसा एक केश में बँधे फिरनेवाले नहीं हैं। किन्तु जहाँ लिच्छवि-कुमारियों ने अम्बपाली को अपना सौन्दर्य-कला-गुरु बनाया और उस मुँहजली से कितनी ही रातों के हजार-हजार कार्षापण बचाएँ, वहाँ दूसरी ओर एक भारी अपराध किया, भारी नहीं, बहुत भारी।"

"हाँ, मैं बहुत अच्छी तरह सोच-समझकर कहती हूँ। लिच्छवि-कुमारियाँ सौन्दर्योपासना के पीछे इतनी पागल होती जा रही हैं कि उन्हें इसकी फिक्र नहीं है कि वह लिच्छवि है। बहिन रोहिणी! अपने हाथों को इधर कर तो।" रोहिणी ने अपने हाथ भामा के हाथ में दे दिये, तो साँस उल्टी-सीधी हो रही थी। भामा ने फिर कहा, "आप सब उतावली न हों, मैं दस-दस को बुलाकर रोहिणी के हाथों को दिखलाऊँगी, इसके हाथ बड़े सुन्दर हैं, सोच रखना सुन्दर हाथ कैसे होते हैं। अच्छा, पासवाली सखियो! रोहिणी के हाथों को देखो ही नहीं, उन पर हाथ रखो तो। हैं न वज्र से कठोर, ईमान से कहना। सबने कठोर कहा 'फिर इसी तरह दस-दस को बुलाकर भामा ने रोहिणी के हाथ दिखलाए। वैसा होता तो कुछ सुन्दरियाँ बिदकतीं, किन्तु गन्धारी बहू के दर्शन-स्पर्शन के लालसा तो एक बार से बुझनेवाली थोड़े ही थी। सबके देख जाने पर भामा ने फिर कहना शुरू किया—

"बहिनो! रोहिणी क्या हममें से किसी से कम सुन्दर है—मुँहदेखी नहीं, सच कहना।"

सबने कहा, "हम सबमें अधिक सुन्दरी है, क्षेमा से भी।"

"किन्तु बहिनो! रोहिणी के सौन्दर्य में एक भारी कलंक है, उसके हाथ सिरीश या पद्म के पुष्प की भाँति कोमल नहीं है। अम्बपाली की पाठशाला में इसे सुन्दर नहीं कहा जाता। तो क्या ऐसे कलंकपूर्ण हाथों के कारण रोहिणी को हमें असुन्दरी कहना चाहिए? अम्बपाली की पाठशाला वाली कहेंगी जरूर। किन्तु मैं और मेरे पहिले की सभी लिच्छवी जनपद-कल्याणियाँ कहेंगी, अम्बपाली की पाठशाला झूठ बकती है। बहिन रोहिणी के अनुपम सौन्दर्य के रहते भी उसके इतने कर्कश हाथ क्यों सुन्दर हैं, क्योंकि लिच्छवियानी के हाथ तभी शोभा देते हैं। अत्याचारी मगधराज—हाँ, वही बिम्बसार जो सारा जोखिम उठाकर एक रात चोरी-चोरी अम्बपाली के सौन्दर्य-मधु को पान करने वैशाली आया था—किसी वक्त भी वज्जी पर आक्रमण करनेवाला है, हमारे भाई, पति, देवर, ससुर, पिता, चाचा, उसके मुकाबिला करने की तैयारी कर रहे हैं। बताओ तो उस वक्त हम लिच्छवियानियों को अपनी दादियों की भाँति शत्रु का मुकाबिला करना पड़ा तो क्या अम्बपाली के बनाए ये कमल-कोमल कर हमारे काम आ सकते हैं? क्या ये हाथ खड्ग या शल्य चला सकते हैं, क्या यह पंजे ढाल के धक्के को रोक सकते हैं? नहीं, लेकिन बहिन रोहिणी के हाथों को अभी आपने देखा है, इन हाथों ने सौ बिम्बसार के बराबर बलशाली पार्शवराज के मद को चूर किया है। इसीलिए मैं कहती हूँ, जिन्होंने अम्बपाली से हाथ मोल लिये हैं, वह उन्हें लौटा दें, वह बहुत महँगे हैं, हमें लिच्छवियानियों के हाथ चाहिए, रोहिणी के हाथ लिच्छवियानी के हाथ हैं। रोहिणी से मुझे मिले आज पाँचवाँ दिन है, किन्तु जान पड़ता है, हम जन्म-जन्मान्तर की बहिनें हैं। मेरा सौभाग्य है कि मेरे हाथ भी रोहिणी—जैसे हैं। और हम

दोनों ने तय किया है कि मनोरथ और सिंह के हाथों में जब खड्ग होगा, तो हम भी खड्गधारिणी बनेंगी। क्या तुम भी बहिनो! चाहती हो, खड्गधारिणी बनना?"

बहुतों ने कहा, "हाँ, हम चाहती हैं।"

भामा ने फिर कहा, "चाहती हैं, तो पहिले इन हाथों को बदलिए, जिनके पास ऐसे कलंकपूर्ण अम्बपाली के हाथ हों, उन्हीं के लिए मैं कहती हूँ। बदलने का उपाय भी बतलाती हूँ। कूटना-पीसना, खाना बनाना जैसे मेहनत और हाथ पक्का करनेवाले कामों को सिर्फ दासियों के हाथ में मत छोड़ दीजिए। खड्ग, चर्म [ढाल], शल्य, धनुष का नित्य अभ्यास कीजिए, कर्मान्त में जाने पर खेत में कुदाल चलाइए, धूप में रहने की आदत डालिए। नाच-कूदकर शरीर की सारी चर्बी गला डालिए। मैंने आज बड़ा उपदेश दे डाला, इसके लिए आप मुझे क्षमा करेंगी। अब प्रमोद गोष्ठी शुरू हो।"

फिर मांस, सुराभांड और चषक आए। सब चर्वण और पान में लगीं। भामा स्वयं सुराभांड ले रोहिणी और मेरे पास बैठ हमारे चषक में सुरा ढालने लगी। मैंने कहा,

"भाभी! तुम भी पियो।"

"पिऊँगी।"

"तो फिर प्याला तो लाओ।"

"क्या होगा, इसी में पी लूँगी!"

"इसी में?"

"हाँ, इसी में; क्योंकि तुम्हारे ओठों में लगा होने से मीठी लगेगी।"

मेरा माथा ठनका, भामा के गम्भीर उपदेश को सुनकर मैं समझता था, आज जान बची, किन्तु अब चिन्ता बढ़ने लगी। मुझे चुप देखकर भामा ने कहा,

"क्यों देवर! भावज के साथ बैठ एक घूँट मदिरा भी पीने का अधिकार नहीं है?"

फिर उसने तरुणियों को सम्बोधित कर कहा, "सुना सखियो! सिंह देवर भाभी के साथ में एक घूँट मदिरा भी पीने का अधिकार नहीं देना चाहते। मैं समझती हूँ यह बिलकुल अन्याय है।"

श्यामा—'जिसके पीत नेत्रों के कोरकों में लाली दौड़ने लगी थी—पहिले बोली, "हाँ बहिन! यह बिलकुल अन्याय है। और सिंहकुमार में लड़कपन से ही अन्याय करने की आदत है। इन्होंने कितनों के दिल को तोड़ा है। आम्रवन में इनके साथ कितनी बार घूमी हूँ। धानों की क्यारियों में कितनी बार मुझे सिंह ने गोद लेकर प्यार किया है। नाच के अखाड़े में कितनी ही रातों हम साथ उतरे हैं। कितने चुम्बन उन्होंने मुझे दिये, कितनी बार आलिंगन किये, इसकी कोई गिनती नहीं। और फिर मुझसे कौल किया था—'श्यामो! इस दिल में केवल तेरा वास है।' बतलाओ सखी! सिंह ने कौल तोड़कर न्याय किया या अन्याय?"

"सरासर अन्याय", भामा ने कहा।

"तो इसके लिए क्या दंड मिलना चाहिए?"

"सिंह देवर! एक पैर पर खड़े हो हाथ जोड़कर श्यामा से माफी माँगो। नहीं तो.....'

"यह पार्शव सेना नहीं है देवर! यह लिच्छवियानी-सेना है, समझ सकते हो तुम्हारी अकेले की क्या गति बनेगी?"

चार तरुणियों ने मेरा हाथ पकड़कर खड़ा किया, फिर एक ने पैर को उठाकर कहा, "बस माफी माँगो।"

"माफी, देर न करो, हमारे सेनापति की आज्ञा है।"

रोहिणी की ओर देखा, उसने मुस्कुराकर मुँह दूसरी ओर फेर लिया। मैंने कहा, "अच्छा-जैसे कहो वैसी ही माफी माँगूँगा।"

श्यामा पास आकर बैठ गई, मैंने सखियों के शब्दों को दुहराकर माफी माँगी।

अब उषा ने मुँह भारीकर कहा, "सखी भामा, मेरा भी न्याय करो। कितने वर्षों की बात है मुझे याद नहीं, हम साथ सैर कर रहे थे, सिंह ने कहा—उषा! पाँच चुम्बन दो, मैं पीछे लौटा दूँगा। सिंह को मैंने कब न पाँच चुम्बन दिये और अभी तक मैं न लौटा पाई।"

भामा ने मेरी ओर देखकर कहा, "कहो क्या कहना है?"

"भाभी वह बचपन की बात है, हम चार-छह वर्ष के रहे होंगे।"

"तो इसका मतलब है, कर्ज बहुत पुराना है, सूद बहुत बढ़ गया है।"

"तो फिर?"

"तो फिर क्या? उषा को दस चुम्बन लेने का अधिकार है। हमारे गण में दूना से अधिक सूद नहीं हो सकता। अच्छा उषा! तुम अपना कर्ज ले लो।"

चार तरुणियों ने मेरा हाथ पकड़ा, और उषा ने पाँच-पाँच चुम्बन एक-एक गाल पर दिये। मैं घबराने लगा, यदि इस तरह कर्ज पुराने देने पड़े तो मैं कर्ज देने में ही खतम हो जाऊँगा।

भामा ने फिर ऊँचे स्वर में कहा, "संखियो! बस आज-भर ही के लिए भामा न्यायासन पर है, आज ही भर न्याय तुम्हें दूध-के-दूध और पानी-के-पानी के भाव में मिलेगा।"

रमा न्याय की भिक्षा माँगने के लिए उठने ही वाली थी कि बाहर बाजे की आवाज आई। एक दासी ने आकर सूचना दी कि नृत्य-समाज एकत्र हो गया, तक्षशिलावाले तरुण भी आए हैं। भामा ने जब एकाएक कहा, "बहिनो! नृत्यशाला में।" तो मुझे अपने कानों पर विश्वास नहीं हो रहा था। फिर हम तीनों—भामा भी शामिल थी—ने जल्दी-जल्दी मांस के टुकड़ों को साफ किया, दो-तीन प्याले मुँह में उड़ेल और दालान से बाहर चले गए।

नृत्यशाला चाची के घर से दूर नहीं थी। वहाँ जाकर देखा तो वैशाली की सारी तरुण-लिच्छवि-मंडली जमा है, जिसमें तक्षशिला के नागरिक-मंडल के अतिरिक्त मेरे बहुत से बालमित्र हैं। अपने बालमित्रों को इतनी अधिक संख्या में देख मुझे बड़ी प्रसन्नता हुई। जिन्हें मैं आठ-आठ, दस-दस वर्ष के बच्चे छोड़ गया था, उन्हें बढ़कर अब मैं बलिष्ठ देख रहा था। आज रसम के अनुसार मुझे रोहिणी के साथ नाचना था। जनपद-कल्याणी क्षेमा ने मेरे मित्र कपिल को अपना सहनर्तक चुना। यूथ-नृत्य, मिथुन-नृत्य आदि कितने ही नृत्य होने लगे। आज के नृत्य में वैशाली नहीं सारे वज्जी देश में प्रसिद्ध तरुण-तरुणियों ने भाग लिया था, इसलिए उसकी प्रशंसा में कुछ कहना बेकार है।

बीच में जब पहिले चक्रवाले विश्राम लेते, तो दूसरे लोग अखाड़े में उतरते। विश्राम करते वक्त-पान चर्वण का प्रबन्ध गण की ओर से था। यह नृत्य-महोत्सव वस्तुतः अतिथियों के सम्मान में किया गया था।

बहुत थोड़ी रात थी, तब हम दोनों लौटकर घर आए।

लिच्छवि-अभिषेक

मेरे सौतेले पिता गण-संस्था के सदस्य थे। उनकी मृत्यु के बाद एक नये सदस्य के चुनने की आवश्यकता थी। मेरे कुल के गृहमुखियों ने मुझे सदस्य बनने की राय दी, किन्तु मेरा चचेरा भाई अजित सदस्य होने के लिए बहुत उत्सुक था। उसके पास हमारे कुल में सबसे अधिक कर्मान्त और पशु थे; इसलिए वह समझता था कि सदस्य होने के योग्य वही है, किन्तु इस मतभेद के कारण अब अन्तिम निर्णय गण-संस्था को करना था। मैंने चाहा कि मैं स्वयं हट जाऊँ, किन्तु मेरे कुलवालों से ज्यादा गणपति सुनन्द और सेनापति सुमन का जोर था, कि इस वक्त जबकि हमारे गण पर भारी संकट का समय आया हुआ है, सदस्यता से इनकार करना स्वार्थ-त्याग नहीं, बल्कि लिच्छवियों के प्रति कर्तव्य-विमुख होना होगा। लाचार हो मुझे हटने का ख्याल छोड़ना पड़ा। अजित को लोगों ने बहुतेरा समझाया, किन्तु उसने न माना। उसे विश्वास था कि उसके मामा सुमन सेनापति तथा दूसरे प्रभावशाली सम्बन्धी उनका साथ देंगे और गरीब के लड़के सिंह के मुकाबले उसकी जीत निश्चित है।

एक दिन संस्थागार में आखिर गण-सन्निपात [समागम] हुआ। माँ और चाची के साथ रोहिणी भी दर्शकों की जगह जा बैठी। संस्था के कार्य को आरम्भ करते हुए गणपति सुनन्द ने कहा,

"भन्ते गण! सुनें। आज गण-सन्निपात जिस काम के लिए हुआ है, उसका आपको पता है। हमारे ज्ञातृकुल [जथरिया] कुल के रिक्त स्थान के लिए एक सदस्य चुनना है। सदस्यता के उम्मीदवारों का नाम बतलाने के पहिले मैं यह गण के सामने निवेदन करना चाहता हूँ कि लिच्छवियों के ऊपर इस वक्त एक महान संकट आया हुआ है, हमें हर कदम उस संकट का ख्याल रखते हुए उठाना चाहिए, हमें अपनी संस्था को सुदृढ़ और अधिक शक्तिशाली बनाना है, यह ख्याल हमेशा ध्यान में रखना चाहिए।

"भन्ते गण! सदस्यता के लिए हमारे सामने दो नाम आए हैं—सिंह और अजित; दोनों ही ज्ञातृकुल के हैं। हम इनमें से एक ही को सदस्य चुन सकते हैं। पहले मैं जानना चाहता हूँ कि इस गण में दोनों के पक्ष में लोग हैं या एक ही के। आयुष्मान सिंह के पक्ष में जो हों, वह 'हाँ' कहें।" इस पर शाला के कोने-कोने से 'हाँ' की आवाज आई। फिर, जब अजित को पसन्द करनेवाले सदस्यों के बारे में पूछा गया तो कम किन्तु, कितनी ही 'हाँ, की आवाजें उठीं। गणपति ने फिर कहा,

"भन्ते गण! मैं देख रहा हूँ, यहाँ दोनों ही आयुष्मानों के पक्ष में सम्मति रखनेवाले सदस्य हैं, इसलिए छन्द-शलाका [वोट का काठ] उठवाने के सिवाय कोई चारा नहीं। पहिले मैं आयुष्मान गण-गणक से जानना चाहता हूँ कि आज के सन्निपात में कितने सदस्य आए हैं?"

गण-गणक ने संख्या 872 बतलाई।

गणपति—"वज्जी में मौजूद गण-संस्था के हर सदस्य को आज के सन्निपात की सूचना भेज दी गई है; इसलिए भन्ते गण! जितने सदस्य यहाँ आ सकते थे, वह सभी मौजूद हैं। यहाँ इस गण में कोई सदस्य पागल तो नहीं है, हो तो पासवाले आयुष्मान मुझे सूचित करें!" थोड़ा रुककर सब गण चुप हैं, इससे मैं धारण करता हूँ कि गण में कोई पागल नहीं है। यदि कोई सुरामत्त हो, तो पासवाले आयुष्मान सूचित करें! ठहरकर "गण चुप हैं, इससे मैं धारण करता हूँ कि यहाँ कोई सुरामत्त नहीं है।" फिर दो शलाकाओं को हाथ में लेकर, "भन्ते गण! यह लाल और काली दो शलाकाएँ हैं, जिनमें लाल 'हाँ' या स्वीकार के लिए है, और काली 'नहीं' या अस्वीकार के लिए। शलाका ग्रहायक [वोट की शलाका-वितरण करनेवाले] दो अलग-अलग डालियों में दोनों तरह की 872 शलाकाएँ लेकर पास पहुँचेंगे। मैं जब नाम आपके सामने रखूँ, तो उस नाम के 'हाँ' या 'नहीं' के पक्ष में अपनी राय के अनुसार वैसे रंग की एक छन्द-शलाका ले लें। इसी तरह दूसरा नाम लेने पर भी करेंगे। किसी को एक से अधिक शलाका न लेनी चाहिए। यदि कोई शलाका फर्श पर गिर जाए, तो उठाकर आयुष्मान शलाका-ग्रहायक को दे दें।

"भन्ते गण! हमारे वही पुराने दसों शलाका-ग्रहायक अब भी हैं। यदि उनमें किसी पर किसी का अविश्वास हो, तो बोलें; यदि अविश्वास न हो तो चुप रहें...

दूसरी बार भी...सरी बार भी पूछता हूँ, किसी का अविश्वास हो तो बोले, यदि अविश्वास न हो तो चुप रहें...। भन्ते गण चुप हैं; इसीलिए मैं धारण करता हूँ कि पुराने दसों शलाका-ग्रहायकों पर गण का विश्वास है।"

"भन्ते गण! सुनें, आयुष्मान सिंह का नाम मैं पहिले आपके सामने उपस्थित करता हूँ। शलाका ग्रहायक आयुष्मान आपके बीच में पहुँच चुके हैं। सभी अपने-अपने आसन पर बैठे रहे। शलाका-ग्रहायक स्वयं आपके पास पहुँच जाएँगे। जो आयुष्मान अपना छन्द [वोट] आयुष्मान सिंह को देना चाहते हैं, वह लाल शलाकाओं में से एक ले लें, और जो नहीं देना चाहते, वह काली शलाकाओं में से एक लेवें। अब आप चुपचाप शलाका ग्रहण करें। किसी को सन्देह हो, तो शलाका-ग्रहायक से कान में पूछेंगे।"

शलाका-ग्रहायक दोनों रंगवाली शलाकाओं की डालियों को हर एक सदस्य के सामने करते गए और वह एक-एक शलाका उठाते गए। शलाका बँट जाने पर शलाका-ग्रहायक लौट आए। गणपति ने कहा,

"भन्ते [पूज्य] गण! छन्द शलाकाएँ बँट चुकीं। जिस आयुष्मान को शलाका न मिली, अधिक मिली, या गड़बड़ मिली हो, वह बोले; जिसे मिली हो, वह चुप रहे। दूसरी बार भी...। तीसरी बार भी गण चुप हैं, इससे मैं धारण करता हूँ कि सभी आयुष्मानों को शलाका ठीक मिली है।"

फिर गणपति ने लाल-काली शलाकाओं को अलग-अलग गिना, वहाँ लाल पाँच शलाकाएँ बची थीं और 867 काली। फिर गणपति ने घोषित किया,

भन्ते गण! सुनें। मेरे पास बचकर आई छन्द-शलाकाओं में लाल पाँच और काली 867 हैं; जिसका अर्थ है आपमें से 867 ने आयुष्मान सिंह को अपना छन्द दिया और पाँच ने उनके विरुद्ध। कोई आयुष्मान तटस्थ नहीं रहा। अब आपके पास शलाका-ग्रहायक आयुष्मान जा रहे हैं, आप अपनी शलाकाएँ लौटा दें।

शलाकाएँ लौट आईं। फिर उनको गिनकर वैसे ही डालियों में रख दिया गया और गणपति ने कहा,

"भन्ते गण! सुनें। आयुष्मान अजित का नाम मैं आपके सामने उपस्थित करता हूँ।...जो आयुष्मान अपना छन्द आयुष्मान अजित को देना चाहते हैं, वह लाल शलाकाओं में से एक ले लें और जो नहीं देना चाहते, वह काली शलाकाओं में से एक लेवें।..."

लौटी हुई शलाकाओं को गिनने पर लाल 872 और काली एक भी न बची थी। गणपति ने घोषित किया,

"भन्ते गण! सुनें। मेरे पास बचकर आई छन्द-शलाकाओं में काली एक भी नहीं और लाल 872 हैं, जिसका अर्थ है आपमें से किसी आयुष्मान ने आयुष्मान अजित के पक्ष में अपना छन्द नहीं दिया।"

"भन्ते गण! सुनें। आयुष्मान सिंह और आयुष्मान अजित के लिए जो छन्द-शलाका ग्रहण कराई गई, उसकी गिनती से मैं धारण करता हूँ कि यह गण आयुष्मान सिंह को अपना सदस्य स्वीकार करता है। भन्ते गण! थोड़ी देर और ठहरें, मैं अमात्य परिषद में अभी विचारकर आयुष्मान सिंह का अभिषेक-दिन बताऊँगा।"

गणपति और अमात्य परिषद बगल के कमरे में चली गई और थोड़ी देर में लौटकर गणपति ने घोषित किया,

"भन्ते गण! आज से पाँचवें दिन आयुष्मान सिंह का लिच्छवि-अभिषेक होगा।"

संस्थागार से बाहर आने पर पहिला आदमी, जिसने आकर मेरा दृढ़ आलिंगन किया, वह था अजित। उसने कहा, "भाई सिंह! साधुवाद। छन्द योग्यतम के पास गया, इसकी मुझे बड़ी खुशी है।"

मैंने भी प्रत्यालिंगन करते हुए उसके प्रति अपनी कृतज्ञता प्रकट की। अजित ने फिर रोहिणी को पास देखकर कहा, "भाभी रोहिणी! सहस्र साधुवाद।" रोहिणी ने पास आए अजित के सिर पर चुम्बन दिया।

फिर अजित ने कहा, "भाई! आज मेरे यहाँ शाम का निमंत्रण स्वीकार करें। वहाँ की ज्ञातृकुल तरुण-तरुणियाँ एकत्रित होंगी और मैं उसमें तक्षशिला के नागरिक-मंडल को भी निमंत्रित कर रहा हूँ।"

रोहिणी बीच में बोल उठी, "और बहिन भामा?"

"भामा ज्ञातृकुल की नहीं है, किन्तु भाभी तुम्हारे कहने से उसे अभी बुला रहा हूँ, किन्तु मेरी जान उससे बचाना।"

"क्या बहिन भामा जान खा जाती हैं?" रोहिणी ने हँसकर कहा।

अजित—"जान खाने से भी बढ़कर भाभी! भामा अपने शिर को तड़पा-तड़पाकर मारती है। मैं भी एक बार किस्मत का मारा उसके जाल में पड़ गया था। दुहाई भाभी रोहिणी की, मैं तुम्हारे कहने से उसे बुला रहा हूँ; किन्तु और नहीं, उसकी जबान से मेरा त्राण करना।"

"हाँ, जरूर देवर अजित!" रोहिणी ने उत्तर दिया।

गणसंस्था के सदस्यों ने मुझे साधुवाद दिया और देर तक आलिंगन-प्रत्यालिंगन चलता रहा।

घर पर पहुँचने पर देखा, भामा वहाँ मौजूद है। वह कूदकर मेरे पास आई, मैं डर गया और मुझे अजित की बात याद आने लगी। भामा ने अपने भुजपाशों में ले, मेरे ललाट, भौंहों और कपोलों पर चुम्बन दिये। फिर, मुझे छोड़कर रोहिणी को गोद में उठा लिया और सजल नयन हो, कितनी ही देर तक मूकभाव से उसके मुँह को चूमती रही। रोहिणी के नेत्र भी गीले थे। पहले मुँह भामा ने ही खोला—

"रोहिणी! प्रिय रोहिणी! मुझे अपार हर्ष है, मुझे अभिमान है। इस आयु में बहुत कम लिच्छवि गण-संस्था के सदस्य हो पाते हैं; किन्तु हमारा सिंह उसके योग्य है, और प्यारी! अजित तुमसे क्या हँसकर कह रहा था?"

"हँसकर नहीं, बहिन! पीछे रोकर कह रहा था।"

"क्या मेरे सुनने लायक है?"

"जो मेरे सुनने लायक है, वह तुम्हारे सुनने लायक भी है, बहिन!"

भामा ने रोहिणी का मुँह चूमकर कहा, "धन्यवाद रोहणी! इस विश्वास के लिए।"

"बहिन भामा! मेरे न कोई सगा भाई था, न सगी बहिन; किन्तु मैं उनके लिए तरसती थी, तुम्हारे रूप में मैंने एक स्नेहमयी सगी बहिन पाया, मैं नहीं चाहती, कोई बात बहिन भामा से छिपा रखूँ।"—कहते हुए रोहिणी की आँखें चमक उठीं।

भामा ने रोहिणी को गले लगा, आँसू की बूँदें टपकाते हुए कहा, "रोहिणी बच्ची! तुम कितनी प्यारी हो, मुझे तुम्हें देखे बिना चैन नहीं आता। मुझे मालूम होता है, तुमने मेरे हृदय में वह स्थान ग्रहण किया है, जो कि सगी बहिन को दुर्लभ है।"

रोहिणी—"अच्छा तो बहिन भामा! तुम अजित की बात पूछती थी। अजित ने मेरा और सिंह का आज शाम को निमंत्रण किया है। ज्ञातृ-तरुण-तरुणियों का आमोद-प्रमोद रहेगा।"

"ज्ञातृ-तरुण-तरुणियों का! '

"हाँ, किन्तु तुम्हारे बिना मैं किसी निमंत्रण को स्वीकार नहीं करती, यह निश्चित है बहिन! जब मैंने तुम्हें भी निमंत्रित करने की बात कही, तो बेचारा घबराया।"

"घबराया?"

"हाँ, कह रहा था—मैं निमंत्रित करूँगा, किन्तु भामा की जबान से त्राण पाने की मुझसे भिक्षा माँगने लगा।"

"अच्छा बच्चू अजित! भामा की जबान से त्राण चाहते हो, किन्तु रोहिणी तुमने वचन तो नहीं दे दिया?"

"दे दिया, बहिन!"

"नहीं देना चाहिए था। मैं देख लेती कैसे अजित बच्चू सात बार नाक रगड़ कर भामा को ले जाने के लिए नहीं आते।"

"शायद इसलिए बहिन, उसने निमंत्रण देना तुरन्त स्वीकार किया और गिड़गड़ाया पीछे।"

माँ और चाची को आनन्द होता ही था। उनका दरबार अलग कमरे में लगा, जहाँ वृद्ध लिच्छवियानियाँ मुबारकवादी दे रही थीं। शूरसेन उत्तरी सीमान्त से मेरे आने की खबर पा आज ही आया था और हमारी आवाज सुनते ही सोमा के साथ दौड़ा हुआ हमारे पास आया, उसकी आँखें अभी भी सूजी हुई थीं। मालूम हुआ, रात-भर घोड़े पर चढ़े यात्रा की थी, जिससे यहाँ पहुँचते ही सोए बिना कुछ भी

करना उसके लिए असम्भव था, पर रोहिणी के ललाट-चुम्बन के बाद मेरे गले से लिपटकर बोलने लगा, "भाई सिंह! तुम्हें कितनी-कितनी बधाइयाँ दूँ। मुझे कल सबेरे खबर मिली और उसी वक्त मैं चल दिया।"

"और शूरसेन! उत्तरी सीमान्त में कोई डर तो नहीं है?"

"नहीं भैया! उत्तरी सीमान्त में डर हाथी, गैंडे या सिंह का है। मैंने दो पट्ठे मारे हैं। क्या करूँ, जल्दी में दाँत न ला सका। एक के दाँत तो चार-चार हाथ के हैं। मैं उन्हें भाभी रोहिणी को भेंट करूँगा।"

भामा ने बीच में कहा, "रोहिणी को, सिंह को नहीं। इस पक्षपात का भी कोई ठिकाना है।"

शूरसेन—"यदि मैं भैया को भेंट करता तो भाभी भामा बोल उठतीं—पुरुष को न, इस पक्षपात का भी कोई ठिकाना है।"

भामा—"अच्छा रहने दो, दाँतों की भामी के चरणों में भेंट, किन्तु सिंह को तो कोरा ही नहीं रखा।"

शूरसेन—"कोरा नहीं, भैया के लिए गैंडे की ढाल आ रही है, एक नहीं छह।"

भामा—"अरे देवर, मैं तुम्हारी भाभी झूठ-मूठ की ही न हुई; हजारों चुम्बन व्यर्थ ही न गए।"

शूरसेन—"किन्तु अबकी भामी! तुमने तो एक पुचकार भी नहीं दी।"

भामा ने तुरन्त शूरसेन को गले लगाकर उसके मुख पर कई चुम्बन दे कहा—"यह लो देवर! अब बोलो।"

शूरसेन ने तुरन्त अपने कंचुक में छिपाई हाथीदाँत के म्यान में रखी कटारी निकालकर भामा के हाथ में दे, तुरन्त घुटने टेक हाथ जोड़ कहा, "देवि! दास शूरसेन की ओर से इस भेंट को स्वीकार करो और उसकी भुजाओं में बल दो।"

भामा ने कटारी को देखते हुए सस्मित कहा, "एवमस्तु दास शूरसेन! तुम्हारी देवी, तुम्हें खड़ा होने का आदेश देती है, यथेष्ट चुम्बन लेने का भी।"

शूरसेन ने खड़े हो चूम-चूमकर भाभा के गालों को लाल कर दिया। फिर, सभी लोग कटारी के म्यान पर खिंचे चित्रों को गौर से देखने लगे। उस पर एक ओर वन्य-हाथियों का झुंड बना था, जिनके दन्तैल सरदार के चित्रण में चित्रकार ने कमाल किया था। दूसरी ओर वृक्षों के बाहर सिंह-सिंहनी अपने दो शावकों के साथ चित्रित थे। सिंहनी लेटी थी, सिंह जिह्वा से अपनी प्रेयसी के कर्णपाश को चाट रहा था। शावक माँ की पूँछ से खेल रहे थे। देर तक देखने के बाद भामा ने कहा,

"देवर शूरसेन! ऐसी तीक्ष्ण कटारी और सुन्दर म्यान के लिए सहस्रों धन्यवाद!" फिर, शूरसेन की आँखों की ओर देखते हुए "और दूसरों को तो तुमने अभी जबानी जमा-खर्च में रखा है, देवर! किन्तु भाभी भामा को यह सुन्दर

कटारी प्रदान कर तुमने सिद्ध कर दिया कि तुम भाभी भामा के चुम्बन की कदर करते हो।"

"भाभी भामा! इसमें मेरी कोई बात नहीं। यहाँ नीले केशों, आयत नेत्रों की बरक्कत है, जो सबसे पहिले स्मृति में उछल आते हैं।"

"तुम देर से आए देवर, नहीं तो मनोरथ नहीं तुम ही इन केशो में बँधते।"

"नहीं भाभी! देर हो या जल्दी, मैं इन केशों में उलझ चुका हूँ।"

"बिना मेरी जानकारी के ही?"

"फतिंगे दीपक की जानकारी की प्रतीक्षा थोड़े ही करते हैं?"

"यह जानते हुए भी कि वहाँ बड़ा-सा भुनगा जल रहा है, उसकी लाश से चिराइन गन्ध आ रही है।"

"फतिंगों को भाभी! नाक-आँख नहीं होती, उनके पास दिल होता है।"

भामा ने शूरसेन का मुँह चूम लिया, उसकी हँसती आँखें और अरुणित कपोल बतला रहे थे कि शूरसेन उसका जोड़ी हो सकता है।

शाम को हम अजित के यहाँ ज्ञातृकुल के तरुण-तरुणियों के समागम में गए। यहाँ भी पान-गोष्ठी, नृत्य-संगीत था। एक बात यहाँ की खास तौर से याद है। बातचीत चलते वक्त किसी ने निर्ग्रन्थ ज्ञातृपुत्र (जैनमत-प्रवर्तक) की महिमा वर्णित की। मैंने पूछा, "निर्ग्रन्थ ज्ञातृपुत्र कौन हैं?"

अजित—"हमारे ही ज्ञातृकुल से निकलकर श्रमण (साधु) हो गए हैं।"

मैं—"हमारे ही ज्ञातृकुल के?...मुझे नहीं मालूम।"

अजित—"सिद्धार्थ अनुज थे। आजकल वज्जी से बाहर भी चारों ओर उनके तप-तेज की महिमा गाई जाती है।"

मैं—"तुमने उन्हें देखा है, अजित?"

अजित—"हाँ, कई बार। अभी पिछले वर्ष तो चौमासा वह यहीं महावन में रहे थे।"

मैं—"बड़े तेजस्वी हैं।"

अजित—"तेजस्वी-ओजस्वी तो मैं जानता नहीं! हाँ, यह मैंने देखा है कि वह ग्रीष्म, वर्षा, शीत सारी ऋतुओं में नंगे रहते हैं।"

रोहिणी—"नंगे!—स्त्रियों के भी सामने?"

अजित—"हाँ, भाभी! निर्ग्रन्थ कहते ही हैं नंगे को। मैं तो सिर्फ दो बार गला दबाने पर गया हूँ, किन्तु इस नंगेपन को देखकर तो लज्जा से मैं जमीन में गड़ा जाता था।"

रोहिणी—"सचमुच देवर! कैसे कोई पुरुष इतना बेशर्म हो जाएगा?"

अजित—"और इसी को हमारे कितने ही मूर्ख तप-तेज कहते हैं।"

रोहिणी—"नंगा रहने के अतिरिक्त और भी कोई बात है, उनमें?"

अजित—"मैं नहीं जानता, न जानने की कोशिश करूँगा। मैं उनके नंगेपन से अघा गया हूँ। बोलो भाई सुभद्र! तुम तो निगंठों के बड़े चेले बनते हो न, बताओ न भाभी को?"

सुभद्र—"तुम्हें अजित! धर्म-श्रद्धा छू तक नहीं गई है। बस, श्रमणों की निन्दा करना ही तुम्हें पसन्द है।"

अजित—"श्रमणों की बात न कहो भाई सुभद्र! अपने निगंठ वर्द्धमान या महावीर को क्या कहते हो, उनकी बात भाभी को बतलाओ। मैं दावे से कहता हूँ, भाभी को तुम कच्ची बुद्धि का न पाओगे।"

सुभद्र—"तो निगंठों के श्रावक (शिष्य) तुम्हारी राय में कच्ची बुद्धि के होते हैं?"

अजित—"और लज्जाशून्य।"

सुभद्र—"तुम भी जाड़े-गर्मी में वैसे नंगे रह सकते हो?"

अजित—"मेरे बहुत-से गाय, घोड़े, सूअर नंगे ही रहते हैं।"

सुभद्र का मुँह गुस्से से लाल हो गया। अजित ने हँसते हुए सुभद्र के कन्धे पर हाथ रखकर कहा, "भाई सुभद्र! तुम मुझे नास्तिक कहते ही हो, फिर अब तुम्हारे व्याख्यान से श्रमण महावीर में उनके ज्ञातृपुत्र होने पर भी मेरी श्रद्धा नहीं हो सकती, तो भी मैं मानता हूँ, तुम्हारी श्रद्धा पर प्रहार करना मेरे लिए उचित नहीं। मैं तुमसे इसके लिए क्षमा माँगता हूँ। तुम भाभी की जिज्ञासा को पूर्ण करो।"

मैं देख रहा था, भामा बहुत हर्षित हो अजित की बात सुन रही थी और जब सुभद्र ने गान्धारी बहू को निगंठ पुराण सुनाना शुरू किया तो उसने अजित के हाथ को दबाकर कानों में कहा, "शाबाश, मेरे वीर! इन निगंठों की तूने अच्छी खबर ली।" अजित ने, जो अब तक भामा से भयभीत हो रहा था, इस परिवर्तन से बहुत सन्तुष्ट हो कृतज्ञता प्रकट की।

सुभद्र ने कहा, "गान्धारी बहू! नंगा रहना निगंठों (जैनों) के तप का एक अंग है। शरीर की तपस्या सबसे बड़ी तपस्या है, पाप छुड़ाने का यही एक महान उपाय है। शरीर को सुखाने, उसे तकलीफ देने से हमारे पुराने पाप दूर होते हैं। जन्म-जन्मान्तरों के पाप को दूर किये बिना हम अनन्त सुख के भागी नहीं हो सकते, इसीलिए निगंठ ज्ञातृपुत्र श्रमण महावीर तीर्थंकर कहते हैं—'श्रावको (शिष्यो)! अपने जन्म-जन्म के पापों को बहाने के लिए शरीर को तपाओ, सर्दी-गर्मी बर्दाश्त करो, अनशन (निराहार व्रत) रखो।"

रोहिणी—"अनशन!"

सुभद्र—"हाँ, अनशन। भगवान महावीर के कितने ही श्रावक और श्राविकाएँ चालीस-चालीस, पचास-पचास दिन का अनशन रखते हैं। कितनों ने आमरण अनशन रखकर अपने जीवन का अन्त किया और इस प्रकार अपने पुराने और नये पापों का अन्त किया। यह मार्ग दुर्गम है, कष्टसाध्य है; किन्तु सुख से सुख नहीं मिलता,

बहू! सुख प्राप्त करने के लिए पहिले दुख के पहाड़ों को पार करना पड़ता है। हमारे सारे दुखों का कारण पाप है, उसी को दूर करने के लिए काय-दंड देना पड़ता है, उसी से बचने के लिए क्षुद्रातिक्षुद्र प्राणियों की हिंसा से बचना पड़ता है।"

रोहिणी—"क्षुद्रातिक्षुद्र प्राणियों की हिंसा से क्या अर्थ?"

सुभद्र—"भगवान महावीर सर्वज्ञ, सर्वदर्शी हैं। भूत में जो कुछ था, अब जो कुछ है, भविष्य में जो कुछ होगा, कोई बात उनके ज्ञान में छिपी नहीं है। वह चलते, बैठे-लेटे, सोते-जागते, सदा, सब कुछ जानते हैं। हम लोगों को जो बातें ज्ञात नहीं, उन्हें भी सर्वज्ञ सर्वदर्शी भगवान महावीर जानते हैं। वह अपने श्रावकों (शिष्यों) को बतलाते हैं कि सब तरह के प्राणियों की हिंसा से बचना चाहिए और यह भी कि यही स्थूल-सूक्ष्म, चींटी से हाथी तक ही नहीं है, बल्कि जल, पृथ्वी, आग, हवा में सर्वज्ञ क्षुद्रातिक्षुद्र प्राणी हैं। यही नहीं, स्वयं पानी एकेन्द्रिय जीव है, स्वयं पृथ्वी एकेन्द्रिय जीव है। इस तरह जीवन के प्रत्येक क्षण में कितनी जीव-हिंसा होती होगी, बहू?"

रोहिणी—"गिनती क्या चिन्तन में भी उसे नहीं लाया जा सकता।"

सुभद्र—"इसीलिए तो भगवान महावीर कहते हैं कि हर साँस में हम अगिनित पाप करते हैं।"

रोहिणी—"इसलिए, जीवन पाप छोड़ और कुछ है ही नहीं।"

सुभद्र—"इसीलिए तो भगवान महावीर कहते हैं कि इस अपावन जीवन से पापक्षय में काम लो।"

रोहिणी—"तो निगंठ ज्ञातृपुत्र उपदेश देते हैं कि सब तरह की जीव-हिंसा को छोड़ो।"

सुभ्रद—"हाँ, मनसा, वाचा, कर्मणा, किसी जीव को मारना ही क्या, जरा-सी पीड़ा भी न पहुँचाओ।"

रोहिणी—"खूनी-हत्यारे शत्रु को भी?"

सुभद्र—"उसका अपना पाप उसे दंड देगा, धार्मिक निगंठ-श्रावक (जैन) को दंड देकर पाप कमाने की जरूरत नहीं।"

रोहिणी—"यदि कोई आततायी किसी आर्त्त, अनाथ स्त्री या बच्चे को मारना या दूषित करना चाहे तो उस वक्त अपने श्रावक पुरुष को निगंठ ज्ञातृपुत्र क्या करने की आज्ञा देते हैं?"

सुभद्र—"मन पर संयम, वचन पर संयम, शरीर पर संयम।"

रोहिणी—"अर्थात अकर्मण्यता। आततायी के हाथ में अपनी इज्जत, अपनी लज्जा, अपने पौरुष सब कुछ का समर्पण, और इसे आप ठीक समझते हैं?"

सुभद्र—"ठीक तो समझता हूँ, किन्तु निगंठी धर्म का पूरी तौर से पालन करना सबके वश की बात नहीं है।"

भामा—"कम-से-कम जो अपने को मनुष्य कहता है, उसके वश की बात बिलकुल ही नहीं है।"

भामा की बात कान में पड़ते ही सुभद्र ने अपनी वाणी पर संयम कर लिया।

इस तरह इष्ट-मित्रों, जाति-सम्बन्धियों के प्रीति-मिलन, निमंत्रण, आमोद-प्रमोद में वह भी दिन चला आया, जिस दिन मेरा अभिषेक होनेवाला था। वैशाली की अभिषेक पुष्करिणी में स्नान-अभिषेक बड़े सम्मान की बात है। इसमें स्नान करने का अधिकार उसी को मिलता है जिसे गण-संस्था ने अपना सदस्य चुना है, इसी अभिषेक का उल्टा अर्थ लगाकर बाहर वाले समझते हैं कि जिसका अभिषेक हो गया, वह राजा बन गया और इस प्रकार वह वैशाली के 999 राजाओं की बात करते हैं। अभिषेक पुष्करिणी हमारे लिच्छवि-पूर्वजों की प्राचीनतम पुष्करिणी है, जो जंगल में उसी वक्त तैयार की गई जबकि पहिले-पहल वैशाली की बस्ती बसाई गई है। बल्कि जहाँ वह पुरानी बस्ती विशाल बना वैशाली के रूप में परिणत की गई, वहाँ वह पुष्करिणी उतनी-की-उतनी ही रह गई। जब लिच्छवि-परिवार बहुत कम थे तब वयस्क होने पर हर एक लिच्छवि गण-संस्था का सदस्य होता था, और उसे सूचित करने के लिए पूर्वजों की एकमात्र अक्षुण्ण निशानी, पूर्वजों के शरीर-गन्ध से पूत इस मंगल पुष्करिणी में अभिषेक (स्नान) कराया जाता था। जब लिच्छवियों के मूल नव कुल बढ़कर इतने बढ़ गए हैं कि हर परिवार से एक-एक सदस्य चुनने पर भी सदस्यों की संख्या बहुत बढ़ जाती, तब 999 की संख्या नियत कर दी गई और अब लिच्छवियों में भी इस पुष्करिणी में अभिषेक पाए एक समय सिर्फ 999 आदमी ही मिल सकते हैं। बाहरवालों में मशहूर है, लिच्छवियों की अभिषेक-पुष्करिणी पर सदा नंगी तलवार का पहरा पड़ा करता है। उसके ऊपर ताँबे का जाल बिछा हुआ है, जिसमें पक्षी भी उसमें एक चोंच पानी न पी सकें। यह सब दन्तकथाएँ हैं। सिर्फ चोरी से नहा लेने मात्र से कोई लिच्छवि गण-संस्था का सदस्य नहीं बन सकता। हाँ, अभिषेक-पुष्करिणी के गौरव और उसके द्वारा लिच्छवि-पूर्वजों के गौरव को बढ़ाने के लिए उसमें सर्वसाधारण का स्नान मना है और गण-सदस्य भी जीवन में सिर्फ एक बार वहाँ नहाते हैं। बाकी छोटी होने पर भी वह पुष्करिणी बड़ी स्वच्छ और सुन्दर है। उसके चारों ओर घाट हैं। जल में नाना वर्ण के कमल हैं। बरसात में पानी बदल दिया जाता है। शाम के वक्त पुष्करिणी में मछलियों की क्रीड़ा और कमल-वन का सौन्दर्य देखने के लिए बहुत से नर-नारी उसके तट पर जमा होते हैं। जब कोई अभिषेक होता है, तो पुष्करिणी के इर्द-गिर्द तोरण-वन्दनवार लगाकर उसे सजाया जाता है, घाटों को स्वच्छ किया जाता है।

अभिषेक के दिन सारी वैशाली सजाई गई थी। वह दिन गण-नक्षत्र (महोत्सव) घोषित किया गया था। उत्तरीय और अन्तर्वासक पहने आगे-आगे मैं था, मेरे आगे

वाद्य और पीछे गण-सदस्य, फिर नगर के नर-नारी शोभा-यात्रा बनाए चले रहे थे। पुष्करिणी के खास घाट से कुछ दूर ही लोग रोक दिये गए, आगे सिर्फ गण-सदस्यों को जाने की इजाजत थी। पुष्करिणी के चारों ओर खड्गधारी भटों की पंक्ति खड़ी थी। जब मैं सबसे निचली सीढ़ी पर पानी के पास पहुँचा, तो गणपति मेरे सामने आकर खड़े हो गए। उन्होंने मुझसे लिच्छवि-प्रतिज्ञा कराई, जिसमें मुख्य थीं—

"मैं लिच्छवि-गण के लिए जिऊँगा, लिच्छवि-गण के लिए मरूँगा।"

"गण-सन्निपात (पार्लियामेंट की बैठक) जो कुछ निर्णय करेगा, वह मुझे हर हालत में मान्य होगा।"

"मैं पुराण-काल से चली आई सात लिच्छवि-मर्यादाओं का पालन करूँगा।"

इसके बाद बाजा बजना शुरू हुआ, और मैं पुष्करिणी के भीतर घुसा। वह जल भी वैसा ही जल था, जैसा कि वज्जी, गन्धार या किसी जनपद की पुष्करिणी में मिल सकता है। इससे भी सुन्दर घाटोंवाली पुष्करिणियाँ दूसरी राजधानियों में मौजूद हैं। इससे भी सुन्दर कमल-वन देखे जा सकते हैं, किन्तु उस पुष्करिणी का जल जिस वक्त मेरे शरीर को स्पर्श कर रहा था, उस वक्त वह साधारण जल नहीं मालूम होता था, न यह पुष्करिणी ही साधारण पुष्करिणी। जान पड़ता था, प्रथम लिच्छवि से लेकर सारे लिच्छवि-पूर्वज मेरे चारों ओर खड़े हो मेरे शरीर को स्पर्श कर रहे हैं, जिस स्पर्श से मेरे शरीर में नये बल, नई स्फूर्ति की वृद्धि हो रही है। शताब्दियों के अन्धकार को चीरकर उनके शब्द मेरे कानों में आ रहे थे—"हमने भी यह लिच्छवि-प्रतिज्ञा ली थी, और हमें अभिमान है कि उसे ठीक तौर से पूरा किया। हमने लिच्छवि-खड्ग की धार कुंठित नहीं होने दिया। हमने लिच्छवि-ध्वजा को नीचे नहीं गिरने दिया। क्या पुत्र! तुम अपने को लिच्छवि-पुत्र सिद्ध करने के लिए तैयार हो?" मैंने मन-ही-मन कहा, "जरूर मेरा लिच्छवि-रुधिर इसके लिए पर्याप्त प्रमाण है। मैं समझ रहा हूँ, पितरो! आज लिच्छवि-ध्वजा पर भारी संकट आया है। किन्तु मैं लिच्छवि-कर्तव्य का पालन करूँगा। सिर्फ तुम्हारा आशीर्वाद, सिर्फ तुम्हारा प्रोत्साहन मुझे मिलना चाहिए।"

जीवन में एक ही बार इस पुष्करिणी में नहाया जा सकता है, और जल्दी निकलने का नियम भी नहीं है, फिर माघ का ठंडा जल होने पर मैं क्यों न उस अभिषेक का आनन्द लेता? पुष्करिणी के किनारे इस वक्त बाजे बज रहे थे, कितनी ही जगह लोग नाच रहे थे। एक जगह मैंने देखा, भामा और रोहिणी खड़ी हो मेरी ओर देख रही हैं। उनके चेहरों पर बड़ी प्रसन्नता थी।

पुष्करिणी से बाहर निकलकर नये उत्तरीय और नये अन्तर्वासक को पहिना, आगे केशों के जूट को दिखलाते हुए पगड़ी बाँधी, धनुष, तूणीर, खड्ग को लगाया। तरह-तरह की मालाएँ सदस्यों ने मेरे गले में डालीं; फिर मैं ऊपर आया, मेरा घोड़ा तैयार था, मैं उस पर चढ़ा, बाकी सदस्यों में कोई रथ पर और कोई घोड़े पर चढ़े

और हम संस्थागार में पहुँचे। आज संस्थागार की विशेष तैयारी थी। उसके चारों ओर तोरण-वन्दनवार लगाए गए थे। शाला में नये सुन्दर फर्श बिछे थे।

सभी सदस्यों के बैठ जाने पर गणपति ने आज से मेरे सदस्य होने की घोषणा की। फिर मेरी योग्यता की प्रशंसा करते हुए दक्षिणवाहिनी का सेनानायक बनाए जाने की सूचना दी, और बतलाया कि सेनानायक रोहण सेना संगठन के लिए वैशाली में रहेंगे। उन्होंने यह भी कहा कि अट्ठाईस वर्ष की अवस्था से लिच्छवि सेनानायक, जिसमें भी जो चार में सबसे जबरदस्त दक्षिणवाहिनी का सेनानायक होना—यह पहले-पहल हो रहा है।

मैंने गणपति की आज्ञा ले खड़ा होकर कहा, "भन्ते गण! आपने अपने बच्चे का जो सम्मान किया है, वह अपने को उसके योग्य नहीं समझता; किन्तु वह एक बात जानता है, दक्षिण के शत्रु को वज्जी की पवित्र भूमि को अपवित्र करने का कभी भी अवसर न देना उसका परम कर्तव्य है।"

भाषण के बाद संस्थागार ही में गणभोज हुआ, जिसमें सिर्फ शिकार से प्राप्त वन्य सूअर, मृग और गवय (नीलगाय) का निधूम आग पर भुना मांस तथा मेयर (जौ की कच्ची शराब) था। प्रथम लिच्छवि-पूर्वज इसी तरह का भोज करते थे, जिसे कि आज भी गणभोज में वैसे ही अक्षुण्ण रखा गया है।

अभिषेक की प्रसन्नता तो थी ही, सेनानायक का पद मिलने पर हमारे घर में आनन्द की बाढ़-सी आ गई। चाचा रोहण आज शाम को घर चले आए थे। उनको इन बातों का पता था, इसलिए आश्चर्य होने की जरूरत न थी। हाँ, उन्होंने यह बतलाया कि 'वज्जी मगध की सीमा पर दुर्घटनाएँ बहुत होने लगी हैं। रात को गंगा इस पार आए कितने ही मगध-गुप्तचर पकड़े गए हैं। हमारे विरोध का मगधराज कोई परवाह नहीं करता, इसलिए युद्ध अनिवार्य मालूम होता है। तीन दिन बाद युद्ध-परिषद की बैठक होगी, इसीलिए मैं आया हूँ।'

कर्मान्त

सौतेले बाप के मर जाने के बाद घर के प्रबन्ध के बारे में कुछ करना था। मैंने माँ से कह दिया कि उसकी सम्पत्ति सोमा की होती है, और वह उसे मिल जानी चाहिए। मेरे अपने पैतृक घर की मरम्मत हो चुकी थी और रोहिणी के परामर्श के अनुसार उसमें कहीं-कहीं खिड़कियों आदि का परिवर्तन हुआ था। एक सप्ताह के भीतर ही मुझे उल्काचेल (हाजीपुर) चला जाना था, इसलिए रोहिणी की सलाह थी कि अपने घर में कम-से-कम एक रात बास करके चला जाए। हमें अपना

कर्मान्त (कामत, खेती) भी देखना था, उसके बारे में मालूम हुआ आजकल गेहूँ-जौ की हरी फसल लगी हुई है। कर्मान्त के कमकर अच्छे हैं, हमारे खेत अच्छी तरह आबाद, बैल-गायें मोटी-ताजी हैं। वहाँ बाघ की शिकायत थी। किन्तु इतनी जल्दी में इसका इन्तिजाम सम्भव न था; मैंने सम्मति दी कि गोष्ठ के पास की लकड़ी की दीवारों को और ऊँचा कर दिया जाए, छतों के नीचे लकड़ी-ठाटों को और दृढ़ और घना कर दिया जाए। आम के बाग को देखकर रोहिणी को बहुत प्रसन्नता हुई, यद्यपि अभी उसमें कोई फल न था। बेर और अमरूद के फल लगे हुए थे, किन्तु अभी उनके पकने में देर थी। रोहिणी ने कहा,

"क्या हम यहाँ अंगूर नहीं लगा सकते?"

"यहाँ वाले समझते हैं कि वह भूमि अंगूर के लायक नहीं है।"

"लेकिन तजर्बा करके देखने में क्या हर्ज है?"

"तो हमारे माली कृष्ण से सलाह करके देखो।"

बूढ़े कृष्ण के आने पर मैंने उससे कहा,

"कृष्ण बाबा! अब तुम बहुत बूढ़े हो गए।"

"तुम्हारी तीन पीढ़ी देखी भन्ते मालिक! अब क्या जवान ही रहूँगा। आपके दादा लक्ष्मण ने जालिम मागध बनिये के हाथ से खरीदकर नया जन्म दिया था।"

"हाँ बाबा! मैं देख रहा हूँ, तुम्हारा शरीर सूखा जा रहा है। हमारे सूअरों की संख्या तो काफी मालूम होती है, इस जाड़े में हफ्ते में दो दिन सूअर का मांस जरूर खाओ, और हमें भी भेज दिया करो।"

"मालिक! अब तो तुम जवान गभरू हो गए, मुझे याद है जब तुम छोटे थे, और कण्ह (कृष्ण) की दाढ़ी से खेला करते थे; गरीब कण्ह पर तुम्हारी दया बालपन में जैसी थी, अब भी वैसी ही है।"

मैं—"और अपनी नई मालकिन को नहीं देखा कृष्ण।"

कृष्ण—"सुना तो भन्ते! देखने का भाग्य नहीं हुआ।"

मैं—"वह लो बेर की छाया से आ रही है।"

कपिल के साथ रोहिणी के आ पहुँचने पर मैंने कहा,

"रोहिणी! यह कण्ह बाबा हमारी तीन पीढ़ी के मालिक हैं।"

"हाँ मालकिन! दादा मालिक ने बनिये का दाम भरकर मेरा उद्धार किया था। और मालकिन तो वैसे ही मालूम होती हैं, जैसे मालिक! तुम्हारे होने से पहिले मल्लिका कुमारी मालूम होती थी। बूढ़े कण्ह पर मालकिन! दया रखना, यह तुम्हारी तीन पीढ़ी का दास है।"

रोहिणी—"और तुम्हारे बाल-बच्चे कृष्ण बाबा?"

कृष्ण—"बुढ़िया को मरे मालकिन! दस वर्ष हो गए। जब से वह मरी तब से, मन बहुत उदास रहता है। लेकिन, मालिक का दाम भरकर वह मरी। जब वह

जवान थी, तभी 50 कार्षापण में मालिक दादा ने उसे खरीदा था। उन्होंने कहा, "कण्ह! लो तुम्हारे लिए यह दुलहिन लाया। और मालिकिन! वह ठीक दुलहिन थी। वह मेरी तरह काली न थी, बड़ी सुन्दर, साफ—भीतर-बाहर दोनों उसका बहुत साफ था। मालकिन मल्लिका की सेवा में पच्चीस वर्ष रही।"

रोहिणी, "और दूसरे बाल-बच्चे?"

कृष्ण, "एक गाँव बसाने-भर के हैं, मालकिन! नाती-पनाती तक मौजूद हैं। मालिक बेंच दिये होते, तो न जाने कितने घोड़ों के खरीदने-भर का धन मिल जाता।"

रोहिणी, "किन्तु, तुम्हें उनसे दुख कितना होता?"

कृष्ण—"हम दासों का दुख कितनी देर का मालकिन! उस राक्षस बनिये के हाथ की साँसत मत पूछो मालकिन! पीठ पर अभी तक यह पाँच दाग मौजूद हैं।" नंगी काली पीठ पर अब भी साफ दिखलाई देते निशानियों को दिखलाकर कहा, "लोहा लाल कर दाग दिया था।"

रोहिणी ने संवेदना प्रकट करते हुए कहा, "बाबा, बड़ा निर्दयी रहा होगा, कितना ही कसूर हो, आदमी के साथ ऐसा जुल्म करना!"

कृष्ण—"मालकिन! दासों के साथ वहाँ कौन दया दिखलाता? वत्स (निचला अन्तर्वेद) की कोशाम्बी में पैदा हुआ था, माँ के साथ काशी में बिका, सयाना होते मगध के इस बनिये ने खरीद लिया। मार तो सभी जगह खानी पड़ती थी, किन्तु यह बनिया बिलकुल राक्षस था।"

रोहिणी—"किसलिए लोहे से दागा था, बाबा?"

कृष्ण—"छह महीने का पुराना मिट्टी का घड़ा था मालकिन! छह महीने का अच्छा घड़ा भी कमजोर हो जाता था, किन्तु यह बनिया बड़ा कंजूस था, सबसे सस्ता घड़ा खरीदता था। घर में कोई न था और न जाने किसके लिए—मगध के राजा के लिए या और किसके लिए वह धन जमा कर रहा था। एक दिन मैं पानी भरने गया, घड़ा का मेखला फन्दे में ही रह गया और निचला भाग कुएँ में डूब गया। बस, यही कसूर था।"

रोहिणी—"और इसी पर तुम्हारी पीठ को लोहे से दागा?"

कृष्ण—"हाँ, मालकिन! मैं छटपटाता रहा, किन्तु पिशाच ने मुझे बाँध दिया था। दाग देने पर भी उसे सन्तोष नहीं हुआ, और वह मुझे गालियाँ देता रहा। उसी समय दादा मालिक उस बनिये से कोई चीज खरीदने के लिये गए थे। उन्होंने बनिये से पूछा—'इस दास को बेचोगे?' बनिये ने कहा—'हाँ, ले जाओ।' दादा मालिक ने पूछा—'कितना दाम लोगे?' बनिये ने कहा—'तीन बीस में मैंने इसे खरीदा है।' मालकिन! वह झूठ बोल रहा था, उसने दो बीस में खरीदा था। मैं बोलता, लेकिन मैं डर रहा था, वह फिर लाल लोहे से दाग देगा। हाँ, मालकिन! राजाओं के राज में दास को जान से मार डालने पर भी कोई नहीं पूछता। लिच्छवि-गण की बात

दूसरी है मालकिन! यहाँ हमें क्या पता लगता है कि हम दास हैं। यहाँ लोहे से दागना कभी किसी ने सुना नहीं। और एक बार जो वज्जी-भूमि में आ गया, वह दास फिर बाहर नहीं बेचा जा सकता। मालकिन! यहाँ दास नहीं हैं, दास देखना हो तो मगध में देखो, काशी में देखो। वहाँ कोई दास बुढ़ापा तक पहुँचने थोड़े ही पाता है?"

रोहिणी—"क्या करते हैं बाबा?"

कृष्ण—"तुम्हारे यहाँ दास कैसे होते हैं मालकिन?"

रोहिणी—"हमारे यहाँ दास नहीं होते बाबा!"

कृष्ण—"दास नहीं होते मालकिन! दास नहीं होते मालकिन! होते होंगे मालकिन! उनके साथ यहाँ से भी अच्छा बरताव होता होगा।"

रोहिणी—"नहीं बाबा! हमारे यहाँ आदमी की खरीद-बेच नहीं हो सकती। कोई दास हमारी गन्धार-भूमि पर पैर रखते ही अदास हो जाता है।"

कृष्ण—"हाँ, मालकिन! मुझे सन्देह होता था, यह रूप मानुषलोक में कहाँ मिल सकता है। तो छोटे मालिक वहाँ तक चले गए थे। मैं भी सोच रहा था, इतने वर्ष हो गए छोटे मालिक लौटे नहीं।"

रोहिणी—"कहाँ चले गए थे कृष्ण बाबा?"

कृष्ण—"वही तुम्हारे लोक में जहाँ दास अदास हो जाते हैं। उसी लोक लायक यह रूप है मालकिन! मुझे पहिले ही सन्देह हो गया था।"

रोहिणी—"क्या सन्देह हो गया था?"

कृष्ण—"यही, जहाँ दास अदास हो जाते हैं। आज बूढ़े मालिक न हुए, नहीं तो ऐसी बहू..." कृष्ण ने आँखों में आँसू भरकर कहा—"लेकिन मालकिन! तुम छोटे मालिक को छोड़कर फिर अपने लोक चली तो नहीं जाओगी?"

रोहिणी—"क्या कह रहे हो बाबा? मेरे यही पति हैं, वज्जी मेरा देश है, मैं इनको छोड़कर कहाँ चली जाऊँगी?"

कृष्ण—"तुम्हारे लोक की कथाएँ मालकिन! मैंने सुनी हैं, इसीलिए मुझे डर होता है। लेकिन, जब तुम कहती हो कि इनको छोड़ नहीं जाऊँगी, तो मुझे विश्वास होता है। छोड़कर नहीं जाओगी मालकिन?"

रोहिणी—"पति को छोड़कर कहाँ जाऊँगी कृष्ण?"

कृष्ण—"यह न पूछो मालकिन! तुम्हारे मुँह से मैं यही सुनना चाहता हूँ, कि तुम सदा हमारे छोटे मालिक के पास रहोगी।"

रोहिणी—"सदा पास रहूँगी।"

बहुत खुश हो कृष्ण ने कहा, "मुझे डर हो रहा था मालकिन!"

रोहिणी—"किस बात का?"

कृष्ण—"उस लोक की तुम्हारी जैसियों से, जहाँ दास अदास हो जाते हैं।"

रोहिणी—"क्या डर होता है?"

कृष्ण—"उनका प्रेम सदा के लिए नहीं होता।"

रोहिणी—"नहीं कृष्ण! तुम क्या कह रहे हो? तुम्हें मेरी बातों पर विश्वास नहीं है?"

कृष्ण—"अब पूरा विश्वास है मालकिन! बूढ़ा कण्ह पर नाराज मत होना, यह कितने दिनों तक जीएगा। मैंने अपने मालिक के लिए तुमसे वचन ले लिया मालकिन!"

रोहिणी—"नहीं तो कृष्ण! तुम समझते हो, मैं अपने पति को छोड़कर चली जाती?"

कृष्ण—"क्या जाने, उस लोक की तो ऐसी ही बात सुनी जाती है।"

रोहिणी बूढ़े के सन्देह को पूरी तौर से समझ न पा रही थी, उसने एक बार और जानने की कोशिश करते हुए कहा, "बाबा! तुम मुझे कहाँ से आई समझते हो?"

कृष्ण—"मैं खूब समझता हूँ मालकिन! जहाँ दास अदास हो जाता है, क्या वैसे भी लोक बहुत-से हैं?"

रोहिणी—"तो वह कौन लोक है?"

कृष्ण—"मुझे क्यों भुलावा दे रही हो, मालकिन! बूढ़ा कण्ह अच्छी तरह जानता है।"

रोहिणी—"बताओ भी तो।"

कृष्ण—"रूप देखते ही कण्ह समझ गया था, मालकिन! तुमने बहुत छिपाना चाहा था, किन्तु अब तुमने सदा छोटे मालिक के साथ रहने का वचन दे दिया है, अब कोई हर्ज नहीं।"

रोहिणी—"तो, बताओ भी तुम मुझे क्या समझते हो?"

कृष्ण—"अपनी मालकिन और बहुत अच्छी मालकिन, जो बूढ़े कण्ह को बाबा कहती है।"

रोहिणी—"अरे बाबा! मैं यह नहीं पूछती, मेरा मैका कहाँ समझते हो?"

कृष्ण—"कहने में कोई हर्ज नहीं, तुमने तो मालकिन! साफ बतला ही दिया, जहाँ दास अदास हो जाता है और वह लोक देवलोक छोड़ दूसरा कौन हो सकता है?"

रोहिणी—"तो कृष्ण बाबा! तुम मुझे देवलोक से आई समझते हो?"

कृष्ण—"मैं क्या समझता हूँ, मालकिन! तुमने ही जो बतलाया।"

रोहिणी—"तो मैं देवलोक की अप्सरा हूँ, बाबा?"

कृष्ण—"हाँ ठीक ही कह रही हो, मालकिन!"

रोहिणी—"अच्छा तो अब मेरा भाग जाने का तुम्हें डर नहीं है न?"

कृष्ण—"नहीं है, देवकन्या झूठ नहीं बोलती, नहीं रहना होता तो, वचन नहीं देती।"

रोहिणी—"तुमने अपने बाल-बच्चों के बारे में तो नहीं कहा?"

कृष्ण—"एक बीस बेटे-पोते और उनसे अधिक बेटियाँ-पोतियाँ, बहुएँ। एक गाँव है मालकिन! एक गाँव। और सब मालकिन के कम्मन्तयें को देखते हैं, बड़े मालिक ने अपने समय में जितने जवान थे, सबको अदास कर दिया था, मुझे भी करना चाहते थे, किन्तु मैंने कहा, 'मालिक! इस जन्म में मुझे मत अदास करो।' बहुत हाथ जोड़ता रहा, तब माने।"

रोहिणी—"तो अब तुम्हारे बच्चों में कितने दास-दासी हैं?"

कृष्ण—"दस-पाँच औरत, पाँच मर्द। एक पोती को वहाँ देखा होगा—बड़ी मालकिन की सेवा में रहती है। और यह राधा—बाग में देखा होगा, मालकिन! अठारह वर्ष की छोकरी मेरे जैसी काली नहीं है मालकिन! उसकी दादी काली नहीं थी। बड़ी होशियार है मालकिन! मैंने जिस दिन नई मालकिन के आने की खबर सुनी, उसी दिन मैंने राधा को कहा कि तुम मालकिन की दासी बनना।"

रोहिणी—"मेरी दासी?"

कृष्ण—"हाँ मालकिन! राधा बहुत होशियार लड़की है। बड़ी मालकिन जब यहाँ आती हैं, तो राधा ही उनकी सेवा करती है। बड़ी मालकिन ने भी उससे कहा है कि राधा तुझे बहू की दासी बनना होगा।"

रोहिणी—"दासी?"

कृष्ण—"दासी तो वह है ही मालकिन! मेरा तो सारा परिवार दास है। बड़े मालकिन ने वेशी को अदास बना दिया है, किन्तु हम तो अपने को मालिक के घर का दास ही समझते हैं।"

रोहिणी—"लेकिन, बड़े मालिक ने तुम्हें बेचने-खरीदने लायक नहीं न रखा कृष्ण बाबा!"

कृष्ण—"हाँ, उन्होंने अदास कर दिया और सब दुनिया अदास कहती है, किन्तु मैं अपने बच्चों को समझाता रहता हूँ मालकिन! सब अपने को मालकिन का दास समझते हैं।"

रोहिणी—"तो तुम समझते हो कृष्ण बाबा! कि हम तुम्हारे बच्चों को जरूरत पड़ने पर बेच देंगे?"

कृष्ण—"तुम नहीं बेचोगी मालकिन! किन्तु जरूरत और ऐसे घर को भगवान वह दिन क्यों दिखलाएँगे मालकिन–किन्तु जरूरत पड़ने पर हमारा एक-एक बच्चा मालिक के लिए बिक जाएगा।"

रोहिणी—"नहीं कृष्ण बाबा! मैं किसी को भी अदास बनाए बिना अपने पास न रखूँगी। क्यों प्यारे सिंह?"

मैं अब तक चुपचाप सारे वार्तालाप को सुनता रहा और देखता रहा, कैसे कृष्ण अपनी अप्सरा मालकिन को अथाह समुद्र में गोते लगवा रहा है। मैंने कहा—

"जरूर प्यारी! जो हमारे पास काम करना चाहेंगे, उन्हें कमकर के तौर पर भत्ता, वेतन लेकर काम करना होगा।"

कृष्ण—"काम तो करने दोगे न मालिक?"

मैं—"काम करने देंगे कृष्ण! किन्तु हम बेचेंगे नहीं, न उसका अधिकार अपने कुल में रखेंगे?"

बूढ़े ने ठंडी साँस ले कहा—"देवकन्या मालकिन! तुम अपने लोक-जैसा यहाँ भी करना चाहती हो न? हमारे मालकिन के दास, दास की तरह नहीं, बल्कि ईमानदार कमकर की तरह काम करते हैं।"

रोहिणी—"दास और कमकर के काम में बहुत फर्क है क्या बाबा?"

कृष्ण—"बहुत फर्क है, मालकिन! कमकर को अच्छे काम के लिए अच्छा वेतन, बुरे काम के लिए कम वेतन मिलता है, अच्छी तरह काम न करनेवाले को कोई काम पर नहीं रखता; लेकिन दास तो घर का बैल है, उसे मारा-पीटा जा सकता है, गाली दी जा सकती है; किन्तु यदि दास ठीक से काम न करना चाहे तो सिर्फ मारपीट से उससे काम नहीं लिया जा सकता। यदि वह बराबर काम बिगाड़ता ही रहे, तो कितनी बार मारते रहेंगे, मार डालने पर तो अपनी ही पूँजी न नुकसान होगी? अच्छा बारीक काम मालकिन! कभी दास से नहीं कराया जाता, वह तो चीज को बिगाड़कर रख देगा, उसे क्या वेशी मिलनेवाला है, जो उतना बढ़िया काम करेगा, किन्तु यह बात तुम्हारे दासों की नहीं है मालकिन!"

रोहिणी—"हमारे पास दास नहीं रहेंगे बाबा! आज हम सबको अदास बनाकर जाएँगे। तुम्हें भी बूढ़े बाबा!"

कृष्ण—"मुझे छोड़ दो मालकिन! बड़े मालिक ने भी छोड़ दिया था", आँखों में आँसू भरकर भर्राई आवाज से "मुझे अदास न बनाओ, मुझे इस घर का दास ही रहकर मरने दो।"

मैं—"कृष्ण बाबा! अदास बनने का यह मतलब नहीं कि तुमसे हम घर का काम छीन लेंगे। जानते हो न बाबा! जिस लोक की तुम्हारी मालकिन हैं, वहाँ दास नहीं होते।"

कृष्ण—"हाँ मालिक! यह मैं खूब जानता हूँ और मालकिन तुम्हारे साथ सदा बनी रहेंगी।"

मैं—"तो बाबा! तुम्हारी बात देखो मालकिन ने मानकर मेरे साथ सदा रहने का वचन दिया है। फिर उनकी बात भी तो माननी चाहिए। दासों के साथ रहने का तुम्हारी मालकिन को अभ्यास नहीं है, इसलिए वह जैसा कहें वैसा करो। तुम काम वैसे ही करते रहोगे, मालकिन अभी तुमसे काम की बात करनेवाली हैं, तुम जीवन-भर हमारे पास रहोगे कृष्ण बाबा! लेकिन, मालकिन का दिल नहीं दुखाना चाहिए। आज ही दोपहर का तुम्हारे परिवार के बच्चे जवान जितने दास-दासी हैं,

उन्हें सिर से स्नान करके आना होगा और तुमको भी नहाकर आना होगा। अब अपनी मालकिन से काम की बात पूछो।"

कृष्ण—"तो मालिक! हम मालिक के घर में वैसे ही बने न रहेंगे?"

मैं और रोहिणी—"हाँ, वैसे ही हमारे विश्वासपात्र, किन्तु कर्मकर के तौर पर, दास नहीं।"

"अच्छा!"—कह कृष्ण ने सिर नीचा कर लिया।

रोहिणी ने कहा, "प्रिय! अपने कर्मान्त सर्वार्थक को कह दो, कि कर्मान्त के सभी दासों को सिर से नहाकर आज दोपहर को हमारे पास आना चाहिए।" मैंने सर्वार्थक को बुलाकर गान्धारी मालकिन का हुक्म सुना दिया।

रोहिणी ने कृष्ण से कहा—"कृष्ण बाबा! तुम्हारा बाग तो अच्छा मालूम होता है?"

कृष्ण—"हाँ, मालकिन! बनिये के पास आने से पहिले वाराणसी में काशिराज के बाग में काम करने के लिए मेरा मालिक भेजा करता था।"

रोहिणी—"दूसरे का काम करने के लिए?"

कृष्ण—"हाँ, दास के काम की मजदूरी मालिक को मिलती है, मालकिन!"

रोहिणी—"तो तुमको बाग का काम पहिले से मालूम था?"

कृष्ण—"कुछ साल और रह गया होता तो और सीख जाता। मैंने अपने बाग में आम, जामुन, अमरूद, बेर, आँवले वाराणसी के तरीके पर ही लगाए हैं। मालकिन! बेर देखा न, यह वाराणसी के बेर हैं, एक बेर मुँह में नहीं आ सकता, बहुत मीठे, सेब इनके सामने झूठे? और अमरूद ठीक वाराणसी वाले अमरूदों जैसे, बहुत बड़े-बड़े, बहुत मीठे, बीज कम। आम के बारे में कुछ कहने की जरूरत नहीं, पकेंगे तब देखना।"

रोहिणी—"बाबा! तो तुमने अपने बाग में बड़े अच्छे-अच्छे फल लगाए हैं?"

कृष्ण—"हाँ मालकिन! बड़े मालिक को फलों का बहुत शौक था, वह मुझे नाव पर वाराणसी ले गए थे, बड़ी मेहनत से मालकिन! झूठ क्यों कहूँ, मैंने राजमाली को भेंट-पूजा भी दी, तब वहाँ से चुन-चुनकर अच्छे पौधे जमा करके लाने में सफल हुआ। राजा नहीं चाहते थे कि उनके-जैसे फल दूसरे के बाग में हों। किन्तु मालकिन! हमारे बड़े मालिक ने मुझे हुक्म दे दिया था—'कंण्ह! जो कोई अपने बाग के लिए तुमसे पौधे माँगे, दे देना।"

रोहिणी—"तो तुमने दिया, बाबा?"

कृष्ण—"दिया तो मालकिन! किन्तु वह यतन करना नहीं जानते। वृक्ष भी सेवा माँगते हैं, मालकिन! सेवा! और उसे किसी हुनरवाले से सीखना होता है।"

रोहिणी—"तो तुमने बाबा! कुछ लोगों को माली की विद्या सिखाई नहीं?"

कृष्ण—"सिखाना चाहा तो मालकिन! लेकिन, पाँच-छह से ज्यादा होशियार नहीं निकले, जिनमें तीन तो मेरे अपने ही बेटे-पोते हैं। मेरे मर जाने पर मालकिन! वह बाग सँभाल लेंगे।"

रोहिणी—"बाबा! मैं तुमसे ऐसे फल के बारे में पूछना चाहती हूँ, जो यहाँ नहीं दिखाई पड़ते।"

कृष्ण—"कौन-से मालकिन?"

रोहिणी—"अंगूर, नारंगी, अंजीर, अखरोट, सेब, आड़ू।"

कृष्ण—"इनमें से कितनों का तो नाम भी मैंने नहीं सुना है, मालकिन! और एक बात यह भी है, कि हर वृक्ष अपनी-अपनी धरती, अपनी सर्दी-गर्मी माँगता है, चाहे उतना अच्छा न भी हो, किन्तु बीज मिलने पर वह पौधा लग क्यों नहीं सकेगा। मैं समझता हूँ मालकिन! हमें लगाकर देखना चाहिए। यदि पौधा मिलता तो लगाता।"

रोहिणी—"पौधा तो बाबा! यहाँ नहीं आ सकता, किन्तु बीज मेरे पास है।"

कृष्ण—"दें मालकिन! दें, मैं लगाकर देखूँगा। मैंने जब पहले-पहल अनार, नासपाती लगाई, तो लोग कह रहे थे नहीं लगेगा, कण्हा पागल है, किन्तु मालकिन! उस पूरबवाले बाग में देखेंगी, उन्हें वह खूब फल देते हैं, कुछ लोग कहते हैं, उतने मीठे नहीं, किन्तु मैं तो देखता हूँ, वह मीठे होते हैं।"

रोहिणी—"कुछ कम मीठे हों तो कोई हर्ज नहीं बाबा! नये तरह का फल तो अपने देश में पैदा होने लगेगा।"

कृष्ण—"दो, मालकिन! दो मुझे बीज, कण्हा चूना, नमक, मिट्टी बदल-बदल के देखेगा, कि किसमें पौधा ठीक बढ़ता है। जब से बड़े मालिक नहीं रहे, तबसे मालकिन! कण्हा अनाथ हो गया।"

रोहिणी—"अनाथ हो गया?"

कृष्ण—"अनाथ हो गया इस अर्थ में कि कण्हा से नये-नये फल, नये-नये पौधों, नये-नये फूलों का काम लेनेवाला कोई नहीं रहा। नये काम में, नये तजर्बे में कण्हा का मन बहुत लगता है मालकिन! तो कब बीज भेजोगी?"

रोहिणी—"परसों, किन्तु क्या आजकल जाड़े के अन्त में लगेगा?"

कृष्ण—"मैं थोड़ा-थोड़ा बोकर देखूँगा मालकिन! किन्तु गर्मी के बाद ज्यादा अच्छा होगा।"

रोहिणी—"और अंगूर की लता होती है बाबा!"

कृष्ण—"बढ़ने पर टट्टी का इन्तिजाम कर लूँगा मालकिन!" मैंने उनकी बात का अन्त होते न देख कहा,

"रोहिणी! अब हमें दोपहर का भोजन भी करना है। शूकरमार्दव गर्मागर्म ही अच्छा होता है, है न बाबा?"

कृष्ण—"हाँ, मालिक! ठंडा हो जाने पर उसका आधा स्वाद जाता रहता है; खासकर घरैले छौने का मांस मालकिन! तो ऐसा ही होता है।"

मैं—"तो कृष्ण बाबा! हम जाते हैं, खाना खाने। तुम्हारे घरवाले सिर से नहाकर आ रहे हैं, तुम भी उनके साथ ही नहाकर आना।"

कृष्ण—"हमको छोड़ तो नहीं दोगे मालिक!"

मैं—"फिर तुम अपनी देवकन्या बहू को नाराज करना चाहते हो बाबा?"

कृष्ण—"नहीं मालिक! मैं मालकिन की बात मानूँगा, मैं नहा के आता हूँ।"

हम दोनों कर्मान्त घर में गए, भोजन तैयार था। नये धुले काले केशों को सूखने के लिए तैयार फैलाए एक गेहुँआ रंग की तरुणी आसन ठीक कर रही थी। रोहिणी ने उससे पूछा,

"तुम्हारा नाम बच्ची?"

"राधा, मालकिन!" और उसने झट से अपने केशों को समेटकर गाँठ लगा ली।

"राधा तुम्हारा नाम है, तुम मांस बनाना जानती हो?"

"बड़ी मालकिन जब यहाँ आती हैं, तो मैं ही उनका सूपकार बनती हूँ और आज के शूकरमार्दव में मेरा भी थोड़ा हाथ है मालकिन!"

"अच्छा तो जल्दी खाना खिलाओ राधा! हम दोनों बहुत भूखे हैं।"

"सब तैयार है मालकिन!"

भोजन करने के बाद हमने वैशाली से लाए अपने कपड़ों के गट्ठर के पास जा सर्वार्थक के दास-दासियों और उनके बच्चों की संख्या पूछी, फिर हर एक के लिए दो-दो कपड़े फाड़े।

थोड़ी देर में परिवार सहित कृष्ण पहुँच गए। उन्हें पास बुला रोहिणी ने कहा, "आज तुम सबको हम अदास बनाते हैं, अब से तुम दास-दासी नहीं रहे। चाहे हमारे यहाँ काम करो या चाहो तो दूसरे के यहाँ काम करो। हमारे यहाँ काम करने पर काम के अनुसार भत्ता [भात]—वेतन मिलेगा। अब आओ तुम्हारे पहनने और ओढ़ने के लिए दो-दो कपड़े देती हूँ। और आज सारे कर्मान्त के कमकर और मालिक एक साथ भोजन करेंगे। मोटा साँड़, मोटा सूअर मांस और सूप के लिए तैयार करो।"

पहिले कृष्ण बाबा को दो कपड़े दिये, कृष्ण बाबा की आँखों से आँसू गिर रहे थे, फिर दूसरों को कपड़े दिया। राधा लजाते-लजाते सबसे पीछे आई। रोहिणी ने कपड़ा देते हुए कहा, "राधा! तुम हमारे यहाँ काम करोगी?"

"काम करने पाऊँगी, तो जरूर करूँगी, मालकिन!"

"तो, तुम आज से हमारे यहाँ काम करो, हमारे साथ वैशाली चलना।"

राधा ने प्रसन्न हो कहा, "अच्छा, मालकिन!"

युद्ध-परिषद

युद्ध-परिषद के कारण उसी दिन कर्मान्त में रहकर हम वैशाली चले आए। कर्मान्त के सारे आदमी देवकन्या मालकिन से बहुत खुश थे, जिनमें बूढ़े कृष्ण और भी। जब कोई कहता कि मालकिन अप्सरा नहीं मानवी हैं, तो वह लड़ पड़ता—"मैंने उसके मुँह से सुना है कि वह उस लोक की हैं, जहाँ दास अदास हो जाते हैं।"

लौटकर वैशाली में हम अपने पैतृक घर में ठहरे। चचा रोहण ने मगध की सैनिक तैयारी की और भी बहुत-सी बातें बतलाईं और यह भी कहा कि बिम्बसार वैसे होता तो न लड़ना चाहता; किन्तु उसका पुत्र अजातशत्रु उसे उकसाता रहता है; और उसी के कारण उसे लड़ना पड़ेगा। चचा ने यह भी बतलाया कि बिम्बसार का महामन्त्री ब्राह्मण वर्षकार बड़ा काइयाँ है, हमारे यहाँ की रत्ती-रत्ती-भर बात जानने के लिए उसने आदमी छोड़ रखे हैं। मगध के पास उतने अच्छे सैनिक और सेनापति नहीं हैं, किन्तु उसे वर्षकार-जैसा कूटनीतिज्ञ मिला है, और वह हमारे लिए सबसे भारी खतरा है।

सेनापति से अधिकरण (कार्यालय) में युद्ध-परिषद हुई, जिसमें सेनापति सुमन, चार लिच्छवि-सेनानायक, मैं और तीन दूसरे सेनानायक मौजूद थे, जिनमें एक सैनिक गुप्तचर विभाग के अध्यक्ष थे। सेनापति सुमन ने परिषद का काम आरम्भ करते हुए कहा, "लिच्छवि सेनानायको! वज्जी के विरुद्ध मगध की युद्ध की तैयारी जो चल रही है, उसकी मास-भर पहिले की बातें पिछली परिषद में आपको मालूम हुई थीं, अब मैं सेनानायक पुष्प से कहूँगा कि मगध की सैनिक तैयारियों का जो ज्ञान अपने चर-विभाग से मिला है, उसे आपके सामने रखें।"

सेनानायक पुष्प पचपन साल के लम्बे, हृष्ट-पुष्ट, रोबीले सैनिक थे, उनका मुँह निर्मांसल और सिर के ऊपरी भाग पर कोई केश न था। उनके मुख को देखने से ही मालूम होता था कि वह बहुत गम्भीर स्वभाव के हैं। उन्होंने अपने-आपसे बात करने की तरह धीमे स्वर में कहना शुरू किया,

"बिम्बसार पाँच साल से सारे अंग, मगध की आय का भारी भाग युद्धकोष में जमा करता गया है। उसने गंगा, सोन, बागमती के किनारों पर पुराने दुर्गों के अतिरिक्त सोलह नये दुर्ग कायम किये हैं, जिनमें शाल के मोटे-मोटे तेहरे खम्भों का दृढ़ प्राकार लगवाए हैं। प्रत्येक दुर्ग में तीन से सात हजार तक सुशिक्षित भट—पैदल, सवार, रथी, गज सभी तरह के रखे हैं; उनके भीतर इतना अन्न एकत्रित किया है कि बाहर से अन्न न मिलने पर भी वह साल-भर अपने जमा किये हुए अन्न पर गुजारा कर सकते हैं। इस सेना के अतिरिक्त हमारी देखादेखी बिम्बसार ने एक दूसरी सेना भी तैयार की है, यह है नौसेना। तीनों नदियों के किनारे के

दुर्गों के पास नौसेना की मजबूत वाहिनियाँ हैं। हर एक नाव में आठ से सोलह तक नाविक और बीस से पचास तक धनु-शल्य-खड्गधारी भट होते हैं; बल्कि यह कहना चाहिए कि अबकी बार बिम्बसार ने विजय की भारी आशा इस अपनी नौवाहिनी पर कर रखी है। यह निश्चित है कि भत्ता-वेतन देने के लिए बिम्बसार का कोष भरपूर है, उसके पास सभी तरह के हथियारों की संख्या हमसे भी ज्यादा है, हमारी तैयारियों का ज्ञान उसे बहुत काफी है और इसमें मगध के श्रमण ब्राह्मण उसकी बड़ी सहायता कर रहे हैं। अंग के विद्रोहियों को वह पूर्णतया दमन कर चुका है और अंग की प्रजा समझने लगी है कि अब बिम्बसार के विरुद्ध खड्ग उठाना मगध के विरुद्ध खड्ग उठाना है। कुटदन्त-जैसे बड़े-बड़े ब्राह्मण महाशालों को बड़ी-बड़ी जागीरें और सम्मान दे उसने जहाँ एक ओर अपने पक्ष में कर लिया है, वहाँ भद्दिया (अंग) के मेंक ही की भाँति अंग के वणिक भी उसका यशोगान करते हैं, इसके ऊपर बिम्बसार की तेज तलवार ने अंग-मगध को चोरों-लुटेरों के भय से मुक्त कर दिया, इन सबका प्रभाव प्रजा पर पड़ना ही था। साथ ही बिम्बसार ने अपने को श्रमण गौतम (बुद्ध) का अनुयायी प्रसिद्ध किया है। श्रमण गौतम का यश आज सारी प्राची ही में नहीं, बल्कि उससे बाहर भी है; यह आप जानते ही हैं। समझदार शिक्षित जनता पर जितना प्रभाव गौतम का है, उतना किसी भी धर्माचार्य का नहीं है। शाक्य, कोलिय, मल्ल, लिच्छवि सभी गणवाले क्षत्रिय गौतम का बहुत सम्मान करते हैं। प्रसेनजित, बिम्बसार ही नहीं वत्स, अवन्ती (मालवा), कुरु, शूरसेन (मथुरा) आदि के राजा भी गौतम को महान मानते हैं। हम अच्छी तरह जानते हैं कि गौतम हमारे गण के भारी प्रशंसक हैं, वह लिच्छवियों की उपमा त्रायाधिश (इन्द्रलोक) के देवताओं से देते हैं। यद्यपि हमने गौतम को न कोई उद्यान प्रदान किया, न उनके लिए बड़ा विहार या प्रासाद बनवाया। किन्तु बिम्बसार अपने को गौतम का शिष्य बतलाकर अपनी प्रजा में अपने धर्मराजा होने की भारी ख्याति फैला रहा है। उसने राजगृह में अपने राजोद्यान—वेणुवन को गौतम को प्रदान कर यश लूटा। गृध्रकूट पर्वत पर रहते वक्त पहाड़ की जड़ से पैदल चलकर बिम्बसार गौतम के दर्शन को जाता है, यह बात साधारण धार्मिक श्रद्धा-सी मालूम होती है। किन्तु इसके कारण बिम्बसार प्रजारंजन करने में बहुत सफल हुआ है। इस प्रकार आप देख रहे हैं कि बिम्बसार के राज्य के भीतर प्रजा में शान्ति और सन्तोष है। सब देखने पर हमें मानना पड़ेगा कि मगधराज आज जितना दृढ़ तथा युद्ध करने में सक्षम है; उतना कभी न था।

"उसकी निर्बलताएँ भी हैं, किन्तु वह मगध के भीतर घुसकर देखने से नहीं मिल सकतीं, वह लिच्छवि-गण से तुलना करने पर मालूम होती हैं, जिसे हमारे सेनापति और दक्षिण सेनानायक रोहण बतलाएँगे। मैं उसके बारे में अभी इतना ही कह सकता हूँ कि लिच्छवियों का एक-एक बच्चा जहाँ युद्ध को अपना समझ

कर लड़ता है, वहाँ अंग-मगध के सैनिक लड़ाई को बिम्बसार राजा की लड़ाई समझते हैं।"

सेनापति सुमन ने अपनी सफेद दाढ़ी पर हाथ फेरते हुए कहा, "आयुष्मानो! मैं आपके सामने गण की तैयारी के बारे में कहता हूँ, कितनी ही बातें मैंने पहिली बैठक में कही थीं, जिनमें से कुछ को मैं फिर दुहराऊँगा, क्योंकि आयुष्मान सिंह उन्हें नहीं जानते। मगध के प्रत्येक नदी-दुर्ग के विरुद्ध हमने दो-दो काष्ठ-दुर्ग कायम किये हैं। खासकर मही (गंडक) के तट पर हमने दुर्गों का ताँता तैयार कर रखा है। मही के उस पार की भूमि मल्लों की है और वह जानते हैं कि हमसे उन्हें डर नहीं है; हमें भी मही पार से भय नहीं है। किन्तु हमने ये दुर्ग मगध के लिए तैयार कर रखे हैं। आप जानते हैं, मही की धारा बहुत तेज है; उसमें नीचे से ऊपर की ओर जाते वक्त नाव की गति बहुत मन्द रहती है, इसलिए हमारे इन दुर्गों—जिनमें सेना तथा अस्त्र-शस्त्र संचित रखे गए हैं—पर शत्रु के लिए आक्रमण करना सम्भव नहीं। मल्लों और उनके अधिष्ठाता राज्य कोसल के कारण मगध मल्ल-भूमि को हमारे विरुद्ध इस्तेमाल नहीं कर सकता। यह हमारे लिए बड़े सौभाग्य की बात है; साथ ही मही के रास्ते हमारी सैनिक-नौकाएँ तीर की भाँति जल्दी मगध-वाहिनी पर टूट पड़ सकती हैं। हमारे पास रणतरियाँ दो हजार हैं, जिन पर एक बार पचास हजार भट लड़ सकते हैं, पिछले दो सालों में हमने नावों की संख्या पँचगुनी कर दी है। मगध को वज्जी पर आक्रमण करने के लिए बड़ी-बड़ी नदियों को पार करना होगा, इसलिए आप समझ सकते हैं, हमें नावों की कितनी जरूरत है। एक बात का हमें और सुभीता है जो मगध को नहीं है। हमारे यहाँ मल्लाहों के कुल बहुत अधिक हैं, असह्य दासता और अपमान के डर से हर साल सैकड़ों मल्लाह-परिवार मगध छोड़ वज्जी-भूमि में आश्रय लेते हैं। हमारे यहाँ बहुत कम धीवर (मल्लाह) दास हैं। हमारे धीवर बहुत सुखी और वज्जी भूमि के प्रति प्रेम रखनेवाले हैं। सारे धीवर ज्येष्ठों (मुखियों) ने गण के पास स्वेच्छा से प्रतिज्ञा की है, इसलिए हमें भी नाविकों की कमी नहीं रहेगी। हमने अपनी नावों को अबकी बार ज्यादा दृढ़ बनाया है और उनके माँगों में तेज लोह-कील लगाए हैं। बैठने की जगहें ऐसी बनाई हैं कि नाविकों और सैनिकों को बाहर से देखा नहीं जा सकता। घोड़ों और रथों को पार करने के लिए हमने अलग नावें और घाट तैयार किये हैं।'

"हमारी पैदल सेनाएँ कम-से-कम दक्षिण और पूर्वीय सीमान्त पर मगध से संख्या में बहुत कम ही अन्तर रखती हैं, साथ ही संख्या की कमी हमारे सैनिकों की क्षमता पूरी कर देती है। अश्व, रथ और गज-सेना में हो सकता है कि बिम्बसार—जिसके पास अंग-मगध की प्रजा का सारा लूटा हुआ धन है—हमसे ज्यादा हो। किन्तु साथ ही बिम्बसार के विस्तृत सीमान्त के लिए उसे ज्यादा सेनाओं की जरूरत है। पश्चिम में अवन्तिराज प्रद्योत मगध की अभिवृद्धि को नहीं पसन्द

करता, वही हालत वत्स की भी है। प्रसेनजित जैसा अयोग्य तथा दब्बू शासक कोसल की गद्दी पर न होता तो बिम्बसार के सारे मन्सूबे खट्टे हो गए होते। फिर भी इन सीमान्तों की रक्षा के लिए बिम्बसार को काफी सेना रखने की जरूरत है और फिर अंग की आग इतनी दब नहीं गई है कि बिम्बसार निश्चिन्त हो वहाँ से सारी सेनाओं को हटा ले। इसके विरुद्ध हमारे उत्तरी और पश्चिमी सीमान्तों पर सेनाओं की जरूरत नहीं है।

"हमारे पास जो सेनाएँ तैयार हैं, उनके अतिरिक्त हमारी अलिच्छवि प्रजा इस युद्ध को अपना युद्ध समझती है, क्योंकि वह मगध आदि राजाओं के शासन तथा वज्जी-गण के शासन के अन्तर को काफी समझती है। यद्यपि शासन-कार्य में उनका वैसा हाथ नहीं है, जितना लिच्छवियों का, किन्तु लिच्छवि-गण राजाओं की भाँति उन पर मनमाना नहीं कर सकता। यहाँ उनकी सुन्दर स्त्रियों को जबरदस्ती रनिवास में डालने वाला कोई नहीं है। उनके अच्छे घोड़े, अच्छे रथ को जबरदस्ती ले लेनेवाला कोई नहीं है। देखा नहीं, उस दिन मणिभद्र सेठ के नि:सन्तान मर जाने पर वज्जी धर्म (कानून) के अनुसार जब उसकी सम्पत्ति को गणकोश में ले लेने की बात आई थी, तो कितने ही गण-सदस्यों ने मणिभद्र के एक दूर के सम्बन्धी का हक होने पर जोर दिया था। गण की सम्पत्ति को दूसरे को दिलाने की बात यद्यपि गलत है, तो भी इससे यह बात साफ है कि हमारे गण में कोई व्यक्ति अपने स्वार्थ के लिए किसी पर अन्याय नहीं कर सकता। अस्तु, हमारे पास वज्जी के ब्राह्मण-ज्येष्ठों (मुखियों) और गृहपति-ज्येष्ठों की ओर से वचन आए हुए हैं कि वज्जी की स्वतंत्रता के लिए लड़ने का उन्हें मौका दिया जाए। हमने भीतर-भीतर उनको सशस्त्र और सुरक्षित भी किया है और कर रहे हैं।

'हमारे कमकर मगध से भागकर आए कमकरों से उनकी करुण कहानी सुनते रहते हैं। उनके मुकाबिले में वज्जी के कमकर हजार गुना अच्छे हैं और उनमें जो शस्त्र उठा सकते हैं, उनको हमारी सेना के भट ही समझे।

"और हमारे दास? हमारा पड़ोसी मगध, जो हमसे इतना बिगड़ा हुआ है, उसका एक कारण यह भी है कि वज्जी धर्म (क़ानून) के अनुसार स्वामी दास पर मनमाना अत्याचार नहीं कर सकता। वस्तुत: लिच्छवि तो इस परिस्थिति में हैं कि दासों को मुक्त कर वह अपने कमकरों से काम चला सकते हैं, किन्तु अलिच्छवि प्रजा का भी हमें ख्याल करना पड़ता है। हमारे दासों की संख्या बहुत कम है; किन्तु जो कुछ है, वह हमारे लिए खड्ग उठा सकते हैं।

"इस तरह आपने देखा कि हमारे पास तैयार और मौका पड़ने पर तैयार हो सकनेवाली सेना की संख्या इतनी है कि जिसे हम मगध की शक्ति से कम नहीं कह सकते। यहाँ प्रसंगवश हम यह भी कह देना चाहते हैं कि तरुण लिच्छवियानियों में बड़ी गरम हवा फैली हुई है कि उन्हें भी हथियार बाँधकर देश-रक्षा के काम

में भाग लेने का अधिकार मिलना चाहिए। हमारी आज की पीढ़ियाँ भूल गई हैं कि किसी समय लिच्छवियानियाँ अपने पतियों-पुत्रों की भाँति हथियार बाँधकर संग्राम में जाती थीं। मगर रक्षा के काम के लिए हमें लिच्छवियानियों को भी तैयार करना चाहिए।"

सेनापति के भाषण के बाद दूसरे सेनानायकों ने अपने-अपने सीमान्तों की सैनिक परिस्थिति को बतलाया। सबके कह चुकने के बाद सेनापति ने मुझे अपनी राय देने के लिए कहा। मैंने कहा,

"सेनापति तथा आदरणीय सेनानायको! मैंने आपके भाषण को बहुत गौर से सुना। सब पर विचार करने पर मुझे वज्जी की भीतरी और बाहरी अवस्था मगध से कहीं अधिक ठोस मालूम होती है। किन्तु, मुझे यहाँ उसके बारे में नहीं कहना है। हाँ, लिच्छवियानियों से एक और काम लेने के लिए मैं सिफारिश करूँगा, वह है घायलों को रणक्षेत्र से हटाना, उनकी सेवा-सुश्रूषा करना। इस काम के लिए मर्दों को फँसाना नहीं चाहिए। जितने भी सम्भव युद्धक्षेत्र हो सकते हैं, उनमें दक्षिण का युद्धक्षेत्र ही है, जिसके बारे में हम कह सकते हैं कि शत्रु और हमारे बीच विजय का फैसला करानेवाला युद्धक्षेत्र यही है। और यहाँ भी मही के दुर्गों में सुरक्षित नावें हमारे पक्ष में फैसला दिलाने में भारी सहायक होंगी। मैं समझता हूँ कि मगध के पास सबका जवाब है; किन्तु मही में रखी इन पाँच सौ तरियों का जवाब नहीं है। मैंने महासिन्धु की ही युद्धतरियों को देखा है और उनकी कुछ बातें हमें अपनी नावों में भी लानी चाहिए। लोहे की कीलों को हमें ऐसा बनाना होगा कि इच्छानुसार उन्हें हटाया और लगाया जा सके। यहाँ मैं आपके सामने एक और बात पेश करना चाहता हूँ। कल तक्षशिला से आए नागरिकों से मुझसे बातचीत हुई थी। उन्हें यह पता है मगध हम पर आक्रमण करना चाहता है। इसीलिए कल उन्होंने मुझसे कहा कि उन्हें भी वज्जी-भूमि के लिए लड़ने का मौका दिया जाए। मैं यह बतला देना चाहता हूँ कि मेरे मित्र कपिल गन्धार के तरुणों में एक अच्छे सेनानायक हैं, वह पार्शवयुद्ध में मेरे उपनायक रह चुके हैं। महासिन्धु पार हो पुष्कलावती तक खदेड़कर पार्शवाहिनी को ध्वस्त करना उनका काम था। वह और उनके नौ साथी नौकायुद्ध में बहुत चतुर और अनुभवी सेनानी हैं। मैं चाहता हूँ कि आप उनकी सेवाओं को मुझे मही दुर्गस्थ युद्धतरियों के संचालन में इस्तेमाल करने का अधिकार दें।

"मही की इन तरियों का महत्त्व इससे भी मालूम होगा कि मही गंगा में दीर्घवार (दिघवारा) के पास मिलती है; किन्तु सोन उससे बहुत नीचे पाटिलग्राम (पटना) के सामने। जिसका अर्थ है—जहाँ मगधों को हमारी इन नावों का भारी खतरा है, वहाँ वह हमारा कुछ नहीं बिगाड़ सकते।

"एक बात और मैं कहना चाहता हूँ, हमें मगधों की ओर से आक्रमण की प्रतीक्षा नहीं करनी चाहिए, बल्कि मौका मिलते ही पहिले आक्रमण कर देना

चाहिए और इसी ख्याल से अपनी सारी तैयारी करनी चाहिए। मैं समझता हूँ, पहिले आक्रमण और संघर्ष के लिए हमें सामने के तट की सेनाओं—नावों, हाथियों को पहिले, फिर पैदलों, घोड़ों और रथों—को इस्तेमाल करना होगा। मही की रक्षित सेना को उस वक्त इस्तेमाल करना होगा, जबकि शत्रुवाहिनी थक गई रहेगी।"

हमने इस तरह कितनी ही दूसरी सैनिक-योजनाओं पर बातचीत की। युद्ध-परिषद ने दक्षिण युद्धक्षेत्र की मेरी योजना स्वीकार किया तथा कपिल और उनकी सेवाओं को स्वीकार कर कपिल को मेरा उपनायक बनाया स्त्रियों को भी हथियारबन्द करने की स्वीकृति दी और मेरी सिफारिश पर भामा और रोहिणी को इस काम की जिम्मेदारी दी।

उस दिन जब परिषद से लौटकर बड़ी रात गए घर आया तो देखा भामा, रोहिणी और क्षेमा आदि कितनी लिच्छवि-तरुणियाँ बडी गम्भीरता के साथ आपस में बातचीत कर रही हैं। मैंने उन्हें बातचीत में लग्न देखकर पूछा,

"क्या मैं आ सकता हूँ, भामा भाभी?"

भामा—"जरूर देवर! तुम यह पूछते हो, तुम्हारे सुन्दर मुखमंडल को देखने के लिए आज सबेरे से आँखें तरस रही थीं।"

मैं—"बड़ी दया भाभी! और यहाँ हमारी जनपद-कल्याणी क्षेमा भी हैं इस घर में, स्वागत क्षेमा!"

क्षेमा—"धन्यवाद, सिंह भाई!"

भामा—"और मेरे लिए देवर! धन्यवाद के नाम पर कानी कौड़ी भी नहीं, उसे ही न मुँहदेखी कहते हैं?"

मैं—"किन्तु भाभी! तुम्हारे मुख-कमल को मैं अपने लिए कुछ कम आकर्षक तो नहीं मानता।"

भामा—"आकर्षक था देवर! किसी वक्त जब तुम उस पर मरते थे और मुझे घोड़ैयाँ लेते थे!"

मैं—"घोड़ैयाँ लेने के लिए भाभी, मैं अब भी तैयार हूँ; किन्तु तुम फिर जरा सात वर्ष की भामा तो हो जाओ।"

भामा—"क्या मैं बहुत भारी हो गई हूँ देवर?"

मैं—"गुणों में जरूर।"

भामा—"और तुम भी गुणों में तो उसी हिसाब से बड़े हो। बात न बनाओ देवर! यह कहो कि क्षेमा की लुनाई, उसके अठारह वर्ष की वयस की बाजार में धाक है।"

मैं—"गोया तुम्हारी धाक उठ गई है, भाभी!"

भामा—"मुझ बुढ़िया को कौन पूछता है? लेकिन मेरे सिंह तुमसे यह आशा न थी, ऐसी निष्ठुरता! तुम्हीं इंसाफ करो, रोहिणी!"

रोहिणी—"मैं तुम्हारे सारे मुकदमे को नहीं जानती बहिन! फिर मैं क्या इन्साफ करूँगी?"

भामा—"तुम भी उधर ही मिल गई रोहिणी! स्त्री को स्त्री का पक्ष तो करना चाहिए। मर्दों के सामने हमारी एक भी चलने न पाएगी, यदि हम स्त्रियों ने आपस में एका न किया।"

मैं—"और तुम्हारा एका फल लाया है भाभी!"

भामा—"क्या देवर! बतलाओ तो।"

मैं—"बताऊँ तब, जब कुछ इनाम मिले।"

भामा—"किससे?"

मैं—"तुम सबसे।"

भामा—"बतलाने के पहिले या पीछे?"

मैं—"पहिले सौदे को ठोंक-ठाँककर देख लीजिए, यदि माल चोखा जँचे तो दाम दीजिए, भाभी!"

भामा—"सबकी ओर से कहूँ, या सबको अलग-अलग इनाम देना स्वीकार करना होगा?"

मैं—"आपका कहना काफी है, भाभी!"

भामा—"अच्छा तो हाँ, अब माल सामने रखो।"

मैं—"युद्ध-प-रि-ष..."

भामा—"क्या युग-भर कहने में लगाकर भामा और उसकी सखियों को मार डालना चाहते हो, देवर!"

मैं—"तुम्हीं खामखाह बीच में बोलकर देर कर रही हो, भामी! अच्छा, फिर से सुनो—यु-द्ध-प-रि-ष-द-ने। श-स्त्र-उठा-ना स्वी-का-र-किया है-लि-च्छ-वि-बताओ तो आगे क्या है?"

भामा—"क्या है देवर? क्यों पहेली बना रहे हो?"

मैं—"तो तुम झूठ की भाभी भामा हो, यदि इतना भी बूझ नहीं पातीं।"

क्षेमा—"मैं बतलाऊँ, सिंह भाई?"

मैं—"हाँ, बतलाओ क्षेमा!"

क्षेमा—"किन्तु मैं बहिन रोहिणी के कानों में कहूँगी!"

मैं—"और मेरे ही कानों में न कह दो। इन कानों ने कौन से पाप किये हैं, क्षेमा?"

क्षेमा—"तुम पीछे मेरी बात को मुकर जाओगे।"

मैं—"तो तुम्हारा सिंह पर अच्छा विश्वास नहीं है।"

भामा—"क्षेमा! तू किसके फेर में पड़ी है, जानती नहीं है यह सिंह है सिंह। एक बार बाजी हारकर सिंह ने भामा को पानी पार कराने के लिए घोड़ैयाँ लिया

था और बीच मँझधार में जाकर भामा को पटक पछाड़ खाकर रोने लगा, हाय मुझे बिच्छू खा गया। मेरे सारे कपड़े भींग गए थे क्षेमा!"

मैं—"और सिंह के कपड़े नहीं भीगे थे क्या?"

भामा—"उसने तो जान-बूझकर भिगोए थे।"

मैं—"और जान-बूझकर उसने अपने गालों को भी भिगोए थे।"

भामा—"झूठ, पाखंड कर रहा था, पानी में कहीं बिच्छू रहते हैं, क्षेमा बच्ची!"

क्षेमा—"पानी में बिच्छू काटने की बात तो जरूर झूठी होगी, भामा बहिन!"

भामा—"वही है यह सिंह बच्ची! तुम अभी इसके पाखंड को नहीं जानती।"

मैं—"तो मैं घंटे-भर पछाड़ खाकर रोता रहा, झूठे ही, मेरी आँखें आँसू बहाते-बहाते सूज गईं, झूठे ही। भामा ने उत्तरीय (दुपट्टे) को निचोड़कर उससे सिंह के मुँह को पोंछा, झूठे ही; और खुद रोते-रोते मेरे आँसू से भीगे मुँह को बार-बार चूमा, वह भी झूठे ही और पानी में लोटते मुझे अपने छोटे-छोटे हाथों से खींचकर निकालने की तुमने कोशिश की, वह भी झूठा ही।"

भामा—"तुम नाटक करने में कुशल थे।"

मैं—"ऐसा मत कहो भामा! मेरे पैरे के अँगूठे से खून जो बह रहा था, वह नाटक नहीं था।"

भामा की आँखे पसीजने लगी थीं, उसने मेरे सिर को अपनी बाँहों और कपोल से दबाकर कहा—"मत स्मरण दिलाओ सिंह! वह खून याद कर मुझे फिर रुलाई आ जाएगी। मैं और तुम भी समझते थे कि बिच्छू ने ही काटा है, किन्तु मल्लिका बुआ ने बतलाया कि बिच्छू नहीं सिंही, मछली थी।"

मैं—"तो मेरा रोना झूठा तो नहीं था?"

भामा—"झूठा नहीं था, सिंह!"

मैं—"लेकिन! आज सच कहता हूँ, भामा! मैं चाहता तो तुम्हें पार कर देने-भर, अपनी रुलाई को रोक सकता था।"

भामा—"रहने दो, अब फिर बात न बताओ। युद्ध परिषद की खबर तो सुनाओ।"

मैं—"अच्छा क्षेमा! तुमने जो समझा है, उसे मेरे कान में सुनाओ तो।"

क्षेमा ने मेरे कान के पास सिर लाकर धीरे से कहा, "युद्ध-परिषद ने शस्त्र उठाना स्वीकार किया है, लिच्छवियानियों के लिए।

मैंने धीरे-से अपने कान को क्षेमा के लाल अधरों के साथ लगाकर कहा, "एक बार फिर तो दुहराना, क्षेमा!"

भामा बोल उठी, "रहने दो सिंह! अपनी चालाकी, तुम बेचारी क्षेमा का चुम्बन पाना चाहते हो।"

भामा की बात अनसुनी करके क्षेमा ने फिर उन शब्दों को दुहरा दिया। फिर मैंने कहा, "भामा-भाभी! क्षेमा ने बिलकुल ठीक समझा है। क्षेमा बच्ची! तुम्हीं इनके सामने दुहरा तो दो।"

क्षेमा ने दुहरा दिया। भामा और रोहिणी तो खुशी के मारे उछल रही थीं और किसी को मेरे इनाम की याद न थी। मैंने कहा,

"कहो भाभी! माल ठीक है न, अब इनाम या दाम मिलना चाहिए।"

भामा—"लेकिन देवर! तुम इसके सन्देशवाहक मात्र ही नहीं हो, इस स्वीकृति में तुम्हारा भी हाथ है।"

मैं—"इसलिए मुझे इनाम का हक नहीं, क्यों?"

भामा—"इनाम नहीं, और भी।"

मैंने—"और को और वक्त के लिए रख छोड़ो भाभी! मुझे अभी पहिले का इनाम वसूल करने दो। और वह इनाम है रोहिणी के ओठों और तुम सबके गालों पर दो-दो चुम्बन। मंजूर है?"

भामा—"गोया यह कोई बहुत दुर्लभ वस्तु थी।"

मैं—"मैं इसे दुर्लभ ही समझता था; बतलाओ किससे शुरू करूँ?"

भामा—"जिससे तुम्हारी मर्जी।"

मैं—"तो भाभी! तुम्हीं से।" सभी चुम्बन का काम समाप्त करने पर भामा ने कहा—

"यह तो बताओ देवर! इतनी आसानी से यह काम कैसे हुआ?"

मैं—"मैंने प्रस्ताव रखा और सबने एकमत से मंजूर कर लिया।"

भामा—"तुम्हें भारी व्याख्यान देना पड़ा होगा देवर?"

मैं—"खास इसी बात पर नहीं भाभी! दूसरी बातों के बीच में इसे डाल दिया था। और एक बात और? तुम्हें और रोहिणी को लिच्छवियानियाँ तैयार करनी पड़ेंगी, उनके हाथ बहुत कोमल हो गए हैं।" मैंने क्षेमा की ओर नजर करके कहा था।

क्षेमा ने उच्छ्वसित हो तुरन्त अपने हाथों को मेरे सामने करके कहा, "यह देखो सिंह भैया! मेरे हाथ कोमल नहीं हैं।"

मैंने देखा, उसके एक-एक हाथ में आठ-आठ छाले पड़कर फूट गए थे, उनके किनारे पर अब भी सूखे पांडुवर्ण के चमड़े लगे हुए थे। उन्हें देख मेरा दिल पहिले सिहर गया, फिर खुश हो मैंने उसके दोनों हाथों को पकड़ उन्हें अपनी दोनों आँखों पर लगाया और उन्हें चूमा। मेरी आँखें गीली हो गईं थीं, जब मैंने उसके हाथों को छोड़कर कहा,

"क्षेमा बच्ची! तुम्हारे इन हाथों को देखकर मुझे कितना अभिमान होता है! तुमने वही किया है जो एक लिच्छवि-पुत्री को करना चाहिए। तुम्हारी-जैसी पुत्री को पाकर हमारी वैशाली अजेय रहेगी।"

भामा और रोहिणी ने अभी तक क्षेमा के हाथों को नहीं देखा था। उन्हें देखते ही भामा ने क्षेमा को गोद में ले उसे गले से लगा चूमना शुरू किया। रोहिणी उसके दोनों हाथों को ले कभी अपने गालों में लगाती और कभी उन्हें चूमती। कुछ देर बाद भामा ने कहा,

"क्षेमा बच्ची! अभी तक तुम साधारण जनपद-कल्याणी थी, किन्तु अब तुम लिच्छवि जनपद-कल्याणी हो। कैसे तुमने अपने हाथों को ऐसा बनाया?"

"बहिन भामा! तुम्हारे उस दिन के उपदेश को सुनकर मुझे अपने हाथों से घृणा हो गई। सचसुच वह मुझे अम्बपाली के हाथ जँचने लगे। मैंने उसी दिन माँ के मना करने पर भी दासी के साथ चावल कूटना शुरू किया। तब तक नहीं रुकी जब तक कि दोनों हाथों में चार-चार छाले नहीं पड़ गए और थकावट के मारे उन्होंने काम करने से इनकार किया।"

भामा—"और बच्ची!" मुँह चूमकर "तुम्हें दर्द नहीं मालूम हुआ?"

क्षेमा—"मैंने मन से कहा, यदि इन छालों से दर्द लगेगा, तो तलवार क्या खाक उठेगी?"

रोहिणी—"लेकिन, मेरी क्षेमा! तुमने हमें कभी देखने नहीं दिया।"

क्षेमा—"आज भी यदि भैया सिंह ने बात न की होती तो मैं न दिखाती।"

भामा—"तो बच्ची! तुमने इसे सबसे छिपा रखा।"

क्षेमा—"सिर्फ एक आदमी को छोड़कर।"

रोहिणी ने क्षेमा के मुँह पर हाथ रखकर—"मत बतलाओ, बच्ची! अच्छा बहिन भामा! बतलाओ तो किस आदमी को छोड़कर?"

भामा—"ओहो! तुम समझती हो कि मैं नहीं जानूँगी, रोहिणी!"

रोहिणी—"जानती हो, तो बताओ।"

भामा—"अरे रहने दो रोहिणी! मैं उड़ती चिड़िया को पहिचानती हूँ।"

रोहिणी—"तो बताओ न।"

भामा—"तुम्हीं रोहिणी को छोड़कर और साफ कहूँ, क्षेमा ने रोहिणी को ही अपना भेद बतलाने की कसम खाई है, उसने तुमको ही अपने हाथ दिखलाए।"

रोहिणी—"नहीं, बहिन! यहाँ तो बैठी चिड़िया को भी तुम नहीं पहिचान सकी।"

भामा—"तो तुम दोनों ने मेरे मान-भंग का निश्यच किया है। अच्छा बतलाओ किसको छोड़कर?"

रोहिणी—"क-पि-ल, मेरे तक्षशिलावाले भैया को छोड़कर।"

क्षेमा के गालों में घनी लाली उकल आई थी; किन्तु वह नीरव रही। भामा ने मुँह नीचा करने से पहिले ही उसे देख लिया। फिर उसने रोहिणी से पूछा,

"तुमने कैसे जाना रोहिणी?"

रोहिणी—"इसमें अन्तर्यामी बनने की कौन-सी जरूरत है बहिन! देखती नहीं, उस पहिली नृत्य-रात्रि के बाद से क्षेमा ने कपिल को छोड़ किसी के साथ नहीं नाचा।"

भामा—"मैंने नहीं ख्याल किया रोहिणी!"

क्षेमा किसी और प्रश्न के उठने के पहिले ही बोल उठी, "हाथ ही नहीं, बहिन भामा! मैं ढाल-तलवार चलाना भी सीख रही हूँ।"

भामा—"उसी गुरु से क्या?"

क्षेमा झेंप गई। भामा ने उसे गले लगाकर कहा, "नहीं बच्ची! सिंह से मैंने सुना है कि कपिल तलवार चलाने में गजब का हुनर रखते हैं। और तुमने कपिल से उनके 'देवलोक-यात्रा' की बात सुनी कि नहीं?"

क्षेमा—"देवलोक!"

भामा—"हाँ, बच्ची! सिंह ने एक दिन मुझे सुनाया था कि कैसे कपिल देवलोक में देवताओं के शत्रुओं से लड़े थे। 'देव' कहने से यह मत समझो कि मेरु पर्वत के शिखर पर रहनेवाले वायास्त्रिंश देव या उनके राजा शक्त देवेन्द्र।"

क्षेमा—"तो कौन देवलोक! बहिन?"

भामा—"यहीं पृथ्वी पर उत्तर कुरु का देवलोक क्षेमा!"

क्षेमा—"मैंने नहीं सुना।"

भामा—"तो मेरी बच्ची! तुम झूठ ही कपिल के साथ नाचती रही।"

मैंने क्षेमा की जान बचाते हुए कहा, "कपिल बिना पूछे बहुत कम बोलते हैं, क्षेमा! उन्होंने संसार के जितने भाग देखे हैं, उतने कम लोगों ने देखे हैं और भाभी भामा! एक बात कहना भूल गया था—कपिल और उनके साथियों ने वैशाली की ओर से मगध के विरुद्ध लड़ने के लिए अपनी सेवाएँ अर्पित की हैं।"

रोहिणी ने मेरी बगल में सटकर मेरे हाथों को अपने हाथों में ले कहा, "सेवाएँ अर्पित की हैं, आर्यपुत्र!"

मैंने उसके मसृण नेत्रों को चूमकर कहा, "और युद्ध-परिषद ने उसे स्वीकार कर लिया।"

रोहिणी—"स्वीकार कर लिया!"

मैं—"और कपिल मेरे उपनायक भी नियुक्त हो गए।"

रोहिणी ने अपने करपाशों में मुझे बाँधकर अपने होंठों को मुख के पास करते हुए कहा, "तो महागंगा के तट पर भी वही महासिन्धु का दृश्य।"

मैंने रोहिणी को गले लगाते कहा, "लेकिन खबर दिये बिना नहीं, मेरी रोहिणी! तुम और भाभी भामा मिलकर लिच्छवियानियों को खड्गधारिणी देवियाँ उत्तर कुरु जैसी देवियाँ—बनाओ। मैं तुम्हारे कार्य को ढूँढ़ निकालूँगा।"

भामा ने रोहिणी के हाथों से मेरे हाथों को छुड़ाकर अपने हाथ में ले कहा, "देवर! आज बड़ी खुशी की खबरें सुनाईं।"

मनोरथ को आते पहिले मैंने देखा था, मैंने भामा की बात को बीच में काट कर कहा,

"एक और बड़ी खुशखबरी लो, यह आ रहे हैं भाई मनोरथ।"

मनोरथ तब तक सबके सामने पहुँच गए थे—सभी कंठों ने एक साथ कहा, "स्वागत लिच्छवि-पत्र मनोरथ!"

भामा कूदकर मनोरथ के गले से लिपट गई—"आह मेरे मनोरू! तुम कहाँ इतनी देर तक रह गए थे?"

मनोरथ—"इतनी देर तक कहाँ रह गया था? गया था कपिल और उनके साथियों को ब्राहमणों को यज्ञवाट दिखलाने।"

भामा—"बड़ी चीज दिखलाने गए थे!"

मनोरथ—"प्यारी! उनके देश में न ऐसे ब्राह्मण होते नहीं उनके यज्ञवाट।"

भामा—"अच्छा, तुम्हें मालूम है कि युद्ध परिषद ने लिच्छवियानियों को शस्त्रधारी बनाने की आज्ञा दे दी?"

मनोरथ—"आज्ञा दे दी! बड़ी खुशी।"

भामा—"और यह भी कि तुम्हारी भातपकवनी को उनके संगठन का भार दिया गया है।"

मनोरथ ने मुख चूम कर कहा—"तुमको?"

भामा—"हाँ, मनोरथ के लिए तो मैं भात पकाना-भर जानती हूँ।" उदास मुँह बना—"अपने घर में कौन किसी की कद्र करता है। मनोरथ के लिए तो मैं वही चूल्हा-बासन करनेवाली भामा हूँ न? आज सिंह देवर न आए होते तो, भामा चौका-चूल्हे ही में मर जाती।"

मनोरथ—"वाह रे देवर!"

भामा—"हाँ, क्यों नहीं मेरे मनोरू! कोई झूठ कहती हूँ?"

मनोरथ—"नहीं, भला भामा देवी को किसी ने झूठ हँसी करते देखा है!"

भामा—"अच्छा, तो मेरी हर एक बात को आप हँसी में उड़ा देना चाहते हैं। मत जले पर नमक डालो मनोरथ!"

मनोरथ—"मुझे किनारे लगने भी दोगी भामा! कि अधर में ही लटकाकर रखोगी।"

भामा—"जो अधर में लटकना चाहेगा, उसे कौन किनारे पर लगाएगा।"

मनोरथ—"नहीं भामा! तुम्हारा मनोरू अधर में लटकनेवाला नहीं है, वह भी किनारे पर लग चुका है।"

उत्सुकता से उसके हाथों को पकड़कर भामा ने कहा, "सच, प्यारे! आज सुन्दर-ही-सुन्दर खबरें आ रही हैं।"

मनोरथ—"आज जब यहाँ यह वैशाली के सुन्दर-ही-सुन्दर मुखमंडल इकट्ठा हुए हैं, तो खबरें क्यों न सुन्दर आवें। अच्छा सुनाऊँ—मैं वैशाली के दक्षिण द्वार का उपनगर-रक्षक बनाया गया हूँ।"

भामा ने मुँह गिराकर कहा, "जिसका मतलब है युद्धक्षेत्र से चार योजन दूर और देह पर खून की एक हल्की-सी फुहार का भी न पड़ना।"

मनोरथ—"तो तुम खामखाह मनोरु को जुझा देना चाहती हो, ऐसी स्त्री तो भाई! कहीं न देखी।"

मैं—"भाभी! तुम तो चाहती हो कि लिच्छवियों को सिवाय युद्ध के, सिवाय दोनों हाथों से खड्ग के सारे काम छोड़ देना चाहिए। ऐसा करने से लड़ाई नहीं जीती जा सकती भाभी! युद्ध करना जरूरी है, उतना ही जरूरी है घायलों को मरहम-पट्टी बाँधना, उतना ही जरूरी है घरों के लिए चून-पीठा तैयार करना, उतना ही जरूरी है अनाज पैदा करना, कपड़ा सीना और उतना ही जरूरी है वैशाली को शत्रु के फतिंगे के पर से भी बचाना।"

भामा—"अच्छा, तो मुझे यह नहीं मालूम था कि आप वाचस्पति भी हैं।"

मैं—"अच्छा यदि मुझे वाचस्पति नहीं बना देखना चाहती हो, भाभी! तो तुमने मनोरथ पर आक्षेप क्यों किया?"

भामा—"अपने पति को कुछ कहना आज तक लिच्छवियों में अपराध नहीं समझा जाता था, अब तुम हुए सेनानायक और तुम्हारे मनोरथ भाई नगर-रक्षक, अब बस ताला लगवा दो लिच्छवियानियों के मुँह पर।'

मनोरथ ने भामा के सामने हाथ जोड़ एक पैर से खड़ा हो कहा, "देवि! वाचस्पति की पदवी तुम किसी को नहीं लेने देना चाहती, ब्राह्मण को भी नहीं, बेचारा सिंह कौन खेत की मूली हैं। अच्छा, तो नगर-रक्षक नहीं, जो काम तुम दिलवाओ, मैं करने को तैयार हूँ। अपने मन से काम लेना होता तो मनोरथ वही काम लेता, जो तुम्हें पसन्द है।"

भामा ने नरम पड़कर कहा—

"सेवक मनोरथ! मैं तुझ पर प्रसन्न हूँ, वरं ब्रूहि।"

मनोरथ—"बस देवि! यह सेवक तुम्हारी कृपा का सदा अधिकारी बना रहे।"

भामा—"एवमस्तु और कुछ?"

मनोरथ—"तुम्हारी तरुण लिच्छवियानियाँ थोड़ा शान्त भाव धारण करें।"

भामा—"एक शर्त पर तुम भी हमारी तरुण लिच्छवियानियों को शस्त्र-शिक्षा में वैसा ही उत्साह और सहायता प्रदान करो, जैसे देवर सिंह, जैसे क्या कहूँ—कपिल।"

मनोरथ—"यह सेवक सदा चरण-सेवा के लिए हाजिर है, किन्तु कपिल क्या करके देवी का कृपापात्र बना है?"

भामा—"कपिल क्षेमा बच्ची को ढाल-तलवार सिखलाता है।" क्षेमा का मुँह लाल होते देख झट बात बदलकर—"और तुमने मनोरू! देखा नहीं न क्षेमा के हाथ को। दिखा दो बच्ची!"

मनोरथ ने छाले-फूटे हाथों को देखकर कहा,

"तो भाला अम्बपाली का बेड़ा गर्क करके रहेगी।"

भामा—"तुम्हें यह पसन्द है न, मनोरू?"

मनोरथ—"जरूर, मेरी प्यारी!"

वैशाली के वणिक और शिल्पी

आज मध्याह्न का समय फुर्सत का था। मैंने सोचा, इसे कपिल के वासस्थान पर बिताया जाए। मैंने रोहिणी को कहा, रोहिणी ने भामा को और भामा ने क्षेमा को। इस प्रकार तीन अप्सराओं को बैठाए सिंह को रथ हाँकते वैशाली नगर की वीथियों से निकलना पड़ा। लोग कहते होंगे, भाई सिंह बड़ा पारखी है। यह तो मैंने देखा कि जिस परिचित तरुण की दृष्टि मेरे चेहरे पर पड़ती, वह बोलने के पहिले कुछ मुस्करा देता था और मुँहफट हो साफ कह ही दिया—

"कुछ हम लोगों की भाग्य-परीक्षा के लिए छोड़ दो, सिंह भैया!"

भामा कुछ बोलना चाहती थी, किन्तु मैंने कोड़े फटकारकर शब्द किया, और घोड़ा आगे निकल गया। फिर मैंने भामा को मुर्गाबियों के चंगुल की लकड़ी में मुँह के बल लटके कछुए की कथा कह सुनाई। इस पर भामा ने कहा, "तो देवर! मुर्गाबियों के बीच तुम अपने को अकेला कछुआ समझ लोगों की टीका-टिप्पणी का जवाब नहीं देना चाहिते थे।"

मैंने कोड़े को कोड़ादान में रखते हुए कहा, "लो भाभी सेठ का प्रासाद आ गया, अब बाकी बात कपिल के समझने के लिए रख छोड़ो।"

भामा—"कैसे आए पूछने पर जवाब क्या दोगे देवर!"

मैं—"मेरे लिए वह सवाल नहीं हो सकता। मैं तो यहाँ प्राय: आता ही रहता हूँ।"

भामा—"तो देवर! तुम बड़े स्वार्थी हो, उसी बिच्छू काटने की तरह आज फिर भामा को बीच में पटकना चाहते हो।"

मैं—"भामा अपनी क्या अपने साथी-संगियों की भी रक्षा कर सकती है, यह मुझे पूरा विश्वास है।"

भामा—"सो तो करना ही होगा।"

रथ को खड़ाकर मैंने घोड़े को साईस के जिम्मे दिया, और जब सीढ़ी से ऊपर जाने के लिए एक कमरे से दूसरे कमरे का चक्कर काट रहा था, तो भामा ने मेरा हाथ पकड़कर कहा, "एक उपाय सूझा है, देवर!" फिर क्षेमा को अपने बाएँ हाथ से लपेटकर, "यही कहूँगी कि सुना है ढाल-तलवार का हाथ सिखलाने में—खासकर वैशाली सुन्दरियों को—आजकल कपिल ने बड़ी प्रसिद्धि प्राप्त की है; इसलिए हम तुम्हारी शिष्या होने आई हैं।"

क्षेमा ने रुष्ट हो कहा, "तो बहिन! मैं लौट जाऊँगी।"

भामा ने मजबूती से हाथों को पकड़े हुए कहा, "मैंने तो तुम्हारा नाम भी नहीं लिया बच्ची!"

क्षेमा—"हूँ नाम नहीं लिया? कौन नहीं समझ जाएगा।"

भामा—"फिर कपिल से ढाल-तलवार सीखना कौन बुरा है? विद्या तो किसी गुरु से सीखी जाती है न?"

क्षेमा—"यदि तुम यह बात करना चाहती हो, तो मैं लौट जाती हूँ।"

भामा—"जिसका अर्थ है, तीन मुर्गाबियों में से एक गायब। दो मुर्गाबी और एक कछुआ, हिसाब बुरा तो नहीं है। देवर! तुम्हारी कथा में भी तो दो ही मुर्गाबियाँ थीं न?"

रोहिणी ने क्षेमा को अपने हाथ में लपेटकर कहा, "बहिन भामा को चिढ़ाने की बड़ी आदत है।"

भामा ने अपराधिनी-सा मुँह बनाकर कहा, "अच्छा, क्षेमा बच्ची! तुम बुरा न मानो, मैं तुम्हारा नाम भी न लूँगी।"

मैं—"भामा भाभी! तुम नाम हजार बार लेना, किन्तु ढाल-तलवार सिखाने की बात न छेड़ना।"

भामा—"अच्छा, मैं कान पकड़ती हूँ।"

आगे-आगे तीनों सुन्दरियों को लिये मैं तिमहले के उस बड़ी दालान में पहुँचा जहाँ कपिल और उसके साथी मध्याह्न-भोजन समाप्त कर कथागोष्ठी में लगे हुए थे। देखते ही वे खड़े हो गए और कपिल ने आगे बढ़कर कहा,

"स्वागत, देवियो!"

"अप्सराओ, कहो कपिल भाई! देवियों का बाजार भाव आजकल गिर गया है।"

कपिल ने मुस्कराते हुए कहा, "तो अप्सराओं को हम मानवों तक पहुँचाने वाले आप सिंह देवदूत भी पधारे हैं। देवियो! नहीं, अप्सराओ! आज कैसे इन गरीबों के निवास-स्थान को अपनी चरण-धूलि से पूत किया?"

सबसे पहिले भाभी बोलीं—"हमारी चरण-धूल नहीं मिल सकती, सखा कपिल! क्योंकि हमारे पैरों की जूतियाँ अभी इस फर्श पर उतरी हैं।"

कपिल—"मैं तुम्हारे जवाब देने लायक नहीं हूँ भामा!"

भामा—"तो यह विद्या मैं तुम्हें सिखाऊँगी।"

कपिल—"धन्यवाद। किन्तु, भामा! क्या तुम नहीं ख्याल करती हो, कि दो-दो जनपद-कल्याणियाँ जिसके घर पर आएँ, वह कितना सौभाग्यशाली होगा।"

भामा—"नहीं, सेनानायक! एक समय एक जनपद (देश) में एक से अधिक जनपद-कल्याणी नहीं हुआ करतीं।"

कपिल—"एक भूतपूर्व ही सही।"

भामा—"भूतपूर्व जनपद-कल्याणियों की कोई गिनती नहीं, कितनी ही ऐसी दन्तटूटी जनपद-कल्याणियाँ डंडा टेककर चलती हैं।"

कपिल—"लेकिन एक वर्ष पहिले तक जो जनपद-कल्याणी रह चुकी है, उसके बारे में ऐसा नहीं कह सकते।"

भामा—"किन्तु उसका बाजार भाव गिर गया रहता है। जनपद-कल्याणी एक ही होती है, एक म्यान में दो तलवार नहीं होती, एक वन में दो सिंह नहीं रहा करते, इसलिए हमारे बीच बस एक जनपद-कल्याणी क्षेमा है। अच्छा, हमने आपकी दोपहर की नींद में बाधा तो नहीं डाली?"

कपिल—"हम तो चाहेंगे, तुम रोज-रोज हमारी नींद में बाधा डाला करो।"

भामा—"किन्तु, तब यह बाधा मीठी न होगी। अच्छा, देवर सिंह! तुम बात करो, मैं तो ऐसे ही बकवास कर उठती हूँ।"

मैं—"किन्तु, भाभी! तुम्हारी बकवास बहुत मीठी होती है।"

भामा—"देखो देवर! मेरी तारीफ कर-करके देवरानी-जेठानी में झगड़ा न लगा देना।"

रोहिणी—"हम में झगड़ा कोई नहीं लगा सकता, बहिन!"

भामा—"मर्दों का कोई ठिकाना नहीं रोहिणी! झगड़ा खुद लगाते हैं, फिर कहते हैं—देवरानी-जेठानी की नहीं पटती, सास-बहू लड़ा करती हैं।"

रोहिणी—"लेकिन मर्दों के इशारे पर लड़नेवाली देवरानियाँ-जेठानियाँ दूसरी ही होंगी, बहिन!"

भामा—"हाँ, प्यारी! और हमें यदि बाहर लड़ाई का जौहर दिखलाना पड़े, तो भीतर दन्तयुद्ध क्यों करें? अच्छा तो सेनानायक कपिल, हम भी युद्ध की तैयारी कर रही हैं।"

कपिल (डरकर)—"क्या कह रही हो देवि? तीनों लोक भस्म हो जाएगा। तुम्हारे लिए शान्ति ही शोभा देती है।"

भामा—"तो तुम्हारा मतलब है, हमारे हाथों में खड्ग शोभा नहीं देता?"

कपिल—"यह किसने कहा? रोहिणी को उस दिन यदि महासिन्धु के तट पर देखा होता, तब कहती, भामा!"

भामा—"महासिन्धु के तट पर तो नहीं देखा, किन्तु अब महागंगा के तट पर देखूँगी।"

कपिल—"अच्छा तुम इस युद्ध की तैयारी की बात कर रही थीं। मैंने समझा कहीं कपिल और सिंह की किस्मत तो नहीं फूटी है।"

भामा—"नहीं, तुम्हारी किस्मत फूटनेवाली नहीं है। किस्मत फूटेगी मगधराज बिम्बसार की।"

कपिल—"इस युद्ध की तैयारी बड़ी खुशी की बात है। और तुम्हें तो मालूम ही होगा, भामा! गण ने हम तक्षशिलावासियों की सेवाएँ इस युद्ध के लिए स्वीकार कर ली हैं, कल ही हमें इसकी खबर मिली।"

मैं—"और कपिल भाई! तुम्हें यह भी मालूम होना चाहिए कि गण ने लिच्छवियानियों की सेवाएँ भी स्वीकार कर लीं; और साथ ही बहुत खुशी की बात यह है कि भामा भाभी लिच्छवियानियों की सेनानायक चुनी गई हैं।"

कपिल—"मुबारकवाद, भामा!"

मैं—"और तुम्हारी बहिन रोहिणी, उपनायक।"

कपिल—"रोहिणी बच्ची! इधर तो आना।" फिर लाल शर्मीले चेहरेवाली रोहिणी के ललाट को चूमकर—"बहुत-बहुत मुबारकवाद।"

मैं—"और मैं समझता हूँ, भाभी! यह कहने में तो कोई हर्ज नहीं कि क्षेमा लिच्छवियानी सेना की पहली सिपाहिन है।"

भामा—"तो देवर! दो सेनानायकों में एक सिपाहिन, क्या यह हमारा परिहास नहीं है?"

मैं—"नहीं भाभी! कपिल जानते हैं कि निर्णय अभी कल हुआ है, इसलिए पहिली भरती किसी एक सिपाही ही से होगी।"

कपिल—"और सेनानायक भामा! मैं कहूँगा तुम्हारी पहिली सिपाहिन किसी समय तुम्हारी वाहिनी का नाम उज्ज्वल करेगी।"

मैं—"नाम उज्ज्वल करने का पता तुम्हें भामा से अधिक नहीं होगा, कपिल भाई!"

कपिल—"शायद।"

मैं—"शायद क्यों?"

कपिल—"यदि भामा को क्षेमा के तलवार के हाथ कभी देखने को मिले हों।"

मैं—"तो तुमने देखे हैं क्या?"

कपिल—"उसने अभी मुझसे सीखने ही शुरू किये हैं, किन्तु सिंह! उसके तलवार के हाथ बहुत ही होनहार मालूम होते हैं।"

मैं—"तब तो क्षेमा को जल्दी ही सेनानी का पद देना होगा; किन्तु यह सब उस शिक्षा पर निर्भर है जिसे तुम उसे दोगे।"

कपिल—"मैं समझता हूँ चर्म-खड्ग (ढाल-तलवार) का दाँव मँजने में पन्द्रह दिन और लगेंगे। और घुड़सवारी तो क्षेमा को आती है, किन्तु अभी शल्य, तीर-धनुष आदि के दाँव सीखने हैं।"

क्षेमा—"तीर-धनुष मैं अच्छा चला लेती हूँ।"

कपिल—"तुम्हारा मतलब है लक्ष्यवेध से। किन्तु तीर की शक्ति और दूरी का बढ़ाना जरूरी काम है। खैर, जो लक्ष्यवेध कर सकता है, उसके लिए आगे की बातें सीखनी आसान हैं। गोया क्षेमा की शिक्षा के लिए डेढ़ मास और चाहिए, सिंह!"

मैं—"किन्तु, मैं नहीं समझता कि तुम डेढ़ महीने तक क्षेमा को शस्त्र-शिक्षा दे सकोगे।"

कपिल—"हाँ, कल जो तुमसे बात हुई थी, उसे देखते हुए मुझे भी ऐसा ही मालूम होता है। तो सिंह! तुम कब उल्काचेल जा रहे हो?"

मैं—"इसी सप्ताह।"

बीच में भामा बोल उठी कि हम सेठ की हवेली को देखना चाहती हैं, और तीनों शान्तनु गन्धार-पुत्र को लेकर चली गईं।

कपिल ने बात जारी रखते हुए कहा, "तो मैं समझता हूँ, उसी समय मुझे भी वहाँ जाना होगा।"

मैं—"जरूर। और वहाँ एक सप्ताह रह गंगातट को सैनिक दृष्टि से देखभाल कर हमें मही के गुप्त दुर्गों का निरीक्षण करना होगा। मैं समझता हूँ, अपनी युद्ध-तरियों को दृढ़ करने के लिए कुछ और सुधार करने होंगे। पहिले हम ग्यारह आदमी चलकर उन्हें देखें। फिर सुधार का विचार करेंगे। हमें अपने सुधारों को काम का रूप देने के लिए लौह-शिल्पियों की सहायता और सम्मति लेनी होगी। क्या यह अच्छा न होगा कपिल! कि वैशाली के पश्चिम वाले सरोवर को नावों का परीक्षा-स्थान बनाया जाए?"

कपिल ने कुछ सोचकर कहा, "मैं समझता हूँ यह जरूरी होगा, क्योंकि तुमने बतलाया था कि मही का एक ही तट लिच्छवियों के हाथ में है जिसका अर्थ है दूसरे तट से हमारे नाव-सम्बन्धी प्रयोग देखे जा सकते हैं।"

मैं—"और यहाँ हम उससे अधिक गुप्त स्थान पर रहेंगे।"

कपिल—"ऐसा करना होगा सिंह! नावों को देखकर हम सुधारों पर विचार करेंगे, साथ ही नाविकों और सैनिकों का परीक्षण और शिक्षण करेंगे। नावों के संगठन के बाद हम अपने साथियों को मही पर स्थायी तौर से रख देंगे। फिर हमें यहाँ के शिल्पियों की सहायता से नावों के सुधार का प्रयोग करना होगा, और जो प्रयोग सिद्ध उतरेंगे, उनका उपयोग अधिक-से-अधिक नावों पर इस्तेमाल करने के लिए हमें लौह की शिल्पियों की काफी संख्या को मही तट पर ही ले जाकर काम जल्दी समाप्त करना है।"

मैं—"जल्दी समाप्त करने का ध्यान तो हमें सभी कामों में रखना होगा। डेढ़ मास जाड़े के और हैं। युद्ध जाड़े ही में अच्छा होता है। किन्तु बिम्बसार देर करता ही जा रहा है, अभी तक की तैयारियाँ पूरी हुई हैं; और मैं समझता हूँ हमें भी अभी अपनी तैयारियाँ पूरी करने में कम-से-कम एक मास तो लगेंगे ही।"

कपिल—"तो इसका मतलब, हमें यदि युद्ध करना होगा, तो एक मास के बाद ही करेंगे। और गर्मी की ऋतु घायलों के लिए बहुत ही खतरनाक है।"

मैं—"किन्तु राजा बिम्बसार—अथवा इस युद्ध के मुख्य प्रेरक अजातशत्रु—को घायलों से क्या मतलब? उसके लिए तो एक की जगह दस भले ही मर जाएँ। आक्रमण का मौका बिम्बसार को नहीं देना होगा, बाकी युद्धारम्भ कब करना होगा, इस पर विचार हम फिर करेंगे, सारी परिस्थिति को देखकर।"

कपिल—"तो तुम समझते हो, इस युद्ध की जड़ कुमार अजातशत्रु है?"

मैं—"हाँ, इसमें सन्देह नहीं। बूढ़ा बिम्बसार लिच्छवियों के खड्ग से इतना परिचित है कि यदि उसकी चलती तो वह लिच्छवियों को न छेड़ता।"

कपिल—"और इस छेड़ने का मतलब?"

मैं—"विजय, प्रभुता।"

कपिल—"दूसरी जाति को परतंत्र करना।"

मैं—"मित्र कपिल! इन राजाओं की सबसे बड़ी लालसा होती है, चक्रवर्ती—सारी पृथिवी का एक राजा बनने की।"

कपिल—"जैसे पार्शव-शासानुशास (शाहंशाह) कुरु और दार्‌य।"

मैं—"उनसे बडे और चक्रवर्ती बनने के लिए जरूरी है कि सैकड़ों जातियों—देशों—को परतंत्र बनाया जाए।"

कपिल—"और हम गणतंत्रियों का लक्ष्य इससे बिलकुल उल्टा है, हम न स्वयं परतंत्र होना चाहते हैं न दूसरों को परतंत्र करना चाहते हैं।"

मैं—"चाहने पर भी परतंत्र नहीं कर सकते, क्योंकि हमारी राज्य-सीमा अपने खून पर निर्भर है। जहाँ लिच्छवि-प्रजा नहीं है, वहाँ अपना शासन स्थापित करना हमारे लिए सपने की बात है।"

कपिल—"जिसका अर्थ है, हम गणतंत्री कभी विशाल भूमि के स्वामी नहीं बन सकते।"

मैं—"बनने पर हम गणतंत्रता खो बैठेंगे, और शासन गण के हाथ से गण के सेनापति के हाथ में चला जाएगा, जिसके हाथ में स्वजातीय-विजातीय सैनिक रहेंगे।"

कपिल—"विजातीय?

मैं—"विशाल भूमि की जातियों को शस्त्र के बल पर ही परतंत्र रखा जा सकता है, और उसके लिए एक गण जाति पर्याप्त नहीं हो सकती।"

कपिल—"फिर वही सेनापति राजा बन जाएगा।"

मैं—"राजाओं का आरम्भ इसी तरह हुआ ही है।"

कपिल—"तो गणों के लिए आशा?"

मैं—"गणतंत्रियों के हृदय के भीतर दहकती स्वतंत्रता की आग और राजाओं की अनेक समृद्ध जनपदों पर एकाधिपत्य करने में असफलता।"

कपिल—"यदि अंग-मगध और काशी-कांसल दोनों राज्य अजातशत्रु के हाथ में चले जाएँ तो?"

मैं—"तो मेरा हृदय काँप उठता है।"

कपिल—"अच्छा, तो फिर इससे यह भी सिद्ध होता है कि राजतंत्र बिना अपनी सीमा का विस्तार किये जिन्दा नहीं रह सकता।"

मैं—"बड़ी मछलियाँ छोटी मछलियों को निगलतीं और बड़ी होती जाती हैं।"

कपिल—"और गणतंत्र सिर्फ अपनी सीमा को अक्षुण्ण रख सकता है।"

मैं—"अथवा सन्तान बढ़ जाने पर दूसरे की भूमि तक फैल सकता है।"

कपिल—"किन्तु, अपनी सन्तानों द्वारा ही।"

मैं—"क्योंकि वहाँ सीमा खून से निर्धारित होती है।"

कपिल—"तो गणों का भविष्य?"

मैं—"यह भविष्य की बात है, मित्र! इस वक्त हम यही जानते हैं कि गणों का जीवन अधिक सुन्दर, अधिक स्वच्छन्द, अधिक मानवोचित है। राजतंत्र का जीवन निरी दासता का जीवन है। हम और हमारे सहनागरिक कभी जीते-जी इस जीवन से उस जीवन को बदल नहीं सकते।"

इसी समय शान्तनु के साथ तीनों अप्सराएँ आ पहुँचीं। रोहिणी ने कहा, "मैंने राजमहल नहीं देखे हैं; किन्तु सेठ के इस महल-जैसा मकान मैंने तो नहीं देखा है।"

मैं—"और यह सेठ लिच्छवि नहीं था।"

कपिल—"किन्तु किसी भी लिच्छवि-परिवार से ज्यादा धनी था।"

मैं—"बल्कि कहना चाहिए, दसियों महाधनी लिच्छवि-परिवारों को वह खरीद सकता था।"

कपिल—"किन्तु उसके पास इतना धन कहाँ से आया?"

मैं—"व्यापार से। वह प्राची के महान सार्थवाहों में से था। उसके पूर्वज ने कोसलराज के क्रोध से बचने के लिए वैशाली में शरण ली थी।"

कपिल—"फिर यह मकान खाली क्यों?"

मैं—"क्योंकि वह निस्सन्तान मरा, और निस्सन्तान व्यक्ति की सम्पत्ति लिच्छविगण की होती है।"

कपिल—"किन्तु, मित्र! जब तुम कहते हो कि वज्जी का शासन-सूत्र सिर्फ लिच्छवियों के हाथ में है, तो हम सेठ-जैसे अलिच्छवियों को किसी वक्त झूठ और भ्रम का शिकार होने से बचने का कौन उपाय है?"

मैं—"गृहपतियों (बनियों) की अपनी सुदृढ़ श्रेणियाँ या वणिक सभाएँ हैं। किसी तरह का अन्याय होने पर श्रेणी गण तक पहुँच सकती है और गण जो सदा व्यक्ति के ऊपर गण के स्वार्थ का ध्यान रखता है, श्रेणी की बातों को बिना ध्यान से सुने नहीं रह सकता। वैसे राजतंत्रों में भी श्रेणियाँ हैं, किन्तु वहाँ राजा जिस बात पर तुला रहता है, उसे कर बैठने में प्रायः सफल होता है। इसलिए श्रेणियों का उतना दबाव यहाँ राजा पर नहीं पड़ सकता। हाँ, श्रेणियाँ अपने भीतर के लोगों पर वहाँ भी अवश्य प्रभाव रखती हैं। किन्तु हमारे यहाँ की श्रेणियाँ गण के भीतर एक छोटा-सा गण हैं। वह सिर्फ श्रेष्ठों-सार्थवाहों के भीतरी, वैयक्तिक या व्यापारी झगड़ों की ही देखरेख नहीं करतीं, बल्कि वह बाहरी जनपदों में वज्जी के व्यापारियों के सम्मान को न घटने देने का प्रयत्न करती हैं; साथ ही वहाँ इनकी वजह से हमारे गण को एक बहुत फायदा यह है कि जहाँ सार्थवाह वैयक्तिक तौर से अन्तर्जातिक—अनेक राज्यों के निवासी से—होते हैं, क्योंकि उनकी कोठियाँ वज्जी से बाहर दूर-दूर तक फैली हुई हैं और इस प्रकार वैयक्तिक स्वार्थ के लिए उनमें से कोई वज्जी के विरुद्ध जा सकता है, किन्तु श्रेणी अन्तर्जातिक नहीं होती, वह इस बात में शुद्ध वज्जी की होती है और लिच्छविगण की भाँति वह वज्जी के प्रति विश्वासघात को सहन नहीं कर सकती।"

कपिल—"लेकिन यदि ऐसे कुछ स्वार्थी व्यक्तियों ने श्रेणी पर अधिकार कर लिया तो?"

मैं—"नहीं कर सकते, अधिकांश वणिजों का सारा कारबार सिर्फ वज्जी के भीतर ही है। और श्रेणियाँ महाधनिक सार्थवाहों के उतनी आधीन नहीं होतीं। श्रेणी स्वयं बहुत धनी होती हैं, पीढ़ियों का धन उनके पास जमा होता रहता है।"

कपिल—"श्रेणी का धन?"

मैं—"हाँ, श्रेणी के लिए सभी वणिक अपनी आय का कुछ भाग नियम से निकालते रहते हैं। श्रेणी का अपना खर्च है। बचे धन को वह सूद पर लगाती है। श्रेणी का धन पुत्रों-पौत्रों में बँटता तो है नहीं, इसलिए एक पीढ़ी से दूसरी पीढ़ी में बढ़ता ही जाता है।"

कपिल—"हमारे यहाँ श्रेणी नहीं होती, इसीलिए मित्र, हमें वह कुछ अनोखी-सी मालूम होती है।"

मैं—"अनोखापन है। यदि इस घर वाले सेठ ने जीते-जी अपने घर को श्रेणी को दे दिया होता, तो यह गण की सम्पत्ति न हो पाता, और आज इसका किराया श्रेणी को मिलता। हमारे यहाँ बहुपुत्रक-चैत्य आदि कितने ही देव-स्थानों का धन श्रेणी के पास जमा है, जिसके सूद को प्रतिवर्ष वह नियम से उत्सवों में खर्च करती है।"

कपिल—"वज्जी-भर में बहुत-सी श्रेणियाँ होंगी?"

मैं—"वणिजों—श्रेष्ठी सार्थवाहों की एक श्रेणी, शिल्पियों में एक-एक शिल्प की अलग-अलग श्रेणी-दन्तकारों की श्रेणी, लौहकारों की श्रेणी आदि।"

कपिल—"और तुम कहते हो, यह गण के भीतर गण हैं।"

मैं—"और राज्य के भीतर राज्य भी, क्योंकि यह श्रेणियाँ मगध, कोसल, वत्स जैसे राज्यों में भी मिलती हैं। हाँ, हमारे यहाँ की श्रेणियों में जितनी राज्यों की श्रेणियाँ मजबूत नहीं होतीं, अगले श्रेणियों की बनावट बहुत कुछ गण-जैसी होती है।"

सारे समय को हमीं दोनों ले रहे थे, इसलिए मैं देख रहा था, हमारी अप्सराएँ कुछ अनकुस मान रही थीं। इसलिए मैंने भामा को कहा, "भाभी, तुम मौन क्यों हो?"

भामा—"मुनि जबरदस्ती बनना पड़ता है, देवर! मैं सोच रही थी, आखिर पुतमरी यह श्रेणी मरेगी भी कभी कि हमें खाली हाथ ही लौटना पड़ेगा।"

मैं—"खाली हाथ?"

भामा—"और क्या तुम समझते थे भामा-क्षेमा-रोहिणी तीनों अप्सराओं की तुम वाणिज्य गाँव (वैशाली का मुहल्ला) में फेरी लगवाने आए थे। आखिर हम एक मतलब लेकर आई थीं।"

मैं—"मतलब?"

भामा—"हाँ, हम चाहती हैं कपिल भाई की सम्मति लेना लिच्छवियानियों की शिक्षा के बारे में।"

मैं—"तुम्हारा मतलब है, सिपाहियों की शिक्षा से?"

भामा—"हाँ, सेना से सम्बन्ध रखनेवाली सभी लिच्छवियानियों की शिक्षा के बारे में।"

मैं—"हाँ, तो मित्र कपिल! बतलाओ, जान पड़ता है, लिच्छवियानियाँ तुम्हीं पर ढरना चाहती हैं।"

भामा—"देवर! यह ईर्ष्या की बात है।"

मैं—"ईष्या क्यों करने लगा, अभी?"

भामा—"तो तुम पर भी लिच्छवियानियाँ ढरने को तैयार है और लिच्छवियानियों के पक्ष का जिस तरह तुमने समर्थन किया है, उससे उनका ढरना वाजिब है। हाँ, तो कपिल भाई! बतलाओ, हमें क्या-क्या सीखना चाहिए, और हमारी सेना में किस आयु तक की स्त्रियाँ सम्मिलित होनी चाहिए?"

कपिल—"मैं समझता हूँ भामा! लिच्छवियानी-सेना के दो भाग होने चाहिए—एक तो शस्त्रधारी सेना, दूसरी अन्न-औषधकारी सेना; अर्थात शत्रु को क्षत करनेवाली सेना और क्षत या घाव को भर देनेवाली सेना। घायलों को हटाने आदि का काम अभी तक सैनिक को ही करना पड़ता है, जिससे लड़ने में हर्ज होता था। इसलिए, मैं समझता हूँ, घायलों को हटाने, दवा-दारू करने का अलग प्रबन्ध होना चाहिए।"

भामा—"तो इसके लिए हमें अलग शल्य-चिकित्सक, चिकित्सा शिविर, दवाइयों का ढेर-का-ढेर रखना पड़ेगा।"

कपिल—"साथ ही मैं समझता हूँ, भोजन बनाने और वितरण का प्रबन्ध भी लिच्छवियानियाँ अपने हाथ में ले सकती हैं।"

भामा—"किन्तु; क्या इसे सैनिक-सेवा कह सकते हैं?"

कपिल—"जिस ही वक्त शल्य (भाला), बाण, खड्ग, बरसनेवाले युद्धक्षेत्र में घुसने का उन्हें हम अधिकार देते हैं, उसी वक्त वह सेना का अंग हो जाती हैं।"

भामा—"अच्छा, इसे मैंने माना।"

कपिल—"इन स्त्रियों को भी कुछ शस्त्र-शिक्षा देनी होगी; किन्तु साथ ही शास्त्र-चिकित्सा-शास्त्र की शिक्षा भी। इसमें किसी अवस्था की स्त्री ली जा सकती है। दूसरी लिच्छवियान-सेना शुद्ध सेना होगी, और उसे वह सभी बातें सीखनी होंगी जो कि एक साधारण लिच्छवि-सैनिक के लिए जरूरी हैं।"

भामा—"यानी, इसमें स्त्री-पुरुष का भेद नहीं रखना होगा?"

कपिल—"हाँ, यही पीढ़ियों से पिछली लिच्छवियानियों को बतलाना होगा कि उनका खड्ग पुरुषों से कम तीक्ष्ण नहीं है।"

भामा—"लेकिन, कपिल भाई! और लिच्छवियानियों के कुलदेव सिंह! तुम भी इस पर अपनी राय दो—क्या पहली श्रेणी की सेना में हम अलिच्छवियों को शामिल नहीं कर सकतीं? मुझे आशा है, हजारों ब्राह्मणियाँ, गृहपत्नियाँ इसके लिए तैयार हो सकती हैं।"

मैं—"मैं समझता हूँ, सेनापति और गणपति—जिनको कि इसे स्वीकृत-अस्वीकृत करने का अधिकार है—को इसमें इतराज नहीं होगा।"

कपिल—"मैं भी यह राय रखता हूँ।"

भामा—"और तुम लिच्छवियानियों के युद्ध-गुरु! मुझे आशा है वैशाली में रहते वक्त हमारी शस्त्र-शिक्षा में सहायता दोगे।"

कपिल—"जरूर।"

भामा—"तो देवर! तुम सेनापति और गणपति से अलिच्छवियानियों के बारे में स्वीकृति हमें दिला दो, बस फिर महीने-भर बाद देख लेना कि लिच्छवियानियाँ भामा की नीति पर चलती हैं या कलमुँही अम्बपाली की नीति पर। सचमुच देवर! उस पर बड़ा गुस्सा आता है, उसने बहुत से लिच्छवि-परिवार, लिच्छवि-तरुण ही खराब नहीं किये, बल्कि वह कालकर्णी तो लिच्छवियानियों को लिच्छवियानी नहीं रहने देने पर तुली हुई थी।"

मैं—"तो भामा! संध्या को क्यों न तुम और रोहिणी मेरे साथ इन बूढ़ों के पास चली चलो। बूढ़ों को शाम को सामने प्याला रखकर बात करने का बड़ा रोग होता है।"

भामा—"ठीक तो कह रहे हो देवर! और उसके बाद मैं अपनी तरुणियों की परिषद में पहुँच जाऊँगी।"

मैं—"परिषद?"

भामा—"हाँ, सोमा ने अपने बाप के घर को हमारे काम के लिए दे दिया है, आज हमारे दल की तरुणियाँ वहाँ एकत्रित होंगी।"

मैं—"अच्छा मामला यहाँ तक पहुँच गया है? मैं समझता था, अभी भामा भाभी हवा में ही उड़ रही हैं।"

भामा—"देवर! देखोगे तुम्हारी भाभी जमीन पर भी कितना दौड़ सकती है। और एक बात और—क्या लिच्छवियानी सेना को स्त्री-वेश में रहना चाहिए?"

मैं—"केवल सैनिक-वेश में।"

भामा—"जो कि स्त्री-वेश नहीं होता। और?"

मैं—"और अन्तर क्या है, हम पुरुषों के भी वैसे ही लम्बे-लम्बे केश होते ही हैं, पगड़ी को सादी कर देने पर तुम्हारी पुरानी पगड़ी भी पुरुषों-जैसी हो जाएगी; किन्तु वक्ष?"

भामा—"लाज न करो देवर! किन्तु उसे भी हम ठोंक-पीटकर बराबर कर लेंगी।"

कपिल—"और जो ठोंक-पीटकर बराबर करने में असफल हों, तो उन्हें चिकित्सा-विभाग में दे देना, भामा!"

भामा—"ठीक कहा। मैं समझती हूँ, यह बहुत जरूरी है। शत्रु को पता लगने न पाए कि उसका प्रतिद्वन्द्वी सैनिक स्त्री है या पुरुष।"

कपिल—"मैं तुमसे सहमत हूँ।"

मैं—"और मैं भी।"

भामा—तो हमारे वेश का सवाल भी हल हो गया।"

बात समाप्त हुई और हम फिर रथ पर सवार हो अपने स्थान पर चले आए। शाम को गणपति और सेनापति के सामने दोनों अप्सराओं के लाल अधरों से बात निकलने की देर न थी और मंजूर कर ली गई।

वन-भोज

उल्काचेल के लिए प्रस्थान करने से दो दिन पहले ही लिच्छवियों का वन-भोज महोत्सव आ गया। यह महोत्सव साल-भर में सिर्फ एक बार जाड़ों में होता है। कहने को यह भोज कहा जाता है, किन्तु उस दिन लिच्छवि-लिच्छवियानियाँ खाने

की चीजों में सिर्फ लवण और मेरय (कच्ची शराब) अपने साथ ले जा सकती हैं, नहीं तो सैकड़ों वर्ष पहिले के अपने पूर्वजों की भाँति उन्हें अपनी सारी भोजन-सामग्री अपने हथियार के बल पर जंगल से लेनी पड़ती है। युद्ध का बहुत खतरा था, इसलिए अबकी के वन-भोज में बहुत-से सैनिकों को शामिल होने की इजाजत नहीं दी जा सकती थी। जिन्हें इजाजत थी, वह लिच्छवि अपने पास के महावन में गए। महावन की कहाँ कमी थी। हिमवान से पूर्व समुद्र (बंगखाड़ी) तक महावन-ही-महावन तो हैं। बस्तियाँ यद्यपि बढ़ती जा रही हैं, किन्तु उस जंगल में उनकी गिनती नहीं के बराबर है।

वैशालीवाले लिच्छवि सूर्योदय के साथ-साथ नगर छोड़ पूरब चल पड़े। एक योजन पर हमें महावन मिला। लोग छोटी-बड़ी मंडलियाँ बनाकर बँट गए। हमारी मंडली में थे—मनोरथ, अजित, कपिल, शान्तनु आदि और तक्षशिला के साथी, कितने ही लिच्छवि-तरुण, रोहिणी, भामा, क्षेमा तथा दूसरी बहुत-सी तरुणियाँ जिनमें ज्ञातृ-तरुणियों की संख्या अधिक थी।

महावन में गवय (नीलगाय), हरिन, सूअर, गैंडा, भैंसा, साही, गोधा (गोह) जैसे बहुत शिकार के पशु हैं; किन्तु जहाँ सारा लिच्छवि-जगत उनके पीछे निकला हो और पूरी तत्परता के साथ, तो सबको शिकार मिलेगा, इसमें सन्देह है। हमने अपने पास के शबरों (जंगली जाति) को कुछ मेरय के भांड दिये, कुछ बाणों के फल दिये; इस तरह नजदीकीपन स्थापित कर जब अजित ने पूछा, पता लगाया, तो कुछ शबर तरुणों ने शिकार का पता देना स्वीकार किया। उनके कहने से मालूम हुआ कि सबसे सुलभ है गैंडा, किन्तु सुलभ का अर्थ था दिखलाई देना, नहीं तो गैंडे के चमड़े पर न बाण या भाला असर करता, न तलवार, और उसकी नाक की सींग से बचकर निकलना तो मनुष्य के लिए मुश्किल है। उसको मारा जा सकता है, खात (गड्ढे) में गिराकर अथवा कोई चतुर धनुर्धर हो तो दोनों आँखों में एक साथ बाण चुभोकर। शबर ने गैंडे के स्थान तक पहुँचा देना स्वीकार किया। गैंडे के जोखिम शिकार के लिए हमारी मंडली की बहुत-सी तरुण-तरुणियाँ तैयार हुईं किन्तु उनमें ज्यादा-से-ज्यादा चार को ही लिया जा सकता था। अन्त में तय पाया कि अजित, मैं, मनोरथ और रोहिणी गैंडे के शिकार में जाएँगे। कपिल की टुकड़ी—जिसमें भामा और क्षेमा भी थीं—सूअर के शिकार में गईं, कुछ भैंस के, कुछ टुकड़ियाँ मोर के शिकार में और कुछ हरिन और गायों के शिकार में।

हमने जल्दी की थी, किन्तु तब भी दिन का आधा भाग खतम हो गया था, जबकि हम शिकार के लिए रवाना हुए। हमारे पैरों में नरम जूते थे, जिनसे चलते वक्त आवाज नहीं आती थी। आधा योजन (ढाई मील) तक तो हम बहुत तेजी से गए। फिर शबर ने पल्वल (जोहड़ या डबड़ा) के किनारे जाकर दिखलाया—वहाँ हाथी के पैरों-जैसे गैंडे के पैरों का निशान, तट के कीचड़ पर उसके लोटने का

दाग, उसके सींग से खोदी गई मिट्टी मौजूद थी। शबर ने एक बार कान लगा दिशाओं की परिक्रमा की; फिर नाक के नथुनों को सिकोड़ते-फैलाते हुए हवा की गन्ध ली। फिर सोचकर कहा,

"गैंडा यहाँ से दूर नहीं है, जिसका अर्थ है आप बहुत खतरे की जगह में हैं। वह चिड़िया की आवाज सुन रहे हैं, बस वहीं आसपास गैंडा है। वह गैंडावाली चिड़िया है। खैरियत है कि हवा उधर से हमारी ओर आ रही है। गैंडे की आँखें सुना मुंडा (मनुष्य)! जितनी निर्बल होती हैं, उसकी नाक उतनी ही तेज होती है। यदि इसी वक्त हवा उलट जाए, तो इसमें सन्देह है कि हममें से कोई जान बचाकर निकल सकेगा। लेकिन, अभी हवा बदलने का डर नहीं है। अब मैं उधर ले चलता हूँ, जहाँ मैं कहूँ, वहाँ पहिले दो जने वृक्ष पर चढ़ जाएँ। अपने धनुष को सँभाल लें। फिर गैंडे के पास मैं दो आदमियों को ले चलूँगा। खबरदार, पैर की आहट न हो। गैंडे का कान भी बहुत तेज होता है। फिर जैसे-जैसे मैं एक वृक्ष से दूसरे वृक्ष की आड़ में सरकूँ, वैसे ही तुम्हें करना होगा। ख्याल रखना, हम तीनों को गैंडे की आँखों में तीर मारना है, और एक साथ जैसे ही वह सिर को उठा नाक हवा में कर आँख खोलकर देखने लगे, वैसे ही। बस अब जरा भी आवाज नहीं करनी होगी—न मुँह से, न पैर से।"

हम लोग शबर के पीछे-पीछे चल पड़े। उसके काले किन्तु चमकते वर्ण, उसके चर्बीहीन किन्तु पुष्ट शरीर, उसके नंगे किन्तु गर्वोन्नत काय-भाग को सामने निर्भीकता से चलता देखकर मेरे मन में तरह-तरह के विचार हो रहे थे; किन्तु यह परिस्थिति ऐसी थी जिसमें मन सिर्फ एक विचारधारा पर ज्यादा देर तक नहीं टिक सकता था। आगे बढ़ने के साथ चिड़िया की आवाज नजदीक आती जाती थी; फिर कुछ दूर पर एक सूखे गढ़े की गीली तथा घासवाली मिट्टी में उसी रंग की एक हिलती चीज देखी। शबर के इशारा करने पर रोहिणी और मनोरथ एक वृक्ष पर चढ़ गए। अब हम तीनों आगे बढ़े। वह दुम हिलाती काली काया जितनी हमारी नजदीक आती जाती थी, मैं देख रहा था, मेरा दिल और तेजी से गति कर रहा है, किन्तु मुझे डर नहीं, बल्कि अधिकं स्फूर्ति मालूम हो रही थी। अब गैंडा हम से तीस हाथ दूर पर रह गया था। शबर हमें दो-दो नये बाण दे हमारे लिए दो वृक्षों की ओर इशारा करके एक वृक्ष पर चढ़ गया। हम और अजित भी अपने-अपने वृक्षों पर चढ़ गए। शबर ने अपने धनुष पर बाण लगाया, हमने भी लगाया।

गैंडा बीच-बीच में सींग से मिट्टी को उलटता और मुँह से जड़ को ढूँढ़कर चबाता, बीच-बीच में वह कान खड़ाकर किसी दिशा को ध्यान से देखता, सूँघता और जमीन खोदने लगता। इसी वक्त शबर ने एक लकड़ी तोड़कर नीचे की पत्तियों पर फेंका। सूखी पत्तियों के मर्मर को सुनते ही गैंडे ने मुँह जमीन से उठा लिया और अपनी छोटी आँखों को फाड़कर हमारी ओर देखने की कोशिश करने लगा।

उसी वक्त मैंने शबर को धनुष कानों तक तानते देखा। हमने भी नये फलवाले शर के साथ अपने धनुषों को ताना और शबर की सीटी की आवाज के साथ गैंडे की आँखों का निशाना लेकर छोड़ दिया—मैंने दाहिनी आँख को चुना था और अजित ने बाईं को। हमने देखा दो तीर गैंडे की आँखों में गए और तीसरा—जो कि शायद मेरा था—सींग से लगकर नीच गिर गया है। देखा, गैंडे ने तीर की पीड़ा से व्यथित हो, शायद तीरों को हटाने के लिए धरती पर मुँह को पटका, और तीर और भीतर धँस गए। हमें समझने में देन न लगी कि गैंडा अब अन्धा है और पीड़ा के मारे उसकी दूसरी इन्द्रियाँ भी बेकार-सी हैं। हम तीनों वृक्ष से उतर आए। नीचे रखे भालों को सँभाला, एक सीटी दी और अन्धे गैंडे की बाईं पँजरी के नीचे कलेजे को देखकर पहिले मैंने अपने तेज भाले को मारा। भाला ठीक जगह लगा किन्तु मैं उसे निकाल नहीं सका। गैंडा आवाज करते जमीन पर गिर पड़ा। फिर हमारे दोनों साथियों ने भी अपने भालों को चलाया। इतने में रोहिणी और मनोरथ भी आ गए; किन्तु तब तक गैंडा मृत्यु के क्षण गिन रहा था। मैंने रोहिणी को कहा, "प्रिये! तुम्हीं अपने भाले से इसका काम खतम करो।"

रोहिणी ने खूब जोर लगाकर गैंडे के पेट में अपने भाले का प्रहार किया और उसे खींचते वक्त अँतड़ियाँ निकल आईं। अभी भी उसके शरीर से प्राण निकले न थे। रोहिणी ने नजदीक जाना चाहा, लेकिन शबर ने उसका हाथ पकड़कर पीछे हटा कर कहा, "इसका एक सींग काफी है, एक बड़े भैंसे की जान लेने के लिए।"

कुछ और चोटों के बाद गैंडा एक ओर लेट गया। उसके पैर ढीले पड़ गए। शबर ने एक ढेला मारा; किन्तु वह निश्चल था।

इतने बड़े शरीर को ले जाना—यदि रस्सी और बाँस भी होते, तो भी हमारे लिए सम्भव न था। हमारे पास एक खड्ग और एक छूरा था; शबर के पास लकड़ी काटने की एक भुजाली थी। हमने गैंडे का पेट चीरकर उसकी कलेजी को निकाला। शबर ने एक टुकड़ा उसी वक्त खा लिया। हम भी अनुकरण करते; किन्तु उसे हम डेरे पर भेजकर बाँस, रस्सी और आदमी बुलाना चाहते थे। तय हुआ कि मैं और शबर रह जाएँ, बाकी तीनों जने कलेजी लेकर चले नहीं, दौड़ जाएँ। उनके चले जाने पर मैं गैंडे के शरीर को अच्छी तरह देखने लगा। उसका सींग एक हाथ से बड़ा था। उसके पुट्ठों और बगल के चमड़े परत-पर-परत चढ़े हुए थे। चुपचाप बैठे रहने से कुछ करना अच्छा है, सोच, मैंने उसकी अँतड़ियों को काटकर बाहर निकाला। पानी के पास ले जाकर धोने पर उसमें वह कन्द-मूल मौजूद थे, जिसे अभी-अभी वह खा रहा था।

दो घड़ी बाद मनोरथ कई लिच्छवियों और कुछ शबर-तरुणों को लेकर आया। गैंडे को उठाकर ले जाना हमारे वश की बात न थी, वह तो नदी और नाव होती, तभी चढ़ाकर ले जाया जा सकता था। हम समझते थे, चमड़ा अलग करने

में ही रात हो जाएगी। किन्तु हमारे देखते-देखते पाँच शबरों ने चमड़े को सिर में लगा हुआ अलग कर दिया। मांस को बड़े-बड़े टुकड़ों में काटने में हमने भी मदद की। एक-तिहाई दिन रह गया था, जब हम मांस, चमड़े, सिर को लिये वहाँ से रवाना हुए। सफल शिकारी की प्रसन्नता का क्या कहना है और उसमें भी सबसे कठिन शिकार में सफलता!

हमारी दूसरी टोलियों में सिर्फ दो को सफलता मिली थी, एक को एक छोटा-सा भैंसा मिला था और कपिल, भामा, क्षेमा की टोली को तीन सूअर, जिनमें एक बड़े दँतैल की खंगों से तो क्षेमा बाल-बाल बची थी।

अब सूर्य डुबने ही वाला था। भिनसार को वैशाली में जिसने कुछ खा लिया हो, बस वही खाना हुआ था। इसीलिए इस वक्त यदि जोर की भूख लगी थी, तो कोई अचरत नहीं। कपिल की टोली काफी दिन रहते ही लौट आई थी और वह आग जलाकर मांस के भूनने में लगी हुई थी। जलते मांस और टपकते चर्बी-मिश्रित जल के कारण चारों ओर ऐसी मधुर सुगन्ध उठ रही थी कि मनुष्य क्या, देवताओं के भी मुँह से राल टपकती। हमारी मंडली में तीन सौ के करीब नर-नारी रहे होंगे और हमारे पास मांस इतना था कि हम तीन दिन में भी खतम नहीं कर सकते थे। इसलिए, गैंडे और भैंसे के मांस का बहुत-सा भाग आसपास के शबरों को बाँट दिया।

मांस कहीं सीधे आग पर रखकर भूना जा रहा था और कहीं लोहे की सीखों में बींधकर। भामा ने कई सीखें गूँधकर आग पर रखी थीं। मैंने कहा, "भाभी! जान पड़ता है अँतड़ियाँ गलकर गिर जाएँगी, यदि अब कुछ उनमें डालने के लिए नहीं मिला।"

भामा—"आओ, देवर! मेरे इन हाथों ने कितनी ही अँतड़ियों को बचाया है। यहाँ बैठ जाओ। यह देखो, इस सींख में सिर्फ पिछले पुट्ठे के मांस-खंड हैं और करीब-करीब पक चुके हैं।"

मुझे उधर बढ़ते देख अजित भी बोल उठा, "और भाभी! मैं किस घाट जाऊँ?"

भामा—"आ जाओ तुम भी।"

रोहिणी—"और मैं?"

भामा—"पूछा नहीं करते बच्ची!"

मनोरथ—"तो असली न पूछनेवालों में मैं हूँ और देखो, यह बैठ रहा हूँ"—कह भामा के पास बैठ गया।

क्षेमा ने हरे पत्ते के लगाए पत्तल सामने रख दिये और भामा ने तुरन्त ही एक सींख को खाली कर दिया। लोगों ने छुरी से छोटे-छोटे टुकड़े काट नमक लगा-लगा खाना शुरू किया।

अजित ने पूछा, "भाभी! अब सुनाओ, क्षेमा कैसे बाल-बाल बची?"

भामा—"क्षेमा सही-सलामत है, यह तो तुम देख ही रहे हो। अब बतलाओ, मैं मांस भूनूँ या कथा कहूँ?"

अजित—"यदि दोनों काम करो तो और अच्छा।"

कपिल—"और मैं कहूँगा अजित! कथा को जितना अच्छी तरह भामा कह सकती है, उतना अच्छी तरह दूसरी नहीं कह सकती।"

भामा—"लेकिन, तुम जानते हो कपिल भाई! यदि सींख को घुमाया न जाए, तो एक जगह मांस जल जाएगा, दूसरी जगह कच्चा रह जाएगा।"

क्षेमा—"मैं भी सहायता करूँ, बहिन?"

भामा—"अच्छा, आ जाओ बच्ची! कोयलों को जरा कम कर देती हूँ, तुम लकड़ी जलाकर कोयले तैयार करती जाओ। अच्छा तो देवर सिंह! हमारी शिकार-यात्रा के बारे में सुनना चाहते हो?"

मैं—"हाँ, भाभी! तुम जब बातें करती हो तो मालूम होता है, जैसे फूल झड़ रहे हैं।"

भामा—"अच्छा तो देवर! उन फूलों को चुनो, देखो तो यह हरसिंगार के फूल हैं या बकुल (मौलसिरी) के।"

मैं—"देवकुसुम होंगे, भाभी!"

भामा—"पारिजात! मैंने तो देखे नहीं हैं, देवर! लेकिन, तुम जब हमें अप्सराएँ बना रहे हो, तो हमारे मुँह से झरने वाले फूलों को पारिजात जरूर बनाओगे। हाँ, तो सुनो, कथा आरम्भ हो रही है। और मनोरू! तुम्हारे दाँत काफी हैं, इस दँतैल के पुट्ठों को छिछोड़ने के लिए, जरा आँखों को मेरी ओर करो, ताकि मैं समझूँ कि तुम कथा सुन रहे हो या दुनिया के सामने दिखलाना चाहते हो कि तुम्हें अपनी पत्नी की कोई परवाह नहीं है।"

मनोरथ—"और भामा! यह मांस-खंड भी तुम्हारे हाथ के भुने हुए हैं।"

भामा—"तो मुझे हुक्म देना पड़ेगा कि तुम एक सींख लेकर चले जाओ उस बड़े शाल (साखू) के वृक्ष के पास।"

मनोरथ—"अर्थात वन की गोद में।"

भामा—"फिर?"

मनोरथ—"और अँधेरा हो रहा है।"

भामा—"फिर?"

मनोरथ—"और महावन सिंहों, बाघो, हाथियों से भरा हुआ है।"

भामा—"फिर?"

मनोरथ—"तुम्हारी नियत ठीक नहीं भामा! गरीब मनोरू पर तुम्हें जरा भी दया-माया नहीं है। भामा! तुम्हारा दास मनोरू इतना बुरा नहीं है, फिर क्यों उस बड़े शाल के पास उसे भेजना चाहती हो?"

भामा—"आज यहाँ सिंह, बाघ या हाथी नहीं आ सकते, मनोरू! आज जंगल के बीच में वह इतनी जो खाली जगह है, इसमें शक नहीं, इसे वन्य-पशुओं ने ही बैठ-बैठ कर पौधा न उगने देकर चटियल बनाया है, किन्तु आज उनकी इस जगह को हमने दखल किया है। देखो, थोड़ी-थोड़ी दूर पर लक्कड़ों के ढेर लगाए गए हैं, अब उनमें आग लगने ही वाली है; फिर जलती आग के सामने जानवर नहीं आ सकते।"

मनोरथ—"और यदि शाल वृक्षवाला उतर आए?"

भामा—"लंगूर?—तो मेरे वीर मनोरू! तुम लंगूर से भी डरते हो! मुझे यह न पता था।"

मनोरथ—"लंगूर नहीं भामा! तुम जानती हो, अँधेरा होते ही वानर जहाँ शाखा पकड़ते हैं, तो सूर्योदय के साथ ही हिलने-डोलने की सोचते हैं।"

भामा—"तो और कौन शाल वृक्षवाला है?"

मनोरथ—"वह जिसके लम्बे-लम्बे काले-काले बाल होते हैं।"

भामा—"भालू? मनुष्यों की आवाज और आग की गन्ध जहाँ तक पहुँचती है, वहाँ तक कोई वन्य जन्तु नहीं आ सकता।"

मनोरथ—"भालू नहीं, वह जिसके लम्बी-लम्बी बाँहें होती हैं।"

भामा—"वनमानुष? वह भी नहीं आ सकता।"

मनोरथ—"वनमानुष नहीं, अरे वह जिसकी लाल-पीली आँखें होती हैं।"

भामा—"भेड़िया? नहीं मेरे मनोरू! तुम झूठ ही डर रहे हो।"

मनोरथ—"भेड़िया नहीं, भेड़िया शाल पर नहीं चढ़ता। अरे, वह जो आदमी की तरह का होता है।"

भामा—"शबर? यहाँ के शबर हमारे मित्र हैं, उनसे हमें डर नहीं। देखा नहीं, कितना सारा मांस और कितने मेरय-भांड हमने उन्हें दे दिये। अब वह पानचर्वण के बाद नाच की तैयारी कर रहे होंगे; और तुम निकम्मे मनोरू सिर्फ समय बर्बाद कर रहे हो।"

मनोरथ—"भामा! मैं साफ कहूँ, इस जंगल में एक-एक वृक्ष पर सात-सात भूत हैं और इस पर भी यदि तुम अपने मनोरू को शाल-वृक्ष के नीचे भेजना चाहती हो, तो मैं जाने के लिए तैयार हूँ।"

भामा भूत-प्रेत से कुछ ज्यादा डरा करती थी; इसलिए भूत की बात सुनते ही सहमकर उसने मीठे स्वर में कहा, "तो मत जाओ, मनीरू! क्या सचमुच इस जंगल में बहुत भूत हैं?"

मनोरथ ने बड़े-बड़े टुकड़े मुँह में भरकर कहा, "तुम्हारी कसम भामा! शबर-तरुण कह रहा था, उसने तो एकाध के नाम भी बतलाए, किन्तु तुम जानती हो मेरी स्मृति..."

भामा ने रूखे स्वर में कहा, "तुम्हें भूलने की आदत है। किन्तु इतने बड़े महावन में एक-एक वृक्ष पर सात-सात भूत!"

मनोरथ—"तो तुम जानती हो, आदमियों की जितनी पीढ़ियाँ बीतीं और एक-एक पीढ़ी में जितने आदमी मरे, क्या इन मृतकों से वृक्ष ही ज्यादा हैं?"

मैं—"भाई मनोरथ! तुम ठीक कह रहे हो और मैं शबर की बात ध्यान से सुन रहा था।"

भामा—"तो आज हम बड़े खतरे में हैं।"

मनोरथ—"ऐसे-वैसे खतरे में नहीं। वैसे हो तो आग के सामने, न सिंह आ सकता, न बाघ, न हाथी, न भेड़िया; किन्तु शबर-तरुण कह रहा था, इस जंगल के भूतों के सरदार कभी हाथी पर चढ़कर निकलते हैं, कभी बाघ पर, कभी सिंह पर, और उनके ले आने पर बाघ-सिंह आग के सामने क्या, आग के ऊपर चले आते हैं।"

भामा ने मनोरथ के पास सटकर कहा, "लेकिन, हम तीन सौ हैं मनोरू!"

मनोरथ—"इनके लिए तो चालीस-पचास वृक्षों के भूत ही काफी होंगे। तो क्या तुम समझती हो, महावन में कुल इतने ही वृक्ष हैं?"

भामा—"तुम हँसी तो नहीं करते?"

मनोरथ—"हँसी करने के लिए मेरी भामा ही है क्या? और सो भी ऐसी हँसी! मैं सिर्फ खतरे को पहिले से बतला देने तथा अपनी प्राण-भिक्षा माँगने के लिए तुमसे कह रहा था, भामा! क्या इस पर भी गरीब मनोरु को उस बड़े शाल वृक्ष के नीचे भेजना चाहोगी?"

भामा—"नहीं मेरे मनोरू! मैं तुम्हें अपने से हाथ-भर भी दूर नहीं भेजूँगी। आज मेरे मनोरू! तुम मेरे साथ ही सोना।"

मनोरथ—"गोया और रोज मैं तुमसे अलग सोया करता था? क्या कह रही हो, भामा! लोग क्या कहेंगे; और इन मित्र की सूरत में दिखलाई देनेवालों में शत्रु भी निकल आ सकते हैं।"

अजित—"भाई मनोरथ! सच-सच कहता हूँ, मैं उन्हीं में हूँ, मैं दिल से चाहता हूँ, भामा तुम्हें बड़े शाल के नीचे भेज दे और घंटे-भर के भीतर महाभूत तुम्हारी हड्डी-गोड्डी भी न छोड़े और फिर रही भामा और उसका देवर अजित।"

भामा ने मुँह लाल कर कहा, "क्या मुँह से निकाल रहे हो अजित? मैं अपने मनोरू को पलक की ओट नहीं जाने दूँगी। तो देवर सिंह! तुम भी कहते हो, यहाँ भूत बहुत हैं?"

मैं—"हाँ, भाभी! किन्तु हमारे पास खड्ग है। भूत लोहे के पास नहीं आता।"

भामा—"सच?"

मैं—"बिलकुल सच, क्या तुमने बूढ़ी दाइयों से सुना नहीं?"

भामा—"सुना तो है, किन्तु इसकी परीक्षा करने को जी नहीं चाहता।"

मैं—"अच्छा भाभी! तुम चिन्ता मत करो। हम सब तुम्हें और मनोरू को घेरकर सोएँगे, रात-भर की ही बात है न?"

भामा—"और खाओ, देवर! देखो यह सींख कितनी अच्छी भुनी है। कहीं जली नहीं है और खाने में कितनी कुरकुरी लगेगी। दन्तैल बहुत भारी था, उसकी खाँगें मैंने यत्न से रखी हैं, वह एक बित्ता से थोड़ी ही छोटी होगी।"

मैं—"तो भाभी! तुमने उस दन्तैल के शिकार की बात नहीं बतलाई?"

भामा—"मुझे शाल वृक्षवाले दन्तैल का ख्याल हो जाता है, देवर!"

मैं—"उसको इस वक्त छोड़ो, बताओ तो क्षेमा कैसे बाल-बाल बची?"

भामा—"शबर हमें वह गढ़ा दिखलाने ले गया जहाँ दोपहर को सूअरों का झुंड आता है। उसने दूर से एक वृक्ष पर चढ़कर दिखलाया। मैं भी एक वृक्ष पर चढ़ी।"

मैं—"इसी अन्तर्वासक में?"

भामा—"नहीं, हमने पुरुषों की भाँति दो कच्छी धोती बाँधी थी।"

अजित—"अच्छा?"

भामा—"अच्छा क्या? तुम चाहते हो, मैं तहमद बाँधकर ऊपर चढ़ती और कहीं कपड़ा फँसता तो न ऊपर की रहती न नीचे की।"

मैं—"अच्छा शिकार की बात करो, भाभी!"

भामा—"बड़ा झुंड था, जिसमें बच्चे, सूअरियाँ मिलाकर पचास से कम न रहे होंगे। पल्वल (गड्ढे) में पानी था। वहाँ जंगल तीन तरफ से पल्वल के तट तक पहुँच गया था, सिर्फ एक तरफ कुछ खाली जगह थी। हमारी मंडली में पचास नर-नारी थे। सबके हाथ में भाला, किसी-किसी के पास तीर-धनुष या खड्ग भी था। यह तय हुआ कि पल्वल को चारों ओर से घेरा जाए, जिसमें खाली जगह की ओर ज्यादा आदमी रहें; क्योंकि उधर से ही सूअरों के भागने का डर है।"

अजित—"भाभी! तुमको किधर रखा गया?"

भामा—"मुझे पीछे की ओर जाने को कहा, किन्तु मैंने और क्षेमा ने आग्रह करके खुली जगह की ओर रहना पसन्द किया।"

मैं—"अर्थात ज्यादा खतरे की जगह में! सूअर पानी में तैरते हैं और फिर जाने पर तैरकर दूसरी ओर ज्यादा भागने की कोशिश करते हैं; किन्तु उस वक्त उसकी गति मन्द होती है और तीर का निशाना तो खूब लगाया जा सकता है।"

भामा—"किन्तु मैं और क्षेमा ने उसी खुली जगह को पसन्द किया जिस ओर कि सूअरों का झुंड था। अभी हम घेरा पूरा नहीं घेर पाए थे कि देखा सूअर थूथुन ऊपर उठाकर सूँघ रहे हैं। झुंड का सरदार—यही दन्तैल जिसके मधुर मांस को तुम इस वक्त खा रहे हो—सबसे ज्यादा चौकन्ना हो इधर-उधर देखने लगा था। खैर! उनके भागने का प्रयत्न करने से पहिले ही हम उनके चारों ओर फैल

गए थे। मेरे, क्षेमा और हमारी थोड़ी दूर पर खड़े कपिल के हाथ में भी भाले थे। बात करने में देर लगती है. देवर! नहीं तो सब बातें पलक मारते-मारते बीत गईं। दन्तैल ने देखा आदमी चारों ओर हैं। जरा देर ठमककर वह तीर की तरह खुली जगह की ओर दौड़ा। उसके पीछे उसका झुंड था। हम लोगों ने शोर किया जिससे कुछ सूअर मुड़ गए; किन्तु दन्तैल सीधा उस ओर दौड़ा, जिधर सामने क्षेमा भाला लिये खड़ी थी। उसकी तेज लम्बी-लम्बी दूध-सी सफेद खाँगें थूथुन से निकली साफ दीख रही थीं। क्या करना चाहिए, इस पर मैं न सोच पाई थी, न क्षेमा ही, आखिर में सोचते-सोचते मेरे मस्तिष्क में मूर्च्छा-सी आई। मैंने समझा सूअर से क्षेमा—हमारी जनपद-कल्याणी—को बचाया नहीं जा सकता।"

क्षेमा भामा से लिपटकर बोली, "नहीं, बहिन! उस वक्त का चित्र मत खींचो।"

भामा—"भोली बच्ची! अब क्या होता है? देखती नहीं, यही तेरा काल इस वक्त खाने में कितना मधुर लग रहा है, जरा इन दोनों में मेरय तो डाल। देख नहीं रही है, सिंह और कपिल के सबके तालू चटक रहे हैं। अच्छा तो देवर सिंह! मालूम होता है, मैं मूच्छित नहीं हुई, बल्कि सपना देख रही थी। सभी बातें यंत्रवत हुईं। दन्तैल के पास पहुँचने से पहिले ही कपिल डर कर भामा के पास पहुँचे; उसे दोनों हाथों से लपेट छाती से लगा दो हाथ दूर रख उन्होंने भाले को बलपूर्वक दन्तैल की कोख में मारा। दन्तैल जिस तेजी से उड़ता हुआ आ रहा था, उसमें भाले का निशाना लगना भी मुश्किल था। भाला निकालने की वहाँ बात ही कहाँ हो सकती थी। भाला कपिल के हाथ से खींचकर निकल गया। दन्तैल को टक्कर लगी, कपिल सात हाथ दूर जा गिरे। मैंने समझा काम हो गया; किन्तु देख रही कपिल ने उसी वक्त उठकर क्षेमा के भाले को छीन लिया और मर्म में लगी घाव तथा टक्कर के कारण भी मुँह के बल गिरे दन्तैल को उठने का मौका दिये बिना एक के बाद एक भाले के कई प्रहार किये। तब तक हम भी नजदीक पहुँच गए। दन्तैल गुर्रा रहा था, किन्तु उसमें उठने की ताकत न रह गई थी। कपिल के पसीने से तर रोम-रोम हिलते थे। उस शरीर को देखने का मन बार-बार करता था। उसमें कितनी निर्भयता, कितना बल, कितनी शीघ्रता थी। इसी वक्त मैंने देखा, किसी के दो सफेद हाथ कपिल की पीठ पर लिपटे, छाती कपिल की छाती से मिली और लाल-लाल ओठ कपिल के ओठों पर थे। थोड़ी देर तक दोनों निश्चल खड़े रहे। फिर हमने चार अश्रुपूर्ण नेत्रों को आमने-सामने देखा। कपिल का शरीर अब प्रकृतस्थ था, अब वह वीररस की साकार मूर्ति अन्तर्धान हो गई थी। उन्होंने कहा, 'क्षेमा! इस दयाभिषेक के लिए कोटि-कोटि धन्यवाद!' कहो देवर सिंह! हमारा शिकार कैसा रहा?"

मैंने उठकर कपिल को अंक में भर लिया और देखा, रोहिणी क्षेमा को अँकवार भरे चूम रही है। फिर हम पत्तल पर बैठ गए। भामा ने दूसरी सींख उतार कर सामने रखी। मैंने एक टुकड़ा मांस मुँह में डालकर कहा,

"भाभी! यह सींख सबसे अच्छी उत्तरी है।"

भामा—"और हमारा शिकार कैसा रहा देवर?"

मैं—"हमारा मतलब कपिल भाई का?—बहुत अच्छा रहा। ऐसा शिकार कहीं रोज-रोज करने को मिलता और ऐसी द्राक्षा-सी मीठी भाभी उसे रोज पका-पका कर खिलाने के लिए मिलती, तो पितरलोक, देवलोक सभी झूठे भाभी!"

भामा—"मैं जानती हूँ, तुम अपनी भाभी को आसमान पर उठाओगे। अच्छा रोहिणी बच्ची! तुम सुनाओ अपने शिकार की बात।"

रोहिणी ने मुँह गिराकर कहा, "मुझे शिकार के पास भी कोई जाने दे, तब न बहिन!"

भामा—"तो तुम्हें शिकार के पास भी नहीं ले गए रोहिणी!"

रोहिणी—"मुझे और मनोरथ जेठ को दूर ही एक वृक्ष पर चढ़ाकर छोड़ दिया।"

भामा—"तो मेरे मनोरू भी खून लपेटकर गैंडामार बने।"

रोहिणी—"हम दोनों को बहिन! पास जाने ही नहीं दिया। कुछ बोलती, किन्तु जो लाल-लाल आँखोंवाला काला शबर मिला था, वह साँस की भी साँय-साँय को सुनना नहीं चाहता था।"

मैं—"लेकिन रोहिणी! तुमने भी जिन्दा गैंडे पर अपने भाले को चलाया था।"

भामा (खुश होकर)—"सचमुच बच्ची! मुझे तो वह भी मौका नहीं मिला। पल्लव के दूसरे तटवालों ने तीर से दो बच्चों को मारा था।"

रोहिणी—"यह आँख पोंछने की बात थी बहिन! गैंडा उठ थोड़े ही सकता था, जब मुझसे भाला चलवाया गया।"

मैं—"लेकिन भाभी! रोहिणी में डर छू नहीं गया था, वह घायल गैंडे के पास जा रही थी।"

रोहिणी—"और उस काले-कलूटे ने मेरा हाथ पकड़कर दूर ढकेल दिया।"

"गैंडा और दन्तैल में बहुत अन्तर है मेरी प्यारी रोहिणी!" मैंने उसके केशों पर हाथ फेरते हुए कहा। गैंड़े को बल से नहीं छल से ही मारा जा सकता है, इसलिए तुम्हें अफसोस नहीं करना चाहिए।

भामा—"हाँ देवर! तुम ठीक कह रहे हो। और मेरा मन तो अब भी इसी विचार में लगा हुआ है कि कपिल ने किस वक्त सोचा, किस वक्त क्षेमा को दूसरी जगह रखा और किस वक्त दन्तैल पर भाला चलाया। मैं समझती हूँ, वहाँ समय इतना कम था कि उसमें सोच लेना मुश्किल था, हाथ-पैर चलाना तो बिलकुल असम्भव था।"

कपिल—"नहीं भामा! आदत लगाने पर उतने समय में सोचना और भाले को चलाना दोनों हो सकता है।"

भामा—"मेरे लिए तो असम्भव मालूम होता है।"

कपिल—"हाँ, अभ्यास न होने पर ऐसा ही होता है। ढाल-तलवार चलाना तो तुम जानती हो; सीखते वक्त क्यों पहिले ढाल उतनी फुर्ती से रोक की जगह नहीं आती? इसीलिए कि आदमी सोचने में देर कर देता है, या अपने को भूल जाता है और बाँयें हाथ को हिलने की आज्ञा वक्त पर नहीं दे सकता। अभ्यास करने के बाद देखती हो न कैसे बायाँ हाथ जान पड़ता है, बिना सोचे ही, बिना आज्ञा ही, उचित स्थान पर ढाल को ले जाता है, मन को आज्ञा देना पड़ता है। भामा! किन्तु अभ्यास के कारण उसमें देर नहीं लगती।"

भामा—"हाँ, मैं भी समझती हूँ, तुमने जादू नहीं किया, किन्तु फुर्ती गजब की थी।"

कपिल—"इसी फुर्ती के लिए खेल खेले जाते हैं, इसी के लिए शस्त्रों का अभ्यास करना पड़ता है। शिकार या युद्ध इसी अभ्यास की परीक्षाएँ हैं।"

भामा—"तो क्षेमा एक परीक्षा पास कर गई। कपिल भाई! हम सोच ही रहे थे कि उस थके-कँपते शरीर को कैसे शान्त किया जाए और उधर क्षेमा ने एक पल में सोचा भी और ऐसी औषध प्रदान कर दिया कि तुम्हारे सब ताप दूर हो गए।"

कपिल—"मैं इसके लिए क्षेमा का बहुत-बहुत कृतज्ञ हूँ।"

क्षेमा—"अरे मैं?"

भामा—"मैं जानती हूँ बच्ची! तुम अपने प्राण बचानेवाले से अकृतज्ञ नहीं हो सकती। और तुम्हारा मूक कृतज्ञता-प्रकाशन कपिल के शाब्दिक कृतज्ञता-प्रकाशन से कहीं बढ़कर है।"

क्षेमा—"किन्तु बहिन! तुम अन्याय कर रही हो, वह शाब्दिक कृतज्ञता-प्रकाशन न था।"

भामा ने क्षेमा के गीले नेत्रों को चूमकर कहा, "हाँ, ठीक कह रही हो बच्ची! कपिल ने तुम्हारे लिए अपने को काल के गाल में डाला था।"

क्षेमा—"और मैंने बहिन! वैसा कुछ भी नहीं किया।"

भामा—"मैं समझती हूँ, क्षेमा! कृतज्ञता का प्रकाशन जितना मूक होकर किया जा सकता है, उतना शब्दों से नहीं। अच्छा, अब अँधेरा होने को आया। लोग मांस-चर्वण, मेरय-पान से गुजरकर राग अलापने में लग गए हैं, हमें भी जल्दी करनी चाहिए, थोड़ी देर में नाच शुरू हो जाएगा।"

लकड़ी के कई ढेर जलाए जा चुके थे। हमने उन पर गैंडे, सूअर और भैंसे के मांस को भूनना शुरू किया। हम औरों से कुछ पिछड़ जरूर गए। अजित मेरा सहकारी था, उसका मांस भूनने का एक दूसरा ही सिद्धान्त था। उसका कहना था कि मांस को ऐसे भूनना चाहिए कि भीतर की सारी लाली खतम न हो जाए और

उसने कुछ टुकड़े ऐसे भूने भी; किन्तु हमारे में से कितने ही लोग कुरकुर मांस को ज्यादा पसन्द करते थे।

मांस भूनने का काम खतम कर अब नियमपूर्वक वन-भोज शुरू हुआ। सारे तीन सौ नर-नारी पाँती में बैठ गए। उनके सामने मांस के लिए पत्तलें और मेरय के लिए शाल-पत्र के दोने रख दिये गए। पाँतियों के बीच में जलती धूनी काफी प्रकाश दे रही थी। परोसनेवाले नर-नारी बीच में फिर रहे थे। एक बार परोस देने के बाद वह भी घाटे में न थे। उनके लिए सभी की पत्तलें अपनी पत्तलें थीं। अजित परोसते-परोसते भामा के पास पहुँचता—'भाभी गैंडा कैसा बना है?' कहा और भामा छुरी से मांस का टुकड़ा काटते हुए बोलती—'बहुत मीठा, जरा मुँह इधर करो' और टुकड़े को कान तक फटे अजित के मुँह में डाल उसके गालों पर एक कोमल चपत लगा देती। मेरय के लिए अजित कभी रोहिणी के पास चला आता—'गान्धारी भाभी! अपने जूठे दोने की एक घूँट इधर भी बढ़ा देना' और फिर पीकर 'गान्धारी भाभी के अधर बहुत मीठे हैं' कहता।

मेरय रंग लाने लगा था, यह वन-भोजियों की तानों से पता लग रहा था। सिंह और कपिल के षड्यंत्र में भामा भी शामिल हो गई थीं और आज मनोरथ को बहुत कड़े मेरय के दोने पिलाए जा रहे थे। मनोरथ पर उसका रंग जमने लगा था, और वह भामा की ओर दोना बढ़ाकर कह रहा था,

'भा - ा - ा - ब - भी! तू - ू - ू - वू-भी पी।'

भामा–"मैं तुम्हारी भाभी!"

मनोरथ—"औ - ौ - र-क़ - क्-क्या? सा - ा - ा - ब् - ब की - ी भा - ा - ब् - भी, तू - ू - मे - े - री-ी - ब् - भी भा - ा - ब् - भी।"

भामा—"अच्छा मेरे मनोरू देवर! यह लो, कितना मीठा दोना?"

मनोरथ—"दे - े - े - व्-वर न ा - ा - हीं - भा - ा - ा - व् - भी' म - ा - नो - रू - ू - ते - े - रा - ा।"

भामा—"अच्छा, मेरे मनोरु! भाभी को कुछ गीत सुनाओ।"

मनोरथ की आँखें लाल हो रही थीं, और बीच-बीच में वह झँपने लगी थी, किन्तु जैसे ही भामा का शब्द उसके कान में पड़ता, वह सोते से जाग उठता। जहाँ दोना मिलने में देर होती, वह कह उठता—

"मी - ी - ट् - ठ - ा द - दो - ो - ना - भा - ा - ाब् - भी! मी - ी - ट् - ठा"

अब भामा ने हल्का मेरय देना शुरू किया था—

"मनोरू! भाभी को गीत सुनाओगे?"

मनोरथ—"भा - ा - ा - ब्भी - को - ो ? सु - ु - ना - ा - ऊँ - ूँ - गा - ा।'

'प - ा - ा - ा - न् - नि - ि - ी - ग् - घ - ट।'

'प-प-प-त्-नि-ग्-घ-ा-ा-ा-ट्प्-पै।'

'प-ा-ा-इ-नी-ी-ी-ग्-घ-ट्-टा-ा-ा'

'अच्-छ-ा-भा-ा-व्-भी-ी: त्ता-ा-लू-ू-सू-ू-ख-ा हे, दो-ो-ना दे-ो-ो ना।"

मनोरथ के गीत का लोगों को मजा आ रहा था, खासकर अजित को। उसने मनोरथ से कहा,

"मनोरथ भाई! नाच होना चाहिए।"

मनोरथ—"ना-ा च्-च, हाँ-ाँ हाँ ा ठी-ी ना-क-चू-च-च बा-ा-ा-जा न-हीं-ीं-ब-ज्-ज्-ता-ा।"

अजित—"बजता है मनोरथ भाई! किन्तु किसके साथ नाचोगे?"

मनोरथ—"स-ब्-ब् के सा-ा-था, भा-ा-ा व्-भी-ी-च-लो-ना-ा-चैं, च-लो-ो-ो।"

भामा ने नाराज होकर कहा, "अजित! तुम बड़े शैतान हो।"

अजित—"न-ा-ा हीं-ीं भा-ा-ा व्-भी-मैं-ँ-बू-भी-ी-ना-ा-च-चूँ-गा-और-ौ-र-भा-ई-ं म्-म-नो-ो र-थ भी।"

मनोरथ—"हाँ-ाँ-म्-म-नो-र-थ-भीं आ-ा-ओ ो ना-ा-चैं झे-ो-ो-नों-ो भा-ा-ई!"

हम सबने एक साथ कहा, "हाँ, नाचो दोनों भाई नाचो।" मनोरथ हिलते-डोलते खड़ा हो गया था और वह अजित का हाथ पकड़े हुए था। अजित ने एक बार नशा की नकल करनी चाही, किन्तु अब उनको कुछ सूझ ही नहीं रहा था। मनोरथ 'नाचो दोनों भाई' की आवाज निकालते अजित को खींच रहा था। भामा ने कहा,

"अजित! अब पहिले थोड़ा नाच लो, तब मैं जान बचाती हूँ।" अजित खड़े हुए। मनोरथ दो कदम चलकर गिर पड़ा। उठने की कोशिश करने पर भी वह उठ नहीं सका।

अब भोजन खतम हो चुका था। साज-बाज ठीक किया जा रहा था, और थोड़ी ही देर में नशे में चूर लोगों को छोड़ नर-नारी यूथ-नृत्य करने लगे।

अपनें सीमान्त पर

रोहिणी ने भामा के साथ लिच्छवियानी-सेना के संगठन का काम सँभाला था। मेरे उल्काचेल रवाना होने से पहिले एक सहस्र लिच्छवि-तरुणियाँ उनकी सेना में

शामिल हो गई थीं। उनकी शस्त्र-शिक्षा में मनोरथ, अजित जैसे तरुण सहायता दे रहे थे; इस तरह रोहिणी हमारे साथ उल्काचेल नहीं जा सकती थी।

उस दिन भिनसार ही घोड़े पर सवार हो हम वैशाली से निकले। मेरे साथ कपिल, उनके और साथी तथा कुछ लिच्छवि सेनानी थे। रास्ते की सेना-छावनियों का अवलोकन कर हम दोपहर तक उल्काचेल पहुँच गए। चाचा रोहण मेरी प्रतीक्षा कर रहे थे। मुझे देखकर गले लगाते बोले,

"अच्छा, बेटा सिंह! कितनी खुशी है उस चाचा को, जिसके स्थान को उसका लायक भतीजा लेता है। सेना के स्थान-विन्यास के बारे में यहाँ के सेनानी तथा मेरे उपनायक अमरु—जो कि तुम्हारे द्वितीय-उपनायक हो रहे हैं—भी बतलाएँगे; किन्तु एक बार मैं चाहता हूँ कि मुख्य स्थानों को तुम्हें खुद दिखा दूँ।"

मैंने इसके लिए चाचा को धन्यवाद दिया।

भोजनोपरान्त चाचा भूमि पर अपने और शत्रु के दुर्गों के चिह्न खींचकर हरएक चीज को बतलाते रहे। फिर हमारी कितनी सेना कहाँ है इसे बतलाया। पहर-भर दिन रह गया था, जबकि दक्षिण-सेना के कितने ही सेनानी-उपसेनानी भी पहुँच गए। चाचा ने मुझसे और मेरे उपनायक कपिल से उनका परिचय कराया। इसके बाद मैं और कपिल एक कमरे में चले गए और एक-एक स्थान के सेनानी तथा उपसेनानी को बुलाकर हमने उनके सेना-बल आदि के बारे में विशेष तौर से पूछा। बीच-बीच में तालपत्र पर मैं कुछ लिखता भी जाता था। हमारा काम समाप्त नहीं हुआ, जबकि अँधेरा हो गया।

रात चाँदनी थी। चचा ने उस वक्त गंगा के कितने ही दुर्गों के निरीक्षण की सलाह दी। तक्षशिला के सेनानियों को छोड़ कपिल के लिए चचा के साथ मैं नाव पर जा बैठा। हमारे सामने गंगा पार पाटलिग्राम था, जहाँ मगधों की एक बड़ी सेना छावनी डाले हुए थी। हम गंगा के ऊपर की ओर दीर्घवाह [दिघवारा] में गंगा-मही-संगम की ओर चले। उस पार कहीं-कहीं आग जलती दिखलाई पड़ती थी, कहीं-कहीं किसी व्यापारिक नाव पर कपड़े के आवरण से छनकर दीप-प्रकाश चमकता था। जैसे इस पार के हमारे दुर्गों से न कोई प्रकाश, न कोई शब्द निकलता दिखाई पड़ रहा था, वही बात मगध के दुर्गों की भी थी। दीर्घवाह तक हमारे पाँच दुर्ग थे, जो कि सभी लकड़ी के प्राकार के थे। हमारे उतरते ही प्रहरी आवाज देता, चचा के संकेत-शब्द को सुनते ही वह अपने नायक को आवाज देता, और हम नाव से उतरकर उसके साथ दुर्ग देखने जाते। चाँदनी के प्रकाश में रास्ता देखना आसान था, नहीं तो अनजाने आदमी के लिए तो वहाँ रास्ते में इतने टेढ़े-मेढ़े गड़हे थे, कि दस हाथ भी लाँघते हुए जाना मुश्किल था। सैनिक-नावों को ऐसे छिपाया गया था कि नदी पार क्या, इस पार से भी देखना मुश्किल था। एक बड़ा तालाब बनाकर उसे टेढ़े नहर से इस तरह गंगा में मिला दिया था, कि

देखनेवालों की नजर की ओट में रहते भी नावें जरा देर में गंगा में आ सकती थीं। यह बहुत मेहनत का काम था, क्योंकि हर बरसात के बाद नई खुदाई करनी पड़ती, तो भी इस वक्त वह करना ही था। यद्यपि हम बिना सूचना दिये रात को इन दुर्गों का निरीक्षण कर रहे थे, किन्तु हमने देखा, सभी जगह प्रहरी सजग थे, कहीं शराब या दूसरी वजह से अव्यवस्था न दिखलाई दी।

रात एक पहर रह गई थी, जबकि हमने दीर्घवाह के दुर्ग को देखा। यह औरों से बड़ा दुर्ग था। चचा ने हर दुर्ग में जगे सैनिकों को मेरा परिचय देते हुए बतलाया कि आज से आयुष्मान सिंह लिच्छवि-पुत्र तुम्हारे सेनानायक हैं। किसी की पीठ ठोंकते, किसी से मजाक करते, किसी के भात में से एक कवल खाते, किसी के आसन पर एक क्षण के लिए बैठते। मैंने बात से ही नहीं, काम से उन्हें दिखलाने की कोशिश की कि उनका तरुण सेनानायक उनका नायक ही नहीं बल्कि मित्र भी है।

रात बहुत कम रह गई थी, जबकि हम लौटकर उल्काचेल आए। कपिल ने चाचा की तारीफ करते हुए कहा,

"सेनानायक! हम तो जवान हैं, और ऐसे जीवन के अभ्यस्त हैं; किन्तु आप इस अवस्था में भी इतनी मेहनत कर सकते हैं, यह आश्चर्य की बात है।"

"नहीं उपनायक! स्वास्थ्य और अभ्यास बना रहे, तो आदमी बुढ़ापे तक अपने शरीर को कार्यक्षम बनाए रख सकता है।"

हम जिस वक्त दालान में पहुँचे, देखा चाची खड़ी हुई कह रही हैं,

"चलो बेटा सिंह! कुछ खा लो।"

मैं—"तो चाची! तुम सारी रात इन्तिजार करती रहीं?"

चाची—"नहीं बेटा! मैंने घाट पर काली के लड़के को सुला रखा था, कि तुम्हारे आते ही मुझे खबर दे दे। उसी से खबर पाकर उठी हूँ।"

मैं—"लेकिन हम तो रास्ते में बहुत खा चुके हैं चाची! एक जगह आग पर भुने खड़े-खड़े रोहू थे।"

चाची—"सो तो बच्चा! जो गंगा के किनारे रहते हैं, मछली उनके लिए कोई दुर्लभ चीज नहीं है। तो थोड़ा दूध पी लो। आग पर गरम रखा हुआ है, बेटा!"

चाची के उतनी रात को उठकर आने का भी ख्याल करना था, इसलिए हमने एक-एक कटोरा गर्म दूध पीना स्वीकार किया, आखिर लिच्छवि के लिए दूध तो पानी-जैसा है।

दूसरे दिन दिन-भर हम चाचा रोहण और उनके चरनायक से शत्रु की गतिविधि के बारे में जानकारी प्राप्त करते रहे; उससे पता लगा कि मगधराज अभी तक नहीं तय कर पाया कि युद्ध कब तक शुरू किया जाए।

उस रात को हम गंगा के नीचे के दुर्गों का निरीक्षण करने के लिए चले। बल्गुमुदा [बागमती] और गंगा का संगम काफी दूर है, इसलिए हम उसे एक रात

में खतम नहीं कर सकते थे। रात को हम नाव पर यात्रा करते, दिन को किसी दुर्ग में ठहरकर रात की देखी बातों का स्मृति-लेख लिखते, तीसरे दिन हम बल्गुमुदा के संगम पर पहुँच गए।

सब देखने पर मुझे और कपिल दोनों को लिच्छवि-भटों और उनके सेनानियों की सतर्कता और चुस्ती पर सन्तोष हुआ। तक्षशिला की कुछ नई-नई रण-चातुरी, खासकर नदी-युद्ध के बारे में सिखलानी जरूरी थी, इसके लिए हमने उचित समझा कि उल्काचेल में सेनानियों को बुलाया जाए, किन्तु पहिले मही के दुर्गों को देखना जरूरी था।

सेनानायक रोहण अब वैशाली रवाना होनेवाले थे। मैंने उन्हें भामा, रोहिणी को उत्साहित करते रहने के बारे में कहा, तो उन्होंने कहा, "बेटा! किसी काम को आधे मन से करने की जगह न करना अच्छा है।" मैं लिच्छवियानियों की सेना के बारे में उत्साह ही नहीं प्रदान करूँगा, बल्कि उसमें हर तरह की सहायता करूँगा और वैशाली जाकर मैं ऐसी स्थिति में रहूँगा कि इस काम में भामा और रोहिणी की मदद कर सकूँ। वैद्य अग्निवेश को मैं प्रेरित करूँगा कि वह चिकित्सा विभाग में योग दें। मैं समझता हूँ कि इसमें निस्सन्देह सफलता होगी, और लिच्छवियानियों का वज्जी के अगले विजय में प्रशंसनीय हाथ रहेगा।

चाची ने चलते वक्त कहा, "बेटा! रोहिणी के न रहने से तकलीफ तो न होगी? कहो तो भामा को भेज दूँ।"

मैं—"चाची, सिपाही को हर तरह की तकलीफ के लिए तैयार रहना चाहिए और अभी मेरी वैसी अवस्था भी है। साथ ही इतने सेनानी तथा सैनिक जहाँ मौजूद हों वहाँ तकलीफ क्या होगी? हाँ, काली के पुत्र को छोड़ जाएँ, वह मेरे घोड़े को भी देखेगा, साथ ही लड़का होशियार मालूम होता है, मेरे और भी काम आ सकता है।"

चाची शुक को छोड़ गईं।

अब उतने बड़े घर में मैं, कपिल और शुक तीन ही आदमी रह गए थे।

अगले दिन हम नाव पर मही की ओर रवाना हुए। दीर्घवाह के संगम से ऊपर की ओर धार तेज थी और गोन पर [रस्सी से खींचकर] उसे ले जाना पड़ा। मही का पूर्वी तट हरी घासों के मैदान-सा है, जिसमें गोपालों की हजारों गायें चरती रहती हैं। एक दिन हम एक गोष्ठ में गए। आदमियों के रहने के लिए कुछ छोटी-छोटी कुटिकाएँ थीं, जिनमें दूध जमाने, मक्खन निकालने का इन्तिजाम था। इन गोपालों में लिच्छवि और अलिच्छवि दोनों तरह के लोग हैं, जो सभी वज्जी से युद्ध करने की नियत रखनेवाले मगधराज को गालियाँ दे रहे थे।

मही-तट के दुर्गों की जाँच में हमें चार दिन लगे। हमने शान्तनु और उनके दूसरे आठ साथियों को इन दुर्गों पर नियुक्त कर दिया और उन्होंने नाविकों का

विशेष शिक्षा का काम अपने हाथ में लिया। कपिल के साथ मैं उल्काचेल चला आया, जहाँ से कपिल तो नावों में कुछ सैनिक-सुधार के प्रयोग के लिए वैशाली चले गए और मैंने अपने सेनानियों को नदी-युद्ध के कुछ तरीकों को सिखलाने के लिए अपने पास बुलाया। उसमें आठ दिन लगे।

जिस दिन शिक्षा समाप्त हो रही थी, उस दिन हमारे सेनापति सुमन भी पहुँच गए। मैंने अपने दुर्ग-निरीक्षण तथा नये युद्ध के तरीके पर उनसे बातचीत की। नये तरीके को पूर्वीय सीमान्त की सेनाओं को भी बतलाने की उन्होंने राय दी, जिसके लिए मैंने शान्तनु को भेजना तय किया। सेनापति से यह भी पता लगा कि लिच्छवियानियों की सैनिक-शिक्षा बड़े जोर-शोर से हो रही है, जिसमें सेनानायक रोहण बड़ी तत्परता दिखला रहे हैं। वैद्य अग्निवेश और उसके पचास से ऊपर शिष्य हमारे सैनिक चिकित्सा-विभाग में शामिल हैं, वह स्त्रियों को घाव में मलहम-पट्टी आदि की बातें सिखला रहे हैं। सेनापति की बातचीत से मालूम पड़ रहा था कि वह गण की सैनिक स्थिति से बहुत सन्तुष्ट हैं।

मैंने चरपुरुषों की संख्या बढ़ा दी थी। मैं जानना चाहता था, सोन और गंगा के तटों पर शत्रु और क्या नई तैयारियाँ कर रहा है, और यह भी कि पाँच पर्वतों के बीच अवस्थित मगध-राजधानी राजगृह और उनके रास्तों की रक्षा का प्रबन्ध किस तरह किया गया है। इसके लिए मैंने अपने कुछ सेनानी तथा दूसरे चतुर पुरुषों को परिव्राजक निगंठ (जैन साधु), आजीवक भिक्षु आदि के साधु-वेष में और कुछ को व्यापारी तथा ज्योतिषी बनाकर भेजा। उनसे पता चला कि बिम्बसार राजधानी के दुर्ग की मरम्मत करा रहा है। गंगा-तट से वहाँ तक उसने कई जगह सैनिक मोर्चाबन्दियाँ की हैं, खासकर नालन्दा, अम्बलष्टिका [सिलाव] की दो योजन भूमि में उसकी तैयारियाँ और भी ज्यादा हैं, जिसका अर्थ है, बिम्बसार को डर है कि कहीं लिच्छवि अबकी बार राजगृह तक न दौड़ आएँ। मगध-सेना की भीतरी बातों के बारे में मालूम हुआ कि उसके सेनापति और सेनानायक पुराने ढंग के हैं, उनमें सब एक-दूसरे को अयोग्य समझते हैं और उनके आपसी झगड़ों को रोकने के लिए वर्षकार महामात्य को बहुत कोशिश करनी पड़ती है। राजा बिम्बसार अपने लड़के के हाथ में बिलकुल नाचता है, यह तो नहीं कहा जा सकता, किन्तु जहाँ तक वज्जी के ऊपर आक्रमण का सवाल है, उसमें वह कुमार की राय से प्रभावित हुआ है। वह कहता है, “मुझे कितने दिनों रहना है, आखिर को कुमार अजातशत्रु को ही राज्य सँभालना है।” इतना होने पर भी बिम्बसार युद्ध के विषय में अधिक आशावादी नहीं हैं। कुमार अजातशत्रु चतुर तरुण है, इसमें शक नहीं, किन्तु वह बहुत अभिमानी और जिद्दी है। वह युद्ध, राजनीति सभी में अपने को सर्वज्ञ समझता है, यद्यपि यह गलत है। राजनीति में वह वर्षकार का योग्य शिष्य है। इसमें शक नहीं, ब्राह्मण वर्षकार को अपने शिष्य पर बहुत भरोसा है और

वह उससे कहता है कि अभी मगध को अपने राज्य तथा बल-विस्तार के लिए हथियार से अधिक कूटनीति पर भरोसा रखना चाहिए। आगे हो सकता है समय आए, जब मगध अपने तलवार के बल पर भी सफलता पाए। ब्राह्मण वर्षकार लिच्छवियों की शक्ति से परिचित है, इसलिए उसकी राय थी कि पहिले कोसल को मगध राज्य में मिलाया जाए। वह इसे आसान भी समझता है, क्योंकि उसके विचार में काशी [देश] वाले अभी भी अपने स्वतंत्रतापहारक कोसलों से घृणा करते हैं। उसकी घृणा को दूर करने के लिए यद्यपि प्रसेनजित ने अपने सगे भाई को काशिराज बना वाराणसी में बैठा रखा है, किन्तु इसे काशीवाले सिर्फ उपहासमात्र समझते हैं। वर्षकार की राय है कि यदि हम कोसल राज्य के काशी-प्रदेश पर हमला करें, तो वहाँ की सफलता के साथ यही नहीं कि प्रसेनजित को काशी का जन-बल नहीं प्राप्त होगा, बल्कि काशीवाले मगधों की सहायता करेंगे और काशी जनपद की सम्पत्ति तो हमारे हाथ आ ही जाएगी। इस प्रकार अंग, मगध, काशी के संयुक्त धन, जन, बल के सहारे विस्तृत कोसल जनपद को स्ववश करना आसान हो जाएगा, किन्तु इस बात को मानने के लिए राजा बिम्बसार किसी तरह भी तैयार नहीं था। वह अपने साले प्रसेनजित के प्रति बड़ा स्नेह रखता है। लिच्छवियों के साथ युद्ध करने में बिम्बसार जो सहमत हुआ है, उसमें एक कारण यह भी है कि कहीं प्रसेनजित के साथ न लड़ाई करनी पड़ जाए।

हमारे नये चरपुरुष बड़ी तत्परता से अपना काम कर रहे थे। इनमें एक नन्दक—जो चर के अतिरिक्त वस्तुतः निगंठ [जैन] धर्म के प्रति बड़ी श्रद्धा रखने वाला था—ने एक दिन अपने गुरु निगंठ ज्ञातृपुत्र [वर्धमान महावीर] की बड़ी प्रशंसा की। मैं एक-दो बार निगंठ ज्ञातृपुत्र के बारे में सुन चुका था, किन्तु उस वक्त मुझे इनमें कोई आकर्षक बात नहीं मालूम हुई, किन्तु अबकी बार प्रशंसा के साथ नन्दक ने यह भी बतलाया कि आजकल वह उल्काचेल के बाहर एक बाग में बिहार कर रहे हैं। इससे उनके दर्शनों की उत्कट इच्छा मुझमें जागृत हो उठी।

मैं शाम के वक्त नन्दक के साथ उस बाग में गया, जहाँ अपनी बड़ी शिष्य-मंडली के साथ तीर्थंकर निगंठ ज्ञातृपुत्र ठहरे हुए थे। उनके शिष्यों में अधिकतर सौम्य और श्वेन मुखवाले न थे। ऊपर से वह नंग-धड़ंग थे, इसका प्रभाव मुझ पर अच्छा नहीं पड़ा। मैं तीर्थंकर के दर्शन के लिए आया हूँ, यह बात सुनने पर हमें एक निगंठ ने उस वृक्ष तक पहुँचा दिया जिसके नीचे निगंठ ज्ञातृपुत्र भूमि पर सिर नीचे किये चिन्तामग्न बैठे हुए थे। उनके छोटे-छोटे श्मश्रु-केश सफेद थे और शरीर पर भी बुढ़ापे के लक्षण प्रतीत हो रहे थे, तो भी उनके गौर-दीप्त शरीर को देखकर चित्त आकर्षित हुए बिना नहीं रह सकता था। हमारे पैरों की आहट पा उन्होंने सिर ऊपर कर मेरी ओर ताका और "आओ बैठो सिंह ज्ञातृपुत्र!" कह मेरा स्वागत किया। मुझे उस वक्त जान पड़ा, वह सचमुच सर्वज्ञ सर्वदर्शी हैं, नहीं

तो बिना बतलाए उन्होंने मेरे नाम-कुल को कैसे बतला दिया। मैं उन्हें प्रणाम कर एक ओर बैठ गया और बोला,

"भगवन! मुझे पहिचानते हैं?"

महावीर—"पहिचानते? तुम सिंह हमारे ज्ञातृकुल के योद्धा हो, तुम्हारे पिता अर्जुन से मेरा खूब परिचय था, यद्यपि वह मुझसे आयु में बहुत छोटे थे।"

उनकी बात करने के ढंग में बहुत सादगी थी, किन्तु साथ ही उनमें बहुत माधुर्य था। मैं देख रहा था, सुनी-सुनाई बातों के कारण उनके प्रति जो बुरी धारणा मेरे दिल में बैठ गई थी, वह हटती जा रही थी। उन्होंने मुझसे थोड़ी ही बात की और वह भी बीच-बीच में देर तक चुप रहकर, किन्तु इस बीच के समय में जब उनकी वाणी मूक रहती, उनके उन विशाल पिंगल नेत्रों से जान पड़ता था, अनवरत करुणा की धारा बरस रही है। उस वक्त मुझे याद आया कि निगंठ ज्ञातृपुत्र करुणा धर्म के महान प्रचारक हैं। सचमुच उनके अंग-प्रत्यंग में करुणा की झलक थी, खासकर चेहरे पर तो और भी। मैं सोचने लगा—यह पुरुष जो कुछ कहता है, उनमें स्वयं रँगा हुआ है। एकाएक उन्होंने कहा, "सिंह! चलो उस वृक्ष के नीचे", और एक हाथ में पास में पड़ी मोरपंखी तथा दूसरे से छोटे-से वस्त्र-खंड को सामने लटकाए चल पड़े। वहाँ जाकर उन्होंने भूमि को कोमल मोरपंखी से झाड़ कृमिरहित किया, फिर मुझे भी बैठने की आज्ञा देकर बैठ गए।

मैं जीवन का पक्षपाती हूँ, जीवन पाषाणमय कूलों के बीच वेग से बहती महासिन्धु की धारा की भाँति कल्लोल और कलरव के साथ अग्रसर होता है, जिसमें निरन्तर ह्रास, मान और आवेग है, किन्तु यहाँ जिस जीवन को मैं देख रहा था, वह गतिशून्य, प्रशान्त और अथाह समय था। दोनों जीवनों में कौन श्रेष्ठ है, इसका निर्णय करना उस समय मेरी शक्ति से बाहर की बात मालूम होती थी। तो भी कुछ भी सन्देह जरूर मेरे मन में पैदा होने लगा। कितनी ही देर के मूक अवलोकन के बाद मैंने पूछा,

"आप मन की शुद्धि की शिक्षा देते हैं, फिर शरीर-शुद्धि का विरोध क्यों करते हैं?"

महावीर—"तुम मेरे शरीर के मैल को देखकर पूछते हो?"

मैं—"हाँ, आपका यह गौर लिच्छवि-शरीर और मैल की मोटी तह।"

महावीर—"शरीर मलमय है सिंह! कितना ही शुद्ध करने पर यह बाहर और भीतर तो और अधिक समल रहेगा। किन्तु मैं यह नहीं कहता कि शरीर को धोया न जाए। मैं इतना ही कहता हूँ कि जहाँ धोना एक आदमी के लिए शौक की चीज हो, और जीवन से प्यार रखनेवाले हजारों प्राणियों के लिए मृत्यु के कारण, वहाँ ख्याल रखना पड़ेगा, अपने शौक के लिये हम मृत्यु के कारण न बनें।"

मैं—"तो हिंसा से पूर्णतया अपने को बचाया जा सकता है?"

महावीर—"पूरा प्रयत्न करके जितनी दूर तक उससे बचा जा सकता है, वही पूर्ण अहिंसा है।"

उस वक्त मेरा ध्यान अपने सैनिक-कर्तव्य की ओर गया। मैंने पूछा—

"आप हिंसा से बचने के लिए सामर्थ्य भर प्रयत्न करने की बात कहते हैं?"

महावीर—"हाँ, फिर तुम अपने सैनिक-कर्तव्य की दुविधा में पड़े हो?"

मैं—"ठीक कहा भगवन!"

महावीर—"किसी बात पर एकान्ततया विश्वास रखने को निगंठ ज्ञातृपुत्र नहीं कहते, क्योंकि हर बात एकान्त रूप में नहीं, मिश्रित रूप में ही मिलती है। इसलिए अहिंसा भी एकान्त शुद्ध रूप में न पाई जाती और न बरती जाती है। अतएव मैं आशा नहीं रखता कि सभी निगंठ श्रावक [जैन] एकान्त-अहिंसक होंगे, किन्तु आदमी का प्रयत्न भूतों के प्रति अपार करुणा की ओर जरूर होना चाहिए। तुम भी सिंह! अपने सैनिक-कर्तव्य को पालन करते हुए भी ऐसा प्रयत्न कर सकते हो। मांस-आहार के लिए तुम्हारा सैनिक-कर्तव्य बाध्य नहीं करता; यदि चाहो तो क्या उसे छोड़ नहीं सकते? छोड़ दो निगंठ साधुओं की जीवन-चर्या को मैं मानता हूँ, वह हर एक गृहस्थ के पालन करने की बात नहीं, किन्तु गृहस्थ भी कितनी ही दूर तक अपने आसपास प्राणिदया के श्यामल मेघ को फैला सकता है। फैला सकता है, सिंह ज्ञातृपुत्र! जैसे कि यह [मैं] ज्ञातृपुत्र पचीस सालों से फैला रहा है।"

इतना कह निगंठ ज्ञातृपुत्र चुप हो गए और मेरी आँखें उनके शान्त चेहरे पर थीं, किन्तु मेरे भीतर अशान्त समुद्र तरंगित हो रहा था। जान पड़ता था कि मर्मस्थान पर किसी ने तीर मारा है। मुझे यह समझने में देर नहीं लगी कि करुणा-प्रसार के लिए जितना मैं प्रयत्न कर सकता था, उतना मैंने कभी नहीं किया, बल्कि एक तरह से करुणा को मैंने कोई महत्त्व नहीं दिया। फिर श्रमण महावीर ने मुझे किसी जगह अपने सैनिक-कर्तव्य से विमुख होने की बात नहीं कहीं। श्रमण महावीर वस्तुत: हमारे भावों का पूरा परिचय रखते हैं, इन थोड़े से शब्दों में उन्होंने जीवन-पथ को पूर्णतया आलोकित कर दिया है। बीच-बीच में मेरा ध्यान उन करुणापूर्ण पिंगल नेत्रों पर जाता और मेरी शंकाओं के कूल-के-कूल टूटकर गिर पड़ते।

मैं बहुत देर तक उनके सामने बैठा सोचता रहा और अन्त में इस परिणाम पर पहुँचा कि श्रमण महावीर वही कह रहे हैं, जिसे मनुष्य होने के नाते हमें करना चाहिए। मैं यह नहीं कह सकता कि मेरी शंकाएँ नष्ट हो गईं, किन्तु अपने भीतर उनका अभाव जरूर मालूम हुआ। फिर करुणा के बारे में सोचते हुए मैं जिस निश्चय पर पहुँचा था, उसे मैं व्यवहार में लाना चाहता था और उसमें बाधाएँ कितनी हैं, उन्हें भी समझता था। सब विचार करने के बाद मालूम हुआ कि इस निश्चय के पालन में मैं तब ही सफल होऊँगा, जब मुझे पग-पग पर कोई मजबूरी दिखाई पड़े और मजबूरी पैदा हो सकती है, यदि मैं अपने को श्रमण महावीर का

गृहस्थ शिष्य घोषित करूँ—फिर हम लोग मांसाहार के लिए नहीं कहेंगे, मृगया के लिए कहेंगे। अन्त में मैंने अपना मौन भंग करते हुए कहा,

"भगवन! मैं आपके उपदेश से सन्तुष्ट हूँ। आपने मुझे ठीक पथ बतलाया, आज से मैं आपका गृही शिष्य होता हूँ।"

श्रमण महावीर ने साधुवाद दिया। नन्दक बहुत खुश हुआ और हम दोनों घर लौट आए।

कपिल के चले जाने से अब मैं और शुक दो ही जने घर के रहनेवाले थे। वैसे सैनिक, सेनानी, चर तथा दूसरे आदमी आते ही रहते थे; किन्तु वह घर के आदमी नहीं कहे जा सकते थे। मैंने शुक से उसी दिन कहा कि मेरे भोजन को वह खुद बनाया करे और उसमें मांस, मछली बिलकुल न रहे। चलते वक्त जहाँ नीची-ऊँची का ख्याल छोड़ धरती की ओर देखता भी न था, अब अक्सर मेरी नजर पैर पड़ने के स्थान पर पड़ जाती और चींटी या कीड़े को बचाकर चलने का प्रयत्न करता। स्नान-धोवन छोड़ा न था, तो भी उसमें कम-से-कम जल का व्यवहार करता था। मुझे खुशी थी कि इस वक्त रोहिणी घर में न थी, नहीं तो उस आरम्भिक समय में निगंठ-व्रत को पालन करना मुश्किल हो जाता। मैंने शुक को कड़ाई के साथ मना कर दिया था कि वह मेरे व्रत के बारे में दूसरों को न बतलाए। खैरियत यह भी थी, उन दिनों मुझे बाहर दूर तक जाने की जरूरत न थी; और सभी अपने-अपने काम में लगे हुए थे। वैशाली से किसी मित्र-बंधु के आने की सम्भावना भी न थी।

मैं श्रमण महावीर के पास और जाता, किन्तु दूसरे ही दिन वे उल्काचेल से चले गए। हाँ, दूसरे निगंठ मेरे पास आते थे, किन्तु वह मुझमें अपने प्रति श्रद्धा पैदा करने में समर्थ न थे। मैंने शुक को कह रखा था कि किसी निंगठ [जैन साधु] के घर पर आने पर उसका खान-पान से सत्कार करना।

मगध से युद्ध और विजय

जाड़ा समाप्त हुआ। वसन्त भी आकर चला गया। अब हम ग्रीष्म ऋतु में थे। इन तीनों महीनों का अवसर देकर बिम्बसार ने अपने लिए अच्छा न किया। कपिल ने अपनी आधी नावों को एक तरह का लौह-कवच ही नहीं प्रदान कर दिया, बल्कि बहुतों में प्रहार करने की तीक्ष्ण सींगें लगवा दी थीं; दूसरे भी कई सुधार किये थे। उन्होंने और उनके साथियों ने नाविकों और नौसैनिकों की शिक्षा की ओर विशेष ध्यान दिया था।

चरों ने जो सूचना हमारे पास भेजी, उससे पता लग रहा था कि मगधराज की तैयारी कुछ ही दिनों में पूरी होनेवाली है और उसके बाद ही वे हमला बोलना चाहते थे। हमारी तैयारियाँ पूरी हो चुकी थीं और हम यह भी निश्चित कर चुके थे कि आक्रमण हमें करना है। अब दोपहर को पूरी गर्मी पड़ने लगी थी; किन्तु गर्मी में युद्ध टालना हमारे वश की बात न रह गई थी।

मुझे सूचनाएँ मिलती रहती थीं। मैं उन्हें सेनापति और गणपति के पास भेजता जाता था। एक दिन सेनापति का आदमी आया और मुझे तुरन्त वैशाली चलने के लिए कहा। मेरे उपनायक अमरु अब वह तीन महीने पहिलेवाले अमरू नहीं रह गए थे। उन्होंने तक्षशिला के ताजा युद्धज्ञान से फायदा उठाया था। यह ऐसा समय था जब रोज-रोज नहीं, क्षण-क्षण शत्रु की गतिविधि को देखते रहना जरूरी था और मैं उसके लिए अमरू पर पूरा विश्वास कर सकता था।

मैं सिर्फ एक दिन-दो रात वैशाली में रहा, जिसमें बहुत-सा समय युद्ध-परिषद और अमात्य-परिषद के साथ मंत्रणा में बीता। युद्ध-परिषद मेरी राय से सहमत थी। अमात्य-परिषद के कुछ अमात्य समझाते थे कि हमें आक्रमण नहीं करना चाहिए और गर्मी के महीनों को टाल जाना चाहिए। किन्तु अब मैंने और सेनापति ने सारी परिस्थिति बतलाई, मैंने यह भी कहा कि बिम्बसार सारी आशा अपने हाथियों में बाँधे हुए है, और यदि वे उन्हें गंगा से इस पार लाने में सफल हुए तो हमारी कठिनाइयाँ ज्यादा बढ़ जाएँगी, क्योंकि हमारे पास हाथियों की उतनी संख्या नहीं है। अन्त में गण ने युद्ध शीघ्र जारी करने का निश्चय किया और दिन-घड़ी निश्चित करना मेरे और सेनापति के ऊपर छोड़ा।

हमारे घर को रोहिणी ने सेना-घर बना डाला था। भामा और रोहिणी की सफलता के बारे में इतना ही कहना काफी है कि उन्होंने वज्जी में तीस हजार और वैशाली में बीस हजार स्त्री-सेना को संगठित किया था—यद्यपि इनमें एक-तिहाई के करीब की शस्त्र-शिक्षा पूरी नहीं हो सकी थी। किन्तु और शिक्षाएँ वे पा चुकी थीं और सबसे बड़ी शिक्षा उन्हें यह मिल चुकी थी कि वे अपने को लिच्छवि सेना का अंग समझती थीं। बूढ़े अग्निवेश, जान पड़ता था, बीस साल छोटे हो गए हैं। वे अब वही मुर्झाए हुए वैद्य नहीं रह गए थे, जो दूसरों का कायाकल्प करते और स्वयं पके आम बनते जा रहे थे। जब मैं उनके चिकित्सा-विभाग को देखने गया तो उन्होंने हथियारों और औषधियों को दिखलाते हुए कहा,

"सेनानायक! जब मैंने कोमलांगी स्त्रियों को इस तरह कर्कश श्रम करते देखा, तो मुझे लज्जा-सी मालूम होने लगी। मैंने भी घोड़े पर चढ़ आठ-आठ, दस-दस योजन की यात्राएँ औषधियों के संचय के लिए करनी शुरू कीं। शिष्यों और लड़कियों को भिन्न-भिन्न शस्त्रों द्वारा हुए विषाक्त घावों की पहिचान और चिकित्सा, रक्तस्राव की रोकथाम, खाने-पीने और औषधियाँ बतलाने में रात-दिन

एक करने लगा। महीना बीतते-बीतते मेरी भूख तेज हो गई, मेरे शरीर की शिथिलता जाती रही है और अब तो ये धवल केश चाहे जो भी कहें, मैं अपने को बूढ़ा नहीं अनुभव करता और मेरी इस राय से ब्राह्मणी भी सहमत है।"

आगे वैद्य ने यह बतलाया कि युद्ध जिस दिन आरम्भ हो, उसी दिन वह कितनी ही सहायिकाओं के साथ उल्काचेल पहुँचनेवाले हैं; क्योंकि घाव की चिकित्सा जितनी जल्दी शुरू की जाए, वह उतनी ही जल्दी अच्छा होता है। मैंने उससे कहा कि सामान तथा कुछ आदमी तो अभी भेज दें, बाकी दिन के बारे में एक रात पहिले सूचित करूँगा।

भामा और रोहिणी को जब मैं उनकी सफलता के लिए बधाई दे रहा था, उस वक्त भामा कह उठी,

"किन्तु देवर! मैं तुम्हें बधाई नहीं दे सकती।"

"क्यों भाभी! कौन-सा कसूर सिंह से बना है?"

भामा—"बहुत भारी कसूर!"

मैं—"बहुत भारी?"

भामा—"तुम निगंठों के चेले क्यों बने?"

मै—"तुम्हारा मतलब भगवान महावीर निगंठ ज्ञातृपुत्र के धर्म में मेरी श्रद्धा से है?"

भामा—"हाँ, वही।"

मैं—"क्योंकि उन भगवान के मैंने स्वयं दर्शन किये, उनके मुँह से उपदेश सुना, वह मुझे ठीक जँचा।"

भामा—"फिर सेनानायक के कर्तव्य को तुम कैसे पालन करोगे?"

मैं—"उन्होंने मुझे कर्तव्य-पालन से मना नहीं किया।"

भामा—"खैर! यह गनीमत है।"

मै—"यदि वैसा होता तो मेरी श्रद्धा उनमें न जाती; क्योंकि गण के लिए युद्ध करना मैं अपना सबसे बड़ा कर्तव्य समझता हूँ।"

रोहिणी—"लेकिन आर्यपुत्र! तुमने मांस-मछली खाना छोड़ दिया?"

मैं—"क्योंकि मैं अपने हृदय में करुणा का विस्तार करना चाहता हूँ। दूध, मक्खन, गुड़ आदि बहुत-से स्वादिष्ट खाद्य हैं, जिन्हें खाकर मैं जीवित और बलिष्ठ बना रह सकता हूँ।"

भामा—"तो तुम रोहिणी को भी निगंठों की चेली बनाना चाहते हो, देवर! यदि ऐसी कोशिश करोगे, तो मुझसे लोहा लेना पड़ेगा।"

मैं—"भाभी! बिम्बसार छोड़ मैं इस वक्त किसी के साथ लोहा लेने को तैयार नहीं हूँ।"

भामा—"अभी हम लोगों की इसी पर सुलह रहे। लड़ाई के बाद देखूँगी, तुम कितने दिनों तक निगंठों के फेर में पड़े रहते हो।"

रोहिणी—"लेकिन, आर्यपुत्र! मैं तो नित्य मांस खाती हूँ, तो क्या तुम मेरे ओठों को चूमने में तो परहेज नहीं करोगे?"

मैं—"अभी रोहिणी! बाकी सारी बातें पूर्ववत रहें!"

माँ, सोमा और चाची से मिला। माँ और चाची स्वयं आचार्य अग्निवेश की शिक्षा में थीं और कह रही थीं कि उनके साथ वे भी उल्काचेल आएँगी।

मैं जब लौटकर उल्काचेल पहुँचा तो मगध सैनिक की सूचनाएँ और भयावनी आ रही थीं। राजगृह के गंगातट का रास्ता, सुना गया, सेना से भरा हुआ था। हाथी तेजी के साथ गंगातट पर जमा हो रहे हैं, अब और देर नहीं की जा सकती थी।

दूसरे दिन शाम को वज्जी प्रजा से एक मगध का पाटलिग्राम के घाट पर झगड़ा हो गया। सैनिक ने उसे धक्का दिया, आदमी का पैर फिसला और वह पास के अथाह जल में गिरकर मर गया। खबर मिलते ही मैंने उल्काचेल में उस समय अवस्थित सेनापति के साथ परामर्श किया। उसी समय घोड़े की डाक से उन्हें भिनसार में युद्धारम्भ कर देने की सूचना वैशाली भेज दी और रात ही हमारे सैनिकों—पैदल, सवारों-से भरी नावें गंगापार कितनी ही जगह चुपचाप उतार दी गईं। जिस वक्त सेनाएँ तट पर उतर गईं, उसी वक्त उनके एक भाग ने स्थल की ओर से और हमारी नौ-सेना ने नदी की ओर से मगध की नौ सेना पर हमला कर दिया। चारों ओर से घिरे हुए, मगध नौ सैनिक घबरा गए। उन्होंने एक बार खूब जोर लगाया; किन्तु ज्ञात-शत्रु से अज्ञात-शत्रु भयंकर होता है। सबेरा होते-होते मगध की नौ सेना तथा उसकी नावों का अधिकांश भाग नष्ट हो गया या हमारे साथ में चला आया।

मैं बीच गंगा में नाव पर चढ़ा युद्ध को संचालित कर रहा था। जिस वक्त हम पाटलिग्राम घाट के आसपास के गंगा तट को शत्रु-शून्य कर रहे थे, उसी समय सोन के नदी-दुर्गों में अवस्थित रण-तरियाँ हमारे मुकाबले के लिए पहुँचीं, किन्तु उनके साथ ही उपनायक कपिल की नावों का एक भाग भी आ धमका, जिसके कारण वे अपने से बहुत अधिक नावों द्वारा घिर गईं। कपिल के एक बेड़े ने सोन नदी के दुर्गों पर हमला किया। वहाँ बहुत कम सैनिक रह गए थे, इसलिए कपिल ने उन्हें सर कर लिच्छवि-सेनाएँ वहीं तैनात कर दीं।

दिन होने के साथ गंगा के निचले भाग तथा सोन से आई नौ सेनाओं एवं पाटलिग्राम के पास स्थित हाथियों, घोड़ों और पैदल सेना ने एक बार जोर का हमला किया, किन्तु अब गंगातट पर हमारे पैर मजबूती से जम गए थे। लड़ाई के होते भी हमारी सेनाएँ स्थल पर निरन्तर उतर रही थीं। और कपिल की सींगवाली नावों ने तो गजब ढाया था। शत्रु की नावों पर जब वेग से चलाई इन नावों की यह मजबूत नुकीली सींग पड़ती तो चरचर की आवाज करते हुए वे फटकर देखते-देखते गंगा में डूब जातीं। मागधों ने गंगा को हाथी से पार कर उल्काचेल

पर आक्रमण करना चाहा था किन्तु इन नावों की सींगों ने हाथियों और उनके संगियों की हिम्मत पस्त कर दी।

मैं देख रहा था कि ऊपर से शत्रु का दबाव बढ़ रहा है, यद्यपि घाट पर हमारी काफी सेना उतर चुकी थी, साथ ही सोन और गंगा के निचले भाग पर भी हम तेजी के साथ सैनिक उतार रहे थे, किन्तु जब तक सामने का घाट शत्रु की नौकाओं से बिलकुल मुक्त नहीं हो जाता, तब तक मुझे खतरा भारी मालूम होता था। दो घड़ी दिन से ऊपर चढ़ आया था, जब घाट को साफ करने में सफलता हुई। मेरे हृदय पर से एक भारी भार हल्का होता दिखाई पड़ा।

गंगा के निचले भाग की सेना का नेतृत्व अमरू के हाथ में था और ऊपर—अर्थात सोने के ऊपर—की सेना का कपिल के हाथ में, मैं बीच की सेना के पीछे था। कपिल और अमरू ने पहिले स्थल से शत्रुवाहिनी के बाएँ-दाहिने पार्श्व पर प्रहार शुरू कर दिया और फिर घाट के साफ होते ही पाटलिग्राम में लड़ती अपनी सेना की मदद में ताजी सेना लेकर मैं पहुँच गया। शान्तनु इसी बीच शत्रु की बहुत-सी नावों को जोड़ उन पर बाँस और फूस बिछा पुल तैयार करने में लग गए।

वैसे होता तो पाटलिग्राम की समतल भूमि पर शत्रुवाहिनी डट जाती, किन्तु कपिल अमरू की सेना शत्रु के हरावल के पीछे पहुँच गई थी जिसके लिए उसे सारे हरावल के पीछे लौटना पड़ा। तीसरे पहर तक पाटलिग्राम के एक योजन पीछे तक की भूमि हमारे हाथ में थी। पाटलिग्राम में मैंने अपना स्कन्धावार [छावनी] कायम किया। कपिल की सेना ने सोन के दाहिने तट को दूर तक शत्रु-शून्य किया। शाम तक हमारी और अमरू की सेना के लिए मदद नावों के पुल पर होकर आने लगी। घड़ी-घड़ी पर मैं युद्ध की प्रगति की सूचना तेज डोंगी द्वारा सेनापति सुमन को देता जा रहा था, उसी तरह मेरे उपनायक सवार द्वारा अपनी प्रगति से मुझे सूचित कर रहे थे। हमारी सारी सेना सुव्यवस्थित तौर पर अपने-अपने स्थान पर अपने काम को जानते हुए पड़ी थी, किन्तु पहिले ही दिन युद्ध में शत्रु-सेना के पराजित होने से ज्यादा विशृंखलित अवस्था—किंकर्तव्यविमूढ़ता—से लाभ उठाते हुए हमारी सैनिक-टुकड़ियों ने छोटे-छोटे प्रहार करके उसमें और गड़बड़ी फैलाना जारी रखा।

रात को गणपति और सेनापति ने पाटलिग्राम के विजय पर मुझे साधुवाद भेजा और दूसरे दिन गण ने मेरी इस जबरदस्त सफलता पर मुझे उपसेनापति का पद प्रदान किया।

जब हमारी सेना पाटलिग्राम में पहुँची, तो वहाँ अधिकांश घर लोगों से खाली थे; उल्काचेल में दी हुई शिक्षा के अनुसार, किसी सैनिक ने गाँववालों की न कोई चीज जबरदस्ती छीनी, न उन्हें दूसरी तरह से तकलीफ दी। आचार्य अग्निवेश का चिकित्सा शिविर उल्काचेल में स्थापित था और नावों तथा खाटों पर घायलों को

ढोने में भामा की सेना लगी हुई थी। इन आहत सैनिकों से भरे युद्ध-क्षेत्र को जब मैं देखने गया, तो वहाँ कितने ही ऐसे शत्रु-आहतों को देखा जो स्वयं न हिल-डुल सकते थे और न जिनका कि कोई खोज-खबर लेनेवाला था। मैंने पाटलिग्राम के कुछ घरों को—जबरदस्ती नहीं, अनुनय-विनय तथा इनाम की लालच से—खाली करवाया और वहाँ इन घायलों को रखकर उनकी चिकित्सा करने के लिए आचार्य अग्निवेश को लिखा। यद्यपि मैंने यह सब कुछ अपने करुणा-विस्तार के लिए किया था, किन्तु इसका सबसे पहिला असर तो पाटलिग्राम के लोगों पर हुआ। उनमें आसपास के जंगलों में जाकर जो छिप गए थे, उसी रात को वह लौट आए, जबकि उन्हें खबर लगी कि लिच्छवि तरुण सेनापति दया का सागर है; वह शत्रु तक की मरहम-पट्टी अपने हाथों से करता है। मैंने ग्राम-जेट्ठकों [मुखियों] को बुलाकर उन्हें सान्त्वना देते हुए कहा कि हम सिर्फ घायलों के लिए तुम्हारे घर लेंगे और उसमें ज्यादातर घायल मगध के ही रहेंगे, कहीं गलती से भी कोई सैनिक तुम्हारे साथ बुरा बर्ताव करे, तो हमारे सेनानियों को या मुझे खुद खबर दो।

शत्रु ने पहिली मुठभेड़ में हार खाई; किन्तु हम उसे अपनी विजय नहीं समझ सकते थे।

रात-भर लिच्छवि चतुरंग सेना—पैदल, घोड़ों, रथ, हाथी—गंगापार हो मगधतट पर उतरते रहे। उधर पाटलिग्राम से तीन योजन दक्खिन शत्रु भी नई और बिखरी सेना को जमाकर मुकाबिले की तैयारी कर रहा था। रात को मैं, मेरे दोनों उपनायक—जो मेरी सिफारिश पर दूसरे ही दिन सेनानायक बननेवाले थे—सेनापति सुमन के पास उल्काचेल में गए। युद्ध की सारी परिस्थिति पर विचार कर हमने तय किया कि शत्रु पर दूसरे दिन सबेरे ही आक्रमण कर देना चाहिए। हम यह भलीभाँति समझते थे कि मगध सेना की तैयारी एक-दो दिन में नहीं हो सकती। उसी रात को हम सेना-शिविर में लौट गए।

सूर्योदय के पूर्व ही हमारी सेना ने प्रहार करना शुरू कर दिया। यद्यपि अभी तक सारी मगध-सेना मैदान में नहीं लाई जा सकी थी, किन्तु तो भी हाथियों और रथों का जमावड़ा जबरदस्त था और उनके सामने हमारे हाथियों और रथों की संख्या बहुत कम थी। खैर, रथ तो हमने जान-बूझकर कम रखे थे, मगध के धानों की क्यारियाँ—इस वक्त जबकि वह सूखी पड़ी हुई थीं, तब भी—रथ के लिए अनुकूल न थीं। मगध की तुलना में हमारे सवारों की संख्या ज्यादा थी, पैदल सेना में भी हम कम न थे। पहिले शत्रु-सेना के दोनों पक्षों पर कपिल और अमरू की सेनाओं ने हमला किया, जिसके लिए को बीच के हाथियों को पक्ष में ले जाना पड़ा, इसी वक्त मेरी सेना ने सामने से प्रहार किया। एक बात मैंने साफ देखी—जहाँ हमारी सेना खास योजना के अनुसार दृढ़तापूर्वक अपने निर्दिष्ट स्थान पर काम कर रही थी, वहाँ शत्रुसेना में कोई व्यवस्था न थी, इसका कारण एक

यह भी था कि आक्रमण करना हमारे हाथ में था, शत्रु सिर्फ बचाव करने की कोशिश-भर कर सकता था।

कपिल और अमरू दोनों ही कवच और अस्त्र-शस्त्र से सुसज्जित अपने घोड़ों पर चढ़े सेना को संचालित कर रहे थे—दोनों सेनानायकों को तक्षशिला से आए सैन्धव घोड़े मिले थे। मागधों के रथ सचमुच ही उन क्यारियों में असफल साबित हुए और हमारे घुड़सवारों ने दोपहर तक ही शत्रु को बतला दिया कि रथ हमारे मुकाबिले के लिए अयोग्य ही नहीं हैं, बल्कि वह दूसरी सेना के काम में भी रुकावट डालते हैं। हाँ, हाथियों का प्रश्न पहिले कुछ कठिन मालूम हुआ, वह काले-काले पहाड़ों की भाँति हमारे सामने बढ़ते आ रहे थे। सामने से हमने हमला किया, किन्तु देखा, उनकी पंक्ति को हम तितर-बितर नहीं कर सकते। फिर हमने हाथियों की पंक्ति के दोनों पक्षों से भी आक्रमण शुरू किया, जिसके कारण पार्श्ववाली हाथी-पाँती में गड़बड़ी पैदा हुई और उनकी तेज चिंग्घाड़ का प्रभाव दूसरे हाथियों पर पड़ने लगा। यद्यपि यह जमकर होता युद्ध उतना आसान न था, किन्तु शाम तक हमने अपनी स्थिति को बहुत सुधार लिया; जबकि मगध सेना ने पूर्वाह्न की सफलता शाम तक बिलकुल खो दी।

इस युद्ध में मागधों की एक बड़ी निर्बलता थी, उनका धनुष की सहायता से प्राय: बिलकुल ही वंचित होना। उन्होंने रथियों के बाण-प्रहार पर भरोसा किया था, जो रथों की असफलता के साथ खतम हो गया, उसके विरुद्ध हमारे सवार घोड़ों पर तथा पैदल भी बाण चलाने में अभ्यस्त थे। जहाँ बाग या वृक्ष मिल जाते, वहाँ हमारे धनुर्धर वृक्षों पर चढ़ बाण-वर्षा करते। मगध सेना की एक और निर्बलता थी, उसके सैनिकों के लिए कवच का पर्याप्त प्रबन्ध न था, जिसके कारण वे बाणों, भालों या खड्ग के प्रहार से अपना बचाव नहीं कर पाते थे।

दोपहर बाद हाथ-हाथ करके शत्रु सेना-पंक्ति पीछे हटने लगी; और मुर्दों से भरे परित्यक्त रणक्षेत्र में भामा की सेना अपना काम कर रही थी। वह पहिले सख्त घायलों को हटाती तथा प्यासों को पानी पिलाती, पीछे बाकी घायलों को भी। मगध के घायलों की चिकित्सा की व्यवस्था मैंने इसी वक्त की।

आज दिन-भर के युद्ध में अपने और शत्रु के हानि-लाभ पर विचार करते हुए मैंने देखा कि रथ से शत्रु कोई फायदा नहीं उठा सकता; हाथी अब भी हमारे लिए मुकाबिला करने में कठिन मालूम हो रहे थे; किन्तु हमारे घोड़े और भाले उनसे अभ्यस्त होते जा रहे थे, खासकर पार्श्व पर हमला ज्यादा प्रभावशाली होता था। मगध के घुड़सवार हिम्मत से लड़ रहे थे; किन्तु उनके कवचों पर ध्यान नहीं दिया गया था, जिसके कारण उनकी भारी क्षति हो रही थी। पैदल सेना में तो सबेरे ही से हमारा पल्ला भारी हो चुका था। कल की भाँति आज भी हमने कई हजार मगध-सैनिक कैदी बनाए। दिन-भर में सिर्फ एक कोस आगे बढ़ने का अर्थ

है, अभी शत्रु उसी युद्धक्षेत्र में लड़ रहा था। तो भी अब मगधों को मैदान में भी लिच्छवि-तलवार का मजा चखने का मौका मिला और वह मधुर न था।

हमारे सामने सबसे बड़ा प्रश्न था, अपने लड़नेवाले मनुष्यों और पशुओं को बीच-बीच में आहार और जल पहुँचाना। यद्यपि उनके पास झिल्लियों में पानी और थैले में भुने मांस या मधु-गोलक थे, तो भी उन्हें लड़ाई के बीच में खाने-पीने का मौका नहीं मिल सकता था। दूसरे दिन की रात को हमें खबर मिली कि उत्तर-अंग (अंगुत्तराप) से वज्जी की पूर्वी सीमा पर एकत्र मगध सेना बहुत कमजोर साबित हुई। इसका एक फल यह हुआ कि हमें मागध-सेना से सिर्फ इसी मगध-क्षेत्र में लड़ना था और इसलिए बड़ी भारी संख्या में लिच्छवि-सेना एक से अधिक नावों के पुलों से गंगापार हो हमारे पास पहुँच रही थी। उस रात को हमने तय किया कि उन्हीं सैनिकों से निरन्तर आक्रमण करने की जगह अच्छा होगा, एक के बाद एक उठती लहरों के रूप में आक्रमण किया जाए, जिसमें नई आक्रमण-लहर के शत्रु से मुठभेड़ होने के समय पहिले के सैनिकों को खाने-पीने का कुछ अवसर मिले। हम आक्रमण कर रहे थे; इसलिए हमें यह सुभीता प्राप्त था, नहीं तो शत्रु के आक्रमण से बचाव करनेवाली सेना को इसका अवसर नहीं मिल सकता था।

जिस तरह हमारी सेना को सहायता पहुँच रही थी, उसी तरह मगध सेना को भी। इसलिए तीसरे दिन के युद्ध में हमारे शत्रुओं की संख्या कम न थी, तो भी हमें शत्रु की युद्ध-चाल का अब भलीभाँति पता था। रात को हमारी सेना ने कुछ जगहों पर आक्रमण किये, किन्तु वह सिर्फ उसे हैरान करने के लिए हो सकते थे। अगले दिन हमने अपनी ताजी आई सेना को पहिले सामने भेजा, फिर जब शत्रुसेना के पैर कुछ उखड़ने लगे, तब कल की तजर्बेकार तथा खा-पीकर तैयार सेना आ जुटी। इस तरीके से यही नहीं कि हम अपने सैनिकों को लगातार दिन-भर लड़ने से ही बचा रहे थे, बल्कि शत्रु की हिम्मत और बल को तोड़ने में भी सफल हो रहे थे।

तीसरे दिन की लड़ाई के बाद हम पाटलिग्राम से चार योजन पर पहुँचे थे, अर्थात दो दिन में सिर्फ एक योजन बढ़ सके थे। किन्तु यहाँ योजन का सवाल नहीं, बल्कि शत्रु-सेना को पूर्ण पराजय देने का सवाल था।

लिच्छवियानी-सेना अभी अन्न-जल पहुँचाने तथा घायलों को हटाने एवं शाम को मुर्दों को फूँकने के अतिरिक्त रणक्षेत्र में पड़े अस्त्र-शस्त्रों को भी जमा कर रही थी। रोहिणी को भामा ने एकाध बार कहा कि लिच्छवियानियों को भी युद्ध-पंक्ति में जाने का अवसर मिलना चाहिए; किन्तु जब मैंने अब तक के उनके काम की अधिकता और महत्त्व को बतलाया तो उसने फिर आग्रह करना छोड़ दिया। मैंने यह भी कहा, "भाभी! अभी तो हम आगे बढ़ते जाते हैं, किन्तु यदि हमें पीछे हटना पड़ता, तो जरूर तुम्हारी सेना को तलवार उठाने के लिए तैयार होना पड़ता।"

तीसरे दिन के युद्ध में अपार क्षति उठाकर भी शत्रु पीछे नहीं हटा। मालूम हुआ, उसने अपने सबसे अधिक निपुण योद्धाओं को इस दिन मैदान में उतारा था। अजातशत्रु कुमार स्वयं हाथी पर सवार होकर इस युद्ध में शामिल हुआ था। मुझे अफसोस होता था कि मैं युद्ध में सीधे तलवार चलाने से वंचित हूँ। योजनों तक फैली लाखों की सेना का संचालन खुद इतना काम था, जिसमें तलवार का हाथ दिखलाने के लिए समय निकालना मुश्किल था। किन्तु उस दिन जब मैं लड़ती सेना का निरीक्षण कर रहा था, उस समय मैंने एक असाधारण ऊँचे हाथी पर चढ़े एक योद्धा को लड़ते देखा। मुझे ख्याल आया, शायद यही अजातशत्रु है और उसी वक्त भाले को दाहिने-बाएँ चलाते मैंने अपने घोड़े को उस हाथी की ओर बढ़ाया। मेरे घोड़े को आक्रमण करते देख लिच्छवि अश्वारोही-भट मागधों पर टूट पड़े। कोई खड्ग चला रहा था, कोई भाला, कोई गदा, कोई फरसा। हाथी के पास पहुँचते-पहुँचते मगध सवार और पैदल वहाँ से काई की तरह छँट गए और मैं गजारोही के पास था। मेरे भाले के दो वार को उसने बचाया, हाथीवान ने हाथी को मेरी ओर लपकने का इशारा दिया, किन्तु मेरा घोड़ा उससे कहीं ज्यादा फुर्तीला था। दूसरे ही क्षण पीछे से हाथी की दूसरी बगल से मैंने एक भाला चलाया, जो गजारोही के कवच को बेधते हुए उसके कंठ में घुस गया, भाला खींचने के साथ उसका सिर लटका और वह हौदे में लुढ़क पड़ा। उसी वक्त मैंने एक लिच्छवि-तरुण को अपने घोड़े पर खड़े हो छिपकली की भाँति हाथी की पीठ पर सरकते देखा। बात-की-बात में वह हाथीवान के पीछे पहुँच गया और बाएँ हाथ से अंकुश को छीना जिससे उसकी हथेली में घाव हो खून बहने लगा। उसकी परवाह न कर उसने दूसरे हाथ के नंगे खड्ग को दिखलाकर कहा, "हाथी को सामने चलाओ।" मैं दंग हो गया था उस तरुण की फुर्ती पर, किन्तु जब देखा सचमुच हाथी हमारे स्कन्धावार की ओर हाँका जा रहा है, तो मेरे आश्चर्य का ठिकाना न था। हमारे पास कितनी ही दूर तक शत्रु-सेना नहीं थी! मैं पाँच सवारों को साथ चलने के लिए कहकर हाथी के पीछे चल पडा। उस वक्त मैंने ध्यान नहीं दिया था कि लिच्छवि-तरुण का खाली घोड़ा हमारे पीछे-पीछे आ रहा है। स्कन्धावार (छावनी) पर पहुँचने पर तरुण ने हाथीवान के कान में कुछ कहा। उसने अगले पैर में बँधे जंजीर के दूसरे सिरे को गिरा दिया। तरुण के इशारे पर हमारे एक सवार ने जंजीर को एक वृक्ष में लपेटकर बाँध दिया। फिर तरुण पीठ की ओर से कूदकर फूल की भाँति जमीन पर आ गया। उसी वक्त मैंने देखा, एक खाली घोड़ा तरुण के शिरावस्त्रावरण वेष्ठित सिर को सूँघ रहा है। तरुण ने अपने चेहरे को दूसरी ओर कर रखा था। उसने हाथीवान और दूसरों की मदद से गजारोही सैनिक को नीचे उतारा, फिर हाथीवान को नीचे उतरने के लिए कहा। हाथीवान उसके सभी हुक्मों को यंत्रवत करता जा रहा था।

जब वह हाथी के पिछले पैरों को भी कँटीले साँकल से बाँध चुका, तो तरुण ने गम्भीर स्वर में कहा,

"अब तुम्हें प्राणदान मिला। जाओ, हमारे इन सेनापति के प्रश्नों का उत्तर दो।"

"मैं अब भी तरुण के चेहरे को अच्छी तरह नहीं देख सका था और उससे कुछ पूछना ही चाहता था कि हाथीवान ने मेरे पास आकर कहा, "स्वामी! यह मगधराज बिम्बसार का मंगल हाथी नालागिरि है।"

मैं—"महाराज का मंगल हाथी नालागिरि और गजारोही?"

हाथीवान—"मगध सेनापति भद्रिक जिसे चंड भी कहते हैं।"

चंड भद्रिक का नाम सुनते हुए मेरे हर्ष का ठिकाना नहीं रहा। भद्रिक सेनापति मगध का सबसे जबरदस्त युद्ध-विशारद था। आचार्य बहुलाश्व से उसके बारे में सुन चुका था। वह तक्षशिला में उनका सहपाठी रह चुका था। भद्रिक की प्रेरणा से ही बीसियों मगध तरुण तक्षशिला में युद्ध-विद्या सीखने जाते थे। यदि राजा के चापलूस सेनानायकों की चुगली और विरोध का शिकार न हुआ होता, तो वह मगध-सेना को अजेय बना दिये होता।

मैंने घोड़े से उतर तुरन्त अपने सैनिकों को चारपाई लाने को कहा और उसके आने पर स्वयं एक तरफ से पकड़कर भद्रिक के शव को चारपाई पर रखा। इस वक्त हमारे गिर्द कुछ और सैनिक जमा हो गए थे। मैंने उनसे कहा, "यह मगध का सर्वश्रेष्ठ युद्ध-विशारद ही नहीं, सर्वश्रेष्ठ वीर भद्रिक है।"

उसी वक्त मैंने सूचना देने के लिए अपने सेनापति के पास पाटिलग्राम को सदार दौड़ाया।

हाथीवान को मैंने सैनिकों के सुपुर्द कर हाथी के खिलाने-पिलाने की व्यवस्था करने के लिए कहा और स्वयं भद्रिक के शव को लिवाए अपने शिविर में चला गया। उसी समय रणक्षेत्र से दौड़ते हुए सवार आए, जिन्होंने खबर दी कि शत्रु-सेना मैदान छोड़ भाग रही है। मैंने विश्राम करती सेना को जाने के लिए कह शत्रु का पीछा करने की आज्ञा दी।

अब जब मेरे दिमाग को फुर्सत हुई, तो मुझे उस लिच्छवि-तरुण का ख्याल आया जो शायद मेरे साथ-साथ हाथी पर आक्रमण करने गया था, जिसके तलवार के हाथों को मैंने नहीं देखा था; किन्तु राजगज को पकड़कर लाने में जो कौशल उसने दिखलाया था, वह साधारण न था। मैंने अपने प्रहरी से उस तरुण को बुला लाने के लिए कहा। लेकिन, बहुत ढूँढ़ने पर भी उसका पता न लगा। मुझे बड़ा अफसोस हो रहा था कि मैं उस वीर को एक शब्द भी प्रशंसा का नहीं कह सका। हो सकता है, वह फिर शत्रु-सेना का पीछा करने के लिए लौट गया हो और कौन जानता है, वह उससे जीता लौटकर आए। मुझे अपने ऊपर बहुत क्रोध आ रहा था, मैं अपने को वीरता के तिरस्कार का अपराधी समझता था। पश्चाताप की आग

लगे दिल से त्राण पाने के लिए मैं हाथी के पास गया। अब वह मालूम हो रहा था, वस्तुतः गजराज ऐरावत है। उसके तीन-तीन हाथ लम्बे मूसल-जैसे दाँत, उसका विशाल सुन्दर शरीर, उसकी काली चढ़ा-उतार पीवर, दृढ़ सूँड़—सभी असाधारण से मालूम होते थे। फिर युद्धक्षेत्र की सूचनाओं में लग गया। दिन थोड़ा-सा रह गया था, जब मुझे एक ख्याल आया और मैंने हाथीवान से कहा,

"महाराज बिम्बसार के मंगल हाथी पर सेनापति क्यों चढ़ा?"

हाथीवान—"सेनापति के गुण को महाराज ही जानते थे। सेनापति कुमार को बाल-बुद्धि कहते थे, जिससे वह उनसे नाराज रहता था। लेकिन महाराज इन्हें बहुत मानते थे, उनके लिए वह मंगल हाथी क्या अपना प्राण तक दे सकते थे। दोनों समवयस्क बाल-मित्र थे।"

मैं उस वक्त कुछ सोच में पड़ गया, फिर बोला,

"यदि तुम्हें मंगल हाथी के साथ छोड़ दें, तो क्या तुम राजगृह चले जाओगे?"

हाथीवान—"छोड़ देंगे?"

मैं—"हाँ, महाराज को अपने बाल-मित्र सेनापति तथा मंगल हाथी दोनों के हाथ से जाते रहने का बहुत अफसोस होगा। मैं समझता हूँ, मंगल हाथी के जाने पर उन्हें कुछ सान्त्वना मिलेगी।" हाथीवान को चुप देखकर मैंने कहा, "तुम रास्ते में हमारे सैनिकों से डर का ख्याल करते होगे?"

हाथीवान—"हाँ, स्वामी!"

मैं—"उसकी परवाह न करो, मैं तुम्हें सुरक्षित अपनी सेना-पंक्ति से निकलवा दूँगा। तुम्हें घाव नहीं लगी है, यह अच्छी बात है। जाओ, मेरे सैनिक तुम्हें और हाथी को खाना देंगे और मैं उनके बालमित्र की मृत्यु के बारे में महाराज को पत्र लिखता हूँ, फिर तुम्हें तुरन्त राजगृह के लिए रवाना होना पड़ेगा।"

हाथीवान की चेष्टा से मालूम हो रहा था कि वह मेरी बात पर आश्चर्यचकित था। मैं जिस वक्त ताल-पत्र पर तीन पंक्तियों की चिट्ठी लिखकर मुहर लगा रहा था, उसी वक्त लिच्छवि-सेनापति सुमन पहुँच गए। उन्होंने आते ही मुझे जोर से गले लगाकर मेरे ललाट को चूमा, फिर बोले,

"सिंह, मेरे पुत्र—नहीं लिच्छवियों के विजयी सेनापति..."

मैं—"नहीं, मेरे लिए आपका पुत्र शब्द ही अधिक प्रिय है।"

सेनापति—"अच्छा पुत्र! सारी वैशाली, सारी वज्जीभूमि को तुम पर गर्व है। हम मगध में किसी से डरते थे तो कूटनीतिज्ञ ब्राह्मण वर्षकार और युद्ध-विशारद सेनापति भद्रिक से। भद्रिक को मारकर तुमने मगध पर पूर्ण विजय प्राप्त कर ली।"

मैं—"और सेनापति! मगध-सेना रणक्षेत्र को छोड़कर भाग चली है, लिच्छवि उनका पीछा कर रहे हैं।"

सेनापति—"भाग चली है? लेकिन सेनापति भद्रिक की मृत्यु के बाद वह अवश्यम्भावी था।"

मैं—"और एक अपराध के लिए मैं आपसे क्षमा माँगना चाहता हूँ।"

सेनापति—"मगध-विजेता के लिए एक नहीं सौ अपराध माफ।"

मैं—"राजा के मंगल हाथी—जिस पर चढ़कर मगध-सेनापति लड़ने आया था—मैं लौटा रहा हूँ।"

सेनापति—"तो मंगल हाथी को भी पकड़ लाए थे, पुत्र?"

मैं—"हाँ, किन्तु अफसोस जिस तरुण ने असाधारण वीरता और कौशल दिखलाते हुए हाथी को बन्दी बनाकर यहाँ तक पहुँचाया, उसका वचन मात्र से भी मैं सम्मान नहीं कर सका, और अब शायद वह मागधों का पीछा कर रहा है।"

सेनापति—"जब बहुत से काम आ पड़ते हैं, तो ऐसी भूल हो जाती है। मुझे आशा है वह तरुण फिर मिल जाएगा। तो तुम यदि मंगल हाथी को भेजना चाहते हो, तो भेज दो।"

मैं—"और सेनापति! मैंने मगधराज को यह पत्र लिखा है—'राजा मागध श्रेणिक बिम्बसार को लिच्छवि सेनापति सिंह की ओर से विदित हो। हमें अफसोस है कि हम मंगल हाथी की भाँति आपके सेनापति भद्रिक को जीवित नहीं पकड़ सके। लिच्छवि वीर का सम्मान करना जानते हैं और हम मगध-सेनापति का दाह-संस्कार बड़े सम्मान के साथ करने जा रहे हैं और खुद लिच्छवि-सेनापति चिता में आग डालेंगे। हम इस ख्याल से आपके मंगल हाथी को लौटा रहे हैं कि शायद इससे आपको अपने बालमित्र का दुस्सह वियोग कुछ सह्य हो सके।"

सेनापति—"मैं इससे सहमत हूँ।"

मैंने हाथीवान को चिट्ठी और सेनापंक्ति भर के लिए दो सवार अपने मुद्रांकित मार्ग-पत्र के साथ दिये। बाग के छोर पर चिता तैयार करने के लिए कह दिया।

हमारा शिविर पाटलिग्राम से तीन योजन पर आमों के एक बाग में था। उस साल आम खूब फले थे; किन्तु उनके पकने में अभी देर थी। आम की छाया में सेनापति के साथ मैं बैठा हुआ था, जबकि कपिल कुछ घुड़सवारों के साथ पहुँचे। उन्होंने एक घोड़े पर से हाथ बँधे आदमी को उतारा और सामने मेरे साथ सेनापति को भी देख, उन्हें अभिवादन करते हुए मुझसे कहा,

"यह मगध का उपसेनापति उदायी है। आज हमने सबसे ज्यादा युद्ध-बन्दी पकड़े हैं। अभी गिना नहीं गया है; किन्तु उनकी संख्या लाख तक पहुँची होगी।"

सेनापति ने कपिल को 'साधु-साधु' कहा और मैंने कपिल को अँकवार में भरते हुए कहा,

"तुम मुझसे सौभाग्यशाली रहे कपिल! मैं मगध के सेनापति को जिन्दा नहीं पकड़ सका।"

कपिल—"तो मगध के सेनापति को तुम मार चुके हो?"

मैं—"मुझे कितनी खुशी हुई होती, यदि मैं भी उसे जिन्दा पकड़ पाए होता। अच्छा, शत्रु की क्या हालत है?"

कपिल—"शत्रु-सेना खतम है। इतने युद्ध-बन्दी मिल रहे हैं, जिन्हें पकड़कर रखना भी दिक्कत की बात है।"

सेनापति ने बन्दी के पास आकर कहा,

"उप-सेनापति उदायी! मैं समझता हूँ, तुम मगध के सेनापति के दाह-संस्कार तथा अन्तिम सत्कार-प्रदर्शन में हमारा साथ दोगे।"

उदायी—"जरूर, मेरा यह सौभाग्य है।"

मैंने उदायी के दोनों हाथों को अपने हाथों में लेकर कहा,

"और मुझे सेनापति! क्षमा करो, मैंने तुम्हारे प्रति सम्मान प्रदर्शन करने में देर कर दी।"

उदायी—"किन्तु, मैं बन्दी हूँ।"

मैं—"तो भी तुम वीर हो। जय-विजय एक ही तरफ रहती है; किन्तु वीरता के भागी दोनों हो सकते हैं। आपको हमारे सैनिकों ने कष्ट तो नहीं दिया?"

उदायी—"आपके सेनानायक (कपिल) के सौजन्य के लिए धन्यवाद।"

कपिल—"किन्तु, मैंने आपके हाथ बाँध दिये थे।"

उदायी—"न बाँधने पर मैं इतनी आसानी से न आ सकता था।"

मैं—"तो आप कुछ खायें।"

उदायी—"सिर्फ जल पीऊँगा।"

उदायी के जल-पान के बाद शव उठाया गया, अरथी में हम सबने बारी-बारी से कन्धा लगाया। चिता पर रख देने पर, सेनापति सुमन ने आग लगाई। थोड़ी देर में आग की लाल लपटों में चंड भाद्रिक का शरीर ढक गया और जान पड़ा ज्वाला वीर के शरीर-कणों को भी ज्योतिर्लोक में पहुँचाना चाहती है।

लौटकर मैंने खाने-रहने की हिदायत दे उदायी को सैनिकों के साथ उल्काचेल पहुँचाने की आज्ञा दी, और फिर सेनापति को मैंने और कपिल ने युद्ध की सारी परिस्थिति बतलाई। मैंने सेनापति को सारी सूचना वैशाली भेजने के लिए जब कहा तो उन्होंने कहा, "मैं इस सन्देश को लेकर स्वयं वैशाली जाऊँगा।" वह अभी तीन योजन रास्ते को घोड़े पर दौड़कर आए थे; इसलिए मैंने उन्हें विश्राम करने के लिए कहा, किन्तु उन्होंने नहीं किया। मैंने उन्हें नया घोड़ा दिया, और सेनापति थोड़ी ही देर में हमारी आँखों से ओझल हो गए।

मैंने कपिल को देखकर कहा, "मित्र कपिल! कार्य की सफलता ही उसका पारितोषिक है।"

कपिल—"बिलकुल ठीक कहा। तुमने अपने कौशल से इस महान विजय को प्राप्त किया। लिच्छवि-सेनापति ने तुम्हारी प्रशंसा की। गण भी अपना चरम सम्मान प्रदान करेगा। किन्तु क्या यह प्रसन्नता उस प्रसन्नता के बराबर हो सकती है, जो कि तुमने इस विजय को सम्पन्न हुआ देख अपने मन में अनुभव किया?"

मैं—"अपने बारे में जो ख्याल कर मैंने अभी कहा, वही तुम्हारे वास्ते भी सोच रहा था। अच्छा, उसे छोड़ो, अब खाने की बात करो। मैं तो, जानते ही हो, भामा के कथनानुसार निगंठों का शिष्य हो गया हूँ; इसलिए मुझे मांस-मछली, मद्य की जरूरत नहीं है।"

कपिल—"और मुझे इनकी जरूरत है।"

मैं—"तो तुम्हारे सेनानी हैं, उनसे फर्माइश करो।"

उस रात शुक ने खीर-पूए बनाए थे, वह मधुर थे, किन्तु मुझे खाने में मीठे नहीं लगते थे। मेरे साथी मांस और शराब के साथ उत्सव मना रहे थे, वहाँ कौन मेरे साथ शामिल होनेवाला था? किन्तु इसके लिए मैं किसी को दोष नहीं दे सकता था, मैंने जान-बूझकर यह पथ स्वीकार किया था।

मेरे उपनायक और सेनानी रणक्षेत्र से आनेवाली सूचनाओं को एकत्रित करने के लिए पर्याप्त थे, और सप्ताहों की अल्पनिद्रा के बाद मेरी पलकें भारी हो रही थीं, इसलिए मैं सबेरे ही जाकर सो गया। आधी रात हो गई थी, जब किसी की आवाज मेरे कानों में आई। मैंने पहिले समझा कि शायद कोई स्वप्न देख रहा हूँ, किन्तु दो-तीन बार की आवृत्ति के बाद मुझे मालूम हुआ कि कपिल आवाज दे रहे हैं। मैं तुरन्त उठ बैठा।

"क्यों, क्या है कपिल भाई?"

कपिल—"तुम्हें गहरी निद्रा आनी ही चाहिए। मैं जागने के लिए मजबूर था। सेनापति सुमन का देहान्त हो गया।"

मैं—"सुमन का देहान्त! अभी वह यहाँ से गए थे। कैसे?"

कपिल—"यद्यपि उल्काचेल पहुँचते ही सेनापति ने दूत के साथ एक पत्र वैशाली भेज दिया था, तो भी उनका मन नहीं माना और चाहा कि विजय-समाचार को खुद भी जाकर गण-परिषद को सुनावें। उत्काचेल से निकलने ही पाए थे, कि धरती पर आ गिरे। साथी सवारों ने देखा तो उनके प्राण निकल चुके थे। उन्होंने एक सवारी को यहाँ खबर देने के लिए भेजा और बाकी सेनापति के शव को लेकर वैशाली गए।"

मैं सुन्न-सा हो गया था। थोड़ी देर तक मुझे कुछ भी बोलते न देख कपिल ने कहा,

"सेनापति उल्काचेल में नहीं हैं। पूर्वी सीमान्त पर युद्ध बन्द-सा गया है, तो भी वहाँ से जो सूपना आदि आएगी, उसको कौन देखेगा?"

इसे भूला नहीं था कि मैं लिच्छवियों का उप-सेनापति हूँ। मैंने कपिल से कहा, "ठीक जब तक गण दूसरे सेनापति को नियुक्त नहीं करता, तब तक उनके काम के लिए मैं जिम्मेदार हूँ! मित्र कपिल! दक्षिणी वृद्धक्षेत्र का भार तुम्हारे ऊपर। शत्रु-सेना का पीछा तब तक न छोड़ना, जब तक कि शान्तिभिक्षा के लिए मगध के दूत न आएँ। युद्ध-बन्दियों को उल्काचेल भेजते जाना। अमरू के लिए मैं पत्र लिखे जा रहा हूँ। मेरे घोड़े को मँगवाओ।"

मैंने चिराग के सामने पत्र लिखा। कपिल ने घोड़े के आने की खबर दी। पत्र थमा मैंने उनका गाढ़ालिंगन करते हुए कहा,

"मित्र! आजकल पता नहीं लगता कौन किसका अन्तिम आलिंगन हो। मैं चला, परिस्थिति को देखकर जैसा चाहना वैसा करना, और बाकी यहाँ से तीन योजन पर मैं हूँ ही।"

वह निस्तब्ध रात थी, सिवाय रात की साँय-साँय की आवाज के चारों ओर जो नीरवता छाई हुई थी, उसको हमारे पाँच घोड़ों की टापें ही भंग कर रही थीं। हम उसी भूमि से गुजर रहे थे, जिस पर एक ही दिन पहले रुधिर का कर्दम उछला हुआ था। हम इतनी तेजी से दौड़े जा रहे थे कि एक-दूसरे से बात नहीं कर सकते थे। बीच-बीच में प्रहरी हमें खड़ा होने की आवाज देता, मशाल उठाकर देखता, फिर परिचय या अभिवादन कर छोड़ देता। पाटलिग्राम सेनानी बुलाकर मैंने समझा दिया कि मैं उल्काचेल जा रहा हूँ, इधर का भार सेनानायक कपिल के ऊपर है। तीन योजन की यात्रा करके घोड़े थक गए थे, इसलिए हमने पाटलिग्राम में थोड़ा विश्राम किया, और फिर नाव के पुल से धीरे-धीरे चलकर उल्काचेल पहुँच गए। साथ आए सवारों ने लौटने की इजाजत याँगी, मैंने उन्हें जाने के लिए कहा और सेनापति के सहायक सेनानियों से नई सूचना आदि के बारे में बातचीत कर सो गया।

सन्धि

सबेरे जब मैं उठा, तो मालूम हुआ गणपति का दूत पत्र ला मेरी प्रतीक्षा कर रहा है। मैंने पत्र ले पढ़ा। गणपति ने विजय के लिए मुझे बधाई दी थी और जब तक गण किसी को सेनापति नहीं चुनता तब तक सेनापति के काम को सँभालने का आदेश दिया था। मैंने आदेश-पालन की स्वीकृति दे दूत को लौटा दिया।

उल्काचेल की ओर टोली-के-टोली युद्ध-बन्दी चले आ रहे थे। उन्हें भीतर के इलाकों में रवाना किया जा रहा था। घायलों की व्यवस्था को देखकर मैं बहुत प्रसन्न हुआ, और जब मैंने उसे आचार्य अग्निवेश के सामने प्रकट किया तो उन्होंने कहा,

"व्यवस्था दिन-पर-दिन बेहतर होती गई। आखिर काम काम को ही सिखलाता है। हमें इतने घायलों को एक समय चिकित्सा करने का कभी मौका नहीं मिला था; किन्तु जैसे-जैसे दिक्कतें हमारे सामने आती गईं, कैसे-ही-वैसे हमें उनके हल भी सूझते गए। हमने भिन्न-भिन्न तरह के घायलों को भिन्न-भिन्न जगह रखा है। जिनकी चोट बहुत खतरनाक है, उन्हें एक जगह रखा है।"

मैंने बीच में बात काटकर पूछा—

"और लिच्छवियानियाँ कैसा काम करती रहीं?"

अग्निवेश—"लिच्छवियानियाँ-अलिच्छवियानियाँ, सभी स्त्रियों में एक गजब का जोश आया हुआ है, वह तो पुरुषों का मुकाबिला करती हैं और उनकी नायिका भामा के बारे में मत पूछिए। उसका हुक्म तो ऐसा होता है जैसा कि लिच्छवि-सेनापति का।"

मैं—"आपका मतलब है, उसका हुक्म इस तरह माना जाता है!"

अग्निवेश—"हाँ, वही मतलब है।"

मैं—"भामा है कहाँ?"

अग्निवेश—"पहिले दिन यहाँ रही, नहीं तो वह बराबर उस पार रह रही है; बीच-बीच में किसी वक्त यहाँ भी आ जाती है। आज भिनसार में आकर उसने रोगियों को देखा था।"

मैं—"तो यदि वह मिले, तो कह देंगे कि मैं यही हूँ।"

अग्निवेश—"और सेनापति! इस युद्ध ने हम वज्जी-निवासियों में एक नये जीवन का संचार किया है। बूढ़े-बूढ़ी भी इसमें किसी-न-किसी तरह सहयोग देना चाहते हैं। मुझे कम-से-कम अपनी माणविका से ऐसी आशा न थी। वह जिन्दगी-भर अपनी फर्माइश से मुझे तंग किया करती थी।"

मैं—"तंग?"

अग्निवेश—"हाँ, बहुत। जब उसको पहिली बार बच्चा पैदा होनेवाला था, तो उसने मेरी जान खा डाली। कहती—एक बन्दर लाओ, मेरा बच्चा खेलेगा।"

मैं—"जिन्दा?"

अग्निवेश—"नहीं, लकड़ी का खिलौना। जब बंदर लाया, तो कहा इसे लाह से रँगवा लाओ। फिर कहा—बंका लाओ, मेरा बच्चा खेलेगा।"

मैं—"आचार्य! तुम सब खिलौने लाते रहे?"

अग्निवेश—"क्या करता, सेनापति! तरुणी माणविका थी, उसके कोप से डरता था। एक घर खिलौने का भरवा लिया, लड़के के खेलने के लिए।"

मैं—"एक घर?"

अग्निवेश—"हाँ, और जानते हैं हुआ क्या? लड़की।"

मैं—"फिर खिलौना?"

अग्निवेश—"अगले लड़के की आशा में रख लिये गए, किन्तु उसकी पाँच सन्तानें हुईं, पाँचों लड़कियाँ। मेरी माणविका कैसी थी, इसकी यह एक बानगी है। देह हिलाना-डुलाना उसे पसन्द न था। मेरे पास दास-दासी, नौकर-चाकर बहुत हैं; इसलिए कोई हर्ज नहीं हुआ, नहीं तो माणविका मुझे जीने नहीं देती। लेकिन जब तुम्हारी माँ मल्लिका देवी को उसने कच्छा बाँध घायलों को पट्टी बाँधते, बिछौना बिछाते, दूध पिलाते देखा, तो वह बिलकुल बदल गई।"

मैं—"मेरी माँ कच्छा बाँधती है?"

अग्निवेश—"और माणविका भी। वज्जी की स्त्रियों में मैंने कहा नहीं, बिलकुल नया परिवर्तन आया है। सचमुच जिस तरह से घायल हमारे पास आते हैं, उनको देखते गज-गति से चलना किसी के लिए सम्भव नहीं है। और स्त्रियों के अन्तर्वासक में हर समय पैर फँसने का डर रहता है।"

मैं—"माँ, कहाँ हैं आचार्य?"

अग्निवेश—"अभी वह आई नहीं हैं, आने ही वाली हैं। मेरी माणविका और मल्लिका देवी बालसखियाँ हैं। सेनापति! वह जानती होगी कि कहाँ ठहरी हैं।"

मैं—"तो आचार्य! माँ से और भामा से भी कहना कि मैं दोपहर को यहीं आऊँगा।"

अग्निवेश—"और गान्धारी बहू को भी?"

मैं—"हाँ।"

अग्निवेश—"मेरी माणविका उसे बहुत मानती है, कहती है, सखी की बहू अपनी ही बहू है; किन्तु भामा और गान्धारी बहू के दर्शन इधर बहुत कम होते हैं।"

मैं—"काम बहुत होगा।"

अग्निवेश—"काम का क्या पूछ रहे हैं सेनापति? घायलों का ताँता लगा रहता है। मैंने उस पार अपने शिष्य वैद्यों को भेज दिया है, मुझे उधर जाने का मौका ही नहीं है। रणक्षेत्र कितनी दूर है, यह भी मुझे नहीं पता, किन्तु घाव हमें बहुत ताजे मिलते हैं।"

मैं—"दूसरे दिन ही रणक्षेत्र तीन योजन पर चला गया, आचार्य!"

अग्निवेश—"तब तो लड़कियाँ घायलों को लेकर दौड़ती होंगी!"

मैं—"रणक्षेत्र में तो जरूर, नहीं तो रथ और डेंगियों का प्रबन्ध है आचार्य! तो भी मैं देखता हूँ, लिच्छवियानियाँ न रात गिनतीं, न दिन, न दोपहर की तपती धूप। वह तीरों की वर्षा में कूदने से भी नहीं झिझकतीं। एक भी घायल को थोड़ी देर के लिए भी रणक्षेत्र में छोड़ रखना वह पसन्द नहीं करतीं।"

अग्निवेश—"तभी तो मैं सेनापति! कह रहा था, घाव मेरे पास ताजे आते हैं। और जितने ताजे घाव होते हैं, उतनी ही अधिक उनके अच्छा होने की उम्मीद रहती है।"

मैं—"अच्छा, तो आचार्य! माँ को कह देना कि मैं दोपहर को आऊँगा।"

अग्निवेश—"और माणविका को भी सेनापति! वह भी तुम्हें देखने के लिए उत्सुक है।"

मैं—'अच्छा' कह चला आया। मुझे फिर एक बार उस तरुण का ख्याल आया, जो नालागिरि हाथी के मस्तक पर ऐसे चढ़ गया, जैसे कोई मंच पर चढ़ रहा हो। मुझे फिर अफसोस होने लगा कि उस तरुण से मैंने कोई बात तक न की।

दोपहर को खाना खाने के पहिले मैं फिर अग्निवेश के चिकित्सालय में पहुँचा। वैद्याचार्य मुझे उस कमरे में ले गए जिसमें घायलों की देखभाल माँ कर रही थीं। माँ का मुँह उस वक्त दूसरी ओर था और मैं उसको पहिचान न सका। उसके सिर पर लिच्छवियों-सी पगड़ी—लिच्छवियानियों-से भिन्न—शरीर में कंचुकी और नीचे दो-कच्छी धोती थी। आचार्य ने जब पुकारा तो उसकी नजर मुझ पर पड़ी। माँ ने आकर मुझे गोद में उठा लेना चाहा, मानो उसके लिए मैं अब भी दूध पीता बच्चा था। फिर वह मेरे ललाट, केशों, भौंहों को अनेक बार चूमती रही। मैंने कहा,

"माँ, तू भी भामा की सेना में भरती हो गई?"

माँ—"और रोहिणी भी। पहिले मैं समझ न सकी जब ये लड़कियाँ लिच्छवियानी-सेना की बात कर रही थीं। किन्तु, जब उन्हें गम्भीरता के साथ काफी परिश्रम करते हुए सारी बातों को सीखते देखा, तो मुझे मालूम हो गया कि यह खिलवाड़ नहीं है और फिर जिसका घर-भर नंगी तलवार के नीचे हो, उसके लिए तो सोचने का मौका कहाँ"—इसी वक्त मेरी परिचित-सी एक और समवयस्का स्त्री को आया देख उसका हाथ पकड़ माँ ने कहा, "और यह मेरी सखी सूर्या आचार्य अग्निवेश की पत्नी हैं..."

अग्निवेश—"हाँ, मेरी माणविका, सेनापति।"

ब्राह्मणी ने मेरे झुकते ललाट को चूमकर कहा, "और ब्राह्मण! तुमने वह बन्दर वाला किस्सा सुना दिया कि नहीं?"

अग्निवेश ने गिड़गिड़ाते हुए कहा, "भवती (आप) कोप न करें। यह हमारे सेनापति हैं।"

ब्राह्मणी—"सेनापति हैं, और मेरी बालसखी मल्लिका के पुत्र होने से मेरे पुत्र भी हैं, क्यों पुत्र—सेनापति!

मैं—"नहीं आचार्यायणी! मुझे पुत्र कहो। मैं बचपन से तुम्हारी गोद में खेला हूँ।"

ब्राह्मणी—"और पुत्र! मैंने तुम्हें दूध भी पिलाया है, क्यों सखी मल्लिका?"

माँ—"हाँ सखी! उस वक्त उमा और सिंह में हम भेद थोड़े ही रखते थे।"

ब्राह्मणी—"लेकिन कितना फर्क है, मैंने वैशाली में दूर से जाते देखा; किन्तु नाम सुनकर भी मुझे चेहरा देखने से विश्वास नहीं हुआ था।"

माँ—"सखि! तुमने बारह वर्ष के बाद सिंह को कहाँ देखा? तुम तो आचार्य के साथ वाराणसी चली गईं।"

ब्राह्मणी—"हाँ, उस समय ब्राह्मण को ख्याल था कि वह यदि वैशाली छोड़ किसी राजधानी में चला जाए, तो उसकी जीवक कौमारभृत्य की भाँति कद्र होने लगेगी। वाराणसी में कद्र हुई जरूर; किन्तु मुझे सखि! वह विदेश मालूम होता था।"

अग्निवेश—"और सेनापति! माणविका मेरे गले पड़ गई।"

मैं—"तो कोई बुरा तो नहीं किया, आचार्य?"

अग्निवेश—"हाँ, बुरा नहीं किया, अपनी जन्मभूमि किसको प्यारी नहीं लगती।"

मैं—"और आचार्य सुनता हूँ, चाची सुकुला भी तुम्हारे चिकित्सा विभाग ही में कार्य करती हैं?"

अग्निवेश—"पहले दिन सेनापति! फिर भामा के साथ उस पार के रुग्णालय में चली गईं।"

मैं—"और भामा का तो पता नहीं लगा, आचार्य!"

अग्निवेश—"नहीं, और आज घायल भी कम आ रहे हैं।"

मैं—"अब नहीं आएँगे, आचार्य!"

माँ—"नहीं आएँगे, पुत्र!"

मैं—"हाँ माँ! मागधों की पूरी पराजय हुई है, कल से ही हमारे सैनिक तितर-बितर मागध-सेना का पीछा कर रहे हैं।"

अग्निवेश—"सेनापति सुमन अपनी आँखों से इस विजय को देख नहीं सके, यही अफसोस रहा।"

मैं—"देख सके, आचार्य! उसी समाचार को सुनकर वैशाली में सुनाने के लिए वह उतावल हो गए थे, जिसके कारण उनकी जान गई। किन्तु विजयी सेना के लिए यह बड़े अफसोस की बात है कि उसका सेनापति स्वागत और उत्साह प्रदान के लिए मौजूद नहीं है।"

चिकित्सालय देखने के बाद मैं शस्त्रागार देखने गया। यहाँ मागधों से छीने हुए हथियार जमा किये जा रहे थे। उपनायक शान्तनु, जो पुल बनाने के दिन ही से दीर्घवाह से निचली गंगा तक के नाविक बेड़े के नायक हो गए थे, इस वक्त वहाँ थे। उनकी नावें दुश्मन से छीनी युद्ध-सामग्री को जमा करने में लगी हुई थीं। हम एक-दूसरे से अंक भरकर मिले और उन्होंने युद्ध-विजय के लिए मुझे मुबारकवादी दी। मैंने कहा, "इस विजय में तक्षशिला का बहुत बड़ा हाथ है।"

शान्तनु—"मुझे प्रसन्नता है कि तक्षशिला ने अपनी बहिन वैशाली की कुछ सेवा करने का अवसर पाया।"

मैं—"ऐसी वैसी सेवा! आपकी सेवाएँ चिरस्मरणीय रहेंगी। आपके संगठित बेड़े ने पहिले ही प्रहार में शत्रु के पैर जो उखाड़े तो वह फिर न जम सके।

और आज मित्र कपिल पार के सारे युद्ध का संचालन कर रहे हैं या कर रहे थे; क्योंकि युद्ध तो अब एक तरह से समाप्त है। हम मगधराज के मुँह से हार स्वीकार करवाना चाहते हैं।"

निवास पर फिर सूचनाओं को लेने तथा आदेश देने में लग गया। दिन थोड़ा रहता था, जबकि कपिल का सन्देश आया—'शत्रु युद्ध बन्द करना चाहता है।' मैंने जवाब दिया कि पीछा करने की चाल बन्द कर दो, मैं कल उत्तर भेजूँगा। उसी वक्त मैं घोड़े पर वैशाली के लिए रवाना हुआ और थके घोड़ों को रास्ते में बदलते सूर्यास्त से थोड़ी देर बाद वैशाली पहुँच गया। गणपति सुनन्द से आज कई महीने बाद भेंट हुई। वह बड़े उत्साह के साथ मिले, अनेक बार साधुवाद दिया। फिर मैंने कपिल की सूचना को उनके सामने रखा। उसी वक्त अमात्य परिषद बुलाई गई।

प्रश्न था, युद्ध बन्द करना चाहिए या नहीं, या बन्द करना चाहिए तो किन शर्तों पर। महानाम अनात्य का कहना था, "हम मागधों के कई आक्रमणों को झेल चुके हैं। इनके साथ की हुई कोई सन्धि स्थायी नहीं होती। सन्धि करके हम सिर्फ मगध को फिर तैयारी करके आक्रमण करने का अवसर देते हैं। इसलिए जरूरी है, इस बार हम इस झगड़े ही को बिलकुल मिटा दें।"

गणपति—"अर्थात मगधराज को खतम कर दें।"

महानाम—"हाँ।"

गणपति—"अर्थात पाठा, मगध, अंग-दक्षिण, अंग-उत्तर सबको वज्जी में मिला हो।"

महानाम—"क्यों नहीं?"

गणपति—"फिर हमारा यह शासन गण-शासन होगा या राज-शासन?"

महानाम—"गण-शासन, जैसे वज्जी में।"

गणपति—"किन्तु वज्जी में लिच्छवियों की भारी संख्या है, जो उसके शासन को गण का रूप दिये हुए है। मगध या अंग में लिच्छवि प्रजा नहीं है।"

महानाम—"तो उन पर हम वैसे ही शासन करेंगे जैसे अपने यहाँ की अलिच्छवि-प्रजा पर।

गणपति—"मैं चाहता हूँ, यहाँ हमारे सेनापति तक्षशिला, उत्तरापथ के गणों के अनुभव को लेते हुए अपने विचार प्रकट करें?"

मैं—"भन्ते गणपति! मैं सिपाही हूँ इसलिए राजनीति पर, खासकर गणतंत्र की राजनीति पर, जो विचार मैं प्रकट करूँगा, उस पर आप यह ख्याल करते हुए विचार करेंगे कि यह किसी राजनीतिज्ञ के नहीं, बल्कि एक योद्धा के विचार हैं। उत्तरापथ के गन्धार जैसे गजों में दास-प्रथा नहीं है, वर्ण या रंग का प्रश्न भी नहीं है, क्योंकि सभी आर्य और चन्द परिवारों को छोड़ सभी गन्धार है। जिसका फल यह है कि वहाँ गण ज्यादा शुद्ध रूप में मिलता है और गन्धारों में जिस तरह का

भाईचारा आपस में देखा जाता है, वह तो यहाँ भी नहीं है। मैं समझता हूँ तक्षशिला (गन्धार) की गण-प्रणाली हमारे लिए आदर्श हो सकती है। हमारे यहाँ दास-प्रथा भी है, आर्य से भिन्न प्रजा भी बहुत हैं, और अ-लिच्छवि आगन्तुकों की भारी संख्या है, जिसका परिणाम यह दिखाई पड़ रहा है, कि लिच्छवि-भिन्नों के लिए हमारा शासन कठोर न होने पर भी गण-शासन जैसा नहीं है, क्योंकि हमारे शासन, हमारे निश्चय पर प्रभाव डालने के लिए अलिच्छवि प्रजा के पास कोई साधन नहीं है। इस तरह स्वयं वज्जी के भीतर लिच्छवि-प्रजा के रहते भी हमें आदर्श शासन चलाने में दिक्कतें हैं। इसका एक परिणाम यह भी है, कि लिच्छवियों में कितने ही ज्यादा धनी परिवार हैं और दूसरे गरीब। लोगों को अपने धन के अनुसार गण में प्रभुता का ख्याल होता है, जिससे गरीब लिच्छवि धनी लिच्छवियों के प्रति दुराव करते जा रहे हैं।

"जब वज्जी के भीतर यह बात है, तो यदि हम अंग-मगध जैसे अलिच्छवि देशों को भीतर मिला लें, तो इसका प्रभाव गण-प्रणाली पर और ज्यादा पड़ेगा। आप यहाँ से किसी को राजा बनाकर वहाँ नहीं भेजेंगे, किन्तु किसी दूसरे नाम से शासक तो बनाकर जरूर भेजेंगे। फिर उस शासक को मनमानी करने से रोकने के लिए वहाँ लिच्छवि-गण नहीं रहेगा। आप यदि ज्यादा दिन तक एक ही लिच्छवि को वहाँ शासक रहने देंगे, तो समझिए दूसरे मगध-राज को तैयार कर रहे हैं। वह धन के साथ प्रभुता को संचय करेगा। जब उसे हटाना चाहेंगे, तो वह पसन्द नहीं करेगा, इससे किसी समय आगे चलकर भारी खुराफात की जड़ तैयार होगी।"

महानाम—"और यदि हम किसी को ज्यादा समय के लिए न भेजें, मान लीजिए तीन वर्ष के लिए भेजे?"

मैं—"तीन वर्ष भी ज्यादा होते हैं। इसमें होशियार आदमी जड़ जमा सकता है। अंग-मगध के प्रभुताशाली व्यक्तियों के षड्यंत्र तथा प्रभावी लिच्छवियों में से कुछ को फोड़कर वह तूफान रच सकता है।"

महानाम—"और यदि एक ही साल के लिए भेजा जाए?"

मैं—"तो उसे देश के रीति-रिवाज, वहाँ की राजनीतिक तथा दूसरी व्यवस्था-अवस्था को समझने के लिए ही वह समय पर्याप्त न होगा।"

महानाम—"तो सेनापति! आप समझते हैं कि अंग मगध को अपने गण में मिलाने से हमारी गण-शासन-प्रणाली को धक्का लगेगा?"

"हाँ, पश्चिम के गणों के तजर्बे से हम इसे साफ समझ सकते हैं।"

महानाम—"लेकिन मगध से हर पीढ़ी में कुछ वर्षों बाद जो यह लड़ाई लड़नी पड़ रही है, इसके रोकने का उपाय क्या है?"

मैं—"यही नहीं भन्ते अमात्य! इससे भी भारी खतरा है। अभी तक हम जीतते हैं, किन्तु इससे मगध के अपने शासन का अस्तित्व खतरे में नहीं पड़ा।

हाँ, यदि एक बार भी मगधों की विजय हो गई, तो वह गण-प्रणाली को सदा के लिए सत्यानाश कर देंगे। हमारे यहाँ अलिच्छवि प्रजा बहुत ज्यादा हैं, जिन्हें ग्राम-शासन में अधिकार नहीं है। वे हम सबको समदृष्टि से देखने का बहाना कर लिच्छवि-अलिच्छवि के (राजनीतिक) अधिकारों को समान—जिसका अर्थ है दोनों को समानरूपेण परतंत्र—कर देंगे।"

अहानाम—"हाँ, आपने ठीक कहा सेनापति!—हमारी हर विजय से उनका जरा-सा बाल टेढ़ा होता रहा है, किन्तु उनकी एक विजय से ही हमारी गण-प्रणाली का सर्वनाश हो जाएगा। ऐसे सर्वनाशकारी शत्रु के अस्तित्व को रखना क्या बुद्धिमानी का काम है?"

मैं—"मैं आपसे सहमत हूँ, किन्तु बिम्बसार को हटाकर दूसरे लिच्छवि बिम्बसार के आ मौजूद होने से खतरा और बढ़ जाता है। बिम्बसार सिर्फ बिम्बसार था, लिच्छवि बिम्बसार बिम्बसार—अंग-मगध का प्रभु—भी होगा, और लिच्छवि भी; जिसका परिणाम यह होगा कि वह हम लिच्छवियों में फूट डालने में समर्थ होगा। अर्थात जहाँ श्रेणिक बिम्बसार से लड़ने के लिए सारे लिच्छवि एकमत थे, वहाँ लिच्छवि से लड़ने में वह एकमत न होंगे, और उस हालत में लिच्छविगण का खतरा कम नहीं होता। पहिला प्रश्न है क्या अपने शत्रु को हटाने के वास्ते हम अपने लिच्छविगण की एकता को मिटाने को तैयार हैं?"

महानाम—"मैं समझता हूँ, लिच्छवि का दूध पीता बच्चा भी इसे पसन्द नहीं करेगा।"

मैं—"फिर प्रश्न है, बिना अपनी एकता को नुकसान पहुँचाए, हम कैसे शत्रु के अस्तित्व को मिटा सकते हैं?"

महानाम—"हाँ, इसी का कोई रास्ता निकालना है। सेनापति इसका कोई रास्ता आपको सूझ पड़ता है?"

मैं—"इसके बारे में मैं बिलकुल अन्धकार में हूँ, भन्ते महानाम! यदि आपका मतलब सदा के लिए के शत्रु अस्तित्व के मिटाने से है। एक रास्ता है, जिससे इसकी हम कुछ आशा कर सकते हैं, लेकिन कुछ ही और वह रास्ता भी सन्देहरहित नहीं है।"

गणपति—"कौन-सा सेनापति?"

मैं—"यदि अंग और मगध की प्रजा को उनकी स्वतंत्रता वापस कर दें।"

महानाम—"बिम्बसार की सेना को परास्त कर हम इसे आसानी से कर सकते हैं।"

मैं—"लेकिन क्या अंग और मगध की प्रजाएँ उस स्वतंत्रता को स्वीकार करना चाहेंगी?"

महानाम—"स्वतंत्रता को कौन नहीं स्वीकार करना चाहेगा?"

मैं—"इसे आप अपने परिवार के किसी बहुत पुराने प्रिय दास को मुक्त करके देखिए।"

महानाम—"आपका मतलब है, वह अदास होना नहीं पसन्द करेगा!"

मैं—"हाँ, क्योंकि स्वतंत्रता अपने साथ बहुत-सी जवाबदेही, बहुत-सी चिन्ताएँ, बहुत-से स्वार्थ-त्याग—स्वेच्छा से प्राण-त्याग भी—करने को हमारे सामने उपस्थित करती है और इन गुणों को चिरदास प्राय: खो बैठे रहता है।"

महानाम—"तो आपका मतलब है, जो प्रजा एक बार दास हुई, वह हमेशा के लिए दास ही रहेगी?"

मैं—"मैं प्राय: खो बैठने की बात कर रहा हूँ। प्रजा को स्वतंत्रता से लौटाने का मतलब है उनका एक गणतंत्र कायम करना—मगध-गण, अंग-गण कायम करना।"

महानाम—"क्या यह अच्छा न होगा कि प्राची में हम गणों की संख्या उसी तरह अधिक बढ़ा दें जैसा कि उदीची (पंजाब) में है?"

मैं—"और ऐसा करने पर कभी-कभी युद्ध भले ही हो जाए, किन्तु हमारी गण-प्रणाली को खतरा नहीं रहेगा—गण का घातक शत्रु राजतंत्र है।"

महानाम—"ठीक तो कहा।"

मैं—"ठीक तो कहा, किन्तु जिसे हम ठीक कह सकते हैं, कोई जरूरी नहीं है कि हम उसे ठीक कर भी सकें, क्योंकि कहना करने से आसान हुआ करता है।"

महानाम—"यानी हम अंग-मगध को उनकी स्वतंत्रता लौटा नहीं सकते?"

मैं—"यदि उस स्वतंत्रता को किसी मगध-राज या अंग-राज को सौंपना चाहते हैं, तो यह कहना बहुत सम्भव है।"

महानाम—"नहीं, हम प्रजा को लौटाना चाहते हैं।"

मैं—"यानी मगध-गण, अंग-गण कायम करना चाहते हैं?"

महानाम—"हाँ।"

मैं—"तो इसके लिए लिच्छवियों की भाँति एक खून से सम्बद्ध आर्य, शुक्लवर्ण कोई बड़ी अंग-जाति, मगध-जाति होनी चाहिए।"

महानाम—"तो वैसी जाति कोई है नहीं क्या?"

मैं—"मगध-क्षत्रिय-जाति मिलेगी, मगध-ब्राह्मण जाति मिलेगी, मगध-शिल्पी, मगध-चांडाल, मगध-गृहपति मिलेंगे। किन्तु यह हमारे लिच्छवियों-जैसी बहुसंख्यक या एकजातिक जातियाँ नहीं हैं।"

महानाम—"इनके आर्य शुक्लवर्ण जातियों—ब्राह्मणों और क्षत्रियों—को एक करके हम मगध-गण क्यों न कायम कर दें।"

मैं—"किन्तु ब्राह्मणों को हम इसके लिए तैयार नहीं कर सकते, वह समझते हैं कि उनका काम यज्ञ-पूजा है, शासन करना क्षत्रिय का काम है।"

महानाम—"गण की स्वतंत्रता और प्रभुता के सामने वह अपनी पुरोहिताई को छोड़ने के लिए तैयार हो जाएँगे।"

मैं—"तभी, जबकि उनके तीनों वेदों के सारे मंत्र लुप्त हो जाएँ, कोई बालक भी किसी मन्त्र का स्मरण करनेवाला न रह जाए।"

महानाम—"यह क्यों?"

मैं—"क्योंकि अष्टक, वामक, वामदेव, यमदग्नि, भृगु, वशिष्ठ, अंगिरा, विश्वामित्र, भरद्वाज आदि ने जो तीनों वेद बनाए, वही ब्राह्मण-क्षत्रिय के भेद को स्थापित करने में प्रधान कारण हुए। उदीची (पंजाब) के आर्यों ने वेद नहीं बनाया, इसलिए आज भी वहाँ ब्राह्मण, गए ब्राह्मण जरूर मिल सकते हैं। कुरु-पंचाल में अष्टक, वामदेव आदि नहीं मिलते—प्राची ने वेद बनाए और वहीं आर्यों के भीतर यह ब्राह्मण-क्षत्रिय-भेद जबरदस्त पाया जाता है।"

महानाम—"हम भी तो प्राची में हैं, हमारे में क्षत्रिय-ब्राह्मण-भेद क्यों नहीं?"

मैं—"उत्तरापथ (पंजाब) की गण-जातियों को देखने से मैं इस परिणाम पर पहुँचा हूँ कि आर्य या शुक्लवर्ण के मूल पूर्वज किसी प्रकार का ब्राह्मण-क्षत्रिय-भेद नहीं रखते थे, गन्धार, कम्बोज और उत्तर-कुरु में आज भी वैसा ही है। आगन्तुक अलिच्छवि आर्यों को छोड़ देने पर हम लिच्छवियों में भी ऐसा ही है। हथियार चलाने, शासन करने की समानता के कारण बाहरवाले हमें लिच्छवि क्षत्रिय कहते हैं और जब वह क्षत्रिय कहते हैं, तो उनके मन में ब्राह्मण का भी ख्याल रहता है—अर्थात ब्राह्मण श्रेष्ठ पुरोहित जाति, क्षत्रिय उससे नीचे शासक योद्धा जाति। क्या उनके इस विचार से आप सहमत हैं?"

महानाम—"बिलकुल नहीं। ब्राह्मणों को हम अपने बराबर नहीं समझ सकते। जहाँ तक रक्त की शुद्धता या वर्ण का सम्बन्ध है, वह हमसे नीचे हैं। इसीलिए ब्राह्मण-कुमारी या कुमार के साथ लिच्छवि कुमार या कुमारी की सन्तान को हम बराबरी का दर्जा या लिच्छवि-अभिषेक देने के लिए तैयार नहीं हैं। ब्राह्मण लिच्छवि की कन्या से हुई अपनी सन्तान को भी अपने में मिलाते हैं, उसे यज्ञ, भोज आदि में समान अधिकार देते हैं, अपनी कन्या में लिच्छवि से उत्पन्न पुत्र को भी नाना अपने गोत्र और वंश में मिला लेता है।"

मैं—"तो इसका अर्थ यह है कि हम वह क्षत्रिय नहीं हैं, जिस अर्थ में हमारे पड़ोसी ब्राह्मण या दूसरे हमें समझते हैं। वस्तुतः जहाँ कुरु, पंचाल आदि के आर्यों में ब्राह्मण-क्षत्रिय आदि भेद हुए, वहाँ हमारी गण-जातियों ने इस भेद को स्वीकार नहीं किया, वह वही पुराने आर्य जन (जाति) बने रहे। उन्होंने कुरु-पंचालों की तरह राजतंत्र नहीं कायम किये, बल्कि पुरातन आर्यों की भाँति अपने गण-शासन को कायम रखा। आगे हो सकता है विवाद उठे कि लिच्छवि ब्राह्मण हैं या क्षत्रिय। यद्यपि दूसरों के कहने के कारण हम भी अपने को क्षत्रिय कहते हैं,

किन्तु शस्त्रधारी शासक के अर्थ में, न कि ब्राह्मण से नीचे के एक वर्ण के अर्थ में। हम वस्तुत: ब्राह्मण ऋषियों की बनाई वर्ण-व्यवस्था में अब तक शामिल ही नहीं हुए हैं। इतना कहने का मतलब यही है कि गण-स्थापित करने के लिए जिस तरह की एक जाति, एक परम्परा की जरूरत है, वह अंग-मगध में नहीं है। वहाँ के क्षत्रिय, ब्राह्मण या गृहपति वैसे ही एक जाति के नहीं हैं, जैसे लिच्छवि।"

महानाम—"तो उनमें से क्षत्रियों को क्यों न गण-जाति मान लिया जाए?"

मैं—"क्षत्रिय—अर्थात मगध क्षत्रिय—गण-परम्परा की स्मृति भी नहीं रखते। यह अपने किसी पूर्वज राजा की ही स्मृति रखते हैं और स्वयं किसी सामन्त-गण नहीं—को अपना मुखिया मानते हैं। वह कैसे गण-प्रणाली को अपनाएँगे?"

गणपति—"हाँ, सेनापति! मैं भी समझता हूँ बिम्बसार के राजवंश का उच्छेद कर मगध के शासन को किसी मगध-क्षत्रिय जाति को दे देने से वहाँ गण नहीं स्थापित हो सकता। क्षत्रिय कह दिया, इसलिए मगध के क्षत्रिय किसी वक्त उस गण-स्वतंत्रता को भोग रहे थे, जिसे आज लिच्छवि भोगते हैं यह नहीं माना जा सकता। वह तो राजा के प्रेष्य आज्ञाकारी मात्र रहे हैं। और फिर एक बात और है, दासता—परतंत्रता—को मगध की सारी जातियाँ बाध्य होकर समान रूप से भोग सकती थीं, किन्तु पण-स्वतंत्रता को समान रूप से भोगने के लिए वह सहमत न होंगी, इसलिए कई जातियों को मिलाकर मगध-गण या अंग-गण बनाना सम्भव नहीं। वस्तुत: जातियों की जितनी खिचड़ी वहाँ है, उसमें गण की स्थापना के ख्याल को भी हमें मन में नहीं लाना चाहिए।"

मैं—"और मैंने पहले ही कह दिया कि वहाँ लिच्छवि-गण का शासन कायम करना लिच्छवियों की एकता के लिए जबरदस्त घातक, अतएव गण के लिए भी घातक होगा।"

और भी अमात्यों ने इस बात पर अपने विचार प्रकट किये और वह मेरी राय से सहमत थे। महानाम का फिर भी आग्रह था कि बिम्बसार के राजवंश को कम-से-कम खतम कर दिया जाए। इसके बारे में मैंने कहा,

"भन्ते महानाम! अब आपने जो प्रश्न उठाया है, वह मेरे अपने विषय—युद्ध और सैनिक-ज्ञान—से सम्बन्ध रखता है, इसलिए इस पर मैं कुछ अधिक अधिकार के साथ बोल सकता हूँ। किन्तु उसे कहने से पहले मैं यह बतलाना चाहता हूँ कि मनुष्य शरीर की भाँति राजवंशों की भी तरुणाई और बुढ़ापा होता है। तरुणाई ज्यादा खतरनाक और बुढ़ापा कम खतरनाक होता है। बिम्बसार का राजवंश तरुणाई को पार कर चुका है, कोई राजवंश तीन-चार पीढ़ी से ज्यादा तरुणाई नहीं रखता, फिर उसे बुढ़ापा घेरता है और उसे खतम कर नया राजवंश अपनी तरुणाई के साथ आता है। क्या हम चाहते हैं कि अपने हाथों से मगध को एक नया तरुण राजवंश प्रदान करें?"

गणपति—"यह जरूर हमारे ख्याल करने की बात है। हमें भेड़िये को छोड़कर सिंह की माँद में घुसने की कोशिश नहीं करनी चाहिए।"

मैं—"और फिर एक योद्धा के तौर पर विचार करने पर मुझे मालूम होता है कि मगध राजवंश को परास्त करना और उसका उच्छेद करना एक बात नहीं है। परास्त हम उसे कर चुके, किन्तु उच्छेद करना बहुत दूर की बात है। हमारी सेनाएँ गंगा और राजगृह की दूरी के आधे को पार कर गई हैं। हमें पता है कि नालन्दा से आगे मागधों ने जबरदस्त मोर्चाबन्दी कर रखी है। मुझे विश्वास है, हम उस मोर्चे को तोड़ सकते हैं, किन्तु उसके लिए हमें कई हजार लिच्छवि-तरुणों की बलि देनी होगी, महीनों वज्जी को अपने दूसरे काम बन्द कर सिर्फ युद्ध में सारी शक्ति लगानी होगी। मैं समझता हूँ, लिच्छवि क्या, कोई लिच्छवियानी भी इस कुर्बानी से पीछे पैर हटाना नहीं चाहेगी।"

सुप्रिय—"इसका प्रमाण तो लिच्छवियानियों की आजकल की तत्परता है।"

मैं—"फिर हमारी सेना को राजगृह का दुर्ग लेना होगा!"

कई अमात्य एकसाथ बोल उठे—"राजगृह का दुर्ग?"

मैं—"हाँ, क्योंकि जब तक हम राजगृह के दुर्ग को नहीं ले लेते, तब तक बिम्बसार के राजवंश का उच्छेद नहीं कर सकते।"

गणपति—"और सारे जम्बूद्वीप में विख्यात राजगृह के दुर्भेद्य दुर्ग को तुमने सेनापति! देखा है?"

मैं—"देखा नहीं है, किन्तु उसके सैनिक महत्त्व को मैं भलीभाँति जानता हूँ।"

गणपति—"यदि नालन्दा से आगेवाले मोर्चों को लेने में महीनों लगेंगे, तो सेनापति! राजगृह के दुर्ग पर विजय प्राप्त करने के लिए वर्षों लगेंगे।"

मैं—"मैं यही समझता हूँ भन्ते गणपति! दक्खिन की एक छोटी-सी गली को छोड़कर राजगृह चारों ओर वैभार, विपुल, पांडव आदि पाँच पहाड़ों की श्रृंखला से घिरा हुआ है। इन पहाड़ों के ऊपर बहुत मोटी शिलाओं के प्राकार—विशाल पत्थरों की चीनी दीवार—सँकरी गली के एक सिरे से दूसरे सिरे तक मौजूद हैं। इस प्राकार में जगह-जगह सैनिक बैठे रहते हैं और वहाँ एक मगध-सैनिक को मारने के लिए कितने ही लिच्छवियों को जान देनी होगी। बाहर से घेरा डालने के लिए एक तो हमारे पास सेना भी नहीं हो सकती और यदि हो भी, तो बिम्बसार वर्षों राजगृह के भीतर रह सकता है। इस गिरि दुर्ग के भीतर ही सुमागधा-जैसा विशाल सरोवर है, जिसके जल से सिक्त होनेवाले हजारों-हजार करीब खेत हैं। इस प्रकार हम राजगृह के दुर्ग का अवरोध करने से बिम्बसार की सेना को भूखा नहीं मार सकते।"

महानाम—"और यदि हम आक्रमण करें सेनापति? मैं सैनिक दृष्टि से इस प्रश्न को नहीं समझा सकता, इसीलिए पूछ रहा हूँ।"

मैं—"अपार जन-हानि होगी। पाँचों पर्वतों पर खिंची दीवारों को तोड़ने के लिए हमारे पास अभी कोई साधन नहीं है; यदि साधन होता तो भी पहिले तो पहाड़ की जड़ से ऊपर चढ़ना होगा। और ऊपर किसी चट्टान या झाड़ी की आड़ में बैठे धनुर्धर हमारा कितना नुकसान कर सकते हैं, यह आप खुद समझ सकते हैं। फिर प्राकार को लाँघने में दुर्ग-रक्षियों के प्रहार से हमारे कितने योद्धा मरेंगे, यह भी ख्याल रखें।"

सुप्रिय—"क्या इतने लिच्छवियों की बलि वैशाली दे सकती है?"

मैं—"देना चाहेगी, किन्तु हमारे पास उतनी बलि ही नहीं है। यदि तीन पीढ़ियों से प्रत्येक लिच्छवियानी ने बीस-बीस पुत्र पैदा किये होते तो वैसा हो सकता!"

महानाम—"और उतनी ही पुत्रियाँ भी।"

मैं—"हाँ, यह तो साफ है, नहीं तो दूसरी ही पीढ़ी में अलिच्छवि कुमारियों से ब्याहकर अगली सन्तान ही अलिच्छवि हो जाती। तो भन्ते परिषद! मैं समझता हूँ, यदि हमने राजगृह को लेने का संकल्प किया, तो लेना तो संदिग्ध है; किन्तु इसमें सन्देह नहीं कि अन्धे-लूले-लँगड़ों के अतिरिक्त पचपन-साठ साल से ऊपर के बूढ़े तथा पन्द्रह साल से कम के बच्चे ही लिच्छवि-परिवारों में बच रहेंगे।"

सुप्रिय—"और लिच्छवियानियों के बारे में भी वही बात होगी।"

मैं—"वही नहीं होगी, क्योंकि लिच्छवियानियों की सेना में चालीस-पैंतालीस से कम आयु की स्त्रियाँ पच्चीस हजार से ज्यादा नहीं हैं। हाँ, युद्ध के बाद एक भारी संख्या ऐसी तरुण स्त्रियों की बच रहेगी जिन्हें लिच्छवि-पति पाने की आशा न रह जाएगी।"

महानाम—"तो सेनापति! यह बहुत बुरी बात होगी।"

मैं—"हाँ, क्योंकि हम अपनी तरुण लिच्छवियानियों से आशा नहीं कर सकते कि वह आजन्म बिना पुरुष के अपने घर में बैठी रह जाएँगी। उनका अलिच्छवि आर्यों, अलिच्छवि दास-कर्मकरों से सम्बन्ध होगा, जिससे लिच्छवि-रुधिर को ही नुकसान नहीं पहुँचेगा, बल्कि लिच्छविगण का अस्तित्व भी खतरे में हो जाएगा क्योंकि लिच्छवियानियाँ—जिनकी ही संख्या हमारे में ज्यादा होगी—की इतनी भारी संख्या अपनी तथा अपनी सन्तानों की हीन अवस्था तो चुपचाप बर्दाश्त नहीं करेंगी।"

गणपति—"आपत्-काल में विवाह बन्धन को हम लिच्छवि-धर्म के अनुसार शिथिल कर सकते हैं, और इस प्रकार एक पुरुष बीसियों स्त्रियों से सन्तान-उत्पत्ति करा सकता है, किन्तु सिर्फ सन्तान ही।"

मैं—"हाँ, गणपति! और बीस लिच्छवियानियाँ एक पुरुष को पति मान सन्तुष्ट नहीं हो सकतीं।"

महानाम—"तो सेनापति! आपकी राय है कि लिच्छवियों की संख्या इतनी नहीं कि बिम्बसार के राजवंश का उच्छेद कर सकें?"

मैं—"उच्छेद भी कर सकें, साथ ही लिच्छविगण को दृढ़ भी रख सकें।"

गणपति—"तो सेनापति! तुम अपनी राय बतलाओ, हमें क्या करना चाहिए?"

मैं—"अपनी शक्ति को अक्षुण्ण रखते हुए शत्रु के सैनिक बल को कमजोर कर उसे ऐसी अवस्था में रखा जाए, जिसमें यदि वह फिर सर उठायें तो लिच्छवि अच्छी स्थिति में रहें।"

सुप्रिय—"अर्थात हर पीढ़ी के लिच्छवियों को शत्रु के भय से मुक्त करने का रास्ता हमें मालूम नहीं, यह हम स्वीकार करते हैं।"

मैं—"जरूर! हम क्या कोई भी जाति नहीं, देवता भी नहीं ऐसा कर सकते कि अपनी सारी अगली पीढ़ियों को दुश्मन के भय से मुक्त कर दें।"

सुप्रिय—"अच्छा; तो?"

मैं—"मैं समझता हूँ, अस्थायी सन्धि से पहिले तलवार को म्यान में डालने के लिए हम मगधराज के सामने यह शर्त रखें कि हमारी सीमान्त नदियों के परले तट से चार-चार योजन में शत्रु की सेनाएँ न रहें, और वहाँ हम तब तक अपनी सेनाएँ रखें जब तक कि स्थायी सन्धि न हो जाए।"

इस बार कुछ देर तक और बात होती रही, किन्तु अन्त में परिषद ने मेरी राय को स्वीकार किया।

उसी रात को संस्थागार में गण-संस्था की बैठक हुई। गण ने अस्थायी सन्धि की मेरी शर्त को स्वीकार किया। मुझे साधुवाद देते हुए लिच्छविगण का सेनापति नियुक्त किया और परिषद को स्थायी सन्धि की शर्तों को तय करने का अधिकार दिया।

दूसरे दिन सबेरे मैंने उल्काचेल में सेनानायक कपिल को लिखा कि मगधराज यदि इस शर्त को मंजूर करें, तो लड़ाई स्थगित करो और सन्धि-दूतों को मेरे पास ले आओ।

मुझे पीछे पता चला कि राजा बिम्बसार अपने सेनापति की मृत्यु और उपसेनापति के बन्दी हो जाने से बहुत शोकाकुल और चिन्तित हो गया था। इस युद्ध के लिए वह तैयार न था, इसलिए जब उसने यह परिणाम देखा तो कुमार अजातशत्रु और उसके सलाहकारों पर बहुत नाराज हुआ। ब्राह्मण वर्षकार ने चालाकी से अपने को राजा का कृपापात्र बनाए रखा। जब हाथीवान नालागिरि के साथ मेरे पत्र को ले गया और उसने लिच्छवि-सेनापति—उस वक्त मैं उप-सेनापति ही था—की प्रशंसा की, तो बिम्बसार ने कहा, ऐसे लोगों से लड़ना बहुत बुरा है। अस्थायी सन्धि की हमारी शर्तों पर कुमार की चलती तो वह स्वीकृति न देता; किन्तु राजा ने स्वीकृति दे अपने महामात्य वर्षकार और अमात्य (मंत्री) सुनीथ को स्थायी सन्धि के बारे में बात करने के लिए नियुक्त किया। सेना को लड़ाई बन्द करके चार योजन की सीमा से पीछे हट जाने की आज्ञा दी। यद्यपि

पाटलिग्राम [पटना] के युद्ध-क्षेत्र में चार योजन की शर्त पूरी करने के लिए हमें पीछे हटना पड़ा, किन्तु दक्षिणी सीमान्त के अधिकांश भाग तथा सारे पूर्वी सीमान्त में हमारी सेनाओं को चार योजन तक आगे बढ़कर अपना अधिकार स्थापित करना पड़ा।

विजय की खबर सुनते ही वज्जी में जगह-जगह विजयोत्सव मनाया जाने लगा। और उल्काचेल में तो मुझे अपने कामों से समय-समय पर निकलकर आसपास के लिच्छवि महल्लकों (वृद्धों) की बधाई लेने के लिए बाहर के आँगन में कई दिन तक आना-जाना पड़ता था। गण ने सात दिन बाद सारी वज्जीभूमि में विजय-नक्षत्र (उत्सव) घोषित किया। उस दिन सारी वैशाली तोरण, ध्वजा-पताका से सजाई गई थी, वीथियों में छिड़काव तथा मंगल चौक पूरे गए थे। दरवाजों पर जलपूर्ण कलश रखे गए थे। वैशाली अपने विजयी पुत्रों का दिल खोलकर स्वागत करना चाहती थी। मैंने युद्ध-क्षेत्र से कितनी ही वाहिनियों और सेनानायकों को बुलाया, जिनमें पैदल, सवार, रथी, गजारोही के अतिरिक्त बाएँ कन्धे पर पतवार और दाहिने हाथ में भाला लिये नौ-सैनिक तथा भामा के नेतृत्व में लिच्छवियानियों की सेना और वैद्य भी थे।

हमारी सैनिक-शोभा-यात्रा में पहिले गणपति, फिर मैं, तब हाथी थे; फिर घोड़ों पर सवार, फिर पैदल, फिर रथी, फिर नौ-सैनिक, इसके बाद लिच्छवियानी-सेना—सवार-पैदल दोनों—घायलों की पालकियाँ फिर अग्निवेश के नेतृत्व में वैद्य। कहने की आवश्यकता नहीं कि इसमें शामिल होने के लिए कपिल, अमरू, शान्तनु, वैद्य अग्निवेश, भामा भी आई थीं। घायलों के ख्याल से हम चिकित्सा-विभाग के कम आदमियों को बुला सके थे और उसी कारण से मैंने समझा रोहिणी नहीं आ सकी। शोभा-यात्रा ने सूर्योदय के साथ वैशाली के दक्षिण द्वार में प्रवेश किया और नगर की सभी प्रधान वीथियों में घूमी। नगर में बच गए नर-नारियों, बाल-वृद्धों ने सेना के ऊपर फूलों और खीलों की वर्षा की। वैशाली के कितने ही पुत्र इस युद्ध में मारे गए थे किन्तु उसने अपने इस विजयानन्द को अपने सारे शोक को भुला दिया था।

रात को दीपमालिका होनेवाली थी किन्तु मैं, कपिल, अमरू तथा दूसरे कितने ही सेनानी दोपहर ही को उल्काचेल, फिर पाटलिग्राम को लौट गए।

स्थायी सन्धि के लिए हमें नहीं मागधों की चिन्ता थी, हम अब निश्चिन्त थे। सभी जगह से समाचार मिले कि शत्रु-सेना ने सन्धि की शर्तों का अक्षरश: पालन किया है। वस्तुत: 25 साल पहिले के युद्ध में भी मगध की न इतनी क्षति हुई थी, न इतनी जबरदस्त हार।

युद्ध में संलग्न हो जाने से पिछले तीस मासों से मैं खाना-सोना भूल गया था। इन महीनों में दो-चार दिन रोहिणी मेरे साथ भले रही हो; किन्तु वह मेरे पास

नहीं है, इस तरह की एकान्तता अनुभव करने के लिए भी मुझे फुर्सत नहीं थी। अब वह महान कार्य सम्पन्न हो गया था। इस पीढ़ी के लिच्छवियों के कर्तव्य का मैं पालन कर चुका था। अब काम भी कम रह गया था, इसलिए बेकार होते ही मुझे रोहिणी याद आने लगी। किन्तु यह चिन्ता मुझे एक दिन-रात ही करनी पड़ी। अगले दिन सवेरे जबकि अभी मैं बिस्तर से उठ तम्बू के द्वार पर आया ही था कि देखा, रोहिणी सामने से आ रही है। मैंने दौड़कर उसे उठा लिया और मेरे हार्दिक भाव वाणी से फूटकर निकलने लगे, "मेरी उषा! उषा की तरह ही लाल, उषा की तरह ही आनन्द का प्रकाश फैलाती तुम इस अरुणोदय काल में आईं। कल से ही मैं तुम्हारे वियोग को सहने में असमर्थ हो रहा था। इतना कातर मैं कभी नहीं हुआ था, रोहिणी!"

रोहिणी—"यह स्वाभाविक है आर्यपुत्र! हम जिस कार्य में व्यस्त थे, उसमें और कोई बात याद नहीं आ सकती थी। मैं कल अम्मा के पास गई थी, इसीलिए न आ सकी। आर्यपुत्र को अक्षत-शरीर देखकर मुझे कितना आनन्द आ रहा है; और एक बड़े हर्ष का समाचार सुनाऊँ।"

मैं—"सुनाओ, प्रिये!"

वह कुछ शर्माकर चुप हो गई।

मैं—"हर्ष के समाचार को छिपाओगी, प्रिये!"

"मेरा शरीर भारी हो रहा है"—कह रोहिणी लज्जावनतमुखी हो गई।

मैंने उसके मुँह को बार-बार चूमकर अपने हर्षाश्रुओं को पोंछते हुए कहा, "प्रिये! लिच्छवियों की हमें आवश्यकता है, हमने काफी वीर खोए हैं, यद्यपि उतने नहीं जितने बिम्बसार ने या हमने ही पच्चीस वर्ष पहिले वाले युद्ध में। कितने दिन हुए प्रिये?"

रोहिणी—"हम पिछली बार कब मिले थे, आर्यपुत्र!"

मैं—"एक मास हुआ होगा।"

रोहिणी—"बस उसी वक्त।"

उसकी बाईं हथेली को मैंने हाथों में लिया। उसी वक्त उसने 'सी' कर दिया। मैंने हाथ छोड़ घबड़ाकर पूछा,

"क्या है, प्रिये!"

"हाथ में चोट है।"

मैंने हथेली को देखा, उसमें चार अंगुल की चीर पड़ी हुई थी, जिस पर पट्टी चिपकाई गई थी।

मैंने कहा, "यह घाव तो अभी अच्छा नहीं हुआ है।"

रोहिणी—"बहुत-कुछ अच्छा हो गया है; लेकिन दबाने से तो दर्द होगा ही।"

मैं—"घाव कैसे हुआ प्रिये?"

रोहिणी—"घायलों को उठाते वक्त। हम मागध-घायलों को भी तो उठाती थीं। एक घायल शायद बाई में था, या समझा, मैं उसे मारने आई हूँ, उसी ने भाला चला दिया।"

मैं—"घायलों का उठाना भी खतरे का काम था?"

रोहिणी—"विशेषकर शत्रु के घायलों को उठाना।"

रोहिणी अब मेरे पास थी, इसलिए मेरे जीवन की एकान्तता-नीरसता जाती रही।

मुझे ज्यादा दिन प्रतीक्षा नहीं करनी पड़ी। बिम्बसार के सन्धि-दूत वर्षकार और सुनीथ आ गए। उन्होंने मंगल हाथी के लौटाने के लिए मगधराज की ओर से कृतज्ञता प्रकाशित की और कहा कि मगधराज लिच्छविगण के साथ सदा के लिए मैत्री स्थापित करने के इच्छुक हैं।

मैं मागध-अमात्यों को वैशाली ले आया। परिषद ने मुझे (सेनापति) और गणपति को सन्धि की बातचीत करने के लिए नियुक्त किया। हम सन्धि-दूतों से बात करते, फिर परिषद में विचारते। जिच होने पर सन्धि-दूतों को दो बार राजा के पास आदमी भेजना पड़ा था। अन्त में हमारी यह शर्तें हुईं—

1. दस वर्ष तक के लिए गंगा, कमला और वल्गुमुदा [वाग्मती] का मगध वाला तट तथा उसके एक कोस ऊपर की भूमि पर लिच्छवियों का अधिकार होगा।
2. जो युद्ध-सामग्री लिच्छवियों के हाथ में आई है, वह उनकी है और जो लिच्छवियों की सामग्री मागध सेना को मिली है, उसे तुरन्त लौटा देना होगा।
3. दोनों तरफ के युद्ध-बन्दी छोड़ दिये जाएँगे, पहिले मगधराज को छोड़ना होगा।
4. लिच्छवि-प्रजा के ऊपर जो अत्याचार मगध में हुआ है, उसकी क्षतिपूर्ति देनी होगी।
5. ऊपरी शर्तों को काम में ले आने के बाद लिच्छवि-सेना हटा ली जाएगी।

हमारी परिषद की इन शर्तों को लेकर मगध के अमात्य राजगृह गए।

बूढ़े बिम्बसार ने कुमार अजातशत्रु को भी मंत्रणा के लिए बुलाया और लिच्छवियों की सन्धि-शर्तों पर विचार करने के लिए कहा। पहिले तो उसने कहा कि आप राजा हैं, आप ही इसे स्वीकार-अस्वीकार करें। इस पर बिम्बसार ने समझाते हुए कहा, "पुत्र! लिच्छवि हमारे पड़ोसी हैं। उनसे हमें हमेशा सम्बन्ध रखना पड़ेगा। और मैं बूढ़ा हूँ; फिर तुम्हें ही राज्य को सँभालना और लिच्छवि-पड़ोसियों से भुगतना पड़ेगा।"

अजातशत्रु—"जब मेरा समय आएगा तो मैं भुगत लूँगा, महाराज!"

बिम्बसार—"यानी तुम फिर लिच्छवियों से इसी तरह का युद्ध ठानोगे और हमारे राजवंश की प्रभुता को खतरे में डालोगे।"

अजातशत्रु—"मैं लिच्छवियों का सत्यानाश करके छोड़ूँगा महाराज! किन्तु वह मेरे समय की बात है। इस समय आप जो चाहें-वैसा करें।"

बिम्बसार—"तो तुम लिच्छवियों से मैत्री नहीं करना चाहते? पुत्र यह बुरा है। लिच्छवि गण हैं, वह पराये देश का अपहरण नहीं करना चाहते, नहीं तो मैं समझता हूँ, वह इस वक्त ऐसी स्थिति में थे कि चाहते तो सारे अंग, मगध और पाठा को अपने अधीन कर हमारे राजवंश का संहार कर डालते।"

"मैं ऐसा नहीं मानता। गिरिव्रज (राजगृह) का जीतना इतना आसान नहीं है; किन्तु मैं इसमें दखल नहीं देना चाहता।"—कह अजातशत्रु उठकर चला गया।

राजा बिम्बसार को सन्धि की शर्तें स्वीकार करनी ही थीं।

वर्षा होते-होते सामरिक जीवन समाप्त हो गया, सिर्फ सीमान्तों की सेनाएँ रह गईं। हम लोग वैशाली में आ गए।

बुद्ध का अनुयायी

अब मैं सेनापति था; इसलिए सेना के प्रबन्ध-सम्बन्धी कार्य में काफी समय देना पड़ता था, तो भी अब न उतनी व्यस्तता थी, न चिन्ता। न बरसात शुरू हो जाने पर अवकाश और ज्यादा रहता था। कपिल, शान्तनु, अमरू आदि मेरे तलवार के साथी तथा भामा, क्षेमा आदि के साथ मिलने-बैठने का रोज समय मिलता था। भामा ने सचमुच अब मेरे जैनव्रत पर मधुर प्रहार शुरू कर दिया था। शरीर के तप से पाप धोना और अहिंसा के प्रतिपादन में जो कुछ कहना था, वह एक-दो ही दिन में समाप्त हो गया। अब केवल मूक रह उसके आक्षेपों को सुनना पड़ता था। आक्षेपों से भी बढ़कर असह्य था, जबकि घर-भर मेरे सामने ही तरह-तरह के मांसों का स्वाद लेता तथा पान के बाद नृत्य में व्यस्त होता, और मुझे अधिकतर जाति-बहिष्कृत की भाँति चुपचाप अलग बैठे टुकुर-टुकुर देखते रहना पड़ता था।

एक दिन हम गण के किसी काम से संस्थागार में जमा हुए थे। काम समाप्त होने के बाद सदा की भाँति सदस्यों ने बाहरी बातें भी उठाईं। किसी ने कहा, "आजकल वैशाली का बड़ा सौभाग्य है, जो एक नहीं दो-दो महान धर्माचार्य, गणाचार्य, तीर्थंकर अपनी परिषद के साथ यहाँ वर्षावास कर रहे हैं।—श्रमण गौतम महावन की कूटागारशाला में अपने पाँच सौ शिष्यों के साथ ठहरे हुए हैं, और निगंठ ज्ञातृपुत्र, बहुपुत्रक चैत्य के पास।"

दूसरे ने कहा—"वैशालीवालों के लिए लाभ है, यह सुलाभ है। उन्हें ऐसे महान धर्माचार्यों का उपदेश सुनने को मिलता है।"

तीसरे ने कहा—"भाई, श्रवण गौतम की प्रतिभा ऋद्धिमत्ता के बारे में क्या कहना है! आज सारे जम्बूद्वीप में उनकी ख्याति है। उनके शिष्यों में कहाँ के आदमी नहीं हैं?"

इस पर गणपति ने कहा, "धर्माचार्यों और उसके धर्म से मुझे ज्यादा दिलचस्पी नहीं है, तो भी वह दिन मुझे याद है, जिस दिन गौतम की मौसी (प्रजापति गौतमी) और उनकी पत्नी (यशोधरा या भद्रा) पैदल चलकर वैशाली पहुँची थीं। गौतम-पत्नी यशोधरा उस वक्त बिलकुल तरुणी थीं और उनकी सुन्दरता के बारे में क्या कहना है! वह एक जनपद (देश) नहीं, अनेक जनपदों की कल्याणी (सुन्दरतमा) हो सकती थी। कपिलवस्तु से यहाँ तक पैदल चलने के कारण उनका चेहरा मुरझा गया था। उनके लाल ओठ फट गए थे। उसके पैरों में घाव हो गए थे। जिन लोगों ने सुना ही भर था कि गौतम ने शाक्यगण में अपने पिता शुद्धोदन के समृद्ध कुल को त्याग भिक्षाचर्या स्वीकार की है, उन्होंने जब यशोधरा के रूप-लावण्य को देखा तो गौतम का महान त्याग मूर्तिमान दिखलाई देने लगा। मैं तो शाक्य गणपति शुद्धोदन के नाम और पद-मर्यादा से काफी परिचित था, इसलिए गौतम के धर्म के सुनने की चाहे मैंने कभी लालसा न की हो, किन्तु गौतम के व्यक्तित्व का मैं बहुत सम्मान करता रहा हूँ और हम लिच्छवियों के तो वह परम मित्र हैं। जब हमारे यहाँ महामारी फैली थी तो उन्होंने यहाँ आकर हम सबको ढाढ़स बँधाया। अभी जब मगध की ओर से हमारे ऊपर आक्रमण होनेवाला था, तो उन्होंने हमारी अजेयता को बतलाते हुए मगधराज को समझाने का प्रयत्न किया, किन्तु यह युद्ध तो बिम्बसार की ओर से नहीं बल्कि अजातशत्रु की ओर से था। यदि वह उनकी बात न मानता, तो उसने अपने पिता को बन्दीगृह में डाल दिया होता, यह बिम्बसार को भलीभाँति मालूम था।"

प्रथम लिच्छवि—"श्रमण गौतम में जबरदस्त आकर्षण है। उनके विरोधी भी कहते हैं कि गौतम के पास आवर्जनी माया है, जिससे वह दूसरे के मत को फेर लेते हैं, किन्तु उनकी आवर्जनी माया कोई जादू-टोना नहीं है। उनके भाषण का ढंग बहुत मधुर है। बच्चों से बूढ़ों तक, गरीब से प्रसेनजित या बिम्बसार तक उनका व्यवहार समान और स्नेहपूर्ण होता है और उनकी प्रतिभा के बारे में क्या कहना है! हमारे यहाँ एक नंगटा सच्चक था। उसके लिए ख्याति थी कि वाद करने के लिए जम्बूद्वीप में फिर आया था; किन्तु कोई उसे हरा नहीं सका। और वैशाली में आकर उसने गजब का पाखंड पसारा था। और थोड़े-से क्षेत्र के बाहर न जाने की उसने प्रतिज्ञा की थी। उसकी यह भी प्रतिज्ञा थी कि भोजन में सिर्फ मांस और पान में सिर्फ सुरा पिया करेगा। लोग उसे महान सिद्ध मानते थे। वह बहुत गाल

बजाया करता था—गौतम क्या है मेरे सामने। किन्तु जब एक दिन श्रमण गौतम से सामना पड़ा तो सच्चक के मुँह से बात तक न निकली।"

कितनी ही देर तरह-तरह की बात कर सब लोग अपने-अपने घर चले गए। उस समय मैं रोज नियमपूर्वक शाम का निगंठ ज्ञातृपुत्र महावीर के दर्शन को जाया करता था। उस दिन मैंने उनसे पूछा, "भगवन! श्रमण गौतम यहाँ आया हुआ है, लोग बड़ी प्रशंसा कर रहे हैं; किन्तु आपके सामने वह क्या हो सकता है? मैं चाहता हूँ, उसे देखूँ।"

महावीर—"नहीं सिंह! क्या जाओगे उसके पास? वह नास्तिक है, आत्मा को भी नहीं मानता, परलोक को भी नहीं मानता।"

मेरा उत्साह ढीला हो गया और गौतम के पास जाने का ख्याल मैंने छोड़ दिया।

कितने ही दिनों बाद फिर उसी तरह संस्थागार में बाहरी बातों की चर्चा छिड़ी। अनेक राजाओं और धर्माचार्यों के बारे में लोग कह रहे थे, जिसमें फिर गौतम की बात आई।

प्रथम लिच्छवि—"श्रमण गौतम को बुद्ध कहा जाता है, वह सचमुच ही बुद्ध हैं। उनका बोध अपार है, और दूसरों को भी बोधज्ञान—के मार्ग का ही उपदेश करते हैं। वह अन्धी भक्ति या श्रद्धा नहीं चाहते।"

द्वितीय लिच्छवि—"और आपने तो सुना होगा केसपुत्रीय कालामों को उन्होंने कैसा सुन्दर उपदेश दिया था। केसपुत्र कोसल में एक बड़ा गाँव जंगल के मुँह पर है, श्रावस्ती जानेवाले हर एक सार्थ को उसमें ठहरना पड़ता है। मैं भी वहाँ एक बार दो दिन, दो रात सार्थ के साथ ठहरा था। गाँव के सारे कालाम बुद्ध के श्रावक [शिष्य] हैं—कालामों का भी कभी एक छोटा-सा गण था; किन्तु अब वह कोसल राज्य के उदर में चला गया है। जब घूमते-फिरते श्रमण गौतम केसपुत्र में पहुँचे, तो कालामों ने उनसे प्रश्न किया था कि जितने तीर्थंकर, जितने धर्माचार्य मिलते हैं, सभी एक-दूसरे से विरोधी धर्म का उपदेश करते हैं, हम उनमें से किसकी बात सच समझें? गौतम ने जानते हैं, क्या उत्तर दिया? उनका उत्तर बहुत सुन्दर और सरल था। सोने के खरे-खोटे होने की बात हर सोने के पीछे दौड़ने से नहीं मालूम होती; बल्कि उसका खरा-खोटापन अपने हाथ की कसौटी बतलाती है, इसीलिए कालामो! तुम किसी धर्माचार्य के रूप-सौन्दर्य, उसकी वाग्मिता, उसकी लोक-प्रसिद्धि को देखकर उसके उपदेश को ग्रहण न करो; बल्कि उसके लिए तुम अपनी बुद्धि और अनुभव [तजुर्बे] को कसौटी बनाओ। रूप-सौन्दर्य, वाग्मिता और लोक-प्रसिद्धि में गौतम-जैसा कोई नहीं, तो भी उन्होंने कितनी खरी बात कही थी।"

द्वितीय लिच्छवि—"मुझे गौतम की एक और बात याद आती है। सारे धर्माचार्य अपने शिष्यों से कहते हैं कि हमारे उपदेश को बन्दर-मुष्टि की भाँति पकड़ रखो, किन्तु गौतम का कहना इससे बिलकुल उल्टा है। उन्होंने एक बार उपमा दी थी।

कोई आदमी बरसात में अचिरवती [राप्ती] नदी के तीर जाता है। नदी दोनों कूलों तक भरी हुई है, वहाँ कोई नाव या नाव का सेतु नहीं है। आदमी को पार जाना है, वह सोचने लगता है। फिर लकडियों को जमाकर एक बेड़ा बनाता है और उस पर बैठकर खेते हुए नदी पार हो जाता है। यह बेड़ा उस आदमी के लिए कितना उपकारक हुआ, इसके कहने की जरूरत नहीं। किन्तु यदि इस उपकार का ख्याल कर वह आदमी उस बेड़े को सिर पर लाद ले तो जिस गाँव में भी जाएगा, वहाँ लोग उसे निरा मूर्ख बतलाएँगे। बेड़ा पार होने के लिए है, सिर पर ढोने के लिए नहीं मूर्ख! यही सब उसे कहेंगे। इस उपमा को देखकर जानते हैं, गौतम ने अपने श्रावकों को क्या कहा? उन्होंने कहा, 'बेड़े की भाँति मेरे उपदेश केवल पार उतरने के लिए हैं, पकड़कर रखने के लिए नही।"

उस दिन फिर मेरे मन में उत्कंठा हुई कि श्रमण गौतम से भेंट करूँ, किन्तु जब निगंठ ज्ञातृपुत्र से बात की तो उन्होंने कहा, "सिंह! क्या उस अक्रियावादी [अच्छी-बुरी क्रिया को न माननेवाले] के पास जाओगे?"

और-और भी कितनी बातें कह मना किया। निगंठ ज्ञातृपुत्र में मेरी इतनी श्रद्धा थी कि उनके वचन को सुनकर मैंने फिर अपने संकल्प को छोड़ दिया।

दोनों धर्माचार्य वैशाली में वर्षा के तीन मास बिताने के लिए ठहरे हुए थे और हमको समय-समय पर संस्थागार में जमा होना ही पड़ता था। संस्थागार में बैठ कर बात करनेवाले साधारण रथ्या [सड़क के] पुरुष नहीं, बल्कि बड़े-बड़े सम्भ्रान्त लिच्छवि होते थे। एक दिन बात होते-होते फिर श्रमण गौतम पर चली गई।

सुप्रिय ने कहा, "भाई! श्रमण गौतम हम गण-क्षत्रियों के महान गौरव हैं। आज तक ब्राह्मण गणवालों को भेड़ नहीं तो लड़ाकू भेड़िये-भर मानने के लिए तैयार थे। वह ब्राह्मण—बुद्धि-विद्या से हीन—कहकर हमारा तिरस्कार करते थे, किन्तु आज अंग मग के कूटदन्त, स्वर्णदंड-जैसे महाप्रसिद्ध तीनों वेदों के ज्ञाता ब्राह्मण श्रमण गौतम के श्रावक हैं। वज्जी-विदेह में अद्वितीय विद्धान तथा वृद्ध ब्राह्मण दीर्घायु गौतम का श्रावक है। कोसल के चूँकि और पौष्करसति-जैसे पाँच-पाँच सौ विद्यार्थियों को वेद पढ़ानेवाले राजगुरु महाशाल ब्राह्मण श्रमण गौतम को अपना गुरु तथा एक महान ऋषि मानते हैं। ब्राह्मण अपने अष्टक वामदेव आदि को छोड़ किसी गण-सन्तान को ऋषि मानेंगे, यह ख्याल में नहीं लाया जा सकता था। यही नहीं, श्रमण गौतम के शिष्य सारिपुत्र, मौद्गल्यायन, महाकाश्यप, महाकात्यायन-जैसे अद्भुत प्रतिभाशाली ब्राह्माकुल से प्रव्रजित हैं। वे अपनी विद्या और प्रतिभा में इतने ऊँचे हैं कि चाहते तो अपना अलग तीर्थ [मत] चलाते और निगंठ ज्ञातृपुत्र सज्जय वेलद्विपुत्र या मक्खलि गोसाल से भी बड़े तीर्थंकर माने जाते; किन्तु वह श्रमण गौतम को अपना शास्ता [उपदेष्टा] मानते हैं। कुरु-पंचाल, जिन्हें ब्राह्मण अपने वेद और ज्ञान की खान मानते थे, आज वहाँ भी गौतम के उपदेश बड़े

गौरव के साथ सुने जाते हैं। तक्षशिला के पुराने गणपति कप्पिन किस तरह गौतम के उपदेशों को दूसरों के मुख से सुनकर साठ योजन चल शाक्य-पुत्रीय श्रमणों [बौद्ध भिक्षुओं] में शामिल हुए, इसे आपमें कितने ही जानते होंगे।"

महानाम—"और हाथ के मधुगोलक [लड्डू] की मिठास की प्रशंसा वाणी से करने की जरूरत नहीं, वह तो जीभ पर रखने से मालूम हो जाती है। आजकल हर शाम को हजारों नर-नारी महावन की कूटागारशाला में जा श्रमण गौतम का उपदेश सुनते हैं, और सभी प्रशंसा करते नहीं थकते।"

उस दिन फिर मेरा मन श्रमण गौतम के पास जाने के लिए अत्यन्त उत्कंठित हो गया। नित्य के अनुसार जब आज निगंठ ज्ञातृपुत्र के दर्शन को गया, तो उनसे कहा,

"श्रमण गौतम कौन हैं, भन्ते? मुझे नहीं मालूम। मैंने सिर्फ उसका नाम सुना हैं। किन्तु लिच्छवि उनकी बड़ी प्रशंसा करते हैं। मुझे विश्वास है, उनमें आप जैसा तप-तेज तो नहीं होगा। मैं चाहता हूँ, जाकर श्रमण गौतम से भेंट और बातचीत करूँ।"

महावीर—"सिंह! क्या तुम उस तप-तेज-हीन आदमी के पास जाओगे। वह तो गद्दों पर सोता, काशी के नरम-नरम कौषेय वस्त्रों को पहिनता, तरह-तरह के स्वादिष्ट मांसों का आस्वाद लेता है। उसके पास तपस्या की क्या गन्ध भी मिलेगी?"

मैं—"इसीलिए तो भन्ते! मैं उसे आँख से देखना चाहता हूँ, और मोह में पड़े लिच्छवियों को उनकी गलती बतलाना चाहता हूँ।"

महावीर—"और कुछ नहीं, सिंह! बस आवर्तनी माया [जादू] उसे मालूम है, जिससे वह दूसरों के मन को फेर लेता है। पास भी मत जाओ सिंह! उस मायावी के!"

निगंठ ज्ञातृपुत्र ने और भी तरह-तरह से समझाकर मुझे रोकना चाहा, किन्तु उनके इस कथन का मुझ पर उल्टा असर हुआ। वहाँ से उठकर चलने पर मैंने अपने मन में कहा—मैंने अपनी विद्या-बुद्धि को निगंठ ज्ञातृपुत्र के हाथ बेच नहीं दिया है। उनका कोई अधिकार नहीं कि मुझे परीक्षा के लिए कहीं जाने-आने से रोकें। मैं स्वयं जाकर देखूँगा कि श्रमण गौतम कैसे पुरुष हैं, उनमें क्या गुण हैं, जो कि प्रमुख लिच्छवि उनकी इतनी प्रशंसा करते हैं।

शाम को बहुत से लिच्छवि-लिच्छवियानी—जिनमें मेरी माँ, चाची, भामा और रोहिणी भी थीं—जब कूटागारशाला की ओर जा रहे थे, तो मैं उनके साथ हो लिया। भामा की नजर मुझ पर पड़ी, तो वह चुपके से मेरे पास चली आई और हाथ पकड़कर बोली,

"आज क्या है देवर! जो उस नंगे श्रमण को छोड़ इधर चल रहे हो—यह अकाल कुसुम कैसे फूला?"

मैं—"भामा! तुम श्रद्धा से श्रमण गौतम के धर्म-उपदेश को सुनने जाती होगी, फिर इस तरह का हास-परिहास करते तुम्हें संकोच नहीं होता?"

भामा—"श्रमण गौतम शरीर और मन के स्वास्थ्य को पसन्द करते हैं, वह उसे सुखाने और मारने की बात नहीं पसन्द करते।"

मैं—"अच्छा तो तुम सब गौतम की पक्की श्राविका बन गईं?"

भामा—"गौतम के यहाँ पक्की-कच्ची का सवाल नहीं। गौतम चाहते हैं, सभी को अपनी वर्तमान स्थिति से आगे बढ़ना चाहिए। जो बढ़ता है, उसे देखकर खुश होना चाहिए।"

मैं—"और अपनी सारी लिच्छवियानी सेना को तो गौतम की सेना में बदलना नहीं चाहती हो?"

भामा—"सारी सेना के बदलने का यहाँ सवाल नहीं है देवर! यहाँ हर एक को अपने बारे में खुद निर्णय करना है।"

मैं—"माँ और चाची, कब से भाभी! उपदेश सुनने लगी हैं?"

भामा—"वह तो न जाने कितने वर्षों से, शायद जब तुम तक्षशिला गए, तभी से। उन्हीं के कहने पर तो पहिले दिन मैं यहाँ आई।"

मैं—"और रोहिणी?"

भामा—"तुम रोज नियम से नंगे श्रमण का उपदेश सुनने जाया करते हो, बेचारी बच्ची अकेली घर में पड़ी रहती थी—इधर मैं भी जो यहाँ आने लगी थी। मैंने रोहिणी से कहा, चलो तुम भी श्रमण गौतम का दर्शन कर आओ।"

मैं—"गोया, मेरी जानकारी के बिना ही मेरे घर पर श्रमण गौतम का अधिकार हो गया है?"

भामा—"ऐसा ही मालूम होता है देवर! एक दिन तो रोहिणी ने श्रमण के उपदेश को सुनने के बाद यहाँ तक कह दिया कि भगवन यह जो मेरे गर्भ में है, उसकी ओर से भी मैं बुद्ध-धर्म-संघ की शरण जाती हूँ।"

मैं—"बुद्ध-धर्म-संघ की शरण?"

भामा—"जो श्रमण गौतम के धर्म को स्वीकार करता है, वह इसी त्रिरत्न—तीनों रत्नों—बुद्ध-धर्म-संघ—की शरण में जाता है, अर्थात इन्हें अपना पथ-प्रदर्शक स्वीकार करता है।"

मैं—"शरण का अर्थ तो मालूम हुआ, किन्तु यह त्रिरत्न क्या बला है?"

भामा—"बुद्ध, धर्म, संघ को त्रिरत्न कहते हैं; क्योंकि यही दुनिया में रत्न की भाँति सर्वश्रेष्ठ पदार्थ हैं।"

मैं—"बुद्ध क्या हैं?"

भामा—"मैं भगवान गौतम के धर्म की पंडित नहीं हूँ कि तुम्हें इसके बारे में पूरा बतला सकूँ। दूसरे यह काम और समय भी ऐसा नहीं है कि मैं विस्तारपूर्वक अपनी जानी हुई बातों को भी बतलाऊँ। संक्षेप में बुद्ध कहते हैं जिसे बोध—ज्ञान—सत्य का दर्शन हो गया है, अर्थात जीवन को आगे बढ़ाते-बढ़ाते अपने ज्ञान,

अपनी दया, अपनी सहिष्णुता में, जो पराकाष्ठा तक पहुँच गया हो। प्राणी अपने प्रयत्न से और केवल अपने ही प्रयत्न से—किसी इन्द्र, ब्रह्मा या मार की कृपा या सहायता से नहीं—अपने जीवन को उन्नत करते-करते बुद्ध हो जाता है। आजकल शाक्यपुत्र गौतम ऐसे ही एक बुद्ध हैं। ऐसे बुद्ध पहिले भी होते रहे हैं और आगे भी होते रहेंगे। ऐसे बुद्धों का पथ-प्रदर्शक यात्रा में सहायक होता है। बुद्ध श्रमण गौतम अपने को सिर्फ मार्गख्याती [मार्ग बतलानेवाला] बतलाते हैं, पकड़कर मार्ग पर ले जानेवाला नहीं।"

मैं—"और धर्म?"

भामा—"बोधगम्य मार्ग को कहते हैं, जिसे कि बुद्ध अपने चिन्तन, अपने प्रयत्न से प्राप्त करते हैं। किन्तु धर्म की शरण में जाने के बारे में बुद्ध अन्धी श्रद्धा की बात नहीं करते।"

मै—"तुम्हारा मतलब है, बुद्ध धर्म को बेड़े की तरह पार उतारने के लिए मानते हैं, कि पकड़कर रखने के लिए?"

भामा—"तो तुमने बुद्ध के धर्म को सुना है, देवर!

मैं—"संस्थागार में एक दिन चर्चा चली थी, उस दिन किसी ने कहा था भाभी! और यह भी सुना था कि वह अपने धर्म के स्वीकार-अस्वीकार की बात आदमी को अपनी बुद्धि और अनुभव पर छोड़ते हैं।"

भामा—"तो तुमने बुद्ध के धर्म के बारे में काफी सुना है?"

मैं—"बस मेरे सुनने का कोष समाप्त समझो। हाँ, संघ क्या है?"

भामा—"बुद्ध और धर्म को मार्गाख्यायी और मार्ग मानकर जो स्त्री-पुरुष—भिक्षु-भिक्षुणी—उपासक-उपासिका—यथाशक्ति उस पर चलने का प्रयत्न करते हैं, वही संघ है। व्यक्ति को अपने निर्णय पर सच्चाई की कसौटी में परखने के लिए यदि एक से अधिक बुद्धि और अनुभव की सहायता प्राप्त हो, तो उसका काम भी सुकर हो जाता है, और उसे सही निर्णय पर पहुँचने की सम्भावना ज्यादा होती है।"

मैं—"भामा! मैं तो समझता था..."

भामा—"कि तुम मनोरथ की जोरू हो, बड़ी बातूनी हो, कुछ जोशीली भी हो—क्या यही न कहना चाहते हो देवर!"

मैं—"लेकिन मुझे जो कहना है, उसे अपने शब्दों में कहने दो भाभी!"

भामा—"तो मैंने कौन-सी पंडिताई दिखलाई है, जिसके लिए तुम तारीफ का पुल बनाना चाहते हो। यह ऐसी बातें हैं, जिन्हें चार दिन की भी बुद्ध-श्राविका जान सकती है, मुझे तो डेढ़ मास हो गए उपदेश सुनते।"

मैं—"और भाभी! तुमने मुझे कभी न बतलाया, न कभी यहाँ आने के लिए कहा।"

भामा—"मैं समझ रही थी कि निगंठों का पन्थ मेधावी आदमी को कभी रोक कर नहीं रख सकता, समय की प्रतीक्षा करने की जरूरत है।"

मैं—"लेकिन मुझे तो निगंठ पन्थ अब भी रोके हुए है?"

भामा—"यह आश्चर्य है देवर! मैंने सुना है कि निगंठ अपने श्रावक या श्राविका को किसी दूसरे धर्म का उपदेश सुनने की कड़ी मनाही करते हैं—अच्छा, अब हम कूटागार के नजदीक आ गए हैं, अब हमें बात बन्द कर देनी चाहिए।"

फाटक के भीतर घुसते वक्त वहाँ की नीरसता को देखकर मैंने भामा के कान में पूछा—"भाभी! यहाँ श्रमण गौतम अकेले ही रहते हैं?"

भामा—"नहीं, उनके पाँच सौ भिक्षु, और अब तो सैकड़ों गृहस्थ शिष्य और शिष्याएँ भी आ गई होंगी।"

मैं—"लेकिन कोई शब्द नहीं सुनाई देता।"

भामा—"बुद्ध नीरवता को पसन्द करते हैं, उनके शिष्य भी अपने शब्द द्वारा दूसरे को परेशान नहीं करना चाहते।"

हम अब बुद्ध की दिव्य सौम्य मूर्ति के सामने पहुँच गए थे। एक ओर कूटागार की उनकी अपनी कुटी—अन्धकुटी—थी जिसके सामने के बड़े आँगन में आज वर्षा न थी, नहीं तो फूस के बड़े धर्ममंडप में होते—गन्धकुटी के पास एक आसन पर बुद्ध आसीन थे। उनके पीछे दाहिनी ओर अरुण वर्ण के काषाय को पहिने बहुत-से भिक्षु विनीत भाव से बैठे हुए थे और बाईं ओर कितने ही काषाय-वसना भिक्षुणियाँ थीं। सामने की ओर अलग-अलग गृहस्थ स्त्री-पुरुष बैठे थे। हर एक व्यक्ति नजदीक या दूर से श्रमण गौतम की वन्दना करता, फिर चुपचाप अपने अनुकूल स्थान पर बैठ जाता। भामा माँ के साथ होकर स्त्रियों में जा बैठी। मुझे यह व्यवस्था बड़ी सुन्दर मालूम हुई। मुझे चूँकि श्रमण गौतम से कुछ प्रश्न करने थे, इसलिए मैं उनके पास गया, फिर वन्दना कर एक ओर भूमि पर बैठते हुए मैंने कहा,

"भन्ते गौतम! हम बहुकृत्य बहुकरणीय हैं, लिच्छवि-सेनापति का काम ऐसा ही होता है। कई दिनों से आपके दर्शन तथा कुछ प्रश्न करने के लिए आना चाहता था, किन्तु विघ्न-बाधाओं के कारण नहीं आ सका।"

बुद्ध—"तो तुम लिच्छवि-सेनापति सिंह हो। शत्रु के घायलों के लिए तुमने जो उदारता-दया दिखलाई, वह बहुत प्रशंसनीय काम था। अपनी दया के क्षेत्र को बढ़ाना चाहिए, और जब उस दया के क्षेत्र में शत्रु भी शामिल कर लिया जाए तो मैं इस मानव में देव-भाव आया कहता हूँ।"

मैं—"लेकिन यह भन्ते! थोड़ा-सा काम था।"

बुद्ध—"काम थोड़ा नहीं था, और काम का महत्त्व उसके थोड़े अधिक पर निर्भर नहीं है, यह निर्भर है हृदय के छोटे-बड़े होने पर। खैर, मैंने तुम्हारे और भी

गुण सुने हैं, इसी युद्ध के अवसर पर। मैं जानता हूँ, तुम बहुकृत्य बहुकरणीय हो, अच्छा जो प्रश्न करना चाहते हो, करो।"

मैं—"भन्ते! आपके विरोधी कहते फिरते हैं कि श्रमण गौतम नास्तिक है, आत्मा और परलोक को नहीं मानता। जो लोग आपके बारे में ऐसा कहते हैं, क्या वह सच कहते हैं या आपके ऊपर झूठा आरोप करते हैं?"

बुद्ध—"हाँ सेनापति! वह सच कहते हैं, मुझ पर झूठा आरोप नहीं करते। मैं किसी ऐसी आत्मा को नहीं मानता जो दो पल भी वही हो, एक सारे जन्म, या एक शरीर से दूसरे शरीर में जानेवाले नित्य ध्रुव आत्मा की तो बात ही क्या है। क्या सेनापति! तुम अपने को वही समझते हो जो तुम पांसु-क्रीड़ा करते वक्त थे?"

सिंह—"यह ठीक कहा भगवन! मुझे बराबर ख्याल आता था कि मैं बराबर अपने ज्ञान, अपनी रुचि, अपनी प्रवृत्ति में परिवर्तन देख रहा हूँ। मुझे सन्देह होता था कि मैं तक्षशिला से लौटते वक्त वही नहीं था जो कि तक्षशिला जाते वक्त। मैंने दोनों अवस्थाओं में जो भारी परिवर्तन देखे, सिर्फ शरीर के देखने और लोगों के आत्मा-आत्मा चिल्लाने के ही कारण मैं अभी तक आत्मा को मानता आया था। यदि भगवन! इस तरह के परिवर्तन के कारण किसी नित्य-ध्रुव आत्मा को नहीं मानते, तो मुझे यह बिलकुल ठीक मालूम होता है।"

बुद्ध—"इसी आत्मा को न मानने के कारण मुझे मेरे विरोधी नास्तिक कहते हैं। मैं किसी वस्तु—जड़-चेतन, देव-ब्राह्मण—को नित्य-ध्रुव नहीं मानता। जो है, वह पैदा हुआ है, जो पैदा हुआ है, वह मरनेवाला, नष्ट होनेवाला है। नित्य-ध्रुव आत्मा का ख्याल सिर्फ भ्रम और लोभ के कारण होता है। जीवन से मैं इनकार नहीं करता सेनापति! किन्तु जीवन नदी का प्रवाह है, जो हर क्षण नया होता है। यदि नया होने की गुंजाइश न होती तो हमारे सारे सुकर्म, हमारे सारे सुविचार, हमारे सारे सुवचन निष्फल होते; क्योंकि नित्य-ध्रुव जीवन पर उनका कुछ भी प्रवाह नहीं होता। मैं जीवन को सदा नया बनना मानता हूँ, उसे वैसा नहीं मानता जैसा कि ब्राह्मण, परिव्राजक तथा दूसरे तीर्थिक मानते हैं, इसीलिए वह मुझे नास्तिक कहते हैं। किन्तु मैं सेनापति! जीवन से इनकार नहीं करता, जीवन के उच्च रूप में जाने की सम्भावना से इनकार नहीं करता, इसीलिए मेरे बारे में सच कहनेवाले को मुझे आस्तिक भी कहना चाहिए।"

मैं—"बल्कि मैं कहूँगा, सच्चे अर्थ में आप ही आस्तिक हैं, क्योंकि जीवन को नित्य, ध्रुव मानकर जो उसमें किसी सुधार की गुंजाइश नहीं रहने देते, उनका जीवन का मानना न मानना बराबर है।"

बुद्ध—"आत्मा नाम से जो मिथ्या धारणा, जो अकर्मण्यता फैलती है, उसी को देखकर मैं कहता हूँ—आत्मा की दृष्टि—विचार—मिथ्या दृष्टि है; जो नित्य-ध्रुव

की धारणा रखता है, वह क्यों जीवन को बदलने की कोशिश करेगा, वह सिर्फ भाग्यवादी, अकर्मण्यतावादी ही हो सकता है।"

मैं—"मैंने समझ लिया भन्ते! भगवन यथार्थवादी हैं, अयथार्थवादी नहीं वस्तुवादी हैं, कल्पनावादी नहीं। भन्ते! और भी मैंने आपके विरोधी श्रमण ब्राह्मणों को कहते सुना है कि श्रमण गौतम अक्रियावादी हैं। ऐसे कहनेवाले क्या भगवन के बारे में सच कहते हैं या भगवन पर मिथ्या आरोप करते हैं?"

बुद्ध—"एक अर्थ में सेनापति! वह सच कहते हैं। कितने ही श्रमण ब्राह्मण हैं, जो आहार छोड़ निराहार रह शरीर को सुखाने, प्राण छोड़ने तक को क्रिया कहते हैं। वह कहते हैं कि ऐसी क्रिया से पुराने पाप छूट जाते हैं, आदमी निष्पाप हो जाते हैं। मैं, सेनापति! उनके इस विचार को मूढ़ता कहता हूँ। जब वह आत्मा और शरीर को अलग मानते हैं, तो शरीर के सुखाने से आत्मा कैसे शुद्ध होगी सेनापति? यदि ऐसा होता तो कपड़े के धोने से शरीर धुल जाता। यह उनका मिथ्या ज्ञान है, निरा बाल-धर्म है जो वह समझते हैं कि भूखे मरने से, नंगे रहने से, शरीर को कष्ट देने से जीवन की शुद्धि हो जाएगी। मैंने सेनापति! वर्षों कड़ी-से-कड़ी तपस्याएँ—क्रियाएँ—की हैं। मैंने देखा है, वह जीवन पर प्रभाव नहीं रखती। जीवन पर प्रभाव रखते हैं हमारे विचार, हमारा मन पर संयम, राग-द्वेष-मोह को करने के लिए उनके कारणों को दूर करने की चेष्टा। इस तरह सेनापति! मैं अक्रियावादी हूँ। जिसे वह श्रमण-ब्राह्मण क्रिया कहते हैं, मैं उसे अक्रिया कहता हूँ। किन्तु साथ ही सेनापति! मैं क्रियावादी भी हूँ; क्योंकि मैं सुकर्म, सुवचन, सुविचार को मानता हूँ, उनके कारण जीवन के उच्च होने को मानता हूँ।"

मैं—"सुन्दर है भन्ते! भगवान का अक्रियावाद, ऊपर ले जानेवाला है भन्ते! भगवान का अक्रियावाद। मैं भी उन श्रमण-ब्राह्मणों के क्रियावाद को मूढ़-धर्म, बाल-धर्म मानता हूँ।"

बुद्ध—"यही मैं कहता हूँ, सेनापति!"

मैं—"भन्ते! भगवान के विरोधी कहते हैं कि श्रमण गौतम तप-तेजहीन हैं, क्या उनका कहना ठीक है?"

बुद्ध—"सेनापति! वह किसे तप-तेज कहते हैं, यह मैं नहीं समझता। यदि तप से उनका अभिप्राय है शरीर को न सँवारना, शरीर को ही सब कुछ मानकर उसकी ही सेवा के काम में जा लगना, तो मैं इसे मानता हूँ। मैं सेनापति! दोनों प्रकार के चरम पन्थों पर जाने को मैं बुरा कहता हूँ। आदमी को न एकान्ततया शरीर के सँवारने ही में लगना चाहिए, न शरीर को सुखाकर उसे अकर्मण्य बनाने ही में लग जाना चाहिए। मैं इन दोनों चरम पन्थों को छोड़कर मध्य-मार्ग पर चलने को कहता हूँ, इसी को कहते हैं—श्रमण गौतम तप-तेजहीन हैं।"

मैं—"धन्य है भन्ते! भगवन का मध्यमार्ग। कल्याणकारी है भन्ते! भगवन का यह मध्यमार्ग। भन्ते! निगंठ ज्ञातृपुत्र से मैंने पूछा था..."

बुद्ध—"जाने दो इसे सेनापति! कि निगंठ ज्ञातृपुत्र मेरे बारे में तुमसे क्या कहते थे। उनके कहने-सुनने से हमें तुम्हें कोई लाभ नहीं होगा। सेनापति! तुम्हें और जो कुछ पूछना हो पूछो।"

बुद्ध के बुद्धगम्य हृदय के भीतर तक घुस जानेवाले उपदेश से मैं पूरी तौर पर प्रभावित हो गया था; किन्तु जब उन्होंने अपने विरोधी की निन्दा को सुनने से इस प्रकार अनिच्छा प्रकट की, तो मुझे मालूम हो गया कि बुद्ध सचमुच ही अनुपम पुरुष, द्विपदोत्तम हैं।

मैंने सन्तुष्ट हो कहा—

"भन्ते! भगवन के बारे में मैंने जैसा सुना था, उससे कहीं श्रेष्ठ आपको पाया। मैं बुद्ध-धर्म-संघ की शरण में आता हूँ, आज से भन्ते! भगवन, मुझे अपना श्रावक (अनुयायी) समझें और कल संघसहित मध्याह्न का मेरा भोजन स्वीकार करें।"

भगवान ने मौन रह मेरी प्रार्थना स्वीकार की। उस समय भगवान की अवस्था साठ वर्ष से ऊपर थी, किन्तु उस वक्त भी उनके सुदीप्त मुख से जान पड़ता था, प्रभा निकल रही है; उनके अभिनील नेत्र मालूम होते थे, छहों दिशाओं में मैत्री और करुणा फैला रहे हैं। मैंने भगवान के चरणों में वन्दना की और फाटक से बाहर होते-होते देखा, माँ, चाची, रोहिणी और भामा भी पहुँच गई हैं। माँ ने बहुत खुश होकर कहा,

"देखा पुत्र! हमारे भगवान कैसे अर्थ-संगत, बुद्धि-संगत सुन्दर धर्म का उपदेश करते हैं।"

मैं—"हाँ, जरूर माँ! मैने संस्थागार में कई बार भगवान की प्रशंसा सुनी, मैंने जब-जब आने की इच्छा प्रकट की तब-तब निगंठ ज्ञातृपुत्र ने मना कर दिया। आज मैंने उसे मानने से इनकार कर दिया। मैंने बहुत करके जाति-गौरव के ख्याल से निगंठ ज्ञातृपुत्र के धर्म को स्वीकार किया था।"

भामा—"तो सेनापति! हम सब फिर बुद्ध के धर्म-मार्ग पर एकत्र हो गए।"

मैं—"हाँ भामी! और कल भगवान और भिक्षु संघ हमारे घर भोजन करेंगे, उसका भी इन्तिजाम करना होगा।"

माँ पहिले बोली, "उसके लिए तरद्दुद न करो पुत्र!"

दूसरे दिन हमने गो-घातक, शूकर-घातक के यहाँ से जो तैयार मांस था, उसे मँगवाया और भोजन तैयार होने पर भगवान को सूचना दी। जिस वक्त संघ-सहित भगवान भोजन ग्रहण कर रहे थे; उस वक्त निगंठ (जैन साधु) लोग वैशाली के चौरास्तों पर दोनों हाथ उठा चिल्लाकर कह रहे थे—"अधर्मी है सेनापति सिंह, पापी है सेनापति सिंह, उसने श्रमण गौतम के लिए गायें मारी हैं, सूअर मारे हैं।

कहाँ है श्रमण गौतम का धर्म श्रामण्य 'संन्यास', कहाँ है श्रमण गौतम का धर्म, जबकि वह अपने लिए मारे गए पशुओं का मांस खा रहा है।" निगंठों का यह कहना सरासर झूठ था, मैंने पशुओं को मारा या मरवाया न था, न वैसे मांस को भगवान को दिया; किन्तु मेरे निकल जाने से इन्हें बहुत दुख हुआ था, इसलिए बाल-मूढ़ की भाँति वह चिल्ला रहे थे।

भगवान बुद्ध के धर्म-मार्ग ने मुझे आत्मतंत्र से परतंत्र नहीं बनाया, बल्कि अनेक शक्तियों को पूरी तौर से विकसित करने में सहायता प्रदान की।

कपिल आदि का प्रस्थान

वर्षा ऋतु समाप्ति पर आ रही थी, उसके साथ ही मेरे कलेजे में यह ख्याल करके टीस हो रही थी कि मेरे गन्धार मित्र कपिल, शान्तनु आदि के साथ से मुझे वंचित होना पड़ेगा। मैं अब सेनापति के गृह में रहने लगा था और मेरे मित्रों का भी अधिक समय मेरे पास बीतता था। निगंठों के फन्दे से छूटने के कारण मैं अब मित्र-गोष्ठी में शामिल हो सकता था, मांस का स्वाद ले सकता था, पान और नृत्य में हाथ बँटा सकता था। और भामा की मधुर चुभती बातें दिल-बहलाव करने में बड़ी सहायक होती थीं। एक दिन मगध सेनापति का जिक्र छिड़ा था। मैंने कहा,

"वह बड़ा ही निर्भीक सैनिक था। सेना के अधिक भाग के कट जाने पर भी वह अपने हाथी पर डँटकर लड़ता ही रहा।"

कपिल—"तो मित्र सिंह! अबकी बार फिर तुमने महासिन्धु तटवाली बात दुहराई न?"

मैं—"एकदम दुहराना नहीं कह सकते मित्र! मैं सिर्फ लड़ने की भूख शान्त करने के लिए वहाँ नहीं कूदा था। मुझे हाथी की विशेषता देखने से ख्याल आया कि शायद वह कुमार अजातशत्रु हो, और मैं उसे जीते-जी पकड़ना चाहता था।"

कपिल—"किन्तु वहाँ शत्रुसेना भी काफी थी।"

मैं—"और हमारे सैनिक भी काफी थे।"

कपिल—"किन्तु वह जानते थे कि हमारे उपसेनापति बीच में कूद पड़े हैं।"

मैं—"किन्तु किसी-किसी वक्त ऐसा साहस करना ही पड़ जाता है। हाँ, तो मित्र! दो बार मगध-सेनापति ने मेरे वार को बचाया, और वार भी किया, किन्तु तीसरी बार बेचारा बच न सका। कपिल! मुझे आश्चर्य तो हुआ उस लिच्छवि तरुण पर, जिसने उतनी फुर्ती से कूदकर हाथीवान और हाथी को काबू में किया, और उन्हें स्कन्धागार में आने पर मजबूर किया। सारे युद्ध की इस एक बात पर

मुझे बहुत अफसोस है, मैं उस तरुण को वाणीमात्र से भी साधुवाद नहीं दे सका, और वह गायब हो गया।"

भामा—"देवर! तुमने उनको पहिचाना नहीं?"

मैं—"मुझे उसके चेहरे का स्मरण नहीं। शायद मुँह पर छोटी-छोटी मूँछें थीं; किन्तु मैं अच्छी तरह उसके चेहरे को देख नहीं सका। शिरस्त्राण, कवच, खड्ग तो सबके एक-से ही होते हैं। हाँ, एक बात याद है, अंकुश की छीनाझपटी में उसके हाथ में चोट आई थी, मैंने खून को बहते देखा था।"

भामा—"हाथ में चोट आई थी? तब तो देवर! कोशिश करने पर उस सैनिक को पाया जा सकता है।"

मैं—"नहीं भाभी! वह फिर मगध-सेना का पीछा करने के लिए लौट गया होगा। यदि जिन्दा लौटा होता, तो मुझसे जरूर मिलता। मुझे मुँह से बोलने का मौका नहीं मिला था, किन्तु मेरे चेहरे से वह देख सकता था कि मैं उसकी वीरता से कितना प्रभावित हुआ हूँ।"

भामा—"किन्तु, देवर या सेनापति कहूँ?"

मैं—"तुम्हारा देवर कहना ही मीठा लगता है, भाभी!"

भामा—"अच्छा देवर! कितने ऐसे भी वीर होते हैं जो पारितोषिक की इच्छा न कर काम को छिपा रखना ही पसन्द करते हैं।"

मैं—"हाँ, ऐसे भी वीर होते हैं किन्तु, भाभी! मुझे इसका सदा अफसोस रहेगा।"

भामा—"तो देवर! तलाश न करो, हाथ के घाववाले ज्यादा न होंगे, शायद मिल जाए।"

मैं—"तो क्या सारे योद्धाओं को फिर जमा करूँ? लोगों को कितना तरद्दुद होगा, भाभी?"

भामा—"हाँ, तरद्दुद तो होगा! और छोटी-छोटी मूँछें तो तुम्हें याद हैं न, देवर!"

मैं—"भ्रम ही समझो भाभी! नहीं तो उस तरुण के चेहरे को मैं इतना कम देख पाया था कि उसकी स्मृति की छाप मन पर पड़ी नहीं दीखती।"

भामा—"और यदि मैं उस तरुण को ढूँढ़ने की कोशिश करूँ और वह कहीं मिल जाए तो?"

मैं—"मैं तुम्हारा बहुत अनुगृहीत होऊँगा, भाभी!"

भामा—"मेरे अनुगृहीत तुम कितने हो चुके हो, इसे हम देख चुकी हैं। हमने कितनी मेहनत से तीर-तलवार चलाना सीखा था, तुमसे हाथ जोड़ती ही रह गई, किन्तु हमें मौका नहीं दिया—तुमने लिच्छवियानियों को लिच्छवियों की पाँती में खड़ा होने योग्य नहीं समझा।"

मैं—"लेकिन, जिस काम को तुमने हाथ में लिया था, उसमें भी कम खतरा नहीं था। मैंने रोहिणी की हथेली में भाले का घाव देखा था।"

भामा—"भाले का घाव?"

मैं—"हाँ, तो तुम कैसे कह सकती हो कि तुम्हें उसका अवसर नहीं मिला?"

भामा—"भाले या तलवार की चोट खाना और उन्हें चलाना एक बात नहीं है, देवर!"

मैं—"हाँ, यह मैं मानता हूँ; किन्तु तुम्हारी जितनी संख्या थी, उसके लिए दूसरे काम ही इतने अधिक थे कि तुम्हें लड़ने का काम देना मैंने उचित नहीं समझा।"

भामा—"किन्तु जो तुमने अपनी खुशी से नहीं दिया, उसे हमने अपनी खुशी से ले लिया।"

मैंने आश्चर्य के साथ कहा, "क्या तुमने युद्ध में तलवार चलाई और अपने सेनापति की आज्ञा के बिना?"

भामा—"आज्ञा के बिना भी कर सकते हैं और आज्ञा के साथ भी।"

मैं—"सो कैसे?"

भामा—"लडाई होते वक्त तीरों की वर्षा के भीतर से घायलों को निकाल लाना तो आज्ञा के विरुद्ध नहीं था?"

मैं—"नहीं।"

भामा—"और उस वक्त काम करनेवालियों की रक्षा के लिए हमारे शस्त्रधारी दल का तैनात रहना आज्ञा के विरुद्ध तो नहीं था?"

मैं—"नहीं।"

भामा—"और ऐसे समय किसी को संकट में पड़ा देख, उसके लिए तलवार चलाना आज्ञा के विरुद्ध तो नहीं था।"

मैं—"नहीं। तो भाभी! तुमने तलवार भी चलाई क्या?"

भामा—"उसे रहने दो देवर! अभी मैं जानना चाहती हूँ कि कहाँ जाने पर आज्ञा का विरोध होता है। और उस समय यदि लिच्छवियानियों का नहीं, बल्कि लिच्छवि का प्राण बचाने के लिए तलवार चलानी पड़ती तो आज्ञा के विरुद्ध होता या नहीं?"

मैं—"तो भाभी! क्या तुम जानती हो उस तरुण को, जिसने नालागिरि हाथी को गिरफ्तार किया था?"

भामा—"पहिले मैं यह प्रश्न पूछती हूँ, उसका जवाब दो देवर! यदि उसी समय लिच्छवि का प्राण बचाने के लिए हमें तलवार चलानी पड़ती, तो यह आज्ञा के विरुद्ध होता या नहीं?"

मैं—"लेकिन हमारी मंशा यह नहीं थी कि तुम इतनी दूर तक जाओ।"

भामा—"मैं आज्ञा की बात पूछना चाहती हूँ, सेनापति!"

मैं—"किन्तु, यह मंशा के विरुद्ध आज्ञा लेना होता।"

भामा—"आज्ञा का विरोध तो नहीं होता?"

मैं—"एक अर्थ में आज्ञा का विरोध नहीं होता, एक अर्थ में होता भी!"

भामा—"मुझे आपके उत्तर के पूर्वार्द्ध से ही मतलब है, सेनापति!"

मैं—"तो तुमने तलवार चलाई, भाभी?"

भामा—"जरूर। किन्तु हम उतनी अपराधिनी नहीं हैं, देवर! जितने कि तुम।"

मैं—"कैसे?"

भामा—"तुम उपसेनापति थे न?"

मैं—"हाँ।"

भामा—"सारे युद्ध-क्षेत्र के संचालन का भार तुम्हारे ऊपर था न देवर?"

मैं—"हाँ।"

भामा—"तुमने मगध-सेनापति पर एकाएक हमला करते वक्त ख्याल किया था कि तुम्हारे न रहने पर युद्ध-संचालन में कितनी कठिनाई पड़ती; बल्कि मैं कहूँगी, इससे विजय के पराजय में परिवर्तित होने का डर था?"

मैं—"मैं अपनी इस गलती को मानता हूँ।"

भामा—"तो ऐसे गलती करनेवाले अपने सेनापति की रक्षा के लिए यदि लिच्छवियानी-सेना प्रयत्न करे, तो उसे आज्ञा-विरोध तो न कहा जाएगा देवर?"

मैं—"आज्ञा-विरोध के बारे में मेरी राय की बात छोड़ो। तो सचमुच भाभी! तुमने ऐसा साहस किया था?"

भामा—"साहस था हमारे पास और हमने साहस किया था।"

मैं—"और उस वक्त, जबकि मगध सेनापति के हाथी पर टूट पड़ा था?"

भामा—"उस वक्त और दूसरे वक्त भी।"

मैं—"उस वक्त और दूसरे वक्त भी?"

भामा—"तुम कितनी ही बार बिना शरीर-रक्षक के भी युद्धक्षेत्र में घुस जाते थे या नहीं?"

मैं—"शायद! मैंने अपने को अकेला नहीं पाया।"

भामा—"शिविर से निकलते वक्त भी?"

मैं—"शिविर से निकलते वक्त तो कितनी बार अकेला होता था।"

भामा—"ऐसे समय यदि लिच्छवियानियों ने अपने युद्ध-संचालक उपसेनापति की शरीर-रक्षा का भार लिया, तो मैं समझती हूँ, इसे तुम आज्ञा-विरोध नहीं कहोगे।"

मैं—"मैं समझता हूँ, भाभी! तुम्हें लिच्छवियों की गण-संस्था का सदस्य होना चाहिए था।"

भामा—"मैं भी समझती हूँ, मेरी वाग्मिता का ठीक उपयोग नहीं हो रहा है। किन्तु उदीची के तक्षशिला आदि गणों में भी जब स्त्रियों को यह अधिकार नहीं है, तो वैशाली में इसके लिए क्या उम्मीद की जा सकती है? लेकिन मेरे प्रश्न का तो उत्तर दिया नहीं।"

मैं—"दे दिया, मैं तुम्हारी बात को स्वीकार करता हूँ। अच्छा, बताओ नालागिरि के पकड़ने के वक्त वहाँ की लिच्छवि-सेना में तुममें से कितनी थीं?"

भामा—"उसमें अधिक हम ही थीं, लिच्छवि-योद्धा कम रह गए थे।"

मैं—"तुमने मुझे अब तक बतलाया नहीं, भाभी!"

भामा—"अब भी न बतलाती, यदि यह न देखती कि तुम लिच्छवि-तरुण की वीरता का पुरस्कार न दे सकने के लिए बराबर इतने क्षुब्ध रहते हो।"

मैं—"तो वहाँ कौन-कौन थीं?"

भामा—"हमारा एक पूरा दल था, किन्तु सभी लम्बे कद की लिच्छवियानियों का। वहाँ थीं क्षेमा, भामा, रोहिणी।"

मैं—"क्षेमा!" मैंने पास बैठी मुस्कराती क्षेमा के सिर पर हाथ रखकर कहा, "क्षेमा! मेरी जनपद-कल्याणी तुम भी?"

क्षेमा—"जनपद-कल्याणी के न रहने पर कुछ नहीं बिगड़ता सिंह भैया! किन्तु सेनापति के न रहने पर क्या होता, तुम्हीं समझो।"

भामा—"अब मैं बताऊँ, वह कौन तरुण था जिसने नालागिरि को गिरफ्तार किया?"

मैं—"हाँ, जरूर।"

भामा—"वह थी, गन्धारी बहू।"

मैं—"रोहिणी?"

भामा—"हाँ, रोहिणी इस वक्त रसोई-घर में गई हुई है, आने पर अब उसकी वीरता का पारितोषिक मिलना चाहिए।"

मैं—"पारितोषिक?"

भामा—"हाँ, पारितोषिक तुम जो देना चाहते थे, देवर!"

मैं—"उसे पारितोषिक देने के लिए मेरे पास है क्या?"

भामा—"तुम अपने को दरिद्र समझते हो? अच्छा मैं बतलाऊँ—चुम्बन, आलिंगन, खास इसी वीरता की याद दिलाकर। और देवर! हाथी के साथ जो सवार स्कन्धावार में आए, उनमें भामा और क्षेमा भी थीं।"

मैं—"स्कन्धावार में।"

भामा—"यही नहीं, बल्कि रात को जो सवार तुम्हारे साथ उल्काचेल आए, उनमें भी यह तीनों थीं।"

मैं—"सेनापति सुमन की मृत्यु के दिन?"

भामा—"हाँ, लेकिन रोहिणी को पारितोषिक देते समय देख लेना अंकुश की छीना-झपटी के वक्त लगा घाव रोहिणी के हाथ में है या नहीं?"

मैं—"है, इसे मैं पहिले ही देख चुका हूँ।"

भामा—"तो मुझे भी कुछ पारितोषिक मिलेगा देवर!"

मैं—"मिलेगा, किन्तु उसे तुम्हें ही बतलाना होगा भाभी!"

भामा—"मेरे मनोरू को अपने पास रखना, जिसमें मैं और रोहिणी निरन्तर साथ रह सकें।"

मैं—"यह मेरे वश की बात है भाभी! मैं मनोरथ को साथ रखूँगा; किन्तु यह तो मेरे स्वार्थ की भी बात है।"

भामा—"चलो तुम्हारे स्वार्थ में हम दोनों प्राणियों का भी स्वार्थ मिल जाए! और छोटी बहिन क्षेमा के लिए पारितोषिक?"

मैं—"भले तुम्हीं बतलाती हो भाभी!"

भामा—"वह तुम्हारी दूसरी भाभी बने।"

मैं—"दूसरी भाभी? क्या मतलब?"

भामा—"घबराओ नहीं देवर! मैं मनोरू को सौत लाने का अधिकार नहीं दे सकती।"

मैं—"हाँ, यह तो मैं भी समझता हूँ।"

भामा—"समझते थे, किन्तु पुतलियाँ सफेदी के लिए जगह छोड़ नीचे उतर आई थीं?"

मैं—"तो भाभी!"

भामा—"सोचो, तुम्हारा बड़ा भाई और कौन है?"

मैं—"कपिल, भाभी, और पारितोषिक क्या यह तो मेरे लिए भारी हर्ष की बात है।"—कह मैंने क्षेमा के ललाट को चूम लिया।

भामा—"पारितोषिक हर्ष की बात भी हो सकती हैं, देवर!"

✪